Ja, inkwizytor
Głód i pragnienie

fabrykasłów®
WYDAWNICTWO

MMXIX

JACEK PIEKARA

Ja, inkwizytor
Głód i pragnienie

Ilustracje
Dominik Broniek

fabryka słów®

Lublin – Warszawa

Cykl Świat inkwizytorów

Cykl Ja, inkwizytor

Wiewióreczka

Chciałem wracać do domu na obiad, kieliszek wina i harce z pewną młodą damą, a zamiast tego musiałem torturować siedzącego przede mną człowieka. Parszywe zajęcie, powiadam wam, mili moi... I to zajęcie, o które wcale nie prosiłem.

– Dłuto, sztuk jedna. Nożyce krawieckie, jedna para... – powiedziałem i spojrzałem na mężczyznę przywiązanego do fotela, który obserwował mnie z przerażeniem, z pobladłą i wykrzywioną twarzą. – Nawet nie przypuszczasz, ile rzeczy da się wyrzeźbić za pomocą jednego dłuta. Nie wiesz, jak wiele da się przykroić oraz przyciąć za pomocą jednej pary nożyc – kontynuowałem z łagodnym zamyśleniem.

Usłyszałem, że mężczyzna szczęka zębami, i wtedy zobaczyłem mokrą plamę rozlewającą się po jego spodniach.

– Zmoczyłeś się – oznajmiłem, a on gorliwie przytaknął.

Miał wybałuszone, pełne strachu oczy i czoło zroszone grubymi kroplami potu. Od czasu do czasu gwałtownie mrugał, kiedy pot wpływał mu pod powieki. Przypominał zająca złapanego w sidła, który kuli się i wariuje ze strachu, gdy widzi, że do jego pułapki zbliża się głodne wilczysko. Szkoda, że ani nie byłem głodny, ani nie byłem wilkiem. Byłem zaledwie człowiekiem znudzonym oraz znużonym wykonywanym zajęciem. Przysiadłem na krześle naprzeciwko mojego więźnia. Mogłem rozczulać się nad własnym losem, lecz pocieszający dla mnie mógł być przynajmniej fakt, iż jest to los lepszy od losu mej ofiary. Cóż, źle powiedziane. Nie mojej ofiary, lecz ofiary własnej nieudolności oraz nieuczciwości. Człowiek siedzący przede mną nazywał się Tomasz Purcell (wszyscy jednak nazywali go Świńskim Ryjem ze względu na fizys przypominającą dorodnego knura) i zainwestował ogromne sumy w liczne przedsięwzięcia. Problem wynikał z dwóch faktów. Po pierwsze nie do końca jasne było, co to są za przedsięwzięcia; po drugie zainwestowane sumy nie należały do Tomasza Purcella, lecz spółki, która powierzyła mu fundusze. W spółce tej zasiadali poważni ludzie, a kiedy poważnym ludziom giną poważne sumy, to poważnie się oni niepokoją. Tak więc zaniepokojeni wspólnicy najpierw grzecznie namawiali Purcella do rozliczeń, potem kazali go pobić, później wreszcie połamali mu ręce i wyrwali kilka zębów, by udowodnić, że naprawdę nie żartują. Wreszcie, zrozpaczeni perspektywą nieodzyskania nigdy całości zainwestowanych pieniędzy, zdecydowali się skorzystać z najbardziej parszywego rozwiązania: wynajęli mnie.

Tomasz Purcell mógł sobie drżeć ze strachu, szczękać zębami i szczać w spodnie, lecz nie zmieniało to faktu, że był twardym, nieustępliwym człowiekiem. Bo ktoś, kto uporczywie nie oddaje długu, pomimo że podobna decyzja kosztowała go już wiele zdrowia oraz wiele bólu, naprawdę zasługuje na szacunek. Albo rzeczywiście był bez grosza, a wtedy będzie cierpiał na darmo, a ja również na darmo umęczę się po łokcie, by skłonić go do czegoś, czego nie jest w stanie zrobić. Skutkiem obaj będziemy niezadowoleni z efektu.

– Nie zabijajcie mnie, panie, błagam was... – wyjęczał.

– O zabijaniu nie ma nawet mowy – zapewniłem go serdecznie. – Jesteś otwartą inwestycją, Tomaszu, i beztroskie jej zamykanie byłoby niewskazane z punktu widzenia interesów twoich wierzycieli. Uwierz mi, że potrafię bardzo długo utrzymać cię przy życiu. Inna sprawa, czy to trzymanie się życia będzie ci się podobało i czy po tym, co z tobą zrobię, nie będziesz raczej prosił o szybką śmierć. Ale nie, nie. – Pomachałem mu przed nosem wskazującym palcem. – O uśmierceniu cię, jak już wspomniałem, nie ma nawet mowy.

– Możecie mnie zabić, możecie mnie zamęczyć, ale nie oddam długów, bo nie mam na razie pieniędzy. Prosiłem przecież: dajcie mi trochę czasu, a zarobię. Oddam wszystko. Co do jednego piekielnego groszaka! – Podniósł głowę i wbił we mnie wzrok. – Zarobię i oddam, przysięgam – powtórzył żarliwie. – Tylko dajcie mi trochę czasu! Przecież sami wiecie, że oddałem, ile miałem. Powiedzieli wam? No powiedzcie szczerze: wiecie o tym, że wyprułem się do żywego mięsa, żeby oddać, ile tylko mogłem?

Oczywiście wiedziałem o tym. Purcell zwrócił spółce część pieniędzy, ale jak mi powiedziano, nie było tego wiele ponad dwadzieścia procent należności, więc wspólnicy zostali jedynie w niewielkim stopniu pocieszeni. A w zamian za to zaostrzył im się apetyt na więcej.

– Nie wynajęto mnie, bym z tobą negocjował, Tomaszu – odparłem. – Zostałem poproszony o odzyskanie pieniędzy, nie o przyniesienie mglistych obietnic. Bo za mgliste obietnice nic nie można kupić oprócz, w twoim przynajmniej wypadku, bardzo dużej dawki bólu...

– Nie mam – powtórzył z zajadłością. – Nic nie mam! To była do pewnego stopnia, przynajmniej od oficjalnej strony, prawda. Tomasz Purcell był bankrutem. Jak zostałem poinformowany, nawet meble w mieszkaniu, które wynajmował, nie należały do niego. Jednak moi zleceniodawcy przypuszczali, iż Purcell wcale nie utracił powierzonych mu funduszy.

– Widzicie, mistrzu inkwizytorze, podejrzewamy, że było mianowicie tak – tłumaczył mi Hieronymus Bosch, wiecznie nachmurzony szef spółki. – Purcell wycofał większość funduszy przed spadkiem koniunktury, a nas poinformował, że wycofać zdołał jedynie część, którą zresztą grzecznie zwrócił. W ten sposób rzucił nam kość zamiast mięsa, żebyśmy się tym zatkali i nie cisnęli go dalej.

– To tak trudno sprawdzić, czy zyskał, czy stracił? Przecież muszą być jakieś dokumenty...

Bosch skrzywił usta i wzruszył ramionami.

– Wierzcie mi: trudno. Purcell to szczwany lis. Tak mianowicie wszystko poplątał, zamotał i zmieszał, że nasi księgowi do dziś się sprzeczają, czy naprawdę stracił pieniądze, czy też zdołał je wycofać przed załamaniem rynku.

Cóż, musiałem mu wierzyć na słowo, bo chociaż w przesławnej Akademii Inkwizytorium poznawaliśmy pewne procesy rządzące światem handlu, to jednak, jak możecie się domyślać, mili moi, stanowiło to zaledwie margines marginesu naszych zainteresowań. Dziwne mi się wydawało, że biegli rachmistrze nie potrafią określić na podstawie dokumentów, czy Świński Ryj fundusze zyskał, czy stracił, ale też nie zamierzałem sprzeczać się z Boschem. Bo jeśli w niuansach postępowania Purcella zgubił się nawet tak wytrawny kupiec jak imć Hieronymus, to trudno sobie wyobrazić, by w tych machinacjach połapał się wasz uniżony sługa, który jeśli już miał w ręku księgi, to święte, a nie rachunkowe. Teraz więc chodziło tylko o to, by dowiedzieć się, gdzie oraz ile schował Tomasz Purcell. Może oddał komuś na przechowanie? A może zainwestował?

– Dlaczego nie uciekłeś z miasta, Tomaszu? Przecież tak robią niewypłacalni dłużnicy. Masz zapewne wielu znajomków, którzy choć nie pożyczyliby ci grosza, to może przechowaliby cię przez kilka miesięcy. Dlaczego nie uciekłeś, hmmm?

– Bo jestem uczciwym człowiekiem – sapnął. – Naprawdę chcę oddać wszystkie długi. Chcę na nie zapracować, a zapracować mogę tylko tu, w Hezie.

– Przypuszczam, że sprawy mają się inaczej, Tomaszu. – Zacząłem spokojnymi ruchami zdzierać ostrzem dłuta drewno z blatu stołu. Schodziło długimi, cienkimi paskami. – Przypuszczam, że ukryłeś gdzieś majątek, gdzieś tu, w Hezie, i nie chcesz bez niego opuścić miasta. A wiesz przecież, że jesteś śledzony, prawda? Boisz się pójść po pieniądze, boisz się również bez nich wyjechać. Taaaak... – Szarpnąłem dłutem mocniej.

Purcell, widząc ten gest, aż jęknął.

– Zdumiewająco ostre. – Pokręciłem głową. – Zresztą – spojrzałem na mężczyznę i uśmiechnąłem się – sam pewnie zobaczysz... Jestem tu właściwie po to, by zdjąć z ciebie ciężar tego strasznego lęku – kontynuowałem. – Powiedz, Tomaszu, czy nie łatwiej będzie ci żyć, wiedząc, że nic ci nie zagraża? Czy tak naprawdę, w głębi serca, nie przyznajesz sam przed sobą, że majątek, który ukryłeś, ciąży ci niczym grzech pierworodny? Pomyśl, o ile łatwiejsze byłoby twoje życie, gdyby nie te żałosne pieniądze! Nie musiałbyś się już bać, że ktokolwiek ci je odbierze, że ktokolwiek będzie cię bił, łamał ci kończyny czy wyrywał zęby. Byłbyś szczęśliwy i bezpieczny, Tomaszu. Nie obracałbyś się w panice przez ramię na ulicy, nie podskakiwał na dźwięk niespodziewanego hałasu, nie kulił się, widząc, że ktoś obcy idzie w twoją stronę. Byłbyś bezpieczny. Mógłbyś zacząć wszystko od nowa...

– Nie mam, nic nie mam, na gniew Pana naszego, nic nie mam!

– To nieprawda, Tomaszu! – rzekłem zdecydowanym tonem. – Zostało ci jeszcze bardzo wiele. Zostało ci zdrowie i została ci przyszłość, którą możesz ulepić wedle własnej woli. Jeżeli szybko nie oddasz pieniędzy, będę zmuszony wszystkiego tego cię pozbawić. Stracisz majątek, który ukradłeś, ale stracisz również zdrowie oraz przyszłość. Zabiorę ci wszystko, Tomaszu. Rozumiesz mnie? – Przyklęknąłem naprzeciwko niego, uniosłem palcami brodę i spojrzałem prosto w oczy. – Wszystko, co masz, i wszystko, co mógłbyś kiedykolwiek mieć, oraz wszystko, co spodziewałbyś się mieć.

– Jezus Maria – wyjęczał, a po pucułowatych policzkach ciekły mu łzy.

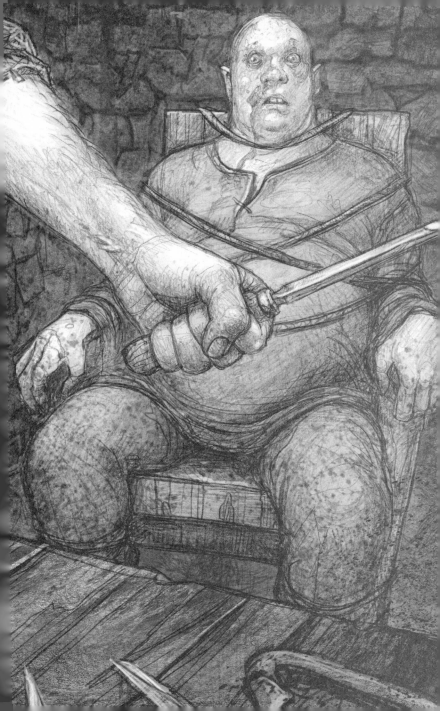

– Pomyśl, drogi Tomaszu, czyż twoje życie nie było łatwiejsze, zanim – podkreśliłem mocno to słowo: – ukradłeś pieniądze? Czy zagrabiona fortuna przyniosła ci szczęście, spokój i zadowolenie? – Zawiesiłem głos. – A może odwrotnie? Może jedynie ból, strach oraz kłopoty? Jesteś wykształconym człowiekiem, Tomaszu, więc pomyśl rozsądnie, kiedy bardziej cieszyłeś się z boskiego daru, jakim jest życie: teraz czy przed kradzieżą? Teraz? Kiedy teoretycznie jesteś bogaty, lecz praktycznie siedzisz związany w fotelu i zostaniesz poddany torturom przekraczającym ludzkie pojęcie? Teraz, kiedy zagraża ci doświadczenie cierpienia, którego, wyznam ci szczerze, wytrzymać się nie da? – Umilkłem, by miał czas zastanowić się nad wypowiedzianą przeze mnie kwestią na temat cierpienia. – Czy jednak szczęśliwszy byłeś przedtem? Kiedy nie miałeś złota, lecz mogłeś cieszyć się życiem, miłością, towarzystwem przyjaciół...

Znowu zamilkłem, tym razem na dłużej.

– Jeśli nie oddasz pieniędzy, Tomaszu, ja spowoduję, że już nigdy i nic cię nie rozweseli – powiedziałem dobitnie i rzeczowo. – Rozumiesz mnie? Stracisz nie tylko złoto, które ukryłeś, bo wydobędę, naprawdę wydobędę z ciebie, gdzie ono jest, lecz utracisz również zdrowie. Pomyśl: przecież złoto zarobisz jeszcze nie raz i nie dwa w życiu, a zdrowie? – Szczęknąłem nożycami tuż obok jego uszu i gdyby nie trzymające go więzy, chyba wyskoczyłby z fotela pod sam sufit. – Powiedz, Tomaszu, kto wynagrodzi ci obcięte palce, mięso zdarte do samej kości, wyłupione oczy? Czy sądzisz, że parę nędznych sztuk złota jest naprawdę tego warte? Przecież to zaledwie żółty metal, Tomaszu, nic poza tym.

– Nie mam, nie mam... – wybełkotał.

– Wiem, że tak naprawdę chciałbyś mi już wszystko powiedzieć i oddać zrabowany majątek – szepnąłem łagodnie. – Przeszkadzają ci tylko dwie rzeczy: resztki głupiego, całkowicie niepotrzebnego uporu, może też zmieszane z poczuciem wstydu, iż zostaniesz przyłapany na tak długotrwałym kłamstwie. Nie masz się czego wstydzić, Tomaszu, gdyż prawda oswabadza. Któż wie o tym lepiej niż my, inkwizytorzy?

Dopiero teraz dowiedział się, że jestem inkwizytorem. Nie mógł zblednąć bardziej, gdyż skóra jego twarzy już dawno przybrała kolor bielidła, ale oczy niemal wyszły mu z orbit, a źrenice przypominały czarne koła.

– Jako inkwizytor wiem, że tak naprawdę, w głębi serca, jesteś uczciwym człowiekiem, Tomaszu. Uczciwym, który jednak pobłądził i potrzebuje pomocy, by wejść z powrotem na jasną, prostą ścieżkę. Pomocy, a nie obelg i bicia ze strony tych chamów. – Machnąłem pogardliwie w stronę wejścia, gdzie za drzwiami czekali przedstawiciele jego wierzycieli. – Ja ci oferuję pomoc, Tomaszu.

Nalałem wino do kubka i delikatnie przytknąłem mu krawędź naczynia do ust.

– Jestem tu twoim jedynym przyjacielem – stwierdziłem. – Jedynym i ostatnim, który wyprowadzi cię z awantury, w jaką się wplątałeś. Musisz mi jednak pomóc.

Odłożyłem kubek na stół i wziąłem znowu w rękę dłuto. Zacząłem się nim bawić, przesuwając pręt pomiędzy palcami. Oczy mężczyzny śledziły każdy mój ruch.

– Mówiłem, że w oddaniu pieniędzy przeszkadzają ci dwie rzeczy. Czy wiesz, jaka jest ta druga z tych rzeczy?

Pokręcił głową, ciągle wpatrzony w ostrze migające w mojej dłoni.

– Strach, Tomaszu. Drugą rzeczą, która cię powstrzymuje, jest strach. Zastanawiasz się, co będzie, jeśli wyjawisz mi wszystko i zdecydujesz się oddać majątek. Co wtedy stanie się z twoim życiem, takie właśnie zadajesz sobie pytanie... – westchnąłem.

– I tak by mnie zabili – wydusił z siebie. – Nawet gdybym cokolwiek miał, a nie mam, i tak by mnie zabili... Nie darowaliby. Nigdy.

– Chyba że ktoś wstawiłby się za tobą, czyż nie? Ktoś, kogo szanują i kogo się... – skrzywiłem usta w nieznacznym uśmiechu – obawiają.

– Wy? Wy? A dlaczego... Dlaczego mielibyście zrobić coś podobnego?

– Bo zapłacono mi za efekty. Zapłacono mi za odzyskanie pieniędzy, nie za dręczenie cię, ani, Boże broń, zabicie. I im bardziej mi to zadanie ułatwisz, tym bardziej będę ci wdzięczny. Pójdę do domu, zjem obiad, napiję się wina, łaskawie pozwolę mej kobiecie, by mnie zadowoliła... Myślisz, że nie wolę właśnie tak spędzić dzisiejszego dnia, niż słuchać twoich krzyków, taplać się w twojej krwi i wąchać smród twego żywcem palonego ciała? – Wzruszyłem ramionami. – Nie lubię torturować ludzi i będę bardzo niezadowolony oraz bardzo rozżalony, kiedy mnie do tego przymusisz. A musisz wiedzieć, Tomaszu, że kiedy już zaczynam pracę, to – znowu pochyliłem się nad nim – podchodzę do niej zarówno solidnie, jak i z zapałem.

Zaczął bezgłośnie, acz rozpaczliwie płakać, a grube łzy znowu pociekły ciurkiem po jego policzkach i zmieszały się z kroplami potu.

– Każdy kiedyś popełnił błąd, Tomaszu – zapewniłem go łagodnie. – Każdy człowiek, również czcigodni święci naszego jedynego i prawdziwego Kościoła nie byli wolni od grzechu. Czyż nawet Apostołowie nie wspominali ze wstydem, że czasami dawali się ponieść zbytniej zapalczywości w oczyszczaniu z Żydów i pogan Jerozolimy oraz Rzymu? – Położyłem Purcellowi dłoń na głowie. – A ja dobrze wiem, że ciebie przymusiły okoliczności – rzekłem miękko – nie podłe serce, zła wola, podstępny umysł. Przecież ty chciałeś być uczciwym człowiekiem, Tomaszu, naprawdę chciałeś! – Podniósł na mnie załzawione oczy i zaczął potakiwać. – Tylko różne sprawy paskudnie się ułożyły – dokończyłem.

Położyłem Purcellowi dłoń na ramieniu.

– Poniosłeś wystarczającą karę za swoją nieostrożność. Pobito cię, złamano rękę, wyrwano zęby. To wystarczy. Nie ma sensu cierpieć dalej.

Przytulił policzek do mojej dłoni.

– Nie oddacie mnie im? – wyjąkał. – Puścicie mnie z Hezu? Przysięgam, nigdy już tu nie wrócę. Przysięgam wam! Nigdy!

– Gdzie ukryłeś pieniądze, Tomaszu? – Pogłaskałem go po głowie. – Powiedz, a sam zobaczysz, jak wielki ciężar spadnie ci z serca.

I wtedy, serdecznie łkając, wyjawił mi wszystko, co chciałem wiedzieć.

– Dobrze zrobiłeś – stwierdziłem, kiedy wysłuchałem już jego przerywanej szlochem spowiedzi. – Muszę jednak zbadać, czy to, co wyznałeś, jest prawdą. Każę teraz wysłać ludzi, by sprawdzili, czy złoto znajduje się, gdzie mówisz.

– Jest tam, jest tam, przysięgam wam! Na miłość Boga, błagam, nie zostawiajcie mnie z nimi!

– Będę w pokoju obok – zapewniłem. – I przyrzekam, że nikt do ciebie nie wejdzie. Jeśli powiedziałeś prawdę, możesz być spokojny.

Wyszedłem do drugiego pokoju w amfiladzie, gdzie rozparty na fotelu siedział gruby jurysta, przedstawiciel spółki, do której należeli wierzyciele Tomasza Purcella.

– Już? Jak wam poszło? – zagadnął niewyraźnie, bo miał pełne usta. Zapewne rodzynek, gdyż tuż obok na stoliku leżała tacka pełna tych owoców.

Stanąłem dwa kroki od niego i bez słowa wpatrzyłem się prosto w jego twarz. Najpierw poczerwieniał, sapnął, potem zakręcił się niespokojnie i wreszcie uniósł ciężki zad z fotela.

– Mistrzu inkwizytorze, raczycie mnie poinformować, czy dowiedzieliście się czegoś? – zapytał dużo grzeczniejszym tonem.

– Mam nadzieję – odparłem i opowiedziałem, co wyznał Purcell.

Jurysta pokręcił głową.

– Wiedziałem, wiedziałem, że sprzeniewierzył nasz majątek – rzekł. – A inni już wątpili, mówili, że może naprawdę stracił wszystko...

– Mieliście dobre wyczucie – pochwaliłem go. – Chociaż nie wyśpiewujmy peanów na chwałę dnia przed zachodem słońca. Wyślijcie ludzi, z łaski swojej, i niech sprawdzą, czy Tomasz powiedział prawdę. Jeśli okaże się, że nie, będę musiał zacząć od nowa. – Rozłożyłem ręce.

– Czy on... czy on... jest... – grubas zająknął się w zakłopotaniu i zakręcił młynka palcami.

– Żywy i zdrowy nie mniej niż wy – odparłem. – Tyle że nadal przywiązany do fotela.

– Jak to zdrowy, za waszym przeproszeniem? Nie musieliście go... no ten tam... Nic a nic?

Pokręciłem głową.

– Grzech ciążył mu bardziej, niż sądzicie – objaśniłem z uśmiechem. – I najbardziej na świecie pragnął się z niego wyspowiadać.

– Coś takiego! – Prawnik podrapał się po policzku. – No coś takiego, powiem wam...

– Torturujemy i zabijamy ludzi tylko wtedy, kiedy uznajemy to za niezbędnie konieczne – powiedziałem. – Wspomnijcie, czyż nasz Pan nie pragnął pojednania z ludem Jerozolimy i ludem Rzymu? Czyż nie kazał oczyścić z nich świata, dopiero kiedy splunęli na przyjaźnie wyciągniętą dłoń? My, inkwizytorzy, mamy brać przykład z Chrystusa, wobec tego oferujemy naszą przyjaźń wszystkim bliźnim. – Uśmiechnąłem się do jurysty i rozłożyłem ramiona, jakbym chciał zawrzeć w ich uścisku nie tylko jego samego, ale właśnie cały świat.

Zachrząkał zmieszany i uciekł wzrokiem.

– Oczywiście, oczywiście – wymamrotał. – Rzecz jasna... pewien jestem. Taaak, właśnie tak... A co to ja chciałem? Aha! Jeśli uprzejmie zechcielibyście zaczekać, póki nie sprawdzimy wszystkiego...

– Oczywiście. – Usiadłem w fotelu, który wcześniej opuścił, i wyciągnąłem nogi. – Zdrzemnę się chwilę, ale jak wrócicie, nie lękajcie się mnie zbudzić.

– Oczywiście, mistrzu inkwizytorze.

Kiedy usłyszałem, że zamyka drzwi, naprawdę przymknąłem oczy i wygodnie oparłem głowę na miękkim, obitym adamaszkiem oparciu. Miałem nadzieję, że Tomasz Purcell mówił prawdę, gdyż przymuszanie go do spowiedzi metodami nie tak miłosiernymi jak ta, którą zastosowałem, wcale mi się nie uśmiechało. W końcu Świński Ryj był zwyczajnym oszustem, nie heretykiem, czarnoksiężnikiem lub zapiekłym wrogiem naszej świętej wiary. Pechowe zrządzenie losu zmusiło mnie, bym zamiast ścigać stronników diabła, zarabiał na życie, przyjmując zlecenia podobne do tego, jakie wykonałem dzisiejszego dnia. Cały czas cierpliwie czekałem na służbowy przydział z biskupiej kancelarii, ale przecież trzeba było z czegoś żyć, czyż nie? A biskupia kancelaria może i wydawała salomonowo mądre decyzje, ale gdyby Salomon ferował je w takim tempie, to zapewne spierające się o dziecko kobiety zamieniłyby się w starowinki, nim zapadłby królewski wyrok. Tak więc wasz uniżony i pokorny sługa pracował w tej chwili dla mistrza Inkwizytorium, Teofila Dopplera, który to mistrz Doppler pośredniczył pomiędzy ludźmi mającymi kłopoty oraz pełną sakiewkę a pozostającymi bez przydziału inkwizytorami. Pośredniczył, nawiasem mówiąc, w zamian za zbójecko wysoki procent pobierany od każdego zlecenia. No ale ponieważ inkwizytorzy zazwyczaj spisywali się dobrze i uwalniali zleceniodawców od kłopotów (od nadmiernego ciężaru sakiewek zresztą uwalniali ich również, i to z wielką przyjemnością), więc usługi mistrza Dopplera cieszyły się sporym zainteresowaniem wśród bogatych mieszczan, szlachty, nawet arystokratycznych rodów. Musiałem brać pod uwagę tylko jedno: Doppler był lojalnym inkwizytorem, który o wszystkich zadaniach, wypełnionych czy nie, przyjętych czy odrzuconych, donosił do kancelarii biskupa Hez-hezronu. W związku z tym ostrzeżono mnie, że służba u Dopplera przypomina stąpanie po kruchym lodzie i jeśli zachowam się nie tak, jak oczekuje się od inkwizytora, to kto wie czy nie pożegnam się raz na zawsze nie tylko z atrakcyjnym przydziałem, ale może nawet z funkcją pracownika Świętego Officjum. A podobnego nieszczęścia chciałem uniknąć najbardziej na świecie, gdyż niczego w życiu nie ceniłem sobie bardziej niż możliwości wypełniania świętych obowiązków inkwizytora. No ale cóż, teraz musiałem spokojnie czekać, aż sprawy znowu przybiorą korzystny dla mnie obrót.

Od odejścia prawnika minęły co najmniej cztery godziny i naprawdę przez ten czas zdołałem się solidnie zdrzemnąć. Jednak otworzyłem oczy, kiedy tylko usłyszałem kroki na schodach. Sądząc po odgłosach, mężczyzn było co najmniej kilku. Kiedy weszli, uśmiechnąłem się do własnych myśli, gdyż juryście towarzyszyło tym razem dwóch dostatnio ubranych mieszczan oraz jajogłowy osiłek o długich łapskach i brwiach nastroszonych niczym szczotki.

– Mistrzu najukochańszy! – Johann Waltz rozpromienił się, kiedy tylko mnie zobaczył. – Jest, wszystko jest, jak powiedzieliście. Ocaleni! Jesteśmy ocaleni!

Z tym ocaleniem zdecydowanie przesadzał, gdyż z tego, co wiedziałem, żadnemu ze wspólników nie groziło bankructwo z powodu złodziejstwa Purcella. No ale na pewno nikt nie lubi, gdy go okradają, choćby nawet było go stać na pałace o ścianach i dachach wykutych z czystego złota.

– Jednak trochę czasu minie, zanim się rozeznamy w tych papierzyskach – wtrącił drugi z mieszczan, zażywny staruszek z czerwonymi policzkami i przyciętą w prostokąt brodą. Nazywał się Brecht.

– Bardzo się cieszę, że mogłem wam w czymś usłużyć – powiedziałem uprzejmie i wstałem z fotela. – Pozwólcie teraz, że zajmę się Purcellem, jak wcześniej ustaliliśmy.

– Ależ oczywiście, oczywiście – odezwał się Waltz.

– Aha, a co mówiliście o papierzyskach? Jakie znowu papierzyska? – Odwróciłem się od progu.

Waltz uśmiechnął się pobłażliwie.

– Wiedzieliśmy, że najpewniej nie ukrył złota. Znaleźliśmy trochę kamyczków, reszta to weksle, obligacje, papiery kantorowe, listy wartościowe, nadania. – Machnął dłonią i westchnął. – Ciężko teraz powiedzieć, jaką to wszystko ma rzeczywistą wartość.

Przytaknąłem mądrze, wszedłem do pokoju i zamknąłem za sobą drzwi. Związany mężczyzna poderwał głowę, lecz szybko się uspokoił, kiedy mnie dostrzegł.

– Okazało się, że mówisz prawdę, Tomaszu – oznajmiłem serdecznie. – Bardzo się cieszę, że nie zawiodłeś mojego zaufania i mojej przyjaźni.

Odetchnął z głęboką ulgą.

– Wiecie, rzeczywiście, jakby kamień z serca... – usłyszałem szczerość w jego głosie. – Ale dotrzymacie słowa? – Nagle zaczął drżeć, a jego czoło znowu zaperliło się od potu. – Nie zabijecie mnie, prawda? Nie oddacie im? Powiedzcie. Nie oddacie, co?

– Oczywiście, że nie. Odprowadzę cię do rogatek, a dalej radź sobie sam. Twoja głowa w tym, żeby cię nie zdybali za Hezem, jeśli chcieliby kogoś za tobą posłać.

– O, już ja się nie dam złapać. – Wyraźnie mu ulżyło, kiedy usłyszał moje słowa.

– No i dobrze.

Widziałem, że aż zesztywniał, gdy wyciągałem zza pasa nóż (jak widać, nie do końca mi jeszcze ufał), ale ostrza potrzebowałem tylko, by rozciąć jego więzy, zamiast kłopotać się rozwiązywaniem supłów, które sam jeszcze niedawno zaplątałem. Kiedy już więzy opadły, Tomasz Purcell wstał i zaczął rozcierać zdrętwiałe ramiona. Potem, krzywiąc się, poskakał chwilę na jednej nodze, ale nic poważnego mu się nie stało, kiedy był związany. Zresztą, plącząc sznury, bardzo uważałem, by nie zacisnąć ich zbyt mocno, gdyż długotrwały nacisk na kończynę może człowieka doprowadzić nawet do trwałego kalectwa. A ja nie zamierzałem okaleczać Tomasza Purcella, chyba że byłoby to absolutnie konieczne.

– Oni... – Przełknął ślinę głośno i z wyraźnym trudem. – Oni czekają, prawda? – Podbródkiem wskazał drzwi.

– Ano czekają – odparłem zgodnie z prawdą.

Oszust odetchnął głęboko. Raz i drugi. Tak jakby szykował się do wielce niebezpiecznego skoku.

– Jesteście gotowi? – spytałem, gdy oczekiwanie się przeciągało.

– Tak, tak, wybaczcie, jestem gotowy.

Nacisnąłem klamkę i otworzyłem drzwi. Purcell aż sapnął, kiedy w prześwicie zobaczył jajogłowego osiłka. Ten natomiast bystro zerknął w naszą stronę, po czym wyszczerzył w uśmiechu wielkie, żółte zębiska, wyszczerbione na końcach niczym łopaty, którymi starano się kopać kamienie. Pokiwał na mojego towarzysza sękatym paluchem.

– Chodź no, rybeńko słodka, pogawędzimy troszeczkę – powiedział niepasującym do jego wyglądu oraz postury ciepłym, miękkim głosem.

Tomasz Purcell niemal przylepił się do moich pleców.

– Tak, mistrzu inkwizytorze, właśnie tak – odezwał się drugi mieszczanin. – Zostawcie, z łaski swojej, tego tu naszego przyjaciela i wspólnika w naszych rękach, a sami raczcie się udać do naszego kantoru albo, jeśli wolicie, jeszcze dziś wieczorem poślę do was posłańca ze ściśle wyliczoną sumą. A nawet – mrugnął do mnie – powiem, że będę zaszczycony, mogąc wam podsypać co nieco górką, jeśli was to nie urazi, za waszym przeproszeniem.

– Absolutnie nie urazi – rzekłem. – Jednak Purcella zabieram ze sobą, gdyż tak się z nim umówiłem. – Rozłożyłem ręce.

Oczy mieszczanina pociemniały, a jego na pozór dobroduszna twarz nagle przybrała niemal odpychający wyraz.

– Wpierw umawialiście się z nami – warknął.

– Na odzyskanie łupu i owszem – odparłem. – I wywiązałem się z porozumienia co do joty, czemu nie zaprzeczycie, choćbyście chcieli. Ale o Purcellu nie było mowy, to też przecież przyznacie. Czyż nie?

– Nie pomyśleliśmy, że...

– To, że nie pomyśleliście, to nie moja sprawa – przerwałem mu ostrym tonem. – Mam nadzieję, że nie macie intencji mnie zatrzymać?

Jajogłowy osiłek przesunął się o dwa kroki, tak że teraz zagradzał mi drzwi wyjściowe. Był półtorej głowy

wyższy ode mnie, a na jego ramieniu mógłbym się huś-
tać niczym dziecko.

– Trzymajcie swojego psa na smyczy, panie Brecht,
bo kiedy będę mu wyrywał zęby, to i wam może się przy
okazji oberwać – rzekłem zimno.

– Ależ, mistrzu kochany... – wtrącił pierwszy mieszczanin, składając dłonie jak do błagania. – Po co te ostre
słowa, po co kłótnie? Powiedzcie sami, czy jest się o co
wadzić? O takiego tu obwiesia? Macie całkowitą rację,
że nasz to jest błąd, żeśmy nie pomyśleli, iż zechcecie
go sobie zabrać. – Przy słowach „nasz to jest błąd" uderzył się w pierś. – No ale skoro tak, to wam za niego zapłacimy. Ile chcecie? Sto koron wystarczy? I to już stanie umowa między nami, którą nikt nie będzie kłopotał
mistrza Dopplera.

Ponieważ inkwizytorowi Dopplerowi musiałem oddawać sześćdziesiąt procent z sumy każdego kontraktu,
propozycja była zaiste interesująca.

– Nie ma mowy – odparłem. – Inkwizytorskie słowo nie dym.

– Dwieście koron?

Uśmiechnąłem się jedynie.

– Ufam, panie Waltz, że nie chcecie obrazić mnie supozycją, iż inkwizytorskie słowo można sobie kupić niczym starą chabetę na targu.

Mieszczanin poczerwieniał tak mocno, jakby za chwilę miała go trafić apopleksja.

– Nie, oczywiście, że nic podobnego nie miałem na myśli – odrzekł pospiesznie.

Wymienił szybkie spojrzenia ze swoim towarzyszem. Brecht niechętnie dał znak osiłkowi i ten odstąpił od drzwi.

– Zabierajcie sobie tego łotra – burknął, wyraźnie niezadowolony z zakończenia sprawy.

– Dziękuję wam serdecznie. – Skinąłem głową i zerknąłem na chowającego się za moimi plecami oszusta. – Chodź, Tomaszu.

Wyszliśmy do sieni. Przed drzwiami kamienicy stał jeszcze jeden drągal – wypisz wymaluj braciszek jajogłowego osiłka – i Purcell znowu na jego widok przykleił się do moich pleców. Ale drągal był dobrze wytresowany, gdyż widząc nas zmierzających do drzwi, ustąpił z drogi.

– O Jezusie Bezlitosny! – westchnął oszust, kiedy wyszliśmy już na ulicę. – O święty Andrzeju Trucicielu, o święty Piotrze Zdzieraczu Skór, o święta Dominiko od...

– Daruj sobie te litanie, Tomaszu – przerwałem mu. – Lepiej powiedz, co zamierzasz robić dalej, bo pamiętaj, że nasza umowa obejmuje jedynie bezpieczne odprowadzenie cię do rogatek.

– Tak, tak, tak, macie rację, oczywiście macie rację. – Zatrzymał się w miejscu, niespodziewanie chwycił mnie za rękę i pocałował w dłoń.

– Bardzo wam dziękuję, żeście mnie nie wydali, do końca życia będę was wspominał w modlitwie, i was, i wasze dzieciaczki, jeśli takowe macie, i wszystkich innych... I będę się modlił za wasze zbawienie do Pana Boga, Aniołów i świętych. – Patrzył na mnie wdzięcznym wzrokiem głodnego psa, któremu właśnie obiecano codzienną michę pełną żarcia.

– To bardzo miło z twojej strony, Tomaszu. – Uśmiechnąłem się. – Jednak, niestety, twój dług nie obejmuje jedynie modlitw. Jesteś mi winien dwieście koron.

– Cccco takiego? – Tak się zdumiał, że nie zareagował nawet, kiedy potrącił go jakiś zabiegany i zdenerwowany przechodzień.

Ująłem oszusta za ramię i odciągnąłem nieco na bok, gdyż nie chciałem, by w konwersacji przeszkadzali nam kolejni nieuprzejmi ludzie.

– Dwieście koron. Suma, jaką oferował mi Waltz, a której przyjęcia stanowczo odmówiłem. Nie chcesz chyba, bym z powodu mej wielkiej życzliwości w stosunku do ciebie utracił spodziewane dochody, prawda? Bo powiedz sam, czy to byłoby w porządku, Tomaszu? – Spojrzałem mu prosto w oczy, ale on zaraz umknął ze wzrokiem. – Uznałem cię za uczciwego człowieka, więc odpowiedz właśnie tak, jak przystało na uczciwego człowieka. Nie jak na łotra i oszusta, za którego mają cię tamci. – Ruchem głowy wskazałem kamienicę, którą dopiero co opuściliśmy.

– No, tego tam, hmmmm.... – Ciągle gonił ze wzrokiem gdzieś od muru do muru. – Jak by to powiedzieć...

– Pomyśl o tym wydarzeniu w następujący sposób: wchodząc w korzystną dla ciebie spółkę, pozbawiłem się spodziewanych dochodów. Czy nie powinieneś wobec tego zrekompensować mi ich, zadość czyniąc w ten sposób mojej krzywdzie?

– W jednym względzie mylicie się, za waszym przeproszeniem. – Wzrok Purcella odzyskał nagle bystrość, a on sam swadę. – Otóż propozycja zwiększenia waszego dochodu nastąpiła dopiero po zawiązaniu spółki ze mną, a więc wasze mniemanie, że zostaliście pozbawieni należnych profitów, jest całkowicie błędne. Profity te bowiem zostały zaproponowane wam dopiero jako następstwo waszych działań związanych z wejściem ze mną w porozumienie. Ergo: gdybyście nie zawarli ze mną porozumienia, nie otrzymalibyście żadnej propozycji finansowej. Summa summarum nic wam nie jestem winien poza, rzecz jasna, dozgonną wdzięcznością.

Długo przetrawiałem jego słowa.

– Gdybym nie zawarł z tobą porozumienia, siedziałbyś teraz przywiązany do krzesła i wył wniebogłosy – rzekłem wreszcie. – I założę się, że w tej chwili miałbyś kilka palców lub zębów mniej.

– Za waszym pozwoleniem. – Uniósł dłonie tak raptownie, jakbym zamierzał gdzieś odbiec, a on koniecznie chciał mnie powstrzymać. – Lecz z tematu rozliczeń wynikających z obiektywnych praw handlowych przechodzicie do rozrachunków związanych z subiektywnym poczuciem wdzięczności. A to przecież dwie całkowicie odrębne kwestie!

Taaak, zdecydowanie popełniłem błąd, wchodząc na grunt handlowy, na którym Tomasz Purcell czuł się, jak widać, swojsko oraz bezpiecznie. Nie zamierzałem jednak poddawać się tylko dlatego, że okazał się sprawniej szermować ekonomicznymi argumentami.

– Może poprosimy twoich niedawnych wspólników o rozsądzenie naszego niewielkiego sporu? – spytałem łagodnie. – W końcu to doświadczeni kupcy, na pewno będą potrafili znaleźć rozwiązanie.

– Powinniście wiedzieć, że w sądzie polubownym zasiadać mogą jedynie sędziowie, na których zgodziły się obie strony, a ja, jak możecie się spodziewać, wcale sobie nie życzę ich w roli rozjemców. Bo już wiem, jaki rozejm by z tego wyszedł...

Tomasz Purcell zaczynał mnie denerwować, lecz nie zamierzałem dać poznać po sobie, że dyskusja z nim nie zmierza w stronę, w którą spodziewałem się, że zmierzać będzie.

– Jeśli pozwolicie, opowiem wam, w jaki sposób widzę całą sprawę. – Oszust tym razem nie uciekał już ze spojrzeniem. – Solennie obiecaliście, że doprowadzicie mnie do rogatek, nie licząc przy tym na żadną gratyfikację. Wasza obietnica została złożona w obrębie porozumienia, dzięki któremu nie musieliście fatygować się torturowaniem mnie, a więc tym samym osiągnęliście wymierną korzyść...

– Nie do wiary – powiedziałem, przypatrując mu się.

– ...liczoną przede wszystkim w poświęconym czasie, że nie wspomnę już o zużytych narzędziach oraz materiałach.

– Coś takiego... – mruknąłem tym razem pod nosem, ale Purcell nie wydawał się zwracać na mnie większej uwagi.

– Dzięki zawartemu porozumieniu umożliwiłem wam spędzenie wieczora tak, jak zamierzaliście go spędzić, czyli przy domowej kolacji i w miłym towarzystwie. Każdy z nas dzięki tej wymianie przysług coś zyskał...

– Oczywiście. Wy zyskaliście życie, ja czas na zjedzenie kolacji – z przekąsem przyznałem mu rację.

– Pozwólcie mi dokończyć, mistrzu inkwizytorze! Tak jak mówiłem wcześniej: każdy z nas dzięki temu porozumieniu osiągnął wymierne korzyści. Na wymianę wzajemnych przysług, uwaga, to ważne! obaj wyraziliśmy zgodę, a przez to w naszym subiektywnym mniemaniu uznaliśmy je za równowartościowe. Zauważcie bowiem, że cena pojęć niemierzalnych, takich jak miłość, wiara czy, w waszym przypadku, satysfakcja z radośnie spędzonego wieczoru, nie podlega racjonalnej wycenie.

– Ja chyba śnię – szepnąłem już tylko do siebie, gdyż Tomasz Purcell nie był zainteresowany wysłuchaniem tego, co mam do powiedzenia.

Świński Ryj odetchnął głęboko, najwyraźniej zadowolony z siebie samego oraz własnych wywodów. Zrozumiałem teraz, w jaki sposób mógł zwodzić ludzi i w jaki sposób nabrał swych wspólników. Swobodnie posługiwał się demagogiczną retoryką, mocno naciąganą do własnych korzyści, ale umówmy się: któż nie robi podobnie? Od papieży i cesarzy aż po zwyczajnych żebraków.

– Nawet jeśli niechętnie przyznam, że w waszych wywodach tkwi ziarno prawdy – powiedziałem – to, niestety, swym bezdusznym postępowaniem obrazicie moje

subiektywne poczucie sprawiedliwości. Przyznam: nie-
wymierne, czy też jak wolicie: niemierzalne. W związku
z tym zaproponuję waszym byłym wspólnikom, że ruszę
waszym śladem, gdziekolwiek się udacie, i przyprowadzę
was całego oraz zdrowego, tak by mogli długo i owocnie
cieszyć się towarzystwem człowieka, któremu kiedyś nieopatrznie zaufali.

Ku mojemu zdumieniu Purcell wcale się nie skonfun-
dował ani nie przestraszył, tylko klasnął głośno.

– I widzicie, jak jest? Od dyskusji handlowej przeszli-
ście do gróźb! Nie znajdując właściwej siły argumentów,
zdecydowaliście się użyć argumentu siły. Czy tak godzi
się postępować wyszkolonemu inkwizytorowi? Przecież
kim ja jestem? Zaledwie kupcem. Tymczasem wy pobie-
raliście wszechstronne nauki w przesławnej Akademii
Inkwizytorium. Jeśli więc człowiek tak gruntownie wykształcony jak wy musi uciekać się do gróźb w rozmowie
z prostaczkiem takim jak ja, czyż to właśnie nie najwy-
mowniej świadczy o tym, iż nie macie racji? A powiem
więcej, za waszym pozwoleniem: sami świetnie zdajecie
sobie sprawę z braku tych racji...

Groźby groźbami, racje racjami, a argumenty argumentami. Ja postanowiłem zastosować argument osta-
tecznej wagi. Chwyciłem Purcella za kołnierz kaftana
i przyciągnąłem do siebie tak mocno, że jego nos niemal zderzył się z moją brodą.

– Albo dasz mi dwieście koron, Tomaszu, albo obiecuję, że gorzko pożałujesz skąpstwa – wycedziłem.

Potem odsunąłem oszusta na odległość wyciągnięte-
go ramienia, z satysfakcją zauważając, że mina mu nieco zrzedła.

– Nie chcesz po dobrej woli wynagrodzić mojej przyjaźni, to nie – kontynuowałem. – Powiem ci jednak, że nie znam człowieka, który skakałby z radości, wiedząc, że ma inkwizytora za śmiertelnego wroga. A jeśli nie dostanę pieniędzy, staniesz się moim wrogiem. Wierz mi...

– No ale jakże to? – odezwał się płaczliwie. – Przecież wiecie, że oddałem wszystko, co miałem. Tyle mi zostało, co mam przy sobie. – Rozłożył ramiona. – A co ja mam? Nawet ani pierścienia, ani zapinki, ani klamerki... Wszystko ze mnie zdarły te łotry... Dobrze, że zostawili chociaż kaftan na grzbiecie.

– No to bieda – westchnąłem. – Chodź więc ze mną, mój ty nędzarzu, zaproszę cię na obiad i kubeczek wina. Pogawędzimy...

– Uprzejmie wam dziękuję, wolałbym jednak, byście zgodnie z umową...

– To nie była propozycja ani prośba. – Puściłem kaftan Purcella i jednocześnie pchnąłem mężczyznę dłonią tak, że uderzył plecami o mur. – Zaraz obok jest niezgorsza karczma. Idziemy.

– Obok? Obok to jest tylko „Pod Rozgotowanym Kucykiem". – Skrzywił się. – Mam nadzieję, że nie myślicie o tej właśnie mordowni?

– Właśnie o tej. Idź przodem, Tomaszu, i nie próbuj bawić się ze mną w gonionego, bo kiedy się zadyszę, jestem bardzo zły.

– Jak sobie życzycie, szanowny mistrzu inkwizytorze – jego głos znowu zrobił się przymilny i nabrał ciepłej barwy.

Gospoda „Pod Rozgotowanym Kucykiem" wcale nie była taką mordownią, jak chciał ją widzieć Tomasz Purcell. Od czasu do czasu przychodziłem tu na szklanecz-kę wina, a czasami na znakomite zrazy z kaszą i jeszcze znakomitszy pieróg z mięsem i słoniną. Dlatego pogardliwa opinia Świńskiego Ryja o tym przybytku dotknęła mnie tym bardziej. No cóż, zdaje się, że taka to już była cecha Tomasza Purcella, iż na całym świecie podobał mu się tylko on sam...

Kiedyś rozmawiałem z właścicielem gospody na temat dziwnej nazwy, jaką nosił prowadzony przez niego zajazd. Oberżysta wyraźnie był zadowolony z zadanego pytania: rozpromienił się i postawił przede mną kubek wina na koszt zakładu.

– To jeszcze za czasów dziada mojego pradziada nadano gospodzie to miano – wyjaśnił. – W Hezie panował wtedy wielki głód, a mój przodek, akuratnie Eustachy mu było, jak i mnie, kazał zarżnąć kucyka, którym wcześniej woził towary, i z jego mięsa ugotować ogromny kocioł zupy. A zupą tą karmił wszystkich potrzebujących i wielu w ten sposób uratował życie. Toteż i do dzisiaj jego imię i jego czyn są przechowywane we wdzięcznej pamięci.

Cóż, była to piękna historyjka i, ośmielałem się sądzić, zapewne tak samo prawdziwa jak złoty pierścionek na palcu karczmianej posługaczki. Życie bowiem nauczyło mnie sceptycznego stosunku do wszelkich opowieści, w których bliźni wykazywali się niemotywowaną zyskiem miłością do innych istot ludzkich. Udałem jednak, że biorę słowa karczmarza za dobrą monetę, stuknęliśmy się kubkami i wypiliśmy za wieczne odpoczywanie duszy zacnego Eustachego.

„Pod Rozgotowanym Kucykiem" składała się z dwóch izb. Pierwszej, zaraz za drzwiami wejściowymi, gdzie zazwyczaj tłoczyła się podrzędniejsza klientela, oraz drugiej, oddzielonej solidnym przepierzeniem, w której mogli zjeść, wypić i porozmawiać ludzie życzący sobie spokoju. A ja i Tomasz Purcell życzyliśmy sobie spokoju. Co prawda, znając życie, Tomasz Purcell najbardziej na świecie życzył sobie spokoju, który polegałby na moim zniknięciu z jego życia, ale o tym na razie nie mogło być mowy, gdyż nie skończyliśmy jeszcze spraw, jakie były między nami.

Właściciel powitał mnie z tym rodzajem grzecznej serdeczności, która cechuje ludzi zdających sobie sprawę z tego, iż zostali stworzeni, by usługiwać lepszym od siebie, lecz jednocześnie pragną zachować godność, wyraźnie pokazującą, iż usłużność nie jest ich cechą wrodzoną, ale zaledwie koniecznym elementem wykonywanej profesji.

– Mam dzisiaj wyśmienite wino, mistrzu inkwizytorze. – Uśmiechnął się z taką dumą, jakby wyprodukowanie tegoż wina było tylko i wyłącznie jego zasługą. – Nie dość, że z samej Italii, to jeszcze właśnie w Italii butelkowane.

– Jest więc pewna szansa, że więcej w nim wina niż wody – powiedziałem. – No dobra, dawaj to italskie wino i zapisz je na mój rachunek. Poza tym dla mnie jak zwykle zraziki, a ty, Tomaszu? – Obróciłem głowę w stronę Purcella. – Zjesz coś przed podróżą? Gospodyni potrafi piec znakomity pieróg.

– Dziękuję wam, pokrzepię się tylko łykiem wina, jeśli jesteście tak hojni, by postawić je przed biedakiem, którego całym majątkiem jest zdarta koszulina na grzbiecie – odparł i wykrzywił usta w podkowę.

Gdybym nie poznał już Purcella bliżej, może i zrobiłoby mi się go żal. Karczmarz też nie miał szczególnie
czułego serca, bo bezceremonialnie zgniótł w palcach
bufiasty rękaw koszuli mojego towarzysza.

– Hiszpański atłas – stwierdził z miną znawcy. – Jak
was stać na taką koszulinę, to i pewnie w kiesce coś tam
wam brzęczy. – Przymrużył porozumiewawczo oko, puścił rękaw i odszedł.

– Hołota – burknął Purcell. – Tacy jak on wyobraża-
ją sobie, że wielcy kupcy tarzają się w złotych monetach.
A wiecie, mistrzu inkwizytorze, że ja nigdy nie miałem
w domu więcej niż – zmarszczył brwi – no ja wiem, może
z pięćset koron? Za to ze sto tysięcy w zobowiązaniach,
wekslach, listach wartościowych, nadaniach, przyrzecze-
niach wypłaty zysku i tak dalej, i tak dalej. Prawdziwych
interesów nie robi się w gotówce, lecz w obietnicy jej przekazania, które to zresztą przekazanie wcale nie musi przy-
brać formy materialnej wymiany. A wręcz powiem wam –
stuknął kostkami dłoni w blat – że zdarzają się niezwykle
intratne przedsięwzięcia, w których ani gotówka, ani kupowany za nią towar nie istnieją jako fizyczne byty.

Zapatrzył się w powałę, zupełnie jakby tam właśnie
zobaczył lub chociaż pragnął zobaczyć ów nieistniejący
fizyczny byt.

– Dziękuję ci za te wielce pouczające uwagi dotyczące robienia interesów – powiedziałem uprzejmie. –
Przyznam jednak, że jako człowiek niezaznajomiony
z meandrami handlu bardziej od obietnic zainteresowany jestem jak najbardziej materialnym otrzymaniem
złotych lub srebrnych monet o wartości dwustu koron.
I życzyłbym sobie, byś wysilił umysł i znalazł sposób na

doprowadzenie do tego szczęśliwego finału, a wtedy roz-staniemy się w zgodzie, zachowując jeden drugiego we wdzięcznej pamięci.

– Doskonale powiedziane, mistrzu inkwizytorze – zachwycił się, składając dłonie na piersi. – Wyznam wam szczerze, iż nie byłoby radośniejszego człowieka ode mnie, gdyby udało się wasze życzenia zmienić w rze-czywistość...

– Bardzo dobrze.

– ...ale! – Uniósł palec wskazujący i spojrzał na mnie nagle posmutniałym wzrokiem. – Nie każde życzenia można spełnić. Ot, ja sam życzyłbym sobie być piękny i bogaty, a wiecie sami, iż jeśli chodzi o piękno, to nazy-wają mnie Świńskim Ryjem, a jeśli chodzi o bogactwo, to muszę korzystać z waszej szczodrobliwości, nawet by wy-pić szklankę byle jakiego wina – westchnął rozdzierająco.

Do naszego stolika podszedł karczmarz, z wyraźną dumą niosąc na tacy dwa cynowe kubki oraz zapieczę-towaną butlę.

– Oto jest italski muszkatel. Tylko dla wyjątkowych gości, mistrzu Madderdin.

Purcell wstał i bez ceregieli porwał butelkę za szyj-kę. Przechylił ją, a karczmarz niemal krzyknął ze zgrozy. Kupiec przeturlał sobie flaszkę w dłoniach, uśmiechnął się i oddał ją gospodarzowi.

– Polewaj! – rozkazał.

Karczmarz spojrzał na mnie zbolałym wzrokiem.

– Mistrzu Madderdin?

– Tak, nalejcie, z łaski swojej – odparłem.

Właściciel z nabożeństwem odpieczętował butelkę, a potem delikatnie przechylił nad moim kubkiem i nalał na dwa palce. Purcell prychnął, zabrał moją szklankę, opróżnił jednym łykiem i zamlaskał.

– Gówno, nie italski muszkatel – burknął.

Karczmarz poczerwieniał.

– A wy co, tak dobrze znacie się na winach?

Świński Ryj zmierzył go twardym wzrokiem.

– Na winach też się znam, draniu. Ale jeszcze lepiej znam się na pieczęciach i nalepkach. – Purcell obrócił się w moją stronę. – To fałszywe wino rozlewane pod Hezem. Może kiedyś polizało się z italskim muszkatelem i tyle z niego ma. Z tym że, obiektywnie biorąc, nie jest takie złe... – Wzruszył ramionami i oblizał usta, by pokazać, że jest w stanie wytrzymać taki smak.

Spojrzałem na karczmarza.

– Co odpowiecie na ten zarzut?

Właściciel wziął flaszkę i ostrożnie, by nie wylać zawartości, oglądał to, co zostało z pieczęci. Tomasz Purcell przyglądał mu się z uśmieszkiem.

– Ze skóry go obedrę – warknął w końcu gospodarz i podniósł na mnie wzrok. – Pokornie proszę o wybaczenie, mistrzu Madderdin, wasz towarzysz ma rację. Te pieczęcie sfałszowano, ale na gwoździe i ciernie, jak sprytnie...

Świński Ryj wzruszył ramionami na znak, co sądzi o takim sprycie.

– A kogo obedrzecie ze skóry? – zainteresowałem się.

– Mojego dostawcę – odparł. – To łotr, powiadam wam.

– Znalazł gęś, więc ją oskubuje – powiedział Purcell. – A ta oskubana gęś skubie z kolei głupsze od siebie. – Roześmiał się. – I tak właśnie świat się toczy, mistrzu Madderdin.

Karczmarz, oblany szkarłatnym rumieńcem, najwyraźniej chciał powiedzieć coś, co jedynie mogłoby zaostrzyć spór, więc uniosłem dłoń władczym gestem.

– Zostawcie wino i idźcie już – rozkazałem. – Jak będziecie potrzebni, zawołam was.

Musiał usłyszeć poważną nutę w moim głosie, bo posłusznie wycofał się tyłem, mamrocząc pod nosem nieskładne przeprosiny.

– Nieźle, nieźle... – Uniosłem kubek. – Twoje zdrowie, Tomaszu.

– Ze mną byście nie zginęli – rzekł bez przechwałki w głosie, a jedynie stwierdzając fakt.

– Nie wiedziałem, że znasz się nawet na winiarskich pieczęciach.

– Mistrzu Madderdin, gówno tam znam się na pieczęciach – wyznał pobłażliwym tonem. – Czy wy myślicie, że człowiek obracający takimi sumami, jakimi ja obracam, ma czas wnikać w podobne detale?

– Czyli może naprawdę pijemy muszkatel? – Zmrużyłem oczy. – Bo jak rozumiem, po smaku też byście nie rozpoznali?

Wzruszył ramionami.

– Chlało się w życiu troszkę, prawda, nie powiem. Ale wiecie, jak jest. Na początku człowiek nawet uważa, co pije, ale potem doi już wszystko, aby tylko w łeb dobrze waliło. Tak więc jasne, że nie wiem, czy to italski muszkatel, czy nie. Ale za to, jak znam życie, kolację dostaniemy dziś za grosze.

– A więc zostawię ci już przyjemność negocjowania rachunku – powiedziałem.

Przyznam, że Tomasz Purcell coraz bardziej mi się podobał. Wyobrażałem sobie jednak, jak bardzo niebezpiecznym mógł być człowiekiem dla tych, na których zagiął parol. Jego bezczelność, pewność siebie, a poza tym, jak słyszałem, ogromna wiedza na temat finansów czyniły z niego groźnego przeciwnika.

Opróżniliśmy butelkę i rozochocony Purcell zawołał o następną, a ja uznałem, że czemu nie, możemy się razem napić. Świński Ryj okazał się całkiem zabawnym towarzyszem, opowiadał anegdotki z życia wielkich kupców i opowiadał je naprawdę nieźle. Zauważyłem tylko, że trunek działa na niego dużo, dużo bardziej niż na mnie. Bowiem wasz uniżony i pokorny sługa potrafi wlać w siebie naprawdę dużo wina, piwa albo gorzałki, zanim przeszkodzi mu to w przejściu po wąskim gzymsie, odśpiewaniu wesołej piosenki bez zapominania zwrotek czy na tyle krótkim i sensownym tworzeniu zdań, by pod ich koniec pamiętać jeszcze, co było na początku. Purcell, niestety, nie spełniał żadnego z tych warunków. Jego droga od stołu do drzwi przypominała hals statku na sztormowym morzu, śpiewanie piosenek było przerywane długim i pełnym zakłopotania drapaniem się po głowie, a część zdań, które wypowiadał, sprawiała wrażenie, jakby splatały się w coś na kształt węzła gordyjskiego utworzonego ze słów dobranych na chybił trafił. Oczywiście zastanawiałem się, czy przypadkiem nie udaje bardziej pijanego, niż jest, by uśpić moją czujność i dać dyla, ale po dłuższej obserwacji doszedłem do wniosku, że Tomasz Purcell nie udaje, ale po prostu ma słabą głowę. Zważywszy na fakt, że najwyraźniej lubił się napić, tworzyło to groźną mieszankę. Zwłaszcza groźną dla człowieka interesów. Z tego wieczora wypływał jeden wniosek: Tomasz Purcell będzie dzisiaj spał ze mną. Daruję sobie pilnowanie go w łóżku, ale zadbam, by go solidnie do tegoż łóżka przywiązać. Zapewne moja gospodyni (owa młoda dama, o harcach z którą opowiadałem Świńskiemu Ryjowi na początku naszej znajomości) nie będzie tym szczególnie zachwycona, ale doskonale wiedziałem, że znajdę dobry sposób, by ją przekonać, że zgoda na moje zamierzenia jest najlepszym, co może uczynić.

Ponieważ przez chwilę zagłębiałem się we własnych myślach i nie zwracałem uwagi na to, co gada pijany Purcell, dopiero jego nalegający głos wyrwał mnie z zadumy.

– Co? Co myślicie, mistrzu Madderdin?

– Co myślę o czym?

– Wcale mnie nie słuchaliście – powiedział obrażonym tonem.

– Powtórzcie, z łaski swojej.

– Zastanawiam się, jak zostanie nazwany Nowy Świat. Jak myślicie, co?

– A diabli z Nowym Światem! Co cię to może obchodzić, Tomaszu? Nie masz większych zmartwień niż jakieś parszywe odludzie, do którego żeglują szaleńcy i kryminaliści?

Świński Ryj gwałtownie potrząsnął głową.

– Nie macie racji, nie macie racji! Teraz co drugi majętniejszy kupiec rozmyśla nad podobnym przedsięwzięciem. Chodzi o finansowanie wypraw do Nowego Świata...

– Mają za dużo złota? – prychnąłem z rozbawieniem. – Słyszałem, że tam nie ma nic poza krwiożerczymi dzikusami, paskudnym klimatem oraz hordami komarów wielkich jak palec i zajadłych jak rojące się osy.

– I zbudowanymi z najczystszego złota miastami, ukrytymi w samym środku dżungli – sapnął, a oczy mu się zaświeciły.

– Taaak, oraz kopalniami króla Salomona na dokładkę. – Uśmiechnąłem się. – Daj spokój, Tomaszu, komu by się chciało przepływać przez morze, żeby szukać szczęścia w takim parszywym miejscu? Z tego całego Nowego Świata dla nikogo nie będzie żadnego pożytku, wierz mi...

Chwycił mnie za dłoń obiema rękoma.

– Nieprawda – zaprotestował żarliwie. – Ludzie chcą więcej, mistrzu Madderdin. Więcej, dalej, szybciej, lepiej... – Wpatrywał się we mnie rozgorączkowanym wzrokiem. – Nie spoczniemy, póki nie wyrżniemy w pień dzikusów, nie osuszymy bagnisk i nie zdobędziemy złotych miast. Uczynimy tę ziemię naszą poddaną, dokładnie tak, jak każe Pismo.

Przyglądałem się Purcellowi ze zdziwieniem, gdyż nie spodziewałem się po nim ani takiej pasji, ani takiej wiary. Ani tego, że ma w życiu cel, do którego pragnie tak usilnie dążyć.

– Już ja widzę, jak walczysz z dzikimi, Tomaszu, albo osuszasz bagniska – parsknąłem, bo wyobraziłem go sobie kopiącego łopatą w błocku.

– A kpijcie sobie – zgodził się bez gniewu. – Wiedzcie jednak, że różni ludzie będą tam potrzebni, mistrzu Madderdin. Zarówno ci od pracy, jak i ci od myślenia...

– Od myślenia, jak zarobić na pracy innych – dodałem kąśliwie.

Tomasz Purcell chciał coś odpowiedzieć, ale nagle chwyciła go czkawka i kiedy czknął dwa razy pod rząd, to mało nie przewrócił stołu, z takim czkał niezwykłym impetem. Cóż, podobno zdarzyło się kiedyś (jak to mówią: zdarzyło się przyjacielowi znajomka mojego kuzyna, co ma oznaczać, że to szczerze prawdziwa prawda), że jakiś nieszczęśnik czkał tak długo i tak potężnie, aż umarł. Coś mu się przerwało w środku, więc zamiast po raz kolejny czknąć, nagle bluznął na stół krwią i już było po nim. Niezbadane są wyroki Pańskie... Miałem nadzieję, że mojego towarzysza nie czeka podobny los, gdyż był mi jeszcze potrzebny żywy, przynajmniej przez pewien czas.

Zastanowiłem się nad tym, co mówił Purcell o nowym kontynencie, i pomyślałem, że jeśli to prawda, jeśli ludzie naprawdę zaczną coraz częściej pływać do Nowego Świata, jeśli założą tam osiedla, wioski, miasta oraz forty, to przecież jak najprędzej będziemy potrzebni również my, inkwizytorzy. Czy Święte Officjum snuło już jakieś plany w stosunku do Nowego Świata? Och, na pewno nie byłem pierwszym, który wpadł na to, że skoro na zachodzie rozpościerają się dzikie i niezbadane ziemie, to najpilniejszą na nich potrzebą są inkwizytorzy. Po pierwsze – by zbadać nowy ląd na obecność demonicznych sił; po drugie – by wypalić ogniem pogańskie wierzenia dzikusów (jak wywnioskowałem ze słów Purcella, nowi osadnicy pewnie najchętniej wypalanie wierzeń połączyliby z wypalaniem samych dzikusów); a po trzecie wreszcie – by zadbać o czystość serc, myśli oraz uczynków osadników, którzy, osamotnieni na nowej ziemi, stanowiliby niewątpliwie łakomy kąsek dla szatańskich zakusów.

– I wy może się tam wybierzecie... – powiedział szybko Purcell, tak by zmieścić się między jednym czknięciem a drugim.

– Z całą pewnością się wybierzemy – odparłem, bo jak widać, myśli Świńskiego Ryja szły podobnym torem co moje.

– Mówię, że wy. – Pokazał na mnie palcem, a wcale nie „wy", że niby „wy, inkwizytorzy". Tylko „wy sami". – Jezus! – To ostatnie słowo wykrzyknął, kiedy poczuł już, że nadchodzi szczególnie silne czknięcie.

Czknął i aż mu coś zawyło w środku. Opadł na krzesło, położył sobie dłonie powyżej brzucha.

– Zmiłujcie się, chyba coś mi pękło – zaszeptał z przerażeniem.

Zmarszczyłem brwi, bo oto moje wywołane plotkami obawy mogły nieoczekiwanie zamienić się w rzeczywistość. Nie sądziłem, by Tomaszowi naprawdę stało się już coś poważnego, ale rzeczywiście, przy niezwykłej intensywności nękającej go czkawki nieszczęście mogło zdarzyć się w każdej chwili. Westchnąłem, gdyż nie miałem ochoty wstawać z krzesła, lecz jednak z niego wstałem, bo skoro był to jedyny sposób, by uratować życie Świńskiego Ryja, musiałem, niestety, poświęcić własną wygodę. Wyleczyłem Purcella z czkawki, po czym zawołałem karczmarza.

– Dajcie mi tu dwóch chłopaków, żeby go zanieśli do mojego domu, bo nie będę się z nim przecież męczył na ulicy.

Karczmarz krytycznym okiem spojrzał na Tomasza.

– Pije, a pić nie umie – zawyrokował z pogardą.

Nie wyprowadzałem go z błędu, tylko uśmiechnąłem się wyrozumiale, po czym zaczekałem, aż pojawią się służący oberżysty. Byli to dwaj mężczyźni na schwał, więc całkiem zgrabnie poradzili sobie z grubym Purcellem i zataszczyli go na moją kwaterę.

Wstałem tak, jak powinien wstawać człowiek, który poprzedni wieczór spędził przy kielichu, a więc w czasie kiedy nawet największe obżartuchy były już po zakończonym obiedzie. Natychmiast poszedłem zobaczyć, jak czuje się Purcell, i na progu pokoiku, w którym go zamknąłem, zobaczyłem moją gospodynię stojącą i patrzącą w głąb pomieszczenia.

– On śmierdzi – oznajmiła lodowatym tonem, kiedy zatrzymałem się przy niej.

Była to dziewczyna ładna, młoda i żwawa (zwłaszcza w tych chwilach, kiedy żwawość jest zaletą), ale nieco zbyt kategoryczna, jak na mój gust. Poza tym ostatnio coś zbyt często opowiadała mi o ceremoniach ślubnych swoich kuzynek, przyjaciółek i sąsiadek (a także zupełnie obcych kobiet), więc miałem nieodparte przeczucie, że chwila, gdy będę musiał pożegnać się zarówno z tą wygodną kwaterą, jak i jej chętną właścicielką, zbliża się wielkimi krokami.

– Zlał się i porzygał, to i śmierdzi – odparłem, marszcząc nos. – W tej sytuacji dziwiłbym się, gdyby wcale nie śmierdział.

Spojrzała na mnie zupełnie nierozbawiona.

– Zabierz go stąd, bo przysięgam, że jeszcze długo nie dostaniesz tego, czego nie dostałeś wczoraj!

– Moja droga Matyldo, nie jęcz, tylko zabieraj się do roboty. Przygotuj na dole kąpiel, niech Weronka wypierze mu ubranie, i sprzątnijcie tu ten bałagan, bo patrzeć nie można...

Dziewczyna poczerwieniała, otworzyła już usta, kiedy objąłem ją i zamknąłem jej te usta pocałunkiem.

– Zrób to dla mnie, ślicznotko, dobrze? – poprosiłem miękko. – A potem obiecuję, że wszystko ci wyjaśnię, bo to bardzo zabawna historia i jednocześnie – obniżyłem głos do szeptu – wielka tajemnica.

– Jaka to może być tajemnica z tym tu obwiesiem? – Nie wyglądała na przekonaną, ale oparła się na mojej piersi.

– Ukradł kilkadziesiąt tysięcy koron – wyjaśniłem. – A jeśli będziesz grzeczna, to powiem ci, komu, w jaki sposób i co mu zrobili, żeby je oddał...

– O mamo... – Spojrzała na zwiniętego w kłębek Purcella, który na przemian to pochrapywał, to gwizdał przez sen, a w jej wzroku było nie tylko zaciekawienie, ale pojawiło się w nim coś na kształt szacunku.

– No dobrze. – Odsunęła się ode mnie. – Ale jeśli historia nie będzie warta mojej fatygi, to – pogroziła mi palcem – ty wiesz co, prawda, Mordimerze?

– Zapewniam cię, że będzie warta – obiecałem.

Matyldzie i jej służącej udało się doprowadzić zarówno Purcella, jak i jego garderobę do jakiego takiego porządku, ale kiedy spotkałem go w kuchni, nadal nie wyglądał kwitnąco. Wręcz powiedziałbym, że wyglądał niczym stary, poszarzały ze zmęczenia wieprzek. Obrzucił mnie ponurym, oskarżającym spojrzeniem.

– Udusiliście mnie wczoraj – burknął.

– Ale czkawka przeszła.

– A na noc związaliście mnie! Patrzcie! – Wyciągnął dłonie przed siebie. – Mam rany na rękach, tak się obtarłem.

– Nie wydziwiaj, Tomaszu – rzuciłem ostrym tonem. – Tylko siadaj i jedz. Gdyby nie ja, to te zadrapania byłyby najmniejszym z twoich zmartwień.

Pokręcił głową z niezadowoleniem, lecz klapnął posłusznie na krzesło naprzeciwko mnie.

– I powiedz, co tam, Tomaszu, miałeś czas zastanowić się nad tym, w jaki sposób oddasz mi moje dwieście koron?

Prychnął i wzruszył ramionami. Spojrzał na pieczoną rybę, potem przerzucił wzrok na tacę z chlebem, kociołek z rakami i talerzyk ogórków na miodzie.

– A co to dzisiaj? Post?

– Ano post – odparłem. – Zajadaj, póki jest.

Odwrócił wzrok, krzywiąc się.

– Bardzoście uprzejmi, ale na razie daruję sobie śniadanie.

– Tak to bywa, jak ktoś jest nieprzyzwyczajony do drugiego dnia po piciu – westchnąłem. – Nie martw się, w końcu zgłodniejesz.

Nałożyłem sobie jeszcze jedną porcję ryby i szczodrze podsypałem ogórkami. Matylda przyrządzała je w zalewie z octu i miodu i, co zaskakujące, smakowały znakomicie.

– Mów, Tomaszu.

Od razu zrozumiał, o co mi chodzi, więc przynajmniej nie obrażał mojej inteligencji i cierpliwości dopytywaniem: „A co mam niby mówić?". Zamyślił się, opuścił głowę, a po dłuższej chwili głęboko odetchnął i spojrzał mi prosto w twarz.

– Mistrzu inkwizytorze, będę z wami szczery. – Rozłożył ramiona, jakby chciał mnie objąć. – Nie uważam waszych roszczeń za słuszne, lecz podpiszę wam zobowiązanie. – Wyprostował się i rzekł uroczystym tonem: – Jak chcecie, to nawet notarialnie poświadczone. I zadeklaruję w nim nie dwieście, a nawet, niech będzie moja strata, dwieście dwadzieścia koron, płatne za trzy miesiące od dzisiaj. Tyle czasu mi wystarczy, by zarobić na oddanie wam tego... nazwijmy umownie: długu.

– Zauważam, że zrobiliśmy wyraźny postęp, Tomaszu – powiedziałem po chwili z zadowoleniem. – Bowiem od problemu kwestionowania zasadności samej wypłaty przeszliśmy do problemów związanych jedynie z przekazaniem pieniędzy. A więc osiągnęliśmy porozumienie co do idei, pozostaje nam zaledwie rozwiązanie kwestii technicznych, pozwalających na wcielenie tej idei w życie.

Purcell zauważalnie skrzywił się, najwyraźniej mój wywód średnio przypadł mu do gustu. Nie odezwał się jednak, czekając, co powiem dalej.

– Przekonałem się, drogi Tomaszu, że często obserwacja naszych braci mniejszych pozwala nam lepiej zrozumieć ludzi. Czyż wiewiórka chowa orzechy na zimę w jednym tylko miejscu? Czy pies zakopuje nowe kości wciąż w tej samej dziurze? Nie, Tomaszu. Te zwierzęta mają co najmniej kilka kryjówek, a nie podejrzewam, żebyś był głupszy od wiewióreczki, prawda? I mam nadzieję, że nie zapomniałeś tak jak ona miejsc, gdzie pochowałeś zapasy...

– Na Boga Jedynego, przysięgam wam, że...

Szybko położyłem mu dłoń na ustach.

– Nie krzywoprzysięgaj, Tomaszu, i nie bluźnij, gdyż w ten sposób nie tylko popełniasz grzech śmiertelny, lecz możesz uczynić ze mnie swego wroga. – Odjąłem palce od jego twarzy. – Bóg co prawda rozliczy cię dopiero po śmierci, ale ja mogę okazać się nie aż tak cierpliwy jak nasz Pan.

Świński Ryj zapatrzył się w blat stołu tak intensywnie, jakby w jego wypolerowanej powierzchni miał nadzieję wyczytać odpowiedzi na wszystkie pytania, jakie tylko zamarzyłoby mu się zadać.

– Czysto teoretycznie, traktując to zaledwie jako hipotetyczną możliwość, załóżmy, że mam jeszcze odłożone co nieco na czarną godzinę. Skąd mam pewność, że wasze żądania nie pójdą dalej? Albo że nie będziecie mnie ścigać, by odebrać nagrodę za mnie od Brechta i Waltza?

– Jaka jest więc twoja propozycja, Tomaszu?

– Znacie zajazd „Na Sterczącym Cycku"? W każdy piątek wieczór zbiera się pod nim kupiecka karawana, która w sobotę o świcie rusza do Akwizgranu pod osłoną zbrojnej straży. Wiem, że w tę sobotę jedzie z nią kupiec, a jedzie jeszcze znad śląskiej granicy, który jest mi sporo winien. Kiedy odzyskam dług, wtedy wykupię sobie w niej miejsce. I wtedy Brecht czy Waltz nie ośmielą się mnie tknąć. Potem już sobie poradzę... Dam wam dwieście koron, kiedy będę już w karawanie. Co wy na to? Mówiłem wam, że kupcy tacy jak ja rzadko mają gotówkę, ale zapewniam was, że wierzytelność u tego mojego śląskiego znajomka jest równie dobra jak gotówka.

– Zdumiewa mnie, jak wielką wiarę pokładasz w ludziach – powiedziałem.

– Przecież niczym nie ryzykujecie, mistrzu inkwizytorze. A dwieście koron piechotą nie chodzi... Błagam was tylko, byście raczyli zaczekać do wieczora. I wam to wyjdzie z pożytkiem, i w pewien sposób... – westchnął – również mnie.

– Ile jest ci winien ten kupiec? Tylko nie kłam!

– Wystarczy dla was, a i dla mnie zostanie odrobina. Ot tyle, by nie umrzeć z głodu, póki się nie odkuję – odparł gładko.

Zdecydowałem, że zadowolę się na razie tym wyjaśnieniem.

– Niech będzie, jak chcesz, Tomaszu – powiedziałem. – A tymczasem, jeśli nie chcesz jeść, chodź za mną.

– A gdzie pójdziemy? – zaniepokoił się.

– Ty pójdziesz do przeznaczonego sobie pokoju, ja natomiast pójdę pogawędzić z moją gospodynią.

– To ta ładniutka gąska? – Oczy mu się rozjaśniły.

– Właśnie ta – odparłem chłodno. – A jeśli nie masz ochoty, by nazywano cię w przyszłości Podrapanym Ryjem, to nie używaj słowa „gąska" w jej obecności.

– Ho, ho! – Cmyknął przez zęby. – Takaż to ona, co? – Nagle spojrzał na mnie z obawą. – Ale tym razem nie zwiążecie mnie, prawda?

– A jak myślisz?

– Myślę, że zwiążecie – odparł ponuro.

– Z przyjemnością zauważam, Tomaszu, że rozsądek bierze u ciebie górę nad nierealnymi oczekiwaniami. Chwali ci się tak praktyczne podejście do życia.

– Ażeby was pokręciło – burknął. – Znowu mi obetrzecie ręce sznurem.

– Nie będziesz się wiercił, to się nie obetrzesz. No chodź, chodź, nie będziemy gadali do wieczora, bo mam jeszcze wiele do zrobienia.

„Na Sterczącym Cycku" był prawdopodobnie największym zajazdem w Hezie. To tu zatrzymywały się handlowe karawany zmierzające na zachód Cesarstwa, a więc właściciel musiał mieć miejsce zarówno dla kupców i ich służących, jak i zwierząt, nie mówiąc już o tym, że całe to towarzystwo należało nakarmić i napoić. Poza karawanami w „Sterczącym Cycku" zatrzymywali się również zwykli podróżni, a ponieważ pokoi było sporo i właściciele skutecznie walczyli z robactwem i szczurami, to zajazd odwiedzali nawet arystokratyczni goście, jeżeli z jakichś powodów nie chcieli zatrzymywać się u przyjaciół mających pałace czy kamienice w samym mieście.

Światła zajazdu widać było już z oddali, powoli też z mroku wyłaniał się tabor wozów, usłyszeliśmy gwar ludzkich głosów, rżenie spędzonych na wybieg koni pociągowych oraz naszczekiwanie psów.

– Mam nadzieję, że twój znajomek już jest, bo pamiętaj, że nie będzie mi się chciało czekać w nieskończoność.

Tomasz Purcell był bardzo niezadowolony, gdyż zaraz po wyjściu z domu zarzuciłem mu na szyję pętlę, a drugi koniec liny omotałem sobie wokół nadgarstka.

– Co ja krowa jestem, według was, że muszę iść na postronku? – zezłościł się wtedy.

– Drogi Tomaszu – odpowiedziałem mu – robię to, co robię, tylko dla twojego dobra i bezpieczeństwa. Świński Ryj prychnął z niezmierzoną pogardą.

– Bowiem pomyśl, co by było – kontynuowałem – gdybyś wiedziony jakimś diabelskim podszeptem próbował mi uciec, o co przecież nie tak trudno w tym tłumie, przez który będziemy się przeciskać. Oto wtedy musiałbym cię złapać i ukarać na tyle surowo, byś więcej nie próbował podobnych sztuczek. Zrozum więc, że biorąc cię na postronek, tak naprawdę chronię cię przed krzywdą, jakiej byś doznał.

– A to paradne! – Spojrzał na mnie i potrząsnął głową. – Jak mam wam dziękować, że bronicie mnie przed sobą samym?

– Głównie bronię cię przed tobą – sprostowałem. – I głupimi pomysłami, jakie wpadają ludziom do głowy. I przed pokusą. A teraz chodź.

– Co za wstyd, co za wstyd – zajęczał, lecz nie miał innego wyjścia, jak zgodzić się na rozwiązanie, które zaproponowałem.

Dochodziliśmy do „Sterczącego Cycka", a mojemu więźniowi gniew i rozżalenie nadal nie przechodziły, zwłaszcza że na ulicach Hezu nie raz i nie dwa pokazywano go sobie palcami, a przez kilka minut biegła nawet za nami gromada urwisów i głośno muczała oraz kwiczała. Tomasz Purcell nie był wtedy szczęśliwy.

– A zdejmiecie mi wreszcie ten sznur?

– Owszem, w tej samej chwili, jak go sobie kupicie za dwieście koron – odparłem.

– Oszaleliście?! – Zatrzymał się tak gwałtownie, że sznur mnie szarpnął dłoń, a jemu zacisnął się na szyi. Zacharczał i poluzował go sobie, a potem obrócił do mnie ściągniętą gniewem twarz. – Niby jak będę negocjował z moim znajomkiem? Z postronkiem na szyi i z wami po jego drugiej stronie?

– Nie będę się odzywał – powiedziałem i mrugnąłem. – Możecie udawać, że w ogóle mnie tam nie ma.

– Wam się wydaje, że jesteście zabawni! – żachnął się. – Boże nielitościwy, co za upokorzenie...

– Gdybyś nie kradł, to i upokorzeń byłoby mniej – powiedziałem.

– Na gwoździe i ciernie, ależ mnie brzuch z tego wszystkiego rozbolał – jęknął. – O Jezusie mocarny. – Chwycił się za sterczący nad pasem kałdun, przysiadł i skurczył się w sobie.

Westchnąłem.

– Widzę, że zamierzasz nadużyć mojej cierpliwości i dobrej woli, Tomaszu.

– Ażeby was zgaga i febra! – warknął. – Zaraz się zesram w spodnie, jak mnie nie puścicie w krzaki.

Mogłem podejrzewać, że z jakichś powodów udaje, ale równie dobrze brzuch mógł go boleć naprawdę, bo takie dolegliwości zdarzają się przecież zdenerwowanym ludziom. A gdybym musiał chodzić wśród gości zajazdu z obsranym i śmierdzącym Świńskim Ryjem na postronku, byłoby tego za wiele nawet dla mnie.

– No dobrze, nie będziemy szukać wygódki, ale puszczę cię. – Rozejrzałem się. – O tam, przy drodze, są krzaki, to sobie spokojnie ulżysz.

Podążył wzrokiem za moim, po czym wzruszył ramionami.

– Niech i tak będzie, w końcu zdarzało się człowiekowi srać w gorszych miejscach.

– Nawet nie myśl, że ci zdejmę sznur – ostrzegłem. Machnął ręką.

– Nawet się tego już nie spodziewam – rzekł zrezygnowany.

Nie powiem, że spodziewałem się, iż Purcell wykorzysta załatwianie naturalnej potrzeby, aby próbować ucieczki, lecz brałem podobną ewentualność pod uwagę. Na szczęście dla niego samego nie zdecydował się na takie nierozważne rozwiązanie. Kiedy już załatwił, co miał załatwić, wyraźnie poweselał.

– Nie ma to jak pozbyć się kac-kupska, mistrzu Madderdin – powiedział zadowolony.

– Daruj mi szczegóły, Tomaszu, i prowadź do tego znajomka. I proszę cię uprzejmie: nie wymyślaj już sobie dalszych przeszkód.

– Załatwimy wszystko biegusiem – obiecał.

Oczywiście, tak jak się spodziewałem, nie załatwiliśmy wszystkiego biegusiem. Ani truchtem, ani szybkim marszem, ani nawet pełzaniem. Nie załatwiliśmy nic, pomimo że łaziliśmy to tu, to tam, tędy i owędy, w tę i nazad i dookoła. Część kupców, których na początku bawił widok uwiązanego na postronku Purcella, po pewnym czasie przestała już na nas zwracać uwagę.

– Nie mogę go znaleźć – westchnął w końcu Purcell i miał taką minę, jakby chciał się rozpłakać. – Ale nie ma tego złego, co by na dobre nie wyszło – dodał radośniejszym tonem.

– Coś takiego... – Przyglądałem mu się uważnie.

– Jest tu taki człowiek, widziałem go przed chwilą, który da mi nawet ze czterysta koron. Jest jeden warunek: muszę z nim pogadać w cztery oczy. Inaczej nic z tego nie będzie, mówię wam – dodał bardzo stanowczo.

– W takim razie wymyślisz inny sposób, Tomaszu – odparłem. – Bo jesteś zbyt płochliwym stworzeniem, bym mógł cię spuścić ze smyczy.

Rozłożył ręce.

– No to jak sobie chcecie – powiedział głosem urażonej niewinności. – Ja już nic więcej nie poradzę.

– W takim razie wracamy – zdecydowałem i szarpnąłem postronek. – Imć Bosch na pewno się ucieszy.

Zaparł się stopami i chwycił sznur przy samej pętli.

– Zaczekajcie, zaczekajcie – zawołał.

Poluzowałem linę i spojrzałem na niego wyczekująco.

– Aleście w gorącej wodzie kąpani – burknął, patrząc na mnie spode łba.

– Do rzeczy, Purcell – rozkazałem. – A jak nie, to idziemy i nie radzę ci się szarpać, bo dostaniesz lanie.

Oddychał przez chwilę ciężko, a potem odplunął i zdecydował się mówić.

– Mistrzu Madderdin, człowiek taki jak ja, uczciwy, prostolinijny i szczery, czasem zdarza się, że pobłądzi. – Uderzył się pięścią w pierś i spojrzał na mnie z taką miną, jakby chciał, żebym mu zaczął współczuć.

– Nie ma żadnego kupca znad śląskiej granicy, co?

– Wasza przenikliwość jest iście najwyższej próby – powiedział z podziwem. – I przyznam, że o to mi właśnie chodziło. Rzeczywiście puściłem wodze wyobraźni, mówiąc o pewności znalezienia tego znajomego kupca, gdyż mógł tu być, ale mogło go też nie być, ale...

– Ale?

– ...ale nie znaczy to wcale, że nie będę miał dla was pieniędzy.

– To podoba mi się bardziej. Kiedy?

Rozluźnił pas, wyciągnął zza niego kraj koszuli, namacał coś, skrzywił się, po czym podał mi na otwartej dłoni brylant wielkości główki od szpilki.

– Moja ostatnia deska ratunku, że tak powiem – objaśnił z głębokim smutkiem. – Jest więcej wart niż dwieście koron, ale nie chciałem wam go pokazywać, bo pewnie mi go zaraz zabierzecie.

– Nie będzie tak źle – pocieszyłem go. – Mówisz, że nie masz więcej takich świecidełek?

Huknął się pięścią w pierś, aż zadudniło.

– Możecie mnie obedrzeć z łachów do naga, łachy pociąć na kawałeczki, a i tak nic już nie znajdziecie.

– Pewnie nie – zgodziłem się z nim. – Chodź ze mną, Tomaszu.

– Jak to? – zaniepokoił się. – A gdzie?

– Sprzedamy brylant i dam ci całą górkę nad dwieście koron – wyjaśniłem, przypatrując mu się uważnie.

Ucieszył się jak dziecko, gdy usłyszał moją obietnicę.

– Naprawdę? Naprawdę? Zacny z was człowiek, przysięgam. Będę się za was modlił, przysięgam, przysięgam.

– No to chodź. – Szarpnąłem dłonią.

– Może już zdejmijcie mi ten sznur, co? Bo okropny wstyd...

– Sprzedamy diament, zdejmiemy sznur – powiedziałem.

– Myślicie, że fałszywy? – Uśmiechnął się pobłażliwie. – Nie bójcie się, nie tylko prawdziwy, ale czysty jak łza. Wart najmniej pięćset koron, jeśli tylko ma się czas na targowanie, a tutaj pewnie dostaniemy ze czterysta, jak dobrze pójdzie.

– Też ładna sumka. I tak jak powiedziałem: swój sznur kupisz za dwieście koron, potem zrobisz z nim, co zechcesz.

Purcell westchnął rozdzierająco.

– Twardy z was negocjator, ale niech wam będzie.

Uśmiechnąłem się, bo Świński Ryj rzeczywiście zachowywał się teraz tak, jakby dobrotliwie ustępował w negocjacjach, a nie po prostu wycofywał się przed siłą, na którą nic nie może poradzić.

„Na Sterczącym Cycku" miał nie tylko ogromną salę dla podróżnych, gdzie młode i całkiem ładne dziewki (zdaje się, że właściciel świetnie wiedział, że tam, gdzie salę obsługuje wdzięczna dziewuszka, tam szybciej wydawane są pieniądze) wciąż donosiły nowe kufle, dzbany, miski i talerze wypełnione trunkami oraz jedzeniem, ale miał również kilka niewielkich alkierzy. Kazałem właścicielowi wyrzucić podróżnych z jednego z nich, po czym nachyliłem mu się do ucha i wyszeptałem zamówienie.

– Co takiego? – Spojrzał na mnie zdumiony.

Spokojnie powtórzyłem to samo co wcześniej, a on potrząsnął głową i zdziwienie nie schodziło z jego twarzy.

– Jak sobie życzycie – rzekł w końcu. – Nasz klient, nasz pan.

– Co wyście mu takiego powiedzieli? – zainteresował się podejrzliwie Purcell.

– Zobaczysz. Na razie siadaj.

Nie minęło wiele czasu, a do alkierza weszło dwóch pachołków. Jeden niósł miedzianą miednicę, drugi tacę

z dwiema butelkami i dwiema szklankami. Świński Ryj
przyglądał się temu z niepokojem i niezrozumieniem.

– Po co wam miednica?

– Nie mnie. Tobie.

Przeniósł wzrok na tacę.

– Po co wam butelka oliwy?

– Nie mnie. Tobie – powtórzyłem. – I nie pytaj, po co
mi wino – dodałem z uśmiechem.

Wyciągnąłem korek z butelki i nalałem po brzegi
szklanki.

– Pij, Tomaszu.

– Mam pić oliwę? – Patrzył na mnie przerażonym
wzrokiem młodego, poczciwego wikarego, któremu pro-
boszcz kazał wypiąć tyłek.

– Nie udawaj głupiego. Dobrze wiem, że ty dobrze
wiesz, do czego zmierzam, więc nie rób komedii. Zdej-
muj spodnie, siadaj na miednicę, pij oliwę i poczekamy,
co stanie się dalej. Tylko raz-dwa, Tomaszu, bo jestem
dla ciebie dzisiaj wyjątkowo grzeczny, lecz nie znaczy to
wcale, iż w końcu nie stracę cierpliwości.

Cóż miał robić? Trochę jęczał, trochę pomstował, trochę użalał się nad sobą i swoim złym losem. Jednak mój
pomysł przyniósł spodziewane efekty. Purcell najpierw
wydalił zrobiony ze zwierzęcego jelita podłużny wore-
czek, potem drugi, później wreszcie trzeci. A ile się przy
tym nabiedził i nastękał. Kazałem mu potem wyciągnąć
to, co schował w woreczkach, dokładnie wymyć i rozło-
żyć na lnianej szmatce na stole.

– Widzisz, drogi Tomaszu. Trzeba przyznać, że jesteś sprytny, i ja chętnie ci to przyznaję. Tyle tylko, że ja
jestem sprytniejszy...

Skrzywił się z niezadowoleniem, a ja uśmiechnąłem się, dostrzegłszy ten grymas.

– W końcu inkwizytorzy w tym celu są szkoleni, by znajdować prawdę wśród kłamstw, więc nie martw się, bo stwierdzam, że jesteś naprawdę przebiegłym lisem. – Poklepałem Purcella po ramieniu. – A że trafiłeś na lepszego od siebie? – Wzruszyłem ramionami. – Zdarza się.

– Dobrze, już dobrze, nie chełpcie się tak. – Zrezygnowany machnął ręką.

– Powiedz mi, Tomaszu, czemu nie uciekłeś z miasta, skoro cały czas trzymałeś w tyłku woreczki z brylantami?

Zastanawiał się długo.

– Trzeba grać wysoko, mistrzu inkwizytorze – odpowiedział w końcu. – Ja grałem o pełną stawkę. Skarby, które musiałem oddać – westchnął – wystarczyłyby na prawdziwie wielki interes. A te kamyczki? Ot, wdowi grosz na przetrwanie. Zresztą – wzruszył ramionami – i tak mi go zabraliście.

– Nie zawsze się wygrywa – pocieszyłem go.

– Ano nie zawsze – zgodził się bez trudu. – Ale widzicie, przegrana nie jest żadnym powodem, by przestać

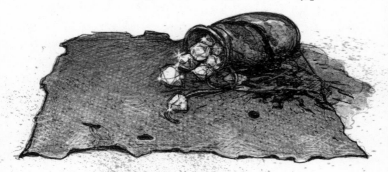

grać. Trzeba tylko – znaczącym gestem wzniósł palec – uczyć się na błędach. To jest najistotniejsze i kto tego nie pojmie, ten zawsze będzie przegrywał.

– O, a czego ty się nauczyłeś, jeśli wolno wiedzieć?

– Popełniłem błąd, nie uciekając na czas z Hezu. Trzeba było zostawić to, co sobie uciułałem, i przyjechać po to za miesiąc czy nawet za rok. Zostałem ukarany za chciwość, ale co zrobić, skoro taki piękny szykował mi się interes. Taki piękny – powtórzył i aż pokręcił głową, jednocześnie zaciskając dłoń w pięść. – Tyle że trzeba było natychmiast wpłacić gotówkę. Zagrałem o wszystko i wszystko przegrałem. – Wzruszył ramionami. – Wola Boska.

Proszę bardzo, a więc Tomasz Purcell nie nauczył się, że lepsza w życiu jest uczciwość od nieuczciwości, tylko że będąc nieuczciwym, trzeba być sprytniejszym, niż on był. Ha, nie wróżyło to dobrze kolejnym wspólnikom w interesach.

– Bałem się, że dojdziecie do tego, gdzie schowałem diamenty, ale co miałem niby innego zrobić, skoro cały czas trzymaliście mnie na sznurze? Łudziłem się, że może nabierzecie się na ten schowek w rąbku koszuli.

– Drogi Tomaszu, kiedy cię złapałem, obszukałem cię zaledwie pobieżnie i przyznam, że tak maleńki kamyk mógł umknąć mojej uwadze, bo szukałem broni, nie klejnotów. Jednak kiedy przywiązywałem cię w nocy do łóżka, wtedy obszukałem cię bardzo dokładnie. No, może bardzo dokładnie przejrzałem twoje ubranie – poprawiłem się, widząc jego grymas. – I przysięgnę, że żadnego brylantu w schowku na szwie koszuli wtedy nie było. Choć sam schowek oczywiście znalazłem.

Świński Ryj przyglądał mi się z wyraźnym niezadowoleniem.

– Wykorzystaliście moją słabość – powiedział oskarżycielskim tonem.

– W związku z tym, kiedy pokazałeś mi brylant, wiedziałem, że wcześniej go nie miałeś – kontynuowałem, nie zwracając uwagi na zaczepkę. – Zastanawiałem się, czy ktoś mógł ci go przekazać w tym tłumie, i oczywiście mogło się tak zdarzyć. Bardziej jednak przemawiało do mnie, że schowałeś klejnocik w tyłku i pójście w krzaki wykorzystałeś na wyjęcie go. A skoro był jeden, to powiedz sam, czy nie mogło być ich więcej?

Poklepałem mężczyznę po policzku.

– O, widzę, że mamy gościa, moja mała wiewióreczko – powiedziałem, a Purcell błyskawicznie się odwrócił, podążając wzrokiem za moim spojrzeniem.

– Jezus Maria, wydaliście mnie. – Wyraźnie pobladł, widząc zbliżającego się człowieka.

Jurysta z ciężkim sapnięciem zwalił się na krzesło przy naszym stole i spojrzał na mnie z szerokim uśmiechem.

– Wnoszę, że nasza mała intryga zakończyła się sukcesem – powiedział.

– Tak właśnie się stało – odparłem. – Tomasz, przyparty do muru i wietrząc już wiatr wolności świszczący za tymże murem – uśmiechnąłem się do mojego więźnia – zdecydował, że musi jeszcze zdobyć trochę pieniędzy. I zdobył to. – Odgiąłem rożek lnianej chustki.

Jurysta wpatrzył się zachwyconym spojrzeniem w leżące w środku kamyczki. W świetle lampy błyszczały niczym odbijające południowe słońce kryształki najczystszego lodu.

– A więc miał zakopany skarb! – wykrzyknął zachwycony jurysta. – Ha! Wiedziałem!

– Nie użyłbym może słowa: zakopany. – Uśmiechnąłem się. – Niemniej rzeczywiście zgodzę się, że głęboko ukryty. A przecież co zostało ukryte, łatwo może zostać odkryte. – Uniosłem kubek z winem. – Twoje zdrowie, Tomaszu.

Jurysta oderwał wzrok od brylantów i przeniósł go na Purcella.

– Oj, chyba nie zdrowie – rzekł. – Bo nie skończyliśmy jeszcze sprawy z tym tu oto Świńskim Ryjem. Mam ze sobą ludzi, więc od razu go zabieram, jeśli pozwolicie, i przekażę panu Boschowi.

– Nie – odparłem. – Nie pozwalam. Naprawdę wczoraj obiecałem mu wolność i zamierzam dotrzymać tej obietnicy.

Jurysta zmarszczył brwi i sapnął.

– Zaniosę ten respons panu Boschowi, choć zaręczam wam, że nie będzie zachwycony.

– Więc powiedzcie mu, żeby się rozpogodził, bo zły humor fatalnie wpływa na trawienie. Żegnam was.

Niezadowolony jurysta wstał, pożegnał mnie wyniosłym skinieniem i wykolebał się za drzwi.

– Jesteś wolny, Tomaszu – oznajmiłem.

Wzruszył tylko ramionami.

– A co mi po takiej wolności...?

– Przecież chyba naprawdę masz tu znajomków, którzy przyjmą cię do karawany?

– Wszystko kosztuje, mistrzu Madderdin. I ochrona, i transport, i nawet posiłki w drodze. A ja przez was teraz i tutaj mam tyle, co na sobie.

Położyłem na stole niewielki brylant, delikatnie pstryknąłem kamyk w jego stronę.

– To ci chyba wystarczy na drogę.

Nakrył klejnot dłonią, spojrzał na mnie i pokręcił głową.

– Dziwny z was człowiek, ale serdecznie wam dziękuję. Naprawdę dziękuję.

– Nie ma za co. – Wstałem. – Daję, bo nie moje. A poza tym nie przepadam za Boschem.

– To tak jak i ja. – Uśmiechnął się blado.

– Powodzenia, Tomaszu. – Skinąłem mu. Odwróciłem się jeszcze od drzwi. – A dwieście koron nadal jesteś mi winien – powiedziałem. – W końcu mogłem cię wydać, prawda?

Wyszedłem, nie zaczekawszy na odpowiedź.

Zdążyłem już niemal zapomnieć o Świńskim Ryju i sprawie jego matactw, kiedy po kilku tygodniach od ucieczki Purcella z Hezu dopadł mnie służący Dopplera, przynosząc pilne wezwanie. Potraktowałem je naprawdę poważnie, zatem zaraz po skończonym obiedzie i niezbyt długich poobiednich figlach z moją gospodynią udałem się przyspieszonym krokiem do biura mistrza Teofila.

W biurze zastałem Hieronymusa Boscha, szefa spółki, którą okradł Tomasz Purcell. Bosch był najwyraźniej w świecie poważnie zafrasowany. Dolna warga obwisła mu żałośnie, a oczy miał podkrążone tak mocno, że wydawało się, jakby ktoś zdzielił go raz i drugi pięścią.

– Mistrz Madderdin – odezwał się słabym głosem, kiedy zobaczył, że wchodzę.

– Witajcie, mistrzu Madderdin. – Doppler nie uznał za stosowne unieść się z fotela, a ton jego głosu był chłodny niczym zimowe powietrze w Alpach. Widać jakoś nie mógł się mnie doczekać, biedaczek. – Siadajcie, proszę. Napijecie się z nami wina? Bo my zdążyliśmy już wypić dwie butelki, oczekując waszego łaskawego przybycia...

Pokręciłem jedynie głową i usiadłem na wolnym krześle obok Boscha. Kupiec łypnął na mnie spod opuchniętych powiek i westchnął żałośnie. Czekałem, zastanawiając się, dokąd prowadzi ta komedia, i wiedziałem, że już niedługo zostanę usatysfakcjonowany wyjaśnieniem.

– Nie jest wam obca sprawa Tomasza Purcella, mistrzu Madderdin, nieprawdaż? – zagaił Doppler.

– Oczywiście – rzekłem.

– Taaak... Spieszę więc was powiadomić, że...

– Wszystko to śmieci – Bosch przerwał Dopplerowi zduszonym głosem. – Te najłatwiejsze do sprawdzenia były warte może z pięćset koron, reszta została sfałszowana. Ale przekonaliśmy się o tym dopiero kilka tygodni po fakcie.

– Coś takiego... – Pokręciłem głową i ledwo powstrzymałem uśmiech. – Ale przecież wasi wspólnicy, przecież Waltz i Brecht byli bardzo zadowoleni z tego, co znaleźli. Jak więc...

– To były naprawdę świetnie sfałszowane dokumenty – tym razem Bosch przerwał mnie. – Sam dałem się nabrać. Każdy dałby się nabrać. Purcell to prawdziwy... – zawiesił głos, szukając słowa, a ja zastanawiałem się, jakiego sformułowania użyje – geniusz – dokończył.

Zauważyłem, że Teofil Doppler wykrzywił minimalnie usta. Potem nieoczekiwanie zerknął na mnie i szybko mrugnął w moją stronę. Zdębiałem, gdyż jak na niego, było to zachowanie wręcz figlarnie filuterne lub filuternie figlarne, jak kto woli.

– Poza tym widzicie, mistrzowie – tłumaczył dalej Bosch. – W tej pierwszej partii, w tym, co nam od razu oddał, również były liczne dokumenty, papiery wartościowe. Ale wszystko oryginalne i w najlepszym porządku. Za każdy weksel, nadanie, obligację czy skrypt dłużny dostaliśmy tyle, ile trzeba, a nawet więcej, bo okazało się, że Purcell dobrze poinwestował. No to powiedzcie sami, mistrzowie. – Bosch spojrzał z niezrozumieniem i rozpaczą najpierw na Dopplera, a potem na mnie. – Jaki człowiek oddaje po dobrej woli majątek, by dopiero po torturach oddać bezwartościowe śmieci?

– Taki, który chce ukryć coś jeszcze cenniejszego – odparłem.

– Ano i my podobnie myślimy, zgadza się – przytaknął Bosch. – Toteż teraz nie chcemy tylko tego, co jest nam winien, ale wszystkiego, co zarobił. Bo zarobił za nasze, nie za własne! – kupiec podniósł głos. Widziałem, że każde słowo, które wypowiadał, było niczym szczapa suchego drewna podkładana pod kocioł gotującej się w jego sercu nienawiści. Nooo tak... Z grubsza biorąc, tak to właśnie wyglądało.

– Najpierw trzeba go jednak odnaleźć – poddał łagodnie Doppler.

– Ano właśnie. – Bosch stuknął pięścią o pięść. – I tak właśnie pomyśleliśmy o szanownym mistrzu Madderdinie, że skoro przymusił Purcella do oddania części mająt-

ku... Mówię: części majątku – odwrócił się do mnie – bo
chociaż dokumenty były sfałszowane, to przynajmniej
brylanty prawdziwe, i tyle z tego mieliśmy.

Doppler pokręcił głową i skrzywił się.

– Panie Bosch, czego wy chcecie? Żeby mistrz Madderdin zjeździł Cesarstwo w poszukiwaniu waszego Purcella? Przecież ten człowiek może być wszędzie. Już nie
mówiąc o tym, że minęło tyle czasu, iż mógł bez problemu opuścić granice Cesarstwa. Gdzie mamy szukać, powiedzcie? Na Śląsku? W Italii? W Hiszpanii? W Brytanii?
A może w Bizancjum, co?

– Nie wiem. Ale dużo zapłacimy, żeby się dowiedzieć – rzekł twardo.

– Mistrzu Madderdin? – Teofil Doppler spojrzał na
mnie.

– Nie wyobrażam sobie realizacji takiego zadania –
rzekłem szczerze. – Oczywiście, że mogę zwiedzić świat
za wasze pieniądze, panie Bosch. – Pozwoliłem sobie na
uśmieszek. – Ale na Purcella mogę się natknąć co najwyżej przez przypadek. Sądzę, że dużo skuteczniejsi będziecie, kiedy spróbujecie go złapać, wykorzystując własnych szpiegów...

Bosch żachnął się.

– Za kogo wy mnie macie? Nasi szukają go w całym
Cesarstwie! Ale tak sobie myślimy, że na tę muchę dobrze mieć ze dwie siatki. Albo i więcej. – Przymrużył
porozumiewawczo oczy.

– Na nic wam się nie przydam – stwierdziłem stanowczo.

Zastanawiałem się, czy to znaczące spojrzenie i wypo-
wiedź o kilku siatkach świadczyły o tym, iż kupcy zde-

cydowali się skorzystać z pomocy tongów. No cóż, chyba jednak nie byli aż tak głupi, bo niezbyt to bezpieczne dla muchy biec z prośbą o pomoc do pająka. Tongi były bowiem ni mniej, ni więcej, tylko najbardziej rozbudowaną i najlepiej zorganizowaną organizacją przestępczą w Cesarstwie. Tongi działały w zasadzie w każdym dużym mieście i zajmowały się ściąganiem haraczy, szantażami, wymuszeniami i przekupstwami. O dziwo, rzadko zajmowały się morderstwami, gdyż tym, co odróżniało tongi od zwykłych byle rzezimieszków, było przekonanie, że dobry pszczelarz nie wydusza pszczół dymem, ale dba o nie, choćby po to, by przez długie lata, systematycznie podbierać im miód i mieć z tego dużą korzyść. Oczywiście tongi również zabijały, jednak wyłącznie wtedy, kiedy z jakichś powodów zabijać musiały. Na przykład dla dania przykładu lub jeśli zapłacono im za głowę ofiary. Tongi nadzwyczaj chętnie oferowały swą pomoc w wielu skomplikowanych przedsięwzięciach, pożyczały gotówkę, otaczały ochroną i opieką. Tyle tylko, że jak wiadomo, na tym nie najlepszym ze światów nie ma nic za darmo, więc prędzej czy później tongom trzeba było zapłacić za uprzejmość. A potem człowiek ani już się spostrzegł, jak wpadał po uszy w bagno, z którego wyjść było nadzwyczaj trudno. Czy Bosch i jego kamraci mogli być aż tak zdesperowani? Kto wie? Gildie kupieckie i tongi były co prawda w stanie ciągłej niewypowiedzianej wojny, przerywanej nigdy niezawartymi oficjalnie rozejmami, ale nie znaczy to wcale, że jedna strona nie korzystała z drugiej, kiedy tylko wydawało jej się to korzystne dla prowadzenia interesów.

– Też tak jak wy, mistrzu Madderdin, twierdziłem, że sprawa jest dla was zbyt złożona – Doppler nie omieszkał wbić mi szpili. Cóż, każda chwila, jak widać, była dobra, by poznęcać się nad waszym uniżonym sługą. – Ale szanowny pan Bosch koniecznie chciał z wami porozmawiać.

– Na Boga żywego, czy Purcell nic wam przypadkiem nie powiedział? Wiecie, tak już jest, że kiedy człowiek jest rozluźniony, kiedy mu się wydaje, że wygrał, to wtedy może nie zapanować nad językiem i zanim się w niego ugryzie, zaraz wymknie mu się słowo albo dwa, które w innym wypadku chętnie by zatrzymał przy sobie.

– Niewątpliwie macie całkowitą i zupełną rację – przyznałem.

Naprawdę zgadzałem się w pełni z jego opinią oraz spostrzeżeniami, a podobne zachowania wykorzystywaliśmy czasem w inkwizycyjnych śledztwach. Celowo udawaliśmy, że bierzemy za dobrą monetę tłumaczenia oskarżonego, przyjmowaliśmy z uśmiechem największe łgarstwa, najgłupsze wymówki i najobrzydliwsze fałszerstwa. A kiedy przesłuchiwany, zachwycony sobą i swoją przebiegłością, zapominał o ostrożności, wtedy właśnie uderzaliśmy z całą siłą.

– A więc? – Kupiec wpatrywał się we mnie z takim napięciem, jakby sądził, że jest w stanie przeniknąć myśli inkwizytora.

Pamiętałem oczywiście pijanego Purcella, który rozmarzył się, mówiąc o Nowym Świecie. Czy kontrolował wtedy sytuację i celowo wprowadzał mnie w błąd? A może nastąpiła ta chwila, która zdarza się nawet najsilniejszym naturom, a w której to chwili ostrożność ustępuje miejsca rozrzewnionej szczerości? Czy Świński Ryj naprawdę się wygadał, czy też tylko udawał, że się wygadał? A może chciał, bym myślał, że udaje? Liczył na moją dobrą wolę czy jednak podejrzewał, że nie zawaham się go wydać?

– Myślę – odparłem. – Myślę, panie Bosch. Pieczołowicie odtwarzam w pamięci każdą chwilę rozmowy z Purcellem.

Mistrz Doppler spojrzał na mnie z wyraźnym zainteresowaniem.

– Tak? Tak? – nie wytrzymał Bosch i przechylił się głęboko w moją stronę. Dyszał tak ciężko, jakby sądził, że kiedy bardzo na mnie nachucha, to będę szybciej myślał.

– Już wiem! – Strzeliłem palcami.

– A więc?

– Opowiadał, że marzy o podróży do Nowego Świata i zamierza rozkręcić tam wielki interes.

– Był wtedy może pijany? Podpity?

– Nieee. – Pokręciłem głową. – Trzeźwy jak osesek – odparłem.

Zrezygnowany Bosch opadł na fotel.

– No to możemy go szukać wszędzie, tylko nie na statkach do Nowego Świata.

Spojrzałem na niego z wystudiowanym zdziwieniem.

– Wyprowadził was na manowce. – Kupiec machnął dłonią. – Wiedział, że opowiecie nam o tej rozmowie, więc celowo gadał o Nowym Świecie, żebyśmy go tam właśnie szukali. A sam pewnie śmiałby się w kułak w Bizancjum albo we Florentynie.

– Coś takiego! – zawołałem.

Teofil Doppler przyglądał mi się z coraz większym zainteresowaniem, tym razem niepozbawionym pewnej nuty rozbawienia.

– Cóż, tak czy inaczej, będziemy go szukać. – Bosch zacisnął szczęki i spojrzał mi prosto w twarz tak intensywnie przenikliwym wzrokiem, jakby poszukiwania Purcella zamierzał zacząć od gmerania pod moimi powiekami.

Potem otrząsnął się i z wysiłkiem podniósł z fotela.

– Dziękuję wam, żeście mnie przyjęli, mistrzu Doppler – powiedział uprzejmie. – Do zobaczenia, mistrzu Madderdin.

Obaj grzecznie wstaliśmy ze swoich miejsc, a Doppler odprowadził nawet kupca do drzwi.

– Nie, nie, wy zostańcie, inkwizytorze Madderdin – rozkazał z uśmiechem, widząc, że zamierzam czmychnąć za plecami Boscha.

– Służę wam uprzejmie – odparłem.

Mistrz Teofil poczekał, aż ciężkie kroki Boscha ucichły na korytarzu, poczekał, aż umilkł głos kancelisty żegnającego opuszczającego dom kupca, poczekał wreszcie, aż trzasnęły drzwi.

– Zastanawiam się, mistrzu Madderdin, czy macie może ochotę wyjawić mi, gdzie jest Purcell? – zapytał.

Aha, mistrz Doppler zwietrzył nosem złoto. Duuużo złota. Czy naprawdę sądził, że nawet gdybym wiedział, gdzie teraz przebywa Świński Ryj, tobym się z tej wiedzy grzecznie wyspowiadał?

– Przysięgam, że nie mam najmniejszego pojęcia – odparłem, kładąc dłoń na sercu.

Najzabawniejsze było to, że mówiłem prawdę, a Doppler musiał się usilnie zastanawiać, co też wasz uniżony sługa knuje lub może knuć.

– Wydaje mi się, że Purcell cieszy się w waszych oczach jakąś całkowicie niezrozumiałą dla mnie sympatią – rzekł w końcu.

– Za dużo powiedziane – odparłem. – Choć mogę przyznać, że jego zdecydowanie i obrotność pozwalają mi żywić do niego coś na kształt szacunku. Bo powiedzcie sami, mistrzu Doppler, czyż nie zasługuje na taki szacunek ktoś, kto oskubał Boscha i wspólników? – Uśmiechnąłem się.

– Przecież to kradzież – ostentacyjnie zgorszył się Doppler.

– Bosch i jego kompani od tego nie zbiednieją. Przyznajcie, czy nie odczuwacie choć odrobiny ciepłych uczuć dla samotnika, który poradził sobie z gronem doświadczonych handlowców i ich wytrawnymi księgowymi?

Mistrz Doppler pokręcił głową.

– Oczywiście, że nie – odparł. – Purcell powinien wisieć, a wierzę, że kiedy ludzie Boscha natkną się na niego, to czeka go los gorszy od szubienicy.

– Jeśli, nie: kiedy – sprostowałem.

– Jeśli – zgodził się ze mną. – Jak sądzicie, duże są na to szanse?

– Każdy popełnia błędy. – Wzruszyłem ramionami. – Nawet głupi przypadek może go pogrążyć.

– Wiecie, co zaproponował mi Bosch jeszcze przed zaproszeniem was? – Doppler usiadł i gestem wskazał mi fotel naprzeciwko biurka.

– Oskarżenie o herezję? A może o kult demonów? Czy też udało mu się wymyślić coś bardziej oryginalnego?

– Kult demonów – przyznał Doppler. – Ludzie Boscha są gotowi zamienić kwaterę Purcella w taki sposób, że będzie wyglądała niczym gniazdo czarnej magii. Pytał, czy go poprę...

Zawiesił głos i leniwie zastukał knykciami w blat. Wyraźnie oczekiwał, że zadam pytanie, więc postanowiłem go nie zawieść.

– Mogę wiedzieć, co odpowiedzieliście na tę przedziwną i niemoralną propozycję?

Doppler uśmiechnął się, kiedy usłyszał słowo „przedziwną", a potem uśmiechnął się po raz drugi, kiedy usłyszał „niemoralną".

– A co wy byście odpowiedzieli? – odpowiedział pytaniem na pytanie.

– Że człowiek, któremu zostanie udowodniony zarzut bezpodstawnego oskarżenia o czary lub herezję, podlega niezwykle surowym karom. A jeżeli do tego zarzutu można dopisać spisek mający na celu fałszowanie dowodów, to karą tą jest śmierć na stosie.

Kiwał głową, a kiedy skończyłem mówić, odezwał się z pobłażliwym uśmiechem:

– Zapomnieliście o jednym...

– I konfiskata majątku na rzecz Świętego Officjum – dodałem.

– No właśnie. A Bosch ma wielki majątek, mistrzu Madderdin. – Spojrzał na mnie. – Inkwizytorium byłoby zachwycone, przejmując go.

No oczywiście. Każdy byłby zachwycony, przejmując majątek Boscha, a pewnie również majątek innych zamieszanych w intrygę kupców. Święte Officjum było instytucją bardzo bogatą, lecz również bardzo kosztowną w utrzymaniu. Dlatego też każdy dochód był więcej niż mile widziany. Co prawda nie zawsze przekładało się to na pomyślny los inkwizytorów, którzy dostarczyli Inkwizytorium wielkich dochodów. Czasami po prostu zapominano o tych ludziach, którzy nie szczędząc sił, zadbali o pomnożenie majątku Świętego Officjum. Jeśli jednak ci ludzi byli mądrzy, to nie świecili nikomu w oczy dawnymi zasługami, tylko znosili cierpienie z hiobowym zaufaniem w sprawiedliwość wyroków Pańskich i w mądrość, z jaką Bóg rzeźbi ich losy.

– Co o tym sądzicie?

– Co sądzę o czym? – oderwałem się od biblijnych rozważań.

– O tym, by odpowiedzieć intrygą na intrygę – wyjaśnił i w jego głosie usłyszałem niezadowolenie, iż nie chwytam w lot jego myśli.

Przyznam szczerze, mili moi, że pomysł mistrza Dopplera wyjątkowo mi nie odpowiadał, zwłaszcza że znając życie, Doppler tak by pokierował sprawami, aby wszystkie nici prowadziły do mnie, a on sam w razie jakichś zawirowań mógł się wykpić niczym. Nie sądziłem, by mistrz Teofil knuł intrygę mającą na celu wyeliminowanie również mnie. Nie byłem nikim na tyle istotnym, by chciał się głowić i trudzić nad usunięciem mnie, a wręcz przeciwnie: uważam, że raczej byłem dla niego przydatny. Ale na pewno sądził, iż to ja zajmę się całą praktyczną stroną przedsięwzięcia, czyli uzgodnię z kupcami taktykę postępowania, pokieruję ich przygotowaniami, tak aby prowadzący śledztwo inkwizytorzy byli pewni, że w przypadku Świńskiego Ryja mają do czynienia z prawdziwym demonologiem. Krótko mówiąc, chodziło po pierwsze o wykorzystanie mojej fachowej wiedzy do urządzenia tej mistyfikacji, a po drugie – bym wziął na siebie rolę narzędzia mistrza Teofila. Oczywiście, jeśli plan w którymś momencie runie, to całą winę zwali się na narzędzie. Dodatkowym przezabawnym akcentem mogłoby być oskarżenie mnie samego o fałszowanie dowodów. Spalić na stosie toby mnie za to nie spalili, może nawet udałoby mi się nie zostać wyrzuconym ze Świętego Officjum, ale pewnie resztę życia spędziłbym na jakimś odludziu, zajmując się paleniem zdziwaczałych staruszek i biorąc łapówki od lekarzy i felczerów w zamian za oskarżanie o czary babek położnych.

– To niebezpieczny pomysł, mistrzu Doppler. – Pokręciłem głową i widziałem, jak twarz inkwizytora tężeje. – Chociaż przyznam, że co najmniej tak samo interesujący...

Mistrz Teofil spojrzał na mnie z większą życzliwością.

– To byłaby dla was naprawdę wielka szansa – powiedział tonem magnata przydzielającego bogatą dzierżawę wiernemu poddanemu.

– Musiałbym dokładnie wszystko obmyślić – odparłem powoli. – Bo niedobrze by się stało, gdyby ktoś dowiódł, że sprawa nie do końca jest przejrzysta.

– Mistrzu Madderdin – Doppler hojną dłonią napełnił mi kielich – przecież Bosch i jego ludzie naprawdę sfałszują dowody. – Mocno zaakcentował słowo „naprawdę". – Przecież oni naprawdę wezmą udział w spisku mającym pogrążyć Purcella, naprawdę bezpodstawnie go oskarżą i naprawdę będą się starali wprowadzić w błąd funkcjonariuszy Świętego Officjum.

– Na torturach oskarżą również mnie i was – powiedziałem.

– Brednie wściekłych intrygantów, których nie zdoła-liśmy zadowolić uczciwym dochodzeniem i którzy chwy-cili się tak obrzydliwych metod. – Wzruszył ramiona-mi. – A poza tym czyż nie mamy prawa do prowokacji? Uniósł kielich.

– Za naszą współpracę, mistrzu Madderdin.

– Za współpracę – zgodziłem się z nim i stuknęliśmy się tak delikatnie, że kryształy nie zabrzęczały, nie za-dźwięczały i nie zajęczały, a jedynie wydały cichusieńkie brzmienie niczym umierający w pustce ton klawikordu.

Najciekawsze w tym wszystkim było to, że Doppler do pewnego stopnia miał rację. Nie zamierzaliśmy przecież oskarżyć Boscha o czyny, za które nie ponosił odpowie-dzialności. Miał zapłacić dokładnie za przestępstwo, któ-re popełnił. Tyle że my mieliśmy mu w tym przestępstwie skutecznie dopomóc. Sprawa była jednak śliska. Bosch był uznanym i bogatym handlowcem, zarządzał lub współza-rządzał wieloma spółkami, słyszałem, że pożyczał spore sumy na duży procent italskim miastom, toczącym jedno z drugim ustawiczne wojny, a więc potrzebującym gotów-ki. Zniknięcie Boscha ucieszyłoby wiele osób, ale i wie-lu ludzi, w tym wpływowych, mogłoby się wcale nie za-chwycać faktem aresztowania Boscha i jego wspólników. Krótko mówiąc: propozycja Dopplera oznaczała kłopoty, oznaczała też z całą pewnością przesłuchanie przed trybu-nałem inkwizycyjnym, co z kolei oznaczało, że o Mordi-merze Madderdinie będzie w Hezie bardzo głośno, i to nie-koniecznie z takiej strony, z jakiej bym sobie tego życzył.

– Pozwólcie, że zastanowię się dokładnie, jak roze-grać tę partię – poprosiłem. – Bowiem sprawa wymagać będzie delikatności.

– Doskonale – pochwalił mnie Doppler. – Czekam
w takim razie na was jutro. I oczywiście na wasz – uśmiechnął się szeroko – niewątpliwie znakomity plan naszego
wspólnego działania.

Odpowiedziałem mu uśmiechem, chociaż przecież
wiedziałem, że „wspólne działanie" w intencji Opple-
ra oznaczało, że on sam weźmie na siebie ciężar chwa-
ły po ewentualnym zwycięstwie, natomiast wasz uniżony sługa zostanie hojnie obdarowany konsekwencjami
możliwej klęski.

Co właściwie miałem uczynić? Teofil Doppler nie był
może władcą moich życia i śmierci, niemniej moje los i byt
w Hez-hezronie w ogromnej mierze zależały właśnie od
niego. Tak więc musiałem tańczyć, jak zagra, i liczyć jedynie na to, że owe pląsy nie zakończą się upadkiem.

Ustaliłem z Boschem i jego zaufanymi plan działania
i zabrałem się do takiego przygotowania kwatery Purcella, by wyglądała niczym miejsce demonicznego kultu. Dobudowaliśmy w jednym z pokoi ścianę, by ukryć
za nią sekretną komnatkę, a tam zgromadziliśmy różne
artefakty i ingrediencje, jakich używają demonolodzy,
a także kilka odpisów znanych demonologicznych tytu-
łów, które pozyskałem dzięki Teofilowi Dopplerowi. Na
podłodze wyrysowałem ochronne pentagramy z tajny-
mi kabalistycznymi symbolami. Kiedy wszystko już było
gotowe, Bosch wezwał Dopplera.

Mistrz Teofil przybył do kwatery Purcella, prowadząc
ze sobą dwóch inkwizytorów, których znałem z widze-

nia, a którzy wykonywali dla Dopplera przeróżne zadania, podobnie jak miało to miejsce w przypadku waszego uniżonego sługi.

– Mistrzu Doppler, patrzcie, co odkryliśmy! – wykrzyknął Bosch. – Co za straszna zbrodnia. Nie tego się spodziewałem po Purcellu, nie tego. – Potrząsał głową z rozżaleniem.

Teofil Doppler zajrzał do sekretnej komnatki i fachowym okiem zlustrował wnętrze.

– Dobra robota – powiedział. – Cóż, w takim razie... – Odwrócił się w stronę wielce zadowolonego z siebie Boscha. – Hieronymusie Boschu, w imieniu Świętego Officjum aresztuję was pod zarzutem uprawiania demonicznego kultu oraz fałszowania dowodów.

– Co? Co? Co? – Kupiec rozdziawił usta i wyglądał teraz niczym jakaś leniwa brodata ropucha, która zamiast polować na muchy, czeka z otworzoną gębą, aż coś jej do tej gęby wpadnie.

– Jesteście aresztowani – powtórzył Doppler.

– Ależ, ależ... – Bosch wyciągnął przed siebie ramiona, jakby chciał otwartymi dłońmi odepchnąć od siebie wizję uwięzienia. – Ależ powiedzcie coś, mistrzu Madderdin. – Obrócił do mnie przerażoną, pobladłą twarz.

– Z bólem potwierdzam te straszne zarzuty – odparłem smutnym głosem. – Chcieliście oskarżyć niewinnego człowieka i wykorzystać pobożny zapał inkwizytorów we własnych niecnych celach. Tak będę świadczył.

Potem towarzyszący Dopplerowi inkwizytorzy wzięli Boscha pod ręce i pociągnęli za sobą.

– Na gniew Pana, porozmawiajmy! – wrzasnął kupiec.

– Mistrzu Doppler, przecież sami wiecie, błagam was...

Doppler dał znak inkwizytorom, by się zatrzymali.

– O czym chcecie rozmawiać, panie Bosch?

– O tym, jak wycofać te przeraźliwe zarzuty – wydukał kupiec.

– Nie da się ich wycofać – odparł obojętnym tonem mistrz Teofil, zawiesił głos i zmierzył Boscha przenikliwym wzrokiem. – Ale można wstrzymać dochodzenie dotyczące oskarżenia, które jednak będzie ciążyło na was do końca życia.

– Ach, to takie buty – mruknąłem do siebie.

Mruknąłem tak cichutko, iż założyłbym się, że nikt mnie nie usłyszał, lecz Doppler zerknął w moim kierunku i uśmiechnął się zdawkowo.

– Co to znaczy? Co to znaczy? – gorączkowo dopytywał Bosch.

– To znaczy, że będziecie wolnym człowiekiem, panie Bosch – rzekłem głośno – ale każdego dnia będziecie sobie musieli na tę wolność zapracować w pocie czoła.

– Celnie powiedziane, mistrzu Madderdin – rzucił wesoło Doppler. – A teraz zostawcie mnie samego z imć Boschem, gdyż musimy doprecyzować warunki naszego porozumienia, co niewątpliwie znudziłoby was nadmiarem prawnej materii.

Mistrz Teofil wezwał mnie dwa dni później, a ponieważ nie słyszałem żadnych plotek o dochodzeniu przeciwko Boschowi i jego kamratom ani o jakichkolwiek oskarżeniach przeciwko nim, doszedłem do jedynego wniosku, jaki się nasuwał, a więc takiego, że Doppler dogadał się z Boschem. Jak się okazało, moje podejrzenia były słuszne.

– Imć Bosch nie jest nam potrzebny na stosie – wyjaśnił Doppler. – Jest nam potrzebny żywy i, co najważniejsze, użyteczny.

– Wdzięczny oraz szczerze oddany – dodałem.

– Właśnie tak, mistrzu Madderdin, właśnie tak. Świetnie się spisaliście, choć działaliście nie do końca, jak rozumiem, chętnie w tej mierze.

– To prawda – odparłem. – Śledztwo nie przyniosłoby niczego dobrego.

– Też tak sądzę – zgodził się ze mną. – A teraz mała lekcja wielkiej polityki, mistrzu Madderdin. – Spojrzał na mnie przenikliwie. – Posłuchacie?

– Z wielką uwagą. – Byłem naprawdę zaciekawiony, cóż takiego zamierza mi powiedzieć Doppler.

– Jeden z domów bankierskich, którego współudziałowcem jest Bosch, bardzo się angażuje w konflikt pomiędzy Bolonią a Ferrarą, między innymi finansując ostatnio udział sycylijskich najemników po stronie Bolonii. Nic o tym nie słyszałem i niewiele mnie obchodziły jakieś bezmyślne konflikty pomiędzy italskimi miastami, jednak słuchałem pilnie.

– Bolonia – kontynuował Doppler – to gniazdo papistów, miasto rządzone od strychu po piwnice przez zaufanych ludzi watykańskiej kurii. Z kolei Ferrara jest niezależna, a jej władze od dawna mają świetne kontakty ze Świętym Officjum... – Spojrzał na mnie z uśmiechem. – Rozumiecie już?

– Warunkiem, pod którym nie oskarżycie Boscha, jest wycofanie pomocy finansowej dla Bolonii – powiedziałem.

– Właśnie tak. Między innymi, oczywiście. Ale to ważny punkt umowy, którą z nim zawarłem. Rozumiecie więc teraz, że realizacja naszego planu, w dużej mierze przeprowadzonego waszymi rękami, za co wam szczerze dziękuję, to jeden z setek maleńkich kroczków, jakie robimy, by wzmocnić władzę Inkwizytorium i pognębić papistów.

– Rozumiem – odparłem, zastanawiając się, czy powiedział prawdę, czy też znowu knuł jakąś intrygę.

– A to dla was. – Przesunął w moją stronę sakiewkę, która prezentowała się całkiem okazale i wdzięcznie wypinała wypchany brzuszek. – Mam nadzieję, że nie zarzucicie mi nadmiernego skąpstwa, kiedy ją otworzycie.

Oczywiście nie otworzyłem jej przy Dopplerze, ale uczyniłem to zaraz po powrocie do domu. I rzeczywiście, jeśli miałem go do tej pory za skąpego człowieka, uważnie liczącego każdy grosz, to teraz, po wysypaniu na stół strugi złotych monet, zastanawiałem się, czy moja opinia nie była nieco przesadzona. Może Doppler nie był aż tak skąpy, lecz po prostu do tej pory zdołałem poznać tylko oszczędniejszą stronę jego natury?

– O święty Panie, Mordimerze! – zawołała moja gospodyni, która wpadła niespodziewanie do pokoju i zobaczyła mnie nad wdzięcznym kopczykiem monet.

Spojrzałem na nią z uśmiechem.

– Masz ochotę potarzać się nago w złocie? – spytałem.

– No, aż tyle to tego nie ma. – Pokręciła głową rozbawiona. – Ale możemy się potarzać bez złota, jeśli chcesz...

Chciałem. Bo niby czemu nie?

Epilog

Pocztą kupieckiej gildii otrzymałem paczuszkę. Była to drewniana skrzynka zamknięta na niewielką kłódkę.

– Przesyłka od pana Tomasza Purcella – oznajmił goniec i przekazał mi klucz do kłódki.

– Coś takiego! – zdziwiłem się.

Dałem gońcowi napiwek i wypchnąłem za drzwi, pomimo że najwyraźniej był bardzo zainteresowany, co takiego znajdę w przesyłce, i widziałem, że najchętniej poczekałby, aż ją rozpakuję. Postawiłem skrzynkę na blacie stołu.

– Ciekawe, Tomaszu, jaką przygotowałeś dla mnie niespodziankę – powiedziałem, przyglądając się przesyłce. – Coś niemiłego, jak zwierzęce ścierwo albo odchody, byłoby niegodne twojej inteligencji, poza tym chyba nie zasłużyłem na podobne traktowanie... hmmm... – Potarłem brodę knykciami. – Na pewno nie dałbyś mi pieniędzy, bo nie byłoby w takim podarunku żadnego uroku. No cóż, chyba nie pozostaje mi nic innego, jak otworzyć twój prezent.

Przekręciłem kluczyk w kłódce i uchyliłem wieczko. We wnętrzu wymoszczonym miękkimi, cienko krojonymi trocinami leżała złota figurka. Ująłem ją w dwa palce i wyciągnąłem. Figurka była lekka, a więc wykonano ją co najwyżej ze złotej blachy, a nie z lanego złota. Obejrzałem ją sobie dokładnie, cały czas uśmiechając się od ucha do ucha, gdyż prezent otrzymany od Tomasza Purcella naprawdę mnie rozbawił. Rzeźba przedstawiała bowiem pieczołowicie wycyzelowaną w każdym szczególe siedzącą wiewiórkę. Wiewiórka trzymała pomiędzy przednimi łapkami pomarszczony orzeszek, którego niemal dotykała nosem. Wręcz wydawało się, że uśmiecha się z zadowoleniem, ale może to rysunek wąsów i śmieszne, strzępiaste uszy nadawały jej filuterny wygląd. Potrząsnąłem figurką, a potem zbliżyłem do ucha i jeszcze raz potrząsnąłem. Nic nie usłyszałem. Co oczywiście wcale nie musiało oznaczać, iż figurka jest pusta w środku. Przecież, ośmielałem się sądzić, że to jeszcze nie koniec niespodzianki. Owszem, wiewiórka była całkiem dowcipnym prezentem, jednak wiedziałem, że Tomasza Purcella stać na sporo więcej. Postanowiłem więc udać się do pewnego złotnika, któremu kiedyś pomagałem w jakiejś mało istotnej sprawie zleconej mi przez mistrza Dopplera na samym początku naszej znajomości. Złotnik, człowiek ten nazywał się Joachim Kluge, powitał mnie serdecznie, chociaż miałem nieodparte wrażenie, że pod maską życzliwości kryje się zaniepokojenie. Słuszne zaniepokojenie, będące udziałem każdego bogatego człowieka, któremu wizytę złoży ktoś, komu ów bogacz coś zawdzięcza. Bo a nuż chciałem pożyczyć pieniądze? Albo kupić kosztowności z dużą zniżką? Albo w ogóle miałem inne nieznane, a straszne zamiary, które mogły złotnika kosztować mniejszy lub większy majątek?

– Drogi, kochany panie Kluge! – zacząłem tonem tak niezwykle przyjacielskim i dobrodusznym, że aż sam się zdumiałem, jak dobrym jestem komediantem. – Przychodzę do pana ze sprawą, która na pewno was zdziwi...

Kluge wyraźnie pobladł, a ja z życzliwym uśmiechem, by zdenerwować go jeszcze bardziej, ciągnąłem:

– ...ale która nie powinna sprawić najmniejszego kłopotu tak słynnemu złotnikowi jak pan.

– Zbytek łaski, mistrzu Madderdin. – Kluge skromnie opuścił oczy, a ja byłem pewien, że rachuje w myślach

i ocenia jednocześnie, na jak wielkie straty może sobie dzisiaj pozwolić. – Co tam ze mnie za sławny złotnik... Ot, marny kupczyk, z trudem wiążący koniec z końcem. – Zrobił tak smutną minę, jakby chciał się rozpłakać.

No cóż, może Kluge rzeczywiście z trudem wiązał koniec z końcem, lecz chyba tylko dlatego z trudem, że łańcuch jego życia był wykuty ze zbyt grubego złota.

– Ależ co opowiadacie?! Przecież wasze wielkie umiejętności są powszechnie znane w całym Hezie! Doprawdy, panie Kluge, grzeszycie zbyt wielką skromnością. – Pokręciłem głową. – No dobrze, nie będę wam zawracał głowy, bo wszak czas to pieniądz. – Spojrzałem znacząco. – Wierzcie mi jednak, że łatwo się mnie pozbędziecie...

Kluge westchnął.

– ...jeśli tylko coś mi powiecie o tej figurynce – zakończyłem niespodziewanie i wyciągnąłem w jego stronę wiewiórkę.

Zaskoczony złotnik gwałtownie zamrugał, potem wyciągnął dłoń i przyjął ode mnie posążek tak ostrożnie, jakby przypuszczał, że złota wiewiórka porzuci trzymany w łapkach orzeszek i zaraz złośliwie uźre go w palec.

– Co chcecie, żebym wam powiedział? – spytał wreszcie.

– Na początek, co to jest i ile to jest warte?

– To jest wiewiórka – powiedział, patrząc na mnie z całkowitym brakiem zrozumienia.

Tym razem ja westchnąłem.

– Ze złota?

– Skądże! – Wzruszył ramionami. – Na pierwszy rzut oka widać, że to nie złoto. Pozłacana miedź, nic więcej. Ale że ładnie wykonana, więc dam wam... – westchnął

rozdzierająco i chwilę zmagał się z myślami: – dziesięć
koron.

– Wielce jesteście uprzejmi, jednak dla mnie warta
jest co najmniej tysiąc koron...

Kluge zbladł tak, że wyglądał, jakby mu twarz wy-
smarowano wapnem.

– Oczywiście mowa o wartości sentymentalnej – dodałem. – Bo wartość materialną tego przedmiotu oceniliście chyba zbyt wysoko. Tak czy inaczej, nie chcę go
sprzedawać, a tylko dowiedzieć się, co jest w środku.

Złotnik długo przełykał nerwowo ślinę i najwyraźniej przetrawiał informacje, których mu udzieliłem. Naj-
oczywiściej w świecie nie mógł uwierzyć, że przyszedłem
do niego jedynie po fachową poradę, a nie by naciągnąć
go na pożyczkę lub prezent.

– W środku? – powtórzył wreszcie.

– Tak jest, w środku – odparłem spokojnie.

– Ach tak, w środku, oczywiście...

Ponieważ nadal nie kwapił się, by rozpocząć jakiekolwiek oględziny, postanowiłem mu coś podpowiedzieć.

– Dacie radę zbadać ten przedmiot tak, by go nie
zniszczyć?

Otrząsnął się wreszcie ze stuporu, w jaki wprowadzi-
łem go moimi żartami.

– Zaraz zobaczymy – powiedział i zaczął dokładnie,
cal po calu, oglądać figurkę. – Ha! – zawołał. – Wiedziałem!

– Co takiego?

– Tu jest kołeczek. Idealnie dopasowany. Prawie nie
widać łączeń!

– Gdzie?

– No jak by wam to powiedzieć? – Uśmiechnął się. – Powiedziałbym, że w tyłku tej wiewiórki.

– Genialne!

– Pomysłowe i zręcznie wykonane – sprostował mnie. – Ale żeby od razu genialne? Nie przesadzajmy, mistrzu Madderdin.

– Więc możecie zobaczyć, co jest w środku?

– Oczywiście, za chwilę. Ale, niestety, będę musiał wbić ten kołeczek do środka, bo nie dam rady go wyciągnąć, tak ściśle jest dopasowany.

– A wbijajcie. Potem dacie radę wyciągnąć to, co jest w środku?

– Jeśli coś jest w środku – poprawił mnie. – Nie bójcie się, poradzę sobie. I na pewno nie zniszczę tej waszej wiewiórki, skoro tak ją sobie cenicie.

– Bardzo wam będę wdzięczny.

– Chodźcie ze mną na zaplecze. – Skinął dłonią. – Bo to chwilę potrwa, więc co was tu będę trzymał, a tak to się upewnicie, że na pewno ostrożnie postępuję z figurką.

Sądziłem, że również woli zabezpieczyć się na wypadek, gdyby zawartość posążka nie odpowiadała moim oczekiwaniom i żebym wtedy w gniewie nie oskarżył go o kradzież lub co najmniej złośliwy żart. Oczywiście do głowy mi nawet nie przyszło, iż może być tak głupi, by próbować mnie okraść lub choćby kpić sobie ze mnie. W końcu inkwizytorzy nie byli bezzębnymi, starymi psami, którym można zabrać kość lub ciągnąć za wąsy czy pstrykać po nosie. Mieliśmy oczywiście w sobie mnóstwo pokory, tak wiele, by nie mścić się za wyrządzone nam krzywdy i z sercem przepełnionym miłością chętnie je wybaczać. Jednak tym, czego wybaczać nie mogliśmy i za co musie-

liśmy wywierać słuszną pomstę, była obraza Świętego Officjum. Bowiem człowiek znieważający któregokolwiek z nas
w rzeczywistości znieważał całą szacowną i świętą instytucję, której protektorem był sam Jezus Chrystus. Krótko
mówiąc, obrażając inkwizytora, obrażało się naszego Boga,
a takie zachowania musieliśmy karać z niezmierzoną wręcz
surowością. Ale, tak jak mówię, w podobnym zachowaniu
inkwizytorów nie było nawet krztyny pychy czy miłości
własnej, a jedynie umiłowanie Jezusa i szacunek dla Niego.

– Mistrzu Madderdin, pozwolicie, z łaski swojej?

Oderwałem się od pobożnych rozmyślań i pokiwałem głową.

– Tak, chętnie. Prowadźcie...

– Co my tu mamy? Hmmm...

Wyciągnął szczypcami coś, co wyglądało na zwitek
papieru wielkości paznokcia.

– Ktoś tu umieścił... chyba list – rzekł złotnik z wa-
haniem. – Może przeczytacie go sami, mistrzu Madderdin, bo co ja tam będę wtykał nos w nie swoje sprawy.

Ha, to był mądry człowiek! Wiedział, że nadmiar wiedzy potrafi być szkodliwy niczym najgorsza trucizna. Ot,
żyłeś sobie, człowieku, zdrowy i wesoły niczym koziołek
na łące, a tu nagle dowiadywałeś się czegoś, co nie było
dla ciebie przeznaczone. I zdrowie, i wesele z tą chwilą
właśnie się kończyły. A czasem i samo życie... W tym wypadku oczywiście nie było takiej obawy, bo nie bardzo
wyobrażałem sobie, co takiego miałby napisać Tomasz
Purcell, żebym musiał zabić kogoś, kto tę wiadomość

przeczyta. Doceniłem jednak rozumność Klugego i delikatnie rozpostarłem papierek na blacie stołu. Pochyliłem się głęboko. Mam wzrok tak bystry, że gdybym służył na bocianim gnieździe, potrafiłbym pewnie dojrzeć nie tylko nowe lądy, ale nawet własne plecy, jednak tutaj było mi naprawdę trudno odcyfrować te maleńkie literki. Tomasz Purcell musiał nieźle się nabiedzić, zanim je wykaligrafował. A w jak niezwykły sposób musiało być ostrzone pióro, którym zapisał wiadomość!

– „Każdy głupi wie, jak zarobić majątek – przeczytałem wolno – ale tylko mądry wie, jak go utrzymać".

– To szyfr? – zapytał gorączkowo Kluge. – Zresztą, Chryste niemiłosierny, nie mówcie nic, proszę was. – Klepnął się głośno dłonią w usta.

– Nie, nie szyfr. Zwykły aforyzm – wyjaśniłem. – W sumie mądra myśl, nie sądzicie?

– Ano mądra, ale czemu tak schowana?

– Bo założę się, że to nie wszystko, co tam znajdziemy. Wysypujcie dalej trociny, jeśli łaska...

– Brylant – oznajmił złotnik z wyraźnym szacunkiem w głosie. – Malutki, ale ładniutki.

Ujął kamień w szczypce i przysunął sobie tuż do twarzy. Przymrużył lewe oko.

– Czysty jak łza – ocenił.

– Jak sądzicie, ile jest wart?

– Niech no jeszcze spojrzę – rzekł, marszcząc się. – Taaak... Piękny, naprawdę piękny. Dam wam od ręki sto pięćdziesiąt koron, jeśli mi go zostawicie.

Proszę bardzo, nie próbował mnie nawet tak bezczelnie naciągnąć. Podobna powściągliwość niewątpliwie bardzo mu się chwaliła.

– Sądzę, że sam kamyk jest wart równe dwieście, panie Kluge – rzekłem stanowczo. – Oczywiście jeśli patrzymy na ceny w Hez-hezronie. A jestem też pewien, że kiedy odpowiednio zręcznie oprawicie takie cudeńko, dostaniecie wielką przebitkę.

Klejnot błyszczał w trzymanych przez niego szczypcach niczym połyskliwa biała gwiazdeczka.

– Może i macie rację. – Brylant naprawdę musiał podobać się złotnikowi, gdyż sądzę, że w innym wypadku Kluge nie omieszkaby zaprotestować, słysząc, co mówię. – Niech będzie moja strata: dam wam sto sześćdziesiąt.

Roześmiałem się.

– Tak naprawdę nie muszę go sprzedawać – zdecydowałem. – Skoro żeśmy się nie dogadali, to w takim razie zabieram diament, a wy, z łaski swojej, zatkajcie tyłek mojej wiewiórce tak udanie, jak był zatkany poprzednio. Przyjdę po nią jutro, dobrze?

– Zaraz, zaraz. – Cofnął dłoń ze szczypczykami, jakby się obawiał, że szykuję się, by wyrwać mu klejnot. – Twardy z was negocjator, niech wam będzie. Dam wam te dwieście koron, mistrzu Madderdin, bo po co wam taki malutki kamyczek? Zgubicie go jeszcze albo ktoś go wam ukradnie, a gotówka to zawsze gotówka, prawda?

– Przekonaliście mnie. – Uśmiechnąłem się. – A wiewiórkę naprawicie mi do jutra?

– Oczywiście! Nie będzie nawet śladu – obiecał z rozradowaną twarzą.

Wypłacił mi część należności monetami, a część listem kantorowym, bo tłumaczył, że stara się nie trzymać w sklepie dużo gotówki. W sumie słusznie, chociaż miałem wrażenie, że po prostu żal mu było pozbywać się prawdziwych złotych czy srebrnych monet. A wypisanie listu kantorowego przychodziło jakby łatwiej, chociaż doskonale wiedział, że i tak będzie musiał zapłacić należność. Pomyślałem, iż jest to chyba jakaś reguła, mówiąca, że sama forma płatności mogła wpłynąć na stopień swobody wydawania pieniędzy. Ja przecież też więcej przepuszczałem, kiedy piłem i bawiłem się na kredyt, chociaż niby wiedziałem, że ten kredyt trzeba będzie w końcu spłacić. Jednak świadomość, iż nie trzeba oddawać czystych, żywych i brzęczących pieniędzy, a jedynie składać obietnicę ich oddania, wyzwalała we mnie, a i pewnie w wielu innych ludziach, szał handlowej rozpusty. Cóż, pomyślałem, kupiec, który wykorzysta kiedyś tę zasadę w codziennym życiu, stanie się zapewne bardzo bogatym człowiekiem...

Pożegnaliśmy się z taką serdecznością, z jaką może się żegnać dwóch ludzi przeświadczonych o tym, że miło będzie ubić kiedyś z tą drugą osobą kolejny interes.

Wyszedłem na rozgrzaną słońcem heską ulicę i spojrzałem na bezchmurne niebo, które dzisiaj przybrało odcień najczystszego lazuru. Co prawda gdzieś tam daleko, na samym horyzoncie, malowały się pasma lapisu zwiastujące jutrzejszy deszcz, ale nie sądziłem, żeby było się czym martwić. Poza tym zacny trunek można wypić zarówno wtedy, kiedy świeci słońce, jak i wtedy, kiedy trwa nawałnica. A ja miałem dzisiaj wyjątkową ochotę na łyk czegoś mocniejszego. Postanowiłem, że kupię butelkę dobrego wina i wypiję za zdrowie Tomasza Purcella. To prawdziwa szkoda, pomyślałem, iż nigdy w życiu już go nie spotkam, gdyż znajomość z nim była prawdziwie interesująca.

– Dobrego dnia, mistrzu Madderdin – usłyszałem donośny głos Klugego.

Odwróciłem się, by skinąć mu głową, i zobaczyłem, że stoi na progu sklepu szeroko uśmiechnięty i macha mi dłonią na pożegnanie. Wiedziałem, że dzień, który nie tak dawną chwilę temu wydawał mu się paskudny, teraz nagle stał się radosny, a sam Kluge wręcz promieniał życzliwością. I kto ośmieli się powiedzieć, że inkwizytorzy nie potrafią uszczęśliwiać bliźnich?

Głód i pragnienie

Kancelista mistrza Dopplera uprzejmie poprosił, abym zaczekał, aż mistrz Doppler będzie wolny, więc posłusznie usiadłem na ławie obok zażywnego inkwizytora z zarumienionymi policzkami i wybałuszonymi oczami. Jego twarz do złudzenia przypominała podpieczoną pajdę chleba, na którą rzucono sadzone jaja. Nie widziałem go nigdy przedtem, a i on mnie na pewno nie znał, gdyż spojrzał na mnie wzrokiem, który w zamierzeniu miał być srogi.

– A kimże wy jesteście? – zapytał wyniośle, najwyraźniej oburzony tym, iż śmiałem usiąść niedaleko niego.

Pytanie wzięło się stąd, iż inkwizytor nie mógł rozpoznać, że jestem jego towarzyszem po profesji, gdyż jako człowiek skromny, pokorny, a przy tym nielubiący rzucać się bliźnim w oczy, chodziłem zazwyczaj w najzupełniej zwykłym stroju i wyglądałem na ani zbyt biednego, ani zbyt bogatego mieszczanina. Ot, po prostu na człowieka nienarzucającego się wzrokowi ani myślom bliźnich, zresztą zgodnie z zasadą mówiącą, iż ze skromnego, cichego kącika widać najwięcej oraz najlepiej. A ostrożnie stąpający drapieżnik ma większe szanse przeżycia niż głuszec zachwycony własnym nadzwyczajnie urokliwym wyglądem oraz własną nadzwyczajną pięknością głosu. Tymczasem mój pulchny towarzysz pojawił się w kancelarii Dopplera w pełnym uniformie służbowym: czarnym kaftanie ze srebrnym, połamanym krzyżem na piersiach, czarnym płaszczu i czarnym kapeluszu z szerokim rondem. Dobrze, że płaszcz i kapelusz zdążył zdjąć, bo przycupnięty na ławie przed gabinetem Dopplera wyglądałby już zupełnie groteskowo.

– Mogę być waszym najgorszym koszmarem, jeśli tylko zechcecie – odparłem i mrugnąłem.

Zażywny inkwizytor, który już i tak miał wypieki, spurpurowiał, jakby zaraz miała go trafić ciężka apopleksja.

– Mistrz Mordimer Madderdin, inkwizytor – wyjaśnił kancelista, spojrzał na mnie i choć pokręcił głową z niezadowoleniem, to zauważyłem, że skrzywił kącik ust w uśmieszku.

– A... aha... no tak... – Z mojego rozmówcy uleciał gniew, ale nadal był wyraźnie, widziałem to po jego minie, zgorszony moim zachowaniem. – Jestem mistrz Pankracy Fegel, do waszych usług – przedstawił się i zaraz potem groźnie odchrząknął.

Nie miałem ochoty na pogaduszki, więc skinąłem jedynie głową na znak, że przyjmuję do wiadomości jego informacje (Bogiem a prawdą nie wiedziałem, do czego

miałyby mi się kiedykolwiek przydać zarówno jego nazwisko, jak i jego usługi), i oparłem się o ścianę. Przymknąłem oczy, gdyż byłem zmęczony nocą, w czasie której pewna natarczywa dziewoja nie pozwoliła mi pospać,
a za to bez umiaru poiła mnie winem, pomimo że bardzo się opierałem. Poza tym przymknięcie powiek miało jeszcze jeden cel – czy jeszcze jedną zaletę – a mianowicie wyraźnie pokazywało postronnym osobom, iż
człowiek, który właśnie zamyka oczy, ma jedynie bardzo
ograniczone, żeby nie powiedzieć znikome, chęci na kontakty ze światem. Co delikatniejsze natury rozumiały doskonale tę mowę ciała i nie próbowały nękać już kogoś
takiego swoim towarzystwem. Pankracy Fegel, niestety,
okazał się nie być delikatną naturą.

– Ostatnio, wyobraźcie sobie – zaczął napuszonym
tonem – miałem zaszczyt uczestniczyć w niezwykle interesującej dyskusji, w której brali udział najszacowniejsi
członkowie naszego Inkwizytorium...

Urwał, zapewne w nadziei, że powiem: „No coś takiego" albo przynajmniej: „Ho, ho, ho", albo w ostateczności chociaż zerknę na niego z ciekawością. Ponieważ
jednak nie zrobiłem żadnej z tych rzeczy, kontynuował:

– Dyskusja, w trakcie której gorąco żeśmy się spierali,
dotyczyła, wyobraźcie sobie, kwestii legalności stosowa-
nia tortur wobec niezamieszanej w przestępstwo rodziny oskarżonego, a to w tym, wyobraźcie sobie, celu, by
w tenże sposób wydobyć od niego zeznania...

Ponownie zamilkł, czekając na moją reakcję, a ja znowu zawiodłem jego nadzieje.

– Bardzo byłbym ciekaw usłyszeć waszą prywatną
opinię na ten temat – dokończył wyraźnie niezadowolony

i kiedy uchyliłem powieki, dostrzegłem, że przygląda mi się spod zmarszczonych brwi.

– Nie mam prywatnych opinii – odparłem obojętnie. – W każdej sprawie moją opinią jest tylko i wyłącznie oficjalne stanowisko Świętego Officjum.

– Ależ wyobraźcie sobie, że doszliśmy, iż w tej mierze nie ma żadnego oficjalnego stanowiska! – Tak się zapalił, aż głośno klasnął i spojrzał na mnie wzrokiem mającym oznaczać: „I tu cię mam, bratku!".

– Nie pozostaje mi w takim razie nic innego, jak poczekać na oficjalne stanowisko, które stanie się wykładnią postępowania w tej mierze – oznajmiłem.

– Mistrzu Madderdin – Doppler bezszelestnie wychylił się zza drzwi swego gabinetu – przyznam, że też jestem ciekaw poznać wasze zdanie w tej kwestii.

– A widzicie! Właśnie! – ucieszył się pulchny inkwizytor.

– Sądzę, iż jeśli torturowalibyśmy brzydką i głupią sekutnicę, to jej mąż mógłby zacząć zeznawać, aby wyrazić w ten sposób wdzięczność dla Świętego Officjum oraz jego działań – odrzekłem.

– No wiecie co?! Coś takiego! – oburzył się Pankracy Fegel.

Doppler uśmiechnął się pod nosem.

– Pozwólcie do gabinetu, mistrzu Madderdin. Wybaczcie, że musieliście czekać.

– Za pozwoleniem, ale chciałbym zauważyć, że przybyłem tu przed mistrzem Madderdinem – zaprotestował pulchny inkwizytor. – Wypadałoby więc...

Doppler spojrzał na niego beznamiętnie.

– Czekajcie, aż was zawołam – przerwał te utyskiwania.

– Oczywiście. Oczywiście będę czekał. Proszę się nie spieszyć, mistrzu, ja mam czas – zapewnił Fegel pospiesznie i pokornie.

– Siadajcie, proszę, mistrzu Madderdin – rzekł Doppler, kiedy zamknął już drzwi i rozsiadł się za biurkiem. – Może wina?

– Uprzejmie dziękuję, ale od wczorajszej nocy mam, nie wiedzieć z jakiego powodu, mocno ograniczony apetyt na trunki.

Gwoli ścisłości od wczorajszej nocy miałem również ograniczony apetyt na kobiety, lecz nie widziałem potrzeby dzielenia się tą wiadomością z Dopplerem. Jeszcze by mnie źle zrozumiał i nieszczęście gotowe... A poza tym z doświadczenia wiedziałem, że owa jakże smutna przypadłość mija bez śladu, kiedy tylko problem trafi do odpowiednich, nazwijmy to, rąk.

Mój gospodarz nalał sobie wino do srebrnego kubeczka i upił kilka drobnych łyków. Pod językiem zebrała mi się ślina i przełknąłem ją, starając się uczynić to możliwie jak najdyskretniej.

– Przejdźmy w takim razie do sedna problemu, bo jak rozumiem, nie macie w tej chwili żadnych obowiązków, które mogłyby wam przeszkodzić w podjęciu nowego zadania... – zawiesił głos.

– Tak właśnie jest.

– Sprawa, którą pragnę wam powierzyć, dotyczy mojej rodziny. – Podniósł na mnie poważny wzrok. – Więc sami rozumiecie, jak wielkim obdarzam was zaufaniem, zwracając się właśnie do was, nie do kogo innego.

– Jestem szczerze zaszczycony – odparłem, plując sobie w myślach w brodę, bo gdybym zjawił się w kancelarii jutro, to być może Doppler zdążyłby obdarować tym zaszczytem innego inkwizytora.

– Dla człowieka o waszych zdolnościach, mistrzu Madderdin, sprawa jawi się jako zdecydowanie zbyt błaha, jednak zdecydowałem poprosić właśnie was o zajęcie się nią, na znak, że doceniam wasze poprzednie wysiłki oraz dokonania...

Aha, w takim razie miałem otrzymać to zlecenie w nagrodę! Bardzo ciekawe, czy Doppler każe mi jeszcze dopłacić do owej niespodziewanej i niezwykłej łaski.

– Uczynię wszystko, co w mojej mocy – zapewniłem uprzejmie.

– Nie wątpię – rzekł i przez chwilę patrzył prosto w moją twarz, a ja odpowiadałem mu szczerym, niewinnym spojrzeniem.

Rozumieliśmy się tak dobrze, jak tylko mogą rozumieć się dwaj ludzie, z których jeden próbuje nabrać drugiego.

– Tak jak wam wyznałem, sprawa dotyczy mojej rodziny. – Pozwolił sobie na wyraźnie kontrolowane westchnienie. – A konkretnie, córki mojego kuzyna ze strony matki, niejakiej – zerknął w leżące przed nim dokumenty – Hildy Krammer. Mój kuzyn ma siedem córek – dodał tonem wyjaśnienia. – Rozumiecie zatem, że nie każde imię pamiętam, a i kuzynowi zabrało chwilę, zanim zorientował się, że dziewczyna zaginęła.

– Jak rozumiem, trzeba ją odnaleźć?

– Cóż, osobiście uważam to za zbędny trud – odparł, marszcząc brwi. – Zwłaszcza że, jak wspomniałem, kuzynowi pozostało jeszcze sześć córek, ale on rzeczywiście pragnie odnaleźć Hildę, więc uznałem, że wasze doświadczenie świetnie się przyda w skutecznym wypełnieniu tego zadania.

Zastanawiałem się, czy chciał mnie dotknąć, obrazić, dać mi poznać, gdzie jest moje miejsce, czy po prostu słowa wyszły z jego ust, zanim zdążył dobrze pomyśleć. Bowiem ja, Mordimer Madderdin, byłem dyplomowanym mistrzem Inkwizytorium z całkiem pokaźnym, jak na mój wiek, doświadczeniem. Przecież wasz uniżony i pokorny sługa prowadził lub współprowadził szeroko zakrojone śledztwa, w których chodziło o ogromne zbrodnie, ogromne pieniądze i ogromnie utytułowanych przestępców. Posłałem dziesiątki ludzi przed sąd inkwizycyjny, przysporzyłem Świętemu Officjum dochodów liczonych w setkach tysięcy koron. Możnowładcy, szlachta, kler i burmistrze drżeli przed reprezentowaną przeze mnie potęgą. I teraz ten nadęty dureń uznał, że człowiek taki jak ja najlepiej nadaje się do tego, by poszukiwać zaginionej dzierlatki, która najpewniej obrobiła tatusiowy skarbczyk i użyczała właśnie dupy gachowi.

Oczywiście spostrzeżenia na temat niestosowności przydzielonego mi zadania postanowiłem zatrzymać tylko i wyłącznie dla siebie. Bowiem mistrz Doppler był w moich oczach chodzącą i gadającą sakiewką i chociaż czasami trudno było wytrząsnąć z niego złoto, to jednak nie zamierzałem rezygnować z tej możliwości na przyszłość. A tak mogłoby się właśnie stać, gdybym pozwolił sobie teraz na głupie lub złośliwe uwagi albo okazywanie urażonych uczuć. Zresztą do wielu niebagatelnych zalet, którymi mogłem się szczycić, należało posiadanie naprawdę twardej skóry. Mistrz Knotte, mój egzaminator z czasów, kiedy kończyłem naukę w Świętym Officjum, świetnie uodpornił mnie na złośliwości, przytyki, a nawet grubiaństwa. Dlatego Doppler mógł sobie nie być grzeczny, jeśli tak właśnie pragnął postępować. Bo pamiętajcie, mili moi, że bycie nieuprzejmym to niezbywalny przywilej ludzi, którzy płacą wasze rachunki...

– Zrobię wszystko, co w mojej mocy – przyrzekłem.

– Będziecie mogli liczyć na moją wdzięczność – obiecał i pchnął w moim kierunku złożoną na pół kartę papieru, do której wcześniej zaglądał. – Obejrzyjcie to.

Wziąłem dokument i zerknąłem. Na karcie zapisano imię i nazwisko dziewczyny oraz jej ojca i adres domu, w którym mieszkali. Zauważyłem, że był to dom położony w bardzo porządnej dzielnicy, daleko od tanich czynszówek, w których gnieździł się plebs, daleko od wąskich, ciemnych zaułków i sypiących się kamienic, daleko od zatęchłych oberż, przed którymi w błocie i nieczystościach tarzali się pijani klienci. Czyli krótko mówiąc: daleko od miejsc, w których miałem okazję bywać najczęściej.

Jednak najważniejszy na wręczonej mi karcie był naszkicowany ołówkiem portret zaginionej dziewczyny. Trzeba przyznać, że albo była wyjątkowo ładna, albo rysownik miał wyjątkowo dobre serce lub został wyjątkowo dobrze opłacony.

– Żebyście wiedzieli, kogo szukać – objaśnił Doppler i przekrzywiając głowę, przypatrzył się obrazkowi. – Jej młodsza siostra ma, jak widać, duży talent, nie sądzicie?

– Co prawda ocena sztuki malarskiej wymyka się moim zdolnościom, jednak jeśli pragniecie znać zdanie profana, mogę tylko powiedzieć, że Hilda Krammer wyszła na tym rysunku jak żywa.

Przytaknął poważnie, najwyraźniej nie spodziewając się innej odpowiedzi.

– I ja tak sądzę. A jak zapewnia mnie jej rodzina, portret wiernie oddaje rzeczywiste rysy twarzy.

No cóż, to było ważne oświadczenie, gdyż przecież słyszało się nie raz i nie dwa o portretach, które rodziły się raczej w hojnie podsypywanej złotem imaginacji artysty, niż wynikały z rzeczywistego wyglądu portretowanej postaci. I tak na przykład narzeczona, którą młodzieniec widział wcześniej tylko na konterfekcie, okazywała się w chwili ślubu bardziej podobna do własnego mopsa niż istoty ludzkiej. Nie na darmo przecież powiadają, że założenie szczęśliwego stadła z brzydką kobietą jest dla mężczyzny równie trudne co ugryzienie się we własny łokieć. Inna sprawa, że posag stosownej wysokości potrafił zdziałać niesłychane wręcz cuda. I oto niewiasta szpetna niczym skrzywdzona małpa mogła zamienić się w całkiem ponętną figlarkę, kiedy tylko okazywało się, że na małżeńską drogę wkroczy z wypchanymi po brzegi kuframi. Jednak ten magiczny zabieg nie był, niestety, wiecznotrwały, gdyż kiedy skrzynie z czasem się opróżniały, to i uroda w dziwny sposób z dnia na dzień coraz bardziej przygasała, by stopniowo zblaknąć, zblednąć i wreszcie zniknąć bez najmniejszego śladu. I dziwić się potem, że nie wszystkie małżeństwa były szczęśliwe...

– Macie jakieś pytania, mistrzu Madderdin? – Doppler przerwał moje rozmyślania nad kruchością niewieściego wdzięku.

– Cóż, jak zwykle: na jakie wynagrodzenie mogę liczyć? Bo zauważyłem, że przez delikatność nie wspomnieliście o tym aspekcie sprawy, który, dobrze to przecież rozumiem, człowiekowi tak majętnemu i ustosunkowanemu jak wy może wydawać się błahy. Ale my, biedacy... – Rozłożyłem ręce. – Cóż robić... jakoś trzeba przeżyć do następnego dnia o kubeczku wody i pajdce chleba.

– Świetnie rozumiem wasze kłopoty – zapewnił mnie. – Chociaż jednocześnie obawiam się, że ktoś was bardzo oszukał, opowiadając wierutne brednie na temat wielkości mojego rzekomego majątku. Musicie wiedzieć, że ledwo daję radę pokrywać bieżące koszta, a co tu gadać o bogactwie... – Machnął upierścienioną dłonią.

Potem uśmiechnął się smętnie, z tak przekonującym smutkiem we wzroku, że gdybym był człowiekiem wrażliwym oraz subtelnym, to ze szlochem zapewniłbym go, że uczynię za darmo wszystko, czego sobie zażyczy, aby tylko oszczędzić mu przykrości ponoszenia wydatków. Ponieważ jednak nie byłem ani wrażliwy, ani subtelny, więc spytałem:

– To ile?

Dyskutowaliśmy o cenie moich usług uprzejmie oraz grzecznie, tak jak powinni dyskutować ludzie, którzy wiedzą, że w końcu muszą dojść do porozumienia, oraz, co ważniejsze, są pewni, iż w przyszłości czeka ich niejeden wspólny interes. Wreszcie nasze targi zakończyły się sukcesem, gdyż doszliśmy do ustalenia sumy, z której obaj byliśmy niezadowoleni. I nie omieszkaliśmy oczywiście tego niezadowolenia okazać jeden drugiemu, gdyż ten, kto teraz zdradziłby się z satysfakcją dla wyniku pertraktacji, miałby zdecydowanie bardziej utrudnione zadanie następnym razem.

Ponieważ mistrzowi Dopplerowi zależało na szybkości moich działań, a ja nie widziałem żadnego powodu, by sprzeciwiać się w tym wypadku jego życzeniom, natychmiast udałem się pod wskazany adres, aby rozpocząć śledztwo. Na ulicy, przy której mieszkała rodzina Krammerów, stało wiele okazałych domów, ale dom kuzyna mistrza Dopplera był chyba najokazalszy z nich wszystkich. Poza tym zauważyłem, iż mógł się poszczycić solidnymi, okuwanymi stalą drzwiami oraz równie potężnymi okiennicami. Słuszna ostrożność, jeśli posiada się siedem córek nie dość, że w kuszącym wieku, to jeszcze wielkiej urody.

Kuzyn mistrza Dopplera miał na imię Piotr i był niskim, zażywnym mężczyzną w sile wieku, o wielkich, okrągłych oczach i niemal całkowicie wyskubanych brwiach. Rozległy placek łysiny otaczały mu wiechcie jasnych włosów, a pełne, wydatne usta miał tak czerwone, jakby wysmarował je sobie sokiem z malin. Ot, przebrać go w habit i przypominałby rozkosznego mnicha – wesołka i obżartucha.

– Miszcz inkwizytor! – zawołał z prawdziwą radością. – Jakże się cieszę, jakże się cieszę. Pozwólcieże no do środka...

Lewą ręką zatoczył krąg, by wskazać wejście, a prawą już wyciągał w moim kierunku, najwyraźniej gotów, by serdecznie potrząsnąć podaną mu dłonią. Udałem, że nie zauważam tego gestu, gdyż nie przepadam za obściskiwaniem się z innymi ludźmi (nawet gdyby miało się ono zakończyć na zaledwie wzajemnym obściskiwaniu sobie palców), skinąłem mu jedynie i minąłem, przestępując przez próg.

Piotr Krammer okazał się prostym, serdecznym człowiekiem, gdyż zaprosił mnie do kuchni i wcześniej przegnawszy stamtąd dwie służebne dziewki, ściągnął z pieca wielką brytfannę pełną smalcu. Postawił ją na stole, wręczył mi tak grubą pajdę chleba, że mogłaby z powodzeniem służyć za tarczę chroniącą przed strzałami, i rozpromienił się w uśmiechu.

– Pojecie, miszczu? Najlepszy smalczyk na świecie. Gęsi!

Odłożyłem kromkę na blat.

– Dziękuję wam uprzejmie. Dla człowieka, który tak jak ja zwykł kontentować się suchym chlebem i korzonkami, podobny zbytek mógłby okazać się zabójczy. Ale wy się nie krępujcie i jedzcie śmiało...

Pokiwał głową, najpierw zrobił smutną minę na znak, że mi współczuje, a potem odważnie i zdecydowanie zanurzył pajdę w smalcu i nabrał go tyle, jakby smalec był lodem, a chleb przewożącą go szkutą. Zrobiło mi się niedobrze, więc odwróciłem wzrok.

– Gęsi... – zabełkotał z pełnymi ustami. – Najlepszy!

Skubnąłem skórkę od chleba i rozgniotłem w zębach, głównie w tym celu, by pozbyć się z ust wyobrażenia o tłustym smalcowym smaku.

– Jak wiecie, przybyłem na prośbę mistrza Dopplera, by pomóc wam w rozwiązaniu kłopotu – wyjaśniłem.

– Jakżebym nie wiedział! – rzekł serdecznie i tym razem wyraźnie.

Uśmiechnął się szeroko. Usta miał błyszczące od smalcu, a zęby równe, drobne i białe niczym dbająca o czystość kobieta.

– Pokornie wam dziękuję, że zechcieliście się fatygować dla takiego biedaka jak ja. – Skłonił się tak nisko, że sterczącymi wokół łysiny włoskami niemal zamiótł po stołowym blacie.

Potem wyprostował się, wyszczerzył znowu zęby w uśmiechu, tak że mogło się zdawać, iż zaraz wysypią mu się z paszczęki, mrugnął do mnie najpierw lewym okiem, potem prawym, klasnął i zawołał: „Hilda!". Zmarszczyłem brwi, czekając, co przyniesie ta komedia, i czekać nie musiałem długo, gdyż zaraz do kuchni weszła dziewczyna jakby żywcem wyjęta z portretu oferowanego mi przez mistrza Dopplera.

Z tym że znacznie piękniejsza, ponieważ rysunek był wykonany zaledwie ołówkiem, a tu miałem okazję zobaczyć córkę Krammera w całej krasie kolorów. A więc złote włosy, błękitne oczy i cerę tak białą, że nie powstydziłaby się jej księżniczka krwi. Poza tym na portrecie widziałem tylko jej twarz, a teraz ujrzałem i resztę postaci. A było na co patrzeć, zważywszy na fakt, że dziewczyna była smukła niczym łania, lecz przy owej ponętnej smukłości jednocześnie przyjemnie zaokrąglona w tych miejscach, w których zaokrąglenia zupełnie, ale to zupełnie nie przeszkadzają. Krótko mówiąc, Hilda należała do rzadkiego gatunku niezwykłych wręcz piękności, w dodatku piękności tego typu, iż napotkany mężczyzna natychmiast marzy, by się nią czule zaopiekować.

– Znalazła się niecnota – burknął Krammer, grożąc dziewczynie palcem, jednak widziałem, że jest wyraźnie zadowolony z powrotu córki marnotrawnej.

Dziewczyna spłoniła się i wbiła wzrok w podłogę.

– Pokornie upraszam was o wybaczenie, miszczu inkwizytorze – zaczął gospodarz. – Ledwo przed chwilą wysłałem chłopaka, by zawiadomił kuzyna Teofila, że dziewka wróciła, a on, jak widzę, już nie dał rady przekazać wam dobrej wiadomości, stąd na darmo żeście się do nas fatygowali. Jeśli ponieśliście jakiekolwiek koszta, to chętnie...

– Nie trzeba – odparłem. – Nie zdążyłem się zająć waszą sprawą, to i nie było żadnych kosztów. Gdzie byłaś, moje dziecko? – Zwróciłem wzrok na dziewczynę.

Nie odezwała się i nie podniosła oczu, a jedynie poczerwieniała jeszcze bardziej niż wcześniej. Trzeba przyznać, że nawet z tym buraczkowym rumieńcem nadal wyglądała świeżutko i ślicznie. Ot, urok młodego liczka...

– Uciekła za miasto, do mojej siostry, i ubłagała ją, by ta nikomu nic nie mówiła – szybko odpowiedział Krammer. – Bogu dziękować, że Eliza, siostra moja znaczy, wreszcie poszła po rozum do głowy i powiadomiła nas, co i jak, i przysłała Hildę z powrotem.

Taaak, to, co mówił, było prawdą, szczerą prawdą i tylko prawdą. Zaraz mi opowie, że tego lipca będziemy się bronić w Hezie przed morderczymi śnieżycami... Cóż, Piotr Krammer nie najlepiej radził sobie z oszukiwaniem bliźnich. I bardzo dobrze. My, inkwizytorzy, lubimy ludzi szczerych, prostolinijnych i prawdomównych, zasromanych nawet samą możliwością popełnienia oszustwa. Lubimy ich, gdyż dużo łatwiej ich wykorzystać, a żeby wycisnąć z nich prawdę, całą prawdę i tylko prawdę, nie trzeba nawet zbyt mocno zaciskać garści. Sądziłem, iż prawda ta wyglądała następująco: panna zabrała trochę ojcowskiej gotowizny i umknęła z domu z gachem, który zawrócił jej w głowie pięknymi słówkami oraz żarliwie snutymi wizjami beztroskiej wolności, płomiennej miłości i dozgonnego szczęścia. Następnie chłopak zabrał Hildzie pieniądze, a kiedy znudził się już figlowaniem między jej udami, rozpłynął się bez śladu w heskich zaułkach. I dziewczyna została bez pieniędzy, bez cnoty i bez narzeczonego. Cóż, nie nowa to była historia i podobna zdarzy się w szerokim świecie pewnie jeszcze nie raz i nawet nie tysiąc razy. Młoda Krammerówna i tak miała szczęście, że chłopak okazał się na tyle uczciwy i przyzwoity, iż na do widzenia i z okazji oraz dla uczczenia końca wielkiej miłości nie sprzedał jej do burdelu. Bo również o takich sprawach nie raz i nie dwa razy słyszałem...

– Miło mi przekonać się, iż wszystko dobrze się skończyło – powiedziałem serdecznie. – Jedyne, co mogę wam radzić, to żebyście porządnie wygarbowali córce skórę, a potem szybko wydali ją za mąż. Zaraz zmądrzeje pod mężowskim kołkiem, tego jestem pewien.

Hilda zerknęła na mnie szybko spod opuszczonej głowy. Sądziła zapewne, że tego nie dostrzegę, ale wszak nas, inkwizytorów, uczono, byśmy nie takie rzeczy dostrzegali, jak wzrok naiwnego, a chcącego nas przechytrzyć dziewczęcia. Dlatego od razu zauważyłem jej spojrzenie i zauważyłem również, łagodnie mówiąc, brak przychylności. No i nie było się czemu dziwić...

– Radziłbym również posłać po znającą się na kobiecych sprawach babę – dodałem, śledząc twarz Hildy. – Niech sprawdzi, czy przypadkiem dziewucha nie przyniosła wam prezentu do domu. – Roześmiałem się w głos.

Krammer zacisnął zęby, a przez pogodną, pucułowatą twarz przeszła mu niespodziewana chmura, którą jednak zdołał zaraz spędzić.

– Dziękuję za radę, miszczu. Skorzystam, jak mi Bóg miły, skorzystam – zapewnił żarliwie. – No, uciekaj, niecnoto jedna, ojca do grobu wpędzisz! – zwrócił się do córki tylko na poły żartobliwym tonem.

Tym razem piękna Hilda szybkim spojrzeniem spod firany rzęs obdarowała ojca i ku mojemu zdumieniu było to spojrzenie jeszcze bardziej nienawistne niż to, którym wcześniej potraktowała waszego uniżonego i pokornego sługę. No cóż, najwyraźniej pod spokojną powierzchnią domowej zatoki Krammerów kłębiły się wiry potężnych uczuć. I jak sądzę, nie chodziło bynajmniej o uczucia miłości, przyjaźni oraz wzajemnego szacunku. Ale cóż, sprawa została zakończona i więcej się nią miałem nie przejmować. Jak dla mnie Krammerowie mogli się nawzajem pozabijać i nieszczególnie mnie to obchodziło, gdyż ich życie czy śmierć w żaden sposób nie mogły wpłynąć na mój los. Ot, kolejny przypadek nudnej sprawy zamkniętej tak szybko, że nie zdążyła się nawet porządnie otworzyć...

Pożegnałem Krammera, który rozstawał się ze mną z łatwo zauważalną ulgą, choć jednocześnie grzecznie podpytywał, czy nie byłbym tak łaskaw i nie spożył z nim obiadu. Kiedy odmówiłem, byłem pewien, iż nie wyrządzam mu nadmiernej krzywdy i z radością odetchnie, gdy opuszczę jego dom. Jednak nieoczekiwanie trochę zgłodniałem (chyba ten świeży i pachnący chleb z dobrze wypieczoną skórką tak mi dodał apetytu), zatrzymałem się więc w oberży na rogu ulicy. Zza otwartych okiennic dobiegały całkiem aromatyczne zapachy, a ponieważ było jeszcze wcześnie, jak zauważyłem, we wnętrzu nie zdążyło zrobić się tłoczno. I bardzo dobrze, gdyż darów Pańskich nie lubię spożywać ani w tłoku, ani w pośpiechu, przedkładając nad to bogobojną ciszę,

w czasie której mogę kontemplować smaki oraz zapachy. Oczywiście, jeśli tak naprawdę jest co kontemplować, gdyż zdarzało się, że czasami trafiałem do jadłodajni, w których karmiono tak podle, iż podobnych pomyj nie chciałbym dać psu. Nawet takiemu, którego bym nie za bardzo lubił.

Oberża, którą odwiedziłem, była urządzona nad podziw schludnie, a muszę wyznać, że wasz uniżony sługa właśnie na czystość zwraca szczególną uwagę, gdyż sądzę, że milsza jest ona Bogu od obrzydliwego lub wszetecznego brudu. Nawet posługaczka sprawiała wrażenie

domytej i miała czysty kaftan oraz czystą spódnicę. Cóż
za miła niespodzianka!

Zajadałem smakowitą piwną polewkę, gęsto okraszo-
ną kawałami mięsa, które co prawda okazało się nieco
za bardzo rozgotowane, ale człowiek, który tak jak ja nie
raz i nie dwa oddawał się umartwieniom ciała oraz duszy,
mógł wytrzymać ową drobną niedogodność. Zwłaszcza
iż w przełknięciu mięsa pomagało mi całkiem niezgorsze
czerwone wino. Byłem właśnie w połowie miski i w połowie butelki, kiedy dostrzegłem zakapturzoną postać
zbliżającą się do mojego stołu. Postać najwyraźniej nie
chciała być rozpoznana przez nikogo z wyjątkiem mnie,
gdyż głowę miała głęboko pochyloną, a kaptur opuszczo-
ny i dopiero stając przede mną, wyprostowała się. Westchnąłem.

– Karczma to nie jest miejsce dla dziewcząt z dobrego domu, Hildo – powiedziałem z naganą. – Pozwól, że
odprowadzę cię z powrotem do ojca.

– Nie jestem Hilda – odparła twardo, po czym usiadła na krześle naprzeciwko.

Z powrotem zarzuciła kaptur na włosy i skryła twarz.

– W takim razie jesteś bardzo udaną kopią Hildy. No
dobrze, dość żartów, dziewczyno...

– Jestem Inga Krammer – syknęła rozzłoszczona. –
Siostra Hildy. Bliźniacza siostra.

Pochyliłem się w milczeniu, delikatnie odgarnąłem
jej kaptur i uważnie przyjrzałem się ocienionemu pod
nim obliczu. Wypisz wymaluj dziewczyna z obrazka,
który otrzymałem od mistrza Dopplera.

– Choćbyście znali Hildę i tak byście mnie nie od-
różnili – odezwała się już spokojnie, a nawet z wyrozu-

miałością w głosie. – Czasami nawet rodzice mieli kłopoty. Tylko nasze siostry zawsze wiedziały, która jest która.

– A gdzie podziała się Hilda?

– Dobre pytanie, mistrzu inkwizytorze...

– Ojciec pokazał mi ciebie, nie ją – dodałem i z powrotem otuliłem dziewczynie włosy kapturem. Odsunąłem się. – Czemu mnie oszukał?

– Bardzo jestem ciekawa odpowiedzi, jaką usłyszycie,
kiedy już zadacie mu to pytanie.

Uśmiechnąłem się, bo nie ma co: dzierlatka była od-
ważna i wygadana, a takie kobiety zawsze budziły cie-
płe uczucia w moim sercu, pod warunkiem oczywiście,
że z danej im przez Pana zdolności mówienia korzysta-
ły ze stosownym umiarem. Ale takich, które korzystać
z umiarem nie umiały lub nie pragnęły, trafiało się przecież bardzo wiele i stąd też nie raz, nie dwa i nie dziesięć
razy widzieliśmy przed kościołami stojące w pokucie kobiety w żelaznych kagańcach, które trzymały na piersiach
tabliczki z napisami: „Za dużo mieliłam ozorem" albo
„Pyskowałam mężowi", albo po prostu „Gadatliwa jędza".
Śmiechu było zwykle z tego sporo, a najbardziej zadowoleni z podobnego obrotu spraw byli mężowie owych se-
kutnic, którzy mieli nadzieję, że ich połowice zachowa-
ją nauczkę w pamięci i na przyszłość nie będą folgować
swemu językowi z taką łatwością jak poprzednio. Znałem też pewnego zucha, który zamknął żonę w stalowej
klatce i przez miesiąc dawał jej jeść i pić w korycie. Skoro
warczysz na mnie jak pies, to żreć i spać też będziesz jak
pies, mówił ten rozważny człowiek. Jednak czy podobna lekcja pomogła, tego już nie wiedziałem, bo przeno-
siłem się wtedy do innego miasta (cóż, taka jest właśnie

dola inkwizytora, raz tutaj, a raz tam) i nie poznałem zakończenia owej zajmującej historii. Miałem jednak nadzieję, że, połączone z pomysłowością, powściągliwość oraz umiar tego mężczyzny przyniosły zamierzone skutki i przywróciły bogobojny spokój w jego małżeństwie.

Pogrążony w myślach na temat mielizn i raf czyhających na ludzi chcących się wiązać małżeńskimi węzłami nie zauważyłem, iż do naszego stołu zbliżył się szlachetka, odziany co prawda w wytarty kaftan, ale jakżeby inaczej, z mieczykiem u boku.

– Widzę, że pod kapturem waszego towarzysza kryje się ponętne liczko – zagaił szlachcic, pokazując w szerokim uśmiechu poszczerbione zęby i ziejąc w moją stronę odorem zalanej piwem kloaki. – Bardzo ciekaw jestem, co kryje się pod płaszczykiem...

– Pod moim znaleźlibyście pewnie połamany srebrny krzyż – warknąłem, spoglądając mu prosto w oczy. Byłem zły nie tyle na niego, co na siebie, że pogrążony w rozmyślaniach na temat ludzkiej natury dałem mu podejść tak blisko.

Nie sądzę, że gdyby rozum miał skrzydła, to ten człowiek unosiłby się nad ziemią niczym prorok Eliasz, gdyż najpierw przez twarz szlachetki przebiegł grymas gniewu, kiedy usłyszał ton mojego głosu. Po tym grymasie gniewu twarz ta zastygła w męce dedukcji, cóż mogłem mieć na myśli. A dopiero potem zrozumiał sens wypowiedzianych przeze mnie słów i tym razem jego oblicze skrzywił grymas lęku.

– Jezus Maria, upraszam o wybaczenie, mistrzu inkwizytorze. – Przykurczył się, zgarbił i wręcz zmalał w oczach. – Raczcie wybaczyć, że przeszkodziłem, raczcie wybaczyć, błagam pokornie. – Oddreptał tyłem, cały czas pochylony w głębokim ukłonie.

– A więc tak to działa – cicho stwierdziła zamyślona Inga, przyglądając się spod kaptura odchodzącemu szlachcicowi.

– Czasami – odparłem zgodnie z prawdą.

I trzeba bardzo uważać, by łatwość korzystania z władzy nad ludźmi nie przesłoniła nam powodu, dla którego tę władzę mamy, dodałem w myślach. A powodem, dla którego ją mamy, jest szerzenie Bożego porządku i Bożej sprawiedliwości.

– Każdy może powiedzieć, że jest inkwizytorem. Nawet krzyża nie macie...

– Każdy może tak powiedzieć – zgodziłem się. – Lecz człowiek bezprawnie podający się za inkwizytora zawsze jest karany śmiercią. Nie wiesz o tym, Ingo? Żywcem obdziera się go ze skóry i pali na małym ogniu, aby jego męka stanowiła odstraszający przykład dla wszystkich oszustów.

Dziewczyna wzdrygnęła się.

– Nie wiedziałam – szepnęła. – Jednak założę się, że są tacy, którym wizja doraźnej korzyści przysłania wizję kary. Tym bardziej że ta kara po pierwsze nie tak znowu jest pewna, a po drugie odległa w czasie – dodała po chwili.

Przytaknąłem, nie dając po sobie znać wrażenia, które wywarła na mnie nie tylko zręczność jej wysławiania się, lecz również trafność sądów.

– Oczywiście, że takie rzeczy się zdarzają. Nie ma na tyle surowej kary, by odstraszyła człowieka od zbrodni. Zwłaszcza że popełniając ją, przestępca nie myśli przecież o tym, iż zostanie złapany. Czy nie widziałaś nigdy złodziei tnących gapiom sakiewki w czasie egzekucji człowieka, którego właśnie wieszano za kradzież? Ale, ale, Ingo... Wolałbym, abyśmy zajęli się tym, czemu zdecydowałaś się sprawić mi ten zaszczyt i spotkać się ze mną.

Parsknęła, potem pochyliła głowę jeszcze niżej, jakby ta wesołość wydała jej się niestosowna.

– Hildy nie ma i nikt nie wie, gdzie jest. Ojciec was oszukał, a ja nie wiem, co robić – jej głos wyraźnie zadrżał.

Upiłem łyk wina, by zebrać myśli.

– Moje dziecko, uważam, że dobrze zrobiłaś, przychodząc do mnie ze swym sekretem – powiedziałem wreszcie. – Nie wiem jednak, czego oczekujesz...

Wyprostowała się. Zauważyłem, że ma łzy w oczach. Mój Boże, jakże te oczy błyszczały!

– Jestem pewna, że Hildzie coś się stało. Coś strasznego – powiedziała żałosnym tonem i spojrzała wprost na mnie. – Jesteśmy bliźniaczkami, mistrzu inkwizytorze – dodała bardzo poważnie i z niezwykłym namaszczeniem w głosie. – A to znaczy, iż istnieje pomiędzy nami niepojęta więź, każąca cierpieć, kiedy ta druga cierpi, niepokoić się, kiedy ta druga jest zaniepokojona, i weselić się, kiedy ta druga jest szczęśliwa...

Słyszałem o podobnie bliskiej łączności duchowej pojawiającej się pomiędzy bliźniakami obojga płci, więc słowa Ingi mnie nie zdziwiły.

– Co czujesz teraz? – zapytałem ciekawie.

– Nic – odparła z bolesną rozpaczą i miała pusty wzrok. – Nic, mistrzu inkwizytorze. Zupełnie nic. Jakby Hildę wyrwano z mojego serca i umysłu.

Potarłem brodę z zakłopotaniem, gdyż tak bardzo nie spodziewałem się tych słów, iż teraz byłem już pewien, że dziewczyna mówi prawdę.

– Czy czułaś kiedyś coś podobnego?

– Nigdy. – Pokręciła głową. – Przenigdy wcześniej. Dotąd moja siostrzyczka zawsze była ze mną. – Położyła dłoń pod lewą piersią.

– Sądzisz więc, że nie żyje?

– Nawet nie chcę o tym myśleć. – Zadrżała. – Może jest bardzo chora? Może nieprzytomna? Może straciła pamięć? Nie wiem. Nie wiem! – Ukryła twarz w dłoniach i zaszlochała.

Wypiłem kilka łyków wina i cierpliwie czekałem, aż dziewczyna się uspokoi. Wreszcie Inga odjęła dłonie od oczu, otarła łzy chusteczką i podniosła na mnie wzrok.

– Sprawdźcie to, mistrzu. Jeżeli nie ją samą, chociaż odnajdźcie jej ciało. Zbadajcie, co się wydarzyło i kto jest winien. Zaklinam was na wszystko. – Złożyła dłonie jak do modlitwy i spojrzała na mnie z błaganiem w oczach.

Przez chwilę rozważałem jej słowa.

– Będę z tobą szczery, Ingo – odparłem wreszcie. – Podejmuję się tylko tych zadań, za które mi zapłacono. Jak zapewne wiesz, pracuję teraz dla twojego stryjecznego stryja. Zanim dam ci odpowiedź, muszę wcześniej porozmawiać z nim i dowiedzieć się, czy interesuje go odnalezienie Hildy. Bo twojego ojca, jak widać, nie interesuje to w najmniejszym stopniu, choć Bóg mi świadkiem, nie mam pojęcia, z czego wynika jego iście nieojcowska obojętność.

– Może wie, co się stało, więc nie musi już za nic płacić? – spytła takim tonem, jakby była pewna, że jej rodzony ojciec zamordował jej rodzoną siostrę.

– Może wie – zgodziłem się z nią. – To rzeczywiście jedna z dopuszczalnych możliwości, chociaż jedynie i tylko właśnie możliwość, a nie nic innego.

– Chcę, żebyście pracowali dla mnie – oznajmiła zdecydowanie. – Nie mówcie nic ani ojcu, ani Teofilowi Dopplerowi.

Skinąłem głową, nie pokazując, że ta propozycja mnie rozbawiła.

– Może dałoby się to zrobić – rzekłem. – Jednak nadal otwarta pozostaje, niestety, kwestia zapłaty...

Zaczerwieniła się, lecz patrzyła wprost na mnie i nie opuściła wzroku, nawet kiedy wypowiadała słowa, które nieszczególnie mnie zdziwiły, a które na pewno musiały ją zawstydzać, mimo całej śmiałości oraz determinacji, jakie zebrała, by porozmawiać z waszym pokornym i uniżonym sługą.

– Mężczyzna taki jak wy zna zapewne niejeden sposób, by dziewczyna taka jak ja mogła mu się odwdzięczyć. Będę wam powolna i zapewniam was, że nie jestem byle latawicą. – Jej rumieniec stał się już ciemnokrwistej barwy. – Znajdziecie we mnie chętną uczennicę, chociaż do tej pory nie obcowałam jeszcze z nikim cieleśnie.

Uśmiechnąłem się serdecznie.

– Muszę przyznać, iż zważywszy na twój wdzięk oraz wielką urodę, to niezwykle szczodrobliwa propozycja... – powiedziałem.

Usta znowu jej zadrżały, lecz postarała się uśmiechnąć.

– ...z której jednak nie będę mógł skorzystać – dokończyłem, a przez twarz Ingi przebiegł najpierw leciutki grymas ulgi, kiedy zdała sobie sprawę z faktu, że nie będzie musiała płacić swym dziewictwem za moje usługi, potem natomiast grymas rozczarowania, kiedy zorientowała się, iż w takim razie mogę w ogóle nie chcieć jej pomóc.

Mordimer Madderdin, mili moi, nie jest człowiekiem, który lekkomyślnie odrzucałby śmiałe awanse ze strony pięknych kobiet. A przyznam szczerze, że kiedy trochę wypiłem, to i nawet te mniej piękne zdawały mi się całkiem zajmujące i uznawałem, że grubiaństwem byłoby nie podzielić się z nimi tym, co miałem najlepszego, a więc samym sobą. Lecz nie zamierzałem wykorzystywać Ingi Krammer, gdyż przecież to właśnie cnota była jedynym majątkiem, jaki miała ta nieszczęśliwa dziewczyna. A Mordimer Madderdin nie wydziera biedakowi ostatniego grosza z kabzy. Taaak... Poza tym zawsze wolałem, kiedy dziewczęta i niewiasty obdarzały mnie swymi wdziękami z radością i po dobrej woli, a nie z musu. No chyba że był to mus niezmiernego pożądania, jaki w nich budziłem... Musiałem również przyznać przed samym sobą, że ostatnimi czasy często spotykałem się z pewną nad wyraz ochoczą dziewoją i w związku z tym czułem się raczej niczym zmęczony jedzeniem kocur niż jak głodny drapieżca, czyhający na każdą nadarzającą się okazję. Chociaż nie powiem, Inga była taką myszką, którą można by chrupać ze smakiem i pewnie bez znudzenia oraz znużenia. Przynajmniej do czasu, bo wiadomo przecież, że, niestety, wszystko na tym grzesznym świecie z czasem staje się nużące i nudzące i choć staralibyśmy się ile sił, by w zużyty materiał tchnąć świeżego ducha, to podobna sztuczka nigdy nam się nie uda... Oczywiście to, co sądziłem na temat znużenia, zmęczenia oraz znudzenia, dotyczyło jedynie ułomnego świata materii, gdyż świat Boskiej idei zawsze pozostawał niezmieniony w swym pięknie oraz niezmiennie fascynujący...

– Mistrzu inkwizytorze? – głos dziewczyny wyrwał mnie z pobożnego zachwytu nad nieskończenie wielką urodą Bożych dzieł.

– Tak? – Spojrzałem na Ingę.

– Co w takim razie zrobimy, mistrzu inkwizytorze? – zapytała bezradnie i znowu miała oczy pełne łez.

Było to bardzo dobre pytanie i sam poważnie zastanawiałem się, jak na nie odpowiedzieć zarówno Indze, jak i samemu sobie. Kto wie czy nie machnąłbym ręką na całą sprawę, gdyby nie prosiła mnie o przysługę dziewczyna piękna i bezradna, co, jak wiadomo, jest połączeniem bezlitośnie kruszącym najtwardszą nawet męską wolę. Oczywiście my, inkwizytorzy, jesteśmy ulepieni z innej gliny niż znakomita większość ludzi, ale nie przeszkadza nam to, by mieć serca wrażliwe na krzywdę bliźnich. Przecież właśnie funkcjonariusze Świętego Officjum najlepiej wiedzą, że grzeszne życie wcale nie polega na tym, iż czyni się zło. Grzeszne życie polega na tym, iż nie czyni się dobra. Dlatego też staramy się czynić dobro zawsze i wszędzie, nawet wtedy, kiedy obdarzani przez nas bliźni zapalczywie się bronią przed owym przypływem dobra.

– Porozmawiam z twoim stryjecznym stryjem – odparłem. – Nie wypada, abym badał sprawę dotyczącą jego rodziny bez jego osobistej zgody.

A w każdym razie mogłoby mi to skomplikować stosunki z człowiekiem, od którego zależą moje dochody, dodałem w myślach.

Inga wzruszyła ramionami.

– Co tam z niego za rodzina – prychnęła lekceważąco. – Widziałam go chyba dwa razy w życiu...

Pokiwałem głową.

– Taki właśnie jest najczęściej los inkwizytora – wyjaśniłem. – Zapominamy, skąd przybyliśmy, pamiętamy jedynie, dokąd zmierzamy.

– A wy macie rodzinę? – zagadnęła, wyraźnie już ośmielona.

– Kiedyś miałem. Jak każdy. Ale nie pamiętam.

– Jak to? – Zmarszczyła brwi z niedowierzaniem. – Musicie pamiętać.

– Widać nic nie było warte zapamiętania – odparłem spokojnie. – Wracaj do domu, Ingo, i bądź dobrej myśli, a ja obiecuję, że zobaczę, co da się zrobić w twojej sprawie.

– Musi mi to na razie wystarczyć – odparła ze smutkiem. – A powiedzcie – ożywiła się nagle – to prawda, że wśród inkwizytorów zdarzają się nawet książęta?

– Bywa i tak – odparłem. – Jednak ja nim nie jestem, gdybyś pytała – dodałem, gdyż nie chciałem, by wyobraźnia zaprowadziła ją zbyt daleko.

– Przecież mówiliście, że nie pamiętacie. – Zmrużyła oczy i wyraźnie była rozbawiona.

Jak widać, mała Krammerówna szybko przechodziła od smutku do pogody ducha, ale nie powiem, by ta gra nastrojów nie miała swego naturalnego uroku. Zresztą dziewczyna o tak wybitnej i nieprzeciętnej urodzie mogłaby pewnie nawet batożyć chorego staruszka, a ludzie przystawaliby tylko po to, by popatrzeć i w zachwycie ją oklaskiwać.

– Sądzę, że gdybym wychował się na książęcym dworze, ten fakt nie uleciałby tak łatwo z mojej pamięci – rzekłem. – Do zobaczenia, Ingo.

– Mieliście mnie odprowadzić – powiedziała kapryśnie i wygięła usta z niezadowoleniem.

Westchnąłem i podniosłem się z krzesła.

– Chodźmy więc – nakazałem.

Zdołałem już wcześniej przekonać się, że mistrz Teofil Doppler nie lubił, kiedy go odwiedzano bez wezwania, a za to kiedy mnie wzywał, lubił z kolei, bym pojawiał się bezzwłocznie. A fakt, iż posłaniec mógł mnie czasami nie zastać, uważał wręcz za osobistą obrazę, tak jakbym celowo wymykał się z kwatery, by uniknąć z nim spotkania. Tym razem jednak, o dziwo, Doppler wcale nie miał mi za złe, że niespodziewanie go niepokoję.

– Mistrz Madderdin! – wykrzyknął, kiedy tylko mnie zobaczył. – Chodźcie, no chodźcie, właśnie o was myślałem.

Uśmiechnąłem się i skinąłem mu uprzejmie, chociaż, rzecz jasna, wcale nie wiedziałem, czy podobne powitanie zwiastuje pomyślną odmianę losu, czy kłopoty. Bo też z mistrzem Teofilem tak naprawdę nigdy nie było wiadomo...

– Siadajcie, mistrzu Madderdin, siadajcie. Wina?

– Kieliszeczek, jeśli łaska...

– Widzę, że przeszło już wam obrzydzenie do trunków, co? – zagadnął wesoło.

Napełnił mój kielich, potem dolał wina do swojego, w połowie opróżnionego, wreszcie rozsiadł się wygodnie naprzeciwko mnie.

– Co was sprowadza? Mówcie śmiało!

Jego pogodny nastrój i przyjacielskie nastawienie coraz bardziej mnie niepokoiły, ale starałem się nie dać wyrazu temuż zaniepokojeniu i udawałem, że biorę wszystko za dobrą monetę. Krótko, zwięźle oraz, jak to miałem w zwyczaju, treściwie i rozsądnie opowiedziałem Dopplerowi o rozmowie z Ingą. Wysłuchał mnie w milczeniu, a po jego twarzy nie mogłem wywnioskować, czy jest zadowolony, iż go kłopotam tą sprawą, czy też raczej wolałby, aby go nie niepokojono.

– A tościе mi ćwieka zabili – odezwał się wreszcie. – No szkoda, szkoda, bo miałem dla was niezwykle ciekawą propozycję niezwykle ciekawej podróży. – Uśmiechnął się serdecznie. – A tak to chyba nie pozostaje mi nic innego, jak poprosić, byście zostali i zajęli się do końca sprawą Krammerów, skoro wiecie już, co i jak, i macie pierwsze rozeznanie co do zdarzeń oraz osób...

Pokiwałem ponuro głową, gdyż nie spodobały mi się jego słowa na temat interesującej propozycji, która właśnie przepadła. Oczywiście być może powiedział to jedynie w tym celu, by mnie pognębić. Jeśli tak było naprawdę, mógł sobie pogratulować: udało mu się.

– Rozumiem więc, że interesuje was, co się stało z Hildą – odezwałem się.

– Na tyle, bym wam zapłacił za zajęcie się tym zniknięciem – odparł ku mojemu zdziwieniu. – To, że my, inkwizytorzy, nie mamy rodzin, nie oznacza, iż nie mamy szanować idei rodziny – dodał poważnie. – A ukrycie zaginięcia córki i mataczenie kłóci się z moim pojęciem idealnej rodziny.

– Różne rzeczy mogły się zdarzyć – mruknąłem.

– No to właśnie tym się zajmiecie, mistrzu Madderdin – zdecydował. – Postarajcie się tylko wykazać pewną delikatnością...

Spojrzałem na niego pytająco.

– To znaczy nie torturujcie mojego kuzyna, przynajmniej dopóty, dopóki wam nie pozwolę – odparł z przekąsem.

– Oczywiście.

– Chociaż możecie go trochę postraszyć – dodał po namyśle.

– Zastosuję się do waszych życzeń.

– Rozumiem, że co do kwoty należnej za wasze wysiłki jesteśmy umówieni?

Jak człowiek tak doświadczony mógł popełnić tak poważny błąd? – zdumiałem się w myślach.

Nie powinien w ogóle poruszać raz już ustalonej sprawy honorarium, gdyż w ten sposób dawał mi pole do popisu. Oj, coś mistrz Doppler naprawdę nie był dzisiaj sobą!

– Sprawy się skomplikowały – westchnąłem. – Rzecz wcześniej wyglądała nad wyraz pospolicie, ale w tej chwili... – Rozłożyłem ręce i przywołałem na twarz grymas niezadowolenia.

– No tak, czemu nie spodziewałem się innej odpowiedzi? – mruknął.

Potem szybko ustaliliśmy nową cenę za zbadanie zaginięcia Hildy Krammer. Nawiasem mówiąc, cenę, której biorąc pod uwagę skalę mojego talentu, absolutnie

nie można było nazwać wygórowaną i z której mistrz Doppler mógł być zadowolony.

– Twardy z was negocjator. – Pokręciłem głową. – Nie przegadam was, żeby nie wiem co.

Doppler zaniepokoił się, gdyż uznał, że taka pochwała mogła paść jedynie z ust człowieka zadowolonego z porozumienia. Już widziałem, że gryzie się w myślach, iż pozwolił mi utargować zbyt wiele. Uśmiechnąłem się złośliwie.

– Tak żeście mnie zamotali, przekonali i przekabacili, że już widzę, iż bez dalszej dyskusji zgodzę się na waszą propozycję – dorzuciłem, by go dodatkowo pognębić.

Pożegnaliśmy się uprzejmie, a Doppler stwierdził na do widzenia, iż co prawda mnie nie ponagla, ale będzie się dowiadywał o postępach, gdyż ta rodzinna tragedia bardzo leży mu na sercu. Oznaczało to, że mistrz Teofil będzie mnie codziennie nękał, i to kto wie czy tylko poprzez wysyłanie pachołków mających wywiedzieć się, co i jak, czy też będzie nalegał na osobiste odwiedziny w jego biurze i zdawanie relacji z dotychczasowych postępów. Sposępniałem, a Doppler, widząc to, rozpromienił się.

Na razie wiedziałem tylko, iż zniknięcie córki zaniepokoiło i zmartwiło Piotra Krammera tak bardzo, iż zdecydował się poprosić o pomoc kuzyna inkwizytora. Natomiast kilka dni później zaszły nowe okoliczności, które spowodowały, że nagle martwić się przestał, ale rozwiązanie zagadki ukrył przed rodziną. Cóż to mogły być za okoliczności? Na dwoje babka wróżyła. Albo Hilda miała się dobrze, lecz z jakichś powodów jej miejsce pobytu czy też stan nie mogły zostać ujawnione. Albo też dziewczyna już nie żyła, a ojciec wiedział, kto i czemu ją zabił, więc i w tym wypadku dalsze dochodzenie nie miało sensu. Może Hilda zginęła, a za jej śmierć zapłacono okup? A może ją porwano i zagrożono, że umrze, jeśli ktokolwiek dowie się o porwaniu? Cóż, to były pytania, na które musiałem w przyszłości odpowiedzieć, na razie jednak zadawałem sobie pytanie bardzo przyziemnej natury: czy mam prowadzić śledztwo dyskretnie, czy też wręcz przeciwnie: głośno zatupać i krzyknąć: „Ho, ho, idzie inkwizytor!", i zobaczyć, jaką i czyją reakcję owo tupnięcie oraz ów krzyk wywołają. My, inkwizytorzy, dobrze wiemy, że czasami, by dotrzeć do ładu oraz porządku, należy wpierw wywołać chaos, ponieważ to z ruchu atomów w tymże chaosie możemy wnioskować, co się zdarzyło, co się dzieje oraz co się wydarzy w przyszłości. Tak więc po solidnym przemyśleniu sprawy uznałem, że nie ma najmniejszego powodu, bym ukrywał swoje zaangażowanie w sprawę zaginięcia Hildy. Postanowiłem, że działać będę z otwartą przyłbicą oraz w pełnym blasku dnia i zobaczymy, kogóż zaniepokoi moje postępowanie.

Byłem przekonany, iż Doppler poczuł się głęboko urażony faktem, że o kłamstwach kuzyna dowiedział się nie od niego samego, lecz od obcego człowieka, czyli ode mnie. I postanowił dać Piotrowi solidną nauczkę. Bo w zapewnienia mistrza Teofila dotyczące świętości rodziny wierzyłem mniej więcej tak samo jak w możliwość podróży na Księżyc za pomocą zaprzęgu z żurawi. Może również (zdecydowanie nie wykluczałem tej możliwości) był po prostu ciekaw, dlaczegóż to jego stateczny, spokojny i solidny krewniak wmieszał się w jakieś poważne kłopoty, i to najwyraźniej kłopoty, co do których nie chciał, by wyszły na jaw. A inkwizytorzy lubią kłopoty, gdyż wiedzą, że nie raz i nie dwa z rozcinanych węzłów gordyjskich potrafią posypać się strumienie złotych monet.

Pierwszą rzeczą, jaką powinienem uczynić i jaką oczywiście uczyniłem, były powtórne odwiedziny w domu Piotra Krammera.

Piotr Krammer nie należał do tych ludzi, którzy potrafią zamienić twarz w pozbawioną uczuć maskę, a paraliżujący strach, szaleńczy gniew lub dojmujący smutek wyrażają co najwyżej poprzez nieznaczne drgnięcie kącika ust, ledwo zauważalne poruszenie powieki lub delikatne zmarszczenie brwi. Kuzyn Dopplera był naturą szczerą i prostolinijną, więc szczerze i prostolinijnie oblał się purpurowym rumieńcem, kiedy tylko mnie zobaczył.

– Czymże wam mogę służyć? – zapytał z tak wyraźną obawą w głosie, że nawet gdybym wcześniej nie miał pewności, że jest w coś zamieszany, to teraz bym tej pewności nabrał.

– Wiecie, czego najbardziej na świecie nie lubią inkwizytorzy? – odpowiedziałem pytaniem.

Zbliżałem się do niego wolnym krokiem, a on się równie wolno cofał, aż wreszcie cofnąć się już nie miał dokąd, gdyż jego plecy natrafiły na ścianę. Przez chwilę jeszcze usiłował napierać na mur, tak jakby wierzył, że ten ulegnie jego plecom, ale ja już stanąłem tuż przy nim.

Ponieważ Krammer był niższy ode mnie, jego nos znalazł się na poziomie mojego podbródka.

– Cze-czego to mianowicie? – wydukał.

– Kłamstwa, Piotrze – odparłem. – Nienawidzimy kłamstwa jak niczego innego na świecie. Bo czyż nie mówił Izajasz: *Naszym schronieniem jest kłamstwo, a fałsz wszelki osłoną*, kiedy myślał o niewiernych kapłanach i zakłamanych prorokach? Czyż nie powiedział Daniel: *I twoje kłamstwo spadnie na twoją głowę. Już czeka na ciebie Anioł Pański, by cię rozrąbać na dwoje?* – podniosłem głos, a kuzyn mistrza Dopplera skurczył się w sobie. Gdyby mógł, pewnie wszedłby w ścianę i zniknął w niej.

– Jezusie mocarny – zajęczał. – Czegóż wy ode mnie chcecie?

– Abyś był taki jak ci, którzy radowali serce świętego Jana. Bo: *Ja największej radości doznaję, gdy dzieci moje postępują zgodnie z prawdą*. Tak właśnie pisał święty Jan i kimże ty jesteś, by gardzić jego słowami?!

Przy wtórze moich ostatnich słów Piotr Krammer zmalał tak, że nosem zarył mi już nie na wysokości podbródka, ale tuż powyżej serca.

– Masz mi może coś do powiedzenia, Piotrze? – zapytałem surowo. – Przyznaj, że chciałbyś coś szczerze wyznać – dodałem delikatniej po chwili, kiedy nie odzywał się, tylko dyszał ciężko, jakby zmęczony podtrzymywaniem ściany plecami.

– Ja, ja nie wiem, co też to by mogło być, co wy...

– Przecież jestem tu, tylko by służyć ci pomocą – przerwałem najłagodniejszym z tonów jego bezładną szamotaninę ze słowami oraz myślami. – Czy chcesz mnie obrazić i ją odrzucić? – rzuciłem ostro.

Wtedy zrobił coś, czego nie przewidziałem i czego przecież zrobić nie powinien. Mianowicie błyskawicznie ukucnął i na czworakach pomiędzy moimi nogami a ścianą odbiegł w stronę stołu, po czym zerwał się na równe nogi i ustawił tak, by blat stołu zasłaniał go przede mną. Westchnąłem i pokręciłem głową. Oczywiście, gdyby nie był kuzynem Dopplera, to zareagowałbym znacznie bardziej zdecydowanie. Przede wszystkim dobrze wymierzony kopniak pod żebra powstrzymałby Krammera przed ucieczką, ale w końcu obiecałem mistrzowi Teofilowi, że nie uszkodzę jego krewniaka, więc zamiast coś zrobić, jedynie stałem i przyglądałem się.

– Kuzyn Teofil dowie się o waszej bezczelności! – zawołał Piotr Krammer.

Wyraźnie czuł się bardzo mocno, zasłonięty przede mną blatem stołu, i w dodatku pocieszał się zapewne myślą, że kiedy przyjdzie co do czego, to będzie mógł wokół tegoż stołu uciekać. Jednak wasz pokorny i uniżony sługa nie zamierzał, jak się zapewne domyślacie, bawić się w gonionego z kłamliwym kupczykiem.

– Teofil Doppler zlecił mi to zadanie – wyjaśniłem oschle. – I dziękujcie Bogu, że to ja, a nie on, jestem z wami teraz, bo mistrz Doppler mógłby wam nie pożałować metod, które otwierają usta nawet najbardziej zatwardziałym złoczyńcom. Przecież tu idzie o jego rodzinę. – Zawiesiłem głos. – Rodzinę, którą naraziliście na wielką krzywdę.

– Najbardziej to to jest moja rodzina – warknął Krammer, przesuwając się na wszelki wypadek ku środkowi stołu.

Widziałem jednak, że jest zaniepokojony i przestraszony. Już wiedział, że coś zawiodło w jego planie, i zapewne teraz gorączkowo się zastanawiał, jak wyjść z kłopotów z możliwie najmniejszymi stratami własnymi.

– Czy to według was oznacza, że możecie ją bezkarnie krzywdzić? – zapytałem gorzko. – Zamordowaliście to biedne dziecko?

Drugie pytanie zadałem tak szybko po pierwszym, że przez moment Krammer mrugał zupełnie zdezorientowany. Nie, nie zabił córki. O ile mogłem wywnioskować z jego reakcji, nie był odpowiedzialny za jej śmierć. Może nie byłem wytrawnym znawcą serc i dusz, ale sztukę czytania z ludzkich twarzy poznałem na tyle dobrze, by prześwietlić Krammera wzrokiem, jak letnie promienie słońca prześwietlają cienką kartę papieru. Najwyraźniej bardzo się czegoś bał, ale najwyraźniej też nikogo nie zabił.

– Jezusie mocarny, co wy, Boże mój, nigdy w życiu... – Oparł się dłońmi na blacie, tak jakby na plecach wylądował mu jakiś wielki ciężar i tylko w taki sposób mógł utrzymać równowagę.

– Słowa, słowa, słowa, Piotrze. Tylko słowa – powiedziałem lekceważąco. – Co zrobiłeś ze zwłokami? Kto ci pomagał w zbrodni? Żona? Córki? Będą przesłuchiwane, wiesz o tym?

Nie ma lepszego sposobu na wymuszenie wyznania małej winy jak oskarżenie o winę wielką. Nie ma lepszego sposobu na złamanie człowieka kochającego swą rodzinę niż zagrożenie tej rodzinie. Sądząc z tego, co stało się dalej, Krammmer chyba kochał żonę i córki.

– Nie, nie, przysięgam! – krzyknął zrozpaczony, a potem zwiesił głowę i zapłakał. – Powiem wszystko – wyjęczał pomiędzy jednym szlochem a drugim.

Uśmiechnąłem się do własnych myśli. Sprawy posuwały się naprzód dużo szybciej, niż przewidywałem. Cóż, może powinienem bardziej ufać we własne siły i zdolności, zamiast kontentować się skromnością, która kazała mi wierzyć, że Krammer będzie dłużej opierał się mocy mego rozumu oraz mej perswazji?

– Mów więc – przykazałem. – I mów prawdę, gdyż tylko wtedy możesz liczyć na przychylność moją i Dopplera. Okłam mnie, a żywcem zedrzemy z ciebie skórę.

– Nie musicie mi grozić – westchnął żałośnie i wyszedł zza stołu.

Jako inkwizytor jestem człowiekiem ufnym, chętnie wierzącym w dobre intencje bliźnich. Nie przeszkadza mi to jednak zabezpieczać się przed ewentualnością, że jednakowoż mogą oni mieć złe intencje i zechcą zawieść zaufanie, jakie w nich pokładam. Dlatego kiedy Piotr Krammer nagle rzucił się pędem w stronę drzwi, byłem na podobny obrót zdarzeń przygotowany. Cisnąłem w niego tłuczkiem do mięsa i trafiłem idealnie tam, gdzie trafić chciałem, czyli w łydkę. Pod kuzynem Dopplera załamała się noga, on sam wrzasnął, upadł na posadzkę i pojechał na brzuchu w stronę drzwi. Chciał wstać, ale przycisnąłem go stopą do ziemi i tym razem uczyniłem to w sposób pozbawiony delikatności.

– Odpocznij, Piotrze, i uspokój się – rozkazałem. – Twój kuzyn pozostawił mi wolną rękę w postępowaniu z tobą, ale na razie wolałbym cię nie krzywdzić.

Zabełkotał coś wściekle, lecz przestał się szamotać. Najwyraźniej rozsądnie uznał, przynajmniej na razie, że próby wyrwania się mogą przynieść więcej szkody niż pożytku. A ja musiałem się zastanowić, co czynić dalej. Oto bowiem Piotr Krammer stawiał opór i nie chciał wyznać prawdy. Zazwyczaj istnieją jedynie trzy wytłumaczenia powodów, dla których oskarżony nie spowiada się przed inkwizytorem ze wszystkich grzechów swoich oraz cudzych. Po pierwsze możemy mieć sprawę z zatwardziałą kanalią, zapiekłą w bezbożnej chęci czynienia zła. Byłem pewien, iż z tym wypadkiem nie mam w tej chwili do czynienia. Po drugie trafić możemy na człowieka, który tak bardzo lęka się kary, iż woli, nawet kosztem wielkiego cierpienia, nie przyznawać się do winy (oczywiście ból w pewnym momencie staje się tak dojmujący, iż w oczach przesłuchiwanego możliwość przyznania się do winy zamienia się z kary w nagrodę). Ośmielałem się jednak sądzić, że Piotr Krammer nie boi się kary, nawet jeśli popełnił grzech, a to z powodu choćby koligacji rodzinnych i ufności w to, że Doppler weźmie go pod swe opiekuńcze skrzydła. Nie było ważne, jakie to zaufanie miało umocowanie w rzeczywistości, a liczył się jedynie fakt, iż ojciec Hildy wierzył w pomoc mistrza Teofila. Trzecia możliwość wydawała mi się najbardziej prawdopodobna. Otóż czasami bywa tak, że osoba, którą inkwizytor pragnie skłonić do wyznań, boi się czegoś lub kogoś tak bardzo, iż woli trwać w oślim uporze i zastępować słodką prawdę milczeniem lub kłamliwymi wykrętami. Trudno sobie wyobrazić, że ktokolwiek może bać się bardziej czegoś lub kogoś niż Bożego gniewu, ale z doświadczenia wiedziałem, że tak właśnie bywa. I istnieją dwa rozwiązania tego problemu. W pierwszym wypadku musimy przekonać przesłuchiwanego, iż nie powinien bać się nikogo i niczego, gdyż najstraszniejsza rzecz, jaka go spotkała, ma miejsce właśnie teraz i tutaj. Znamy przeróżne sposoby, aby tę tezę udowodnić, choć trzeba uważać, by w zapale tegoż udowadniania nie posunąć się zbyt daleko i by przesłuchiwany pozostał przy życiu, zdrowych zmysłach oraz zachował zdolność mówienia. Drugie rozwiązanie problemu jest znacznie łagodniejsze i bardziej miłe osobie, którą wola Boża rzuciła przed oblicze inkwizytora. Otóż w najbardziej wiarygodny sposób musimy człowieka tego przekonać, iż inkwizytor jest potężnym sojusznikiem i każdemu jest w stanie pomóc w uporaniu się ze wszelkimi przeciwnościami losu. Krótko mówiąc, mówimy o handlu, gdzie z jednej strony towarem jest wyznanie prawdy, a z drugiej obietnica opieki.

Postanowiłem skorzystać z drugiej możliwości, gdyż obiecałem przecież mistrzowi Teofilowi, że nie uszkodzę jego krewniaka, i zamierzałem obietnicy tej dotrzymać, przynajmniej dopóki, dopóty jej dotrzymanie nie uniemożliwi mi zadowalającego wykonania całego zadania.

– Inkwizytorium jest potężne, a twój kuzyn Teofil zalicza się do najbardziej wpływowych inkwizytorów w Hez-hezronie – powiedziałem poważnie. – Wierz mi, Piotrze, że człowiek, którego weźmiemy pod skrzydła Bożej opieki, może czuć się całkowicie bezpieczny. I niestraszni są mu już źli ludzie...

Zdjąłem stopę z jego pleców (ponieważ mówienie o sojuszu pomiędzy nami w tej pozycji wydawało mi się nieodpowiednie) i kucnąłem obok niego. Przekręcił głowę i przyglądał mi się wzrokiem psa, który właśnie dostał w łeb od właściciela i chociaż boi się ugryźć lub zawarczeć, to ponuro zastanawia się, kiedy wreszcie zostawią go w spokoju.

– Chcesz żyć już zawsze w strachu, Piotrze? – spytałem łagodnie. – W strachu przed tymi, którzy ci grożą? W strachu przed ujawnieniem prawdy? W strachu przed tymi, przed którymi ową prawdę zatajasz? Czy to nie za dużo lęku, jak na życie jednego człowieka?

Trudno było stwierdzić, czy słucha mnie i rozumie, czy też jedynie zastanawia się, kiedy nareszcie sobie pójdę.

– Czy wiesz, czym jest tajemnica, Piotrze? – zapytałem i odczekałem chwilę. – Tajemnica jest skarbem – kontynuowałem – który lubi być pogrzebany głęboko, w ciemnej i cichej ziemi. A żeby pogrzebany pozostał jak najdłużej, to najlepiej pogrzebać wraz z nim właściciela tej tajemnicy...

Zamrugał. Nie sądzę, by myśl, którą wypowiedziałem, była dla niego nowa, ale czasami człowiek zaczyna właściwie rozumieć sytuację, w której się znalazł, dopiero wtedy, kiedy ktoś mu głośno o niej przypomni lub opowie.

– Tylko wyjawiając prawdę, można czuć się bezpiecznie, Piotrze. Gdyż ujawniając całą prawdę, wyrzucasz precz ów mroczny, przeklęty skarb. I nie ma powodu, by cię grzebać...

– Zemsta – odezwał się wreszcie. – Pozostaje zemsta, nieprawdaż?

Miałem go już w garści. Teraz należało tylko spokojnie zacisnąć palce i wydusić wyznanie.

– Kiedy tajemnica zostaje ujawniona, wtedy ci, którzy grozili zemstą za jej ujawnienie, mają już tak naprawdę większe kłopoty na głowie. – Uśmiechnąłem się. – Na przykład ratowanie własnej skóry.

Pokręcił głową.

– Co wy tam wiecie... – westchnął.

– Nie wiem nic i po to przyszedłem, byś mnie oświecił – odparłem spokojnie. – Po to również, byś podarował mi ów przeklęty skarb. Ja dam sobie radę z jego udźwignięciem, ty nie.

– Lepiej, żeby wszystko zostało po staremu – powiedział smętnie.

Podałem mu rękę i pomogłem wstać.

– Od tej pory nie będzie już nigdy tak, żeby było, jak było. Musisz wybrać nową drogę, Piotrze, bo stara droga przecież zniknęła. Czyż nie?

Przytaknął.

– I musisz również wybrać, z kim chcesz iść po tej nowej drodze. Z przyjaciółmi, którzy cię obronią własną piersią, czy z przeklętym brzemieniem tajemnicy, które wciągnie się w bagno i prędzej lub później zadusi.

Wzdrygnął się.

– Jakie mi dacie gwarancje? Kto ochroni mnie i moją rodzinę?

– Najlepszą ochroną jest likwidacja napastnika – rzekłem. – Powiedz, kto ci zagraża, a inkwizytorzy, z Bożą pomocą, pozbędą się tego kogoś z życia twojego oraz twojej rodziny. Będziesz znów – zaczerpnąłem tchu głęboko oraz z wyraźną przyjemnością – oddychał swobodnie.

– Ba... – mruknął.

– Ba co?

– Nic nie wiecie – powtórzył uprzednią kwestię i tym razem dla wzmocnienia efektu machnął ręką.

Mimo jego przekomarzań wiedziałem już, że opowie mi o tym, co go nęka i kłopota, a on również zarówno wiedział, że podzieli się ze mną swą tajemnicą, jak i całkowicie się z tym faktem pogodził. Widziałem to wymalowane na jego twarzy. Zarówno decyzję, jak i ulgę z jej podjęcia.

Zbliżyłem się do niego powoli niczym do strachliwego kota i położyłem mu dłoń na ramieniu gestem, który w zamierzeniu miał być zarówno delikatny, jak i opiekuńczy.

– Opowiadaj, Piotrze. Opowiadaj, proszę.

Westchnął rozdzierająco.

– Pokażę wam list, jaki otrzymałem. Tak, najlepiej, jeśli zaczniemy od tego.

Rozpiął haftki kubraka.

– Noszę go tu, na piersi, żeby nikt nie zobaczył, nie przeczytał... Sami zobaczycie czemu.

Sięgnął pod koszulę i z wewnętrznej kieszonki wyciągnął złożoną na czworo kartę papieru. Podał mi ją.

– Czytajcie.

Rozpostarłem list. Był napisany na najzwyklejszym papierze, ot, takim, jakiego mógł używać kantor handlowy. Autor użył czarnego atramentu i stawiał małe, ale czytelne i wyraźne litery. Zdecydowanie znać było dłoń nawykłą do używania pióra. A więc mieliśmy do czynienia z człowiekiem wykształconym nie tylko w sztuce pisania, lecz również w sztuce kaligrafii.

„Nie szukaj Hildy, jeśli zależy ci na życiu pozostałych córek. Dziewczynie nie dzieje się krzywda i jak będzie chciała, to wróci do rodziny. Powiedz wszystkim, że opuściła dom. Zdradź nas, a zabijemy twoje córki jedną po drugiej na twoich oczach".

– Dołączyli tysiąc koron do listu – warknął. – Wyobrażacie sobie? Co myśleli? Że człowiek taki jak ja sprzeda córkę za tysiąc koron?!

– Taki jak wy?

– Jestem na tyle bogaty, by dziesięć setek nie robiło na mnie szczególnego wrażenia. – Wzruszył ramionami.

– Toteż wcale nie chodziło o to, by was przekupić.

– Jak to?

– To była groźba i informacja, nie łapówka.

– Jak to? – zdziwił się jeszcze bardziej.

– Czyż nie traktujecie poważnie gróźb kogoś, kto bez drgnienia powieki pozbywa się tysiąca koron? – zapytałem. – Czy list bez dołączonych pieniędzy uznalibyście za tak samo niebezpieczny jak ten z pieniędzmi?

Splótł dłonie tak mocno, aż zachrzęściły mu stawy.

– Jezusie Maryjo, święta prawda! – zawołał. – Pomyślałem: to nie żart, to nie może być byle kto. Takich ludzi stać na wszystko. Na gwoździe i ciernie, mistrzu inkwizytorze, uwierzcie mi, że chciałem ratować rodzinę! – Zapatrzył się na mnie załzawionymi oczami. – Hilda przepadła, Panie świeć nad jej duszą, mówię tak, bo dziewczyna nie żyje, czuję to w sercu, ale mam jeszcze sześć córek. Muszę dbać o nie, a słuchać, co kazali, zdawało mi się najlepszym wyjściem.

Skinąłem głową.

– Dobrzeście robili, milcząc do tej pory, i dobrzeście zrobili, przestając milczeć. Rozumiem wasz wybór i wasz strach.

– I co dalej? Co dalej?

Zastanawiałem się przez chwilę.

– Trzymajcie córki w domu – rzekłem. – Niech Bóg was broni, by którąś wypuścić nawet ze sługą, który by jej pilnował, bo służącego łatwo można kupić albo jeśli kupić się nie da, to zabić.

Pokiwał szybko głową.

– Tak zrobię, jak mi Bóg miły, tak zrobię.

– Polecę wam dwóch zaufanych ludzi, którzy czasem dla nas pracują. Zapłacicie im i będą siedzieć w waszym domu niczym strażnicze psy.

– Dobrze! Dobrze, Bogu dziękować!

– Widziałem, że macie dobre drzwi i okiennice. Wszystkie sprawdzone?

– Dbam o to, mistrzu inkwizytorze. Po ostatnich swawolach żaków... – Machnął ręką. – Wiecie na pewno, co się działo?

Wiedziałem. Biskup musiał użyć wojska, by stłumić zamieszki, a i tak dopiero na trzeci dzień udało się uspokoić miasto. Kilka domów spłonęło, wiele ograbiono, zabito paru kupców, którzy ośmielili się bronić własnego majątku, a nietrudno było znaleźć też mieszczki, z którymi motłoch zabawił się na swój sposób. Drogo zapłacili potem szkolarze i żacy za wywołanie zamieszek, ale co narobili paskudnych szkód, to narobili.

– Nam, Bogu dziękować, nic się nie stało, bo pilnowaliśmy się, ale potem i tak jeszcze kazałem wszystko wzmocnić. Strzeżonego Pan Bóg strzeże.

– Słusznie – zgodziłem się z nim. – Nie wpuszczajcie też do domu obcych ludzi.

– Zawsze byłem ostrożny.

– I bardzo dobrze – znowu go pochwaliłem, po czym lekko uścisnąłem jego ramię. – Zobaczycie, że poradzimy sobie ze wszystkim. Wy, ja i wasz kuzyn. Zobaczcie, panie Krammer: macie za sobą dwóch inkwizytorów! Wskażcie mi człowieka, który miałby podobne szczęście jak wy!

Uśmiechnął się blado.

– Kiedy tak mówicie, nawet wierzę, że wszystko dobrze się skończy.

Potem westchnął.

– Choć w to, że Hilda znajdzie się żywa, już nie wierzę, tak jak wam powiedziałem wcześniej. Żebym się chociaż jednak dowiedział, co się stało z moim dzieckiem. Żebym chociaż wiedział, gdzie jest jej ciało, gdzie ją mogę pogrzebać, biedactwo...

Nie bardzo mnie interesowały jego lamenty, ale pokiwałem głową ze współczującą miną, bo najwyraźniej tego właśnie potrzebował.

– Teraz, Piotrze, musisz mi opowiedzieć wszystko o Hildzie – oznajmiłem. – A zwłaszcza o jej przyjaciołach oraz o jej zwyczajach. Potem natomiast porozmawiam z twoimi córkami i z twoją żoną, bo być może będą wiedzieć więcej od ciebie. Jak to kobiety. – Zmrużyłem porozumiewawczo oko. – Lubią mieć tajemnice, którymi dzielą się jedynie w obrębie własnej płci.

– Powiem wam wszystko, co wiem – zapewnił żarliwie. – Ale sami wiecie, jak jest, bo bardzo mądrze rzekliście, że właśnie kobiety najlepiej znają tajemnice innych kobiet. Więc wypytajcie jej siostry, zwłaszcza Ingę.

– Ingę? – udałem zdziwienie.

– Siostra bliźniaczka Hildy. Wcześniej pokazałem wam właśnie ją, by was zmylić – przyznał z westchnie niem. – One były nie jak siostry, a powiem wam, że wręcz jak jedna osoba. Co wiedziała Hilda, to wie również Inga.

– Dobrze. Zajmę się waszą Ingą, ale na razie pozwólcie, że porozmawiam z wami.

– Oczywiście, mistrzu inkwizytorze, oczywiście.

Słyszałem w głosie Krammera i widziałem na jego twarzy wielką ulgę. Tak to zwykle jest, kiedy wyznasz niebezpieczną tajemnicę i kiedy możesz przerzucić na kogoś innego współodpowiedzialność za znajomość tejże tajemnicy. Tak to również jest, kiedy z beznadziejnej stagnacji i martwej bezradności przechodzi się do działania. Krammer mógł wreszcie coś robić, a nie jedynie smucić się w ponurej samotności. I widziałem, że jest bardzo z tego faktu zadowolony.

– Opowiedzcie mi przede wszystkim o zalotnikach – poprosiłem. – Bo wierzę, że tak piękna dziewczyna musiała mieć wielu.

Uśmiechnął się z ojcowską satysfakcją i dumą.

– Nie powiem, piękne te moje córy, jedna w drugą, wszystkie siedem. I Bóg raczy wiedzieć po kim, bo na pewno nie po mnie, jak sami widzicie. – Szczerze się roześmiał.

Jednak zaraz spochmurniał, bo jak widać, dotarło do niego, że teraz może mówić o sześciu córkach, nie o siedmiu. Innego człowieka może bym i spytał, czy nie ma albo nie miał sąsiada wielkiej urody, ale uznałem, że żartowanie z człowieka, którego chcę namówić do szczerych wyznań, nie byłoby roztropne. Powstrzymałem się więc od złośliwości.

– Czyli miały... – poddałem.

– Kręci się tego zupełnie niczym pszczół przy plastrach miodu. – Machnął ręką. – Jak wychodzimy z kościoła, to całe stado tych zuchwalców czeka, żeby podać wodę święconą.

– Hilda upatrzyła sobie kogoś?

– Z Hildy wszystkie siostry się śmieją, że nie odda ręki niżej księcia krwi. No nic, ma jeszcze dziewczyna trochę czasu na podjęcie decyzji – powiedział i znowu posmutniał, bo najwyraźniej uzmysłowił sobie, że Hilda może nie mieć czasu już nigdy i na nic.

– Na podjęcie decyzji? – powtórzyłem ze zdziwieniem jego słowa. – Chcecie oddać w ręce córki tak ważną decyzję jak zawarcie małżeństwa?

– Tego nie mówię. – Zmarszczył brwi. – Choć wolałbym, żeby rzecz się odbyła po dobrej woli. Jeśli ona sobie kogo upatrzy, a ja uznam, że to odpowiedni człowiek, to niech i tak będzie.

– No proszę. – Pokręciłem głową. – Coś takiego... Ale wybaczcie, bo namówiłem was na znaczne odejście od interesującego nas tematu, więc wróćmy do sedna sprawy. Hilda, mówicie, nikogo sobie nie upatrzyła. A Hildę ktoś sobie upatrzył? Jakiś wasz sąsiad? Znajomek? Wspólnik w interesach?

– Jakbyście zgadli – westchnął ciężko i rozłożył ręce. – Opowiem wam o tym, ale błagam, byście nie wyciągali pochopnych wniosków.

– Inkwizytorzy nie należą do ludzi pochopnych – odparłem.

– Skoro tak mówicie – mruknął i wyraźnie zastanawiał się, jak zmierzyć się z tematem. – Zajmuję się pośrednictwem w transakcjach pewnego niezwykle bogatego kupca – zaczął wreszcie. – Człowiek ten nazywa się Joachim Wentzel, w Hezie ma dom, właściwie lepiej powiedzieć: pałac, ale interesy prowadzi w całym Cesarstwie, a nawet w Anglii, Hiszpanii, Polsce...

– Słyszałem to nazwisko – przerwałem mu. – Nowe pieniądze, prawda?

Krammer prychnął z lekceważeniem.

– Ojciec tego Wentzla robił jeszcze za pastucha pod Hezem. Nawet się nie nazywał wcale Wentzel, bo Joachim nazwisko wziął po żonie.

– Żonie?

– Umarła dawno temu. Nieważne. Ważne jest, widzicie, to, że Wentzel dostał, że tak powiem, hyzia na punkcie Hildy. I zagroził mi, że koniec z naszymi wspólnymi przedsięwzięciami, jeśli nie będzie mógł spotykać się z moją córką.

Zmarszczyłem brwi.

– Co on, chciał zrobić z was rajfura własnego dziecka?

Piotr Krammer poczerwieniał tak, jakby krew miała mu zaraz trysnąć z policzków.

– A mówiliście, że nie jesteście pochopni w sądach – wycedził przez zaciśnięte zęby.

– Ja tylko pytam – odparłem łagodnie.

Sapnął kilka razy i uciekał przede mną wzrokiem, chyba po to, bym nie zobaczył iskrzącego się w jego oczach gniewu.

– O tym nawet mowy nie było, choć rozumiem, co macie na myśli, bo nie o takich rzeczach się słyszało. Ale sądzę, że Wentzel myślał, iż jak Hilda lepiej go pozna, a przede wszystkim zobaczy bogactwo, którym Joachim się otacza, to zgodzi się wyjść za niego za mąż.

– Przecież to świetna partia – zdziwiłem się. – Czemu jej nie wydaliście za zgodą czy bez zgody?

Krammer ze złością uderzył knykciami w otwartą dłoń.

– Powiedziała, że pchnie się nożem albo powiesi, jeśli ją przymuszę.

– Wszystkie tak mówią. – Wzruszyłem ramionami. – A potem jakoś złość mija, zwłaszcza kiedy mąż pozwoli nakupować sukienek i błyskotek.

– A to widzę, że z was znawca życia rodzinnego – burknął z nieukrywaną złośliwością.

– I tego nas uczą w przesławnej Akademii Inkwizytorium – odparłem poważnie.

Pomilczał chwilę.

– Pewnie macie rację, mistrzu Madderdin – westchnął wreszcie. – Tylko racja w ogólnym ujęciu nie zawsze oznacza rację w każdym przypadku, czyż nie?

– A to z was, jak widzę, filozof, panie Krammer. – Uśmiechnąłem się. – Ale tak, zgodzę się z wami bez oporu, że od reguł zdarzają się wyjątki.

– Ano właśnie. I wierzcie mi, że Hilda by się powiesiła, dźgnęła czy otruła, czy cokolwiek innego, a Inga pewnie by poszła za nią, bo mówiłem wam, że one są niczym jedna osoba. Grzech to straszny, ja wiem i one wiedzą, ale czasem tak jest, że nawet strach przed wiecznym potępieniem nie powstrzyma człowieka przed uczynieniem tego, co chce uczynić, choćby ów uczynek sprzeciwiał się wszelkim prawom Bożym.

– Ba! Któż wie o tym lepiej niż inkwizytorzy?

– No właśnie.

– Czyli odwiedzała Wentzla, ale z zachowaniem wszelkich zasad przyzwoitości?

– O tak, zawsze chodziła z nią służąca, która miała za zadanie nie odstępować Hildy na krok.

– I nie odstępowała?

– Obdarłbym ją ze skóry, gdyby odstąpiła. – Uśmiechnął się szeroko.

– Dziwne, że jesteście kupcem, a nie ufacie wielkiej potędze pieniądza – powiedziałem. – Każdego można kupić. Skąd wiecie, że Wentzel nie kupił tej waszej służki?

Krammer tym razem uśmiechnął się tajemniczo.

– Bo tak naprawdę moja żona z nią chodziła – zaszeptał. – I powiem wam, że Hilda bardzo się z tego cieszyła, że ma matkę u boku. Ale Wentzel nawet nie próbował się do niej zbliżyć. Rozmawiał, oprowadzał po domu i ogrodzie, jednak z tego, co mi opowiadano, nawet nie próbował dotknąć jej dłoni.

– Wiele razy go odwiedziła?

Zmarszczył brwi, potem wyciągnął przed siebie dłoń i porachował na palcach. Coś do siebie szeptał z każdym odginanym palcem.

– Sześć razy – rzekł w końcu. – Dzień po szóstej wizycie zniknęła.

– Nie podejrzewacie Wentzla?

– Każdego podejrzewam. – Zmrużył oczy. – I jego też, rzecz jasna. Ale nie wydaje się wam, że to zbyt oczywiste, aby było prawdziwe? Po co miałby ją porywać, skoro z całą pewnością liczył na to, że ją kupi?

– Tysiąc koron w podarku dla was... Byłoby go stać na taki wydatek, prawda?

– Nawet by nie zauważył.

– Będę musiał z nim porozmawiać.

– Pokornie was upraszam: tylko ostrożnie – wyrzekł naprawdę błagalnym tonem. – Od tego Wentzla wiele zależy, a ja mam siedem córek. Wiecie, jakie to wydatki? –

I znowu spochmurniał i posmutniał, kiedy zrozumiał, że może teraz powinien mówić „sześć", nie „siedem".

– Będę ostrożny – obiecałem.

I zamierzałem słowa dotrzymać, bynajmniej nie ze względu na Krammera, bo nic mnie nie obchodziło, czy straci kontrakty, ale ze względu na mnie samego. Bowiem bogaci ludzie są zwykle również ustosunkowani, a bardzo bogaci są zwykle również bardzo ustosunkowani. Tymczasem ja nie miałem ochoty, by skargi na mnie zasypały kancelarię Świętego Officjum. Zwłaszcza że moja pozycja i sytuacja w Hez-hezronie były bardzo, ale to bardzo delikatne i jeśli chciałem zachować dobre widoki, musiałem postępować mądrze. A jeśli zrobię sobie bezwzględnego wroga z wielkiego bogacza, to na pewno mi to nie pomoże w budowaniu świetlanej przyszłości, na którą przecież zasługiwałem w najwyższym stopniu.

Rozmawiałem jeszcze czas jakiś z Krammerem, wypytałem go o sąsiadów, znajomków, wspólników, również młodzieńców tak gęsto tłoczących się przy wejściu do kościoła i czekających, by usłużyć pięknym pannom. Zapamiętałem imiona i nazwiska, ale wszyscy oni na pewno mogli poczekać do czasu, aż odwiedzę Wentzla i rozmówię się z nim.

Żona Krammera sprawiała wrażenie kobiety bardzo zdecydowanej i bardzo zasadniczej, takiej, która jeśli spojrzy z niechęcią w zachmurzone niebo, to deszcz po rozważeniu konsekwencji uznaje, że pójdzie padać gdzie indziej. Od początku próbowała, nie kryjąc tego nawet, ustawić mnie w pozycji sługi domu, któremu co prawda pozwala się na trochę więcej niż innym, ale który powinien być gorąco wdzięczny za wyjątkowe traktowanie i odpłacić za nie szczerym zaangażowaniem w wypełnianie życzeń gospodarzy. W zasadzie podobne zachowanie trochę mnie bawiło, gdyż inkwizytorzy przyzwyczajeni są raczej do tego, iż otacza ich aura szacunku oraz bojaźni, jako że reprezentują przecież najpotężniejszą instytucję i największy autorytet znanego nam świata, a za ich pośrednictwem samego Boga! Hilaria Krammer oczywiście nie dopuszczała nawet myśli o tym, iż mógłbym rozmawiać z jej córkami bez jej towarzystwa, i jak się domyślałem, chciała nie tylko wysłuchać pytań oraz odpowiedzi, ale wtrącać własne pytania, uwagi oraz spostrzeżenia, krótko mówiąc: wściubiać nos w sprawy, które powinny należeć tylko i wyłącznie do prowadzącego śledztwo. Kiedy słuchałem jej wyniosłego, lekceważącego tonu, pełnego pogardy dla wszystkich, którzy nie należą do rodziny Krammerów, a w zasadzie dla wszystkich tych, którzy nie mają szczęścia być Hilarią Krammer, pomyślałem sobie, że najwyższy czas na działanie. Może postępowanie, które zaplanowałem, pomoże również temu nieszczęsnemu Piotrowi, który stał pod ścianą wpatrzony we własne stopy i tylko coraz bardziej czerwieniał przy tych słowach żony, które uznawał za szczególnie aroganckie. Aż mu współczułem. Z drugiej strony kto kazał mu się związać z taką sekutnicą? Chyba że w czasach panieńskich Hilaria Krammer była wesołą, miłą dziewczyną, słodką niczym ulęgałka i spokojną niczym martwe kociątko, a dopiero ślub zamienił ją w paskudną jędzę. O tak, podobne przypadki zdarzały się częściej, niżby tego sobie życzyli poczciwi przedstawiciele płci, do której miałem zaszczyt należeć. Dobrze to wiedziałem, chociaż, Bogu dziękować, nie na własnym przykładzie.

– Pozwolicie, pani Krammer, że poproszę o rozmowę z wami na osobności – powiedziałem, kiedy udało mi znaleźć chwilę, w czasie której musiała zaczerpnąć oddechu.

Przyjrzała mi się zaskoczona.

– Bowiem są takie sprawy i takie problemy, do których rozwiązania gotowe i predestynowane są jedynie kobiety podobne do was – powiedziałem z szacunkiem.

– Cóż. – Wzruszyła ramionami, ale widziałem, że jest wyraźnie zadowolona kolejnym zapewne triumfem nad mężem. – Zostaw nas, Piotrze, w takim razie. – W jej głosie usłyszałem żelazną nutę wyraźnie świadczącą o tym, iż nie życzy sobie przejawów nawet najmniejszego sprzeciwu.

Piotr Krammer spojrzał na mnie żałosnym wzrokiem niesłusznie skarconego psa i opuścił pokój. Zostaliśmy we dwoje z panią Hilarią. Już wcześniej rozejrzałem się po pomieszczeniu i dostrzegłem stojącą pod ścianą miotełkę do omiatania kurzów, która gdybym przy niej stanął, pewnie sięgałaby mi do połowy uda. Miotełka miała gęste, kolorowe pióra, które dla mego niewprawnego oka wyglądały niczym papuzie, chociaż bardziej prawdopodobne było to, iż po prostu zostały pofarbowane. Nie pióra jednak mnie interesowały w oglądanym przedmiocie, lecz trzonek. Był to niezbyt gruby, ale i nie za cienki kijek. Ot, grubości męskiego palca wskazującego. Dla moich celów wydawał się wręcz idealny.

Podszedłem do ściany, podniosłem miotełkę i pomacałem kijek palcami. Drewno było twarde i zdrowe, a jednocześnie giętkie. Chwyciłem miotełkę tak, że pióra znalazły się w mojej dłoni, i smagnąłem na próbę. Powietrze zaświszczało.

– Za waszym pozwoleniem, inkwizytorze, ale co wy właściwie...

Odłamałem końcówkę z piórami i rzuciłem na podłogę.

– ...wyprawiacie!?

Dałem trzy szybkie kroki i w jednej chwili znalazłem się tuż przed Hilarią Krammer. Uderzyłem ją pięścią w dołek pomiędzy piersiami. Mocno. Otworzyła usta tak szeroko, jakby spodziewała się, że uderzę ją teraz w twarz, i w związku z tym zamierzała połknąć moją dłoń. O tak, cios, który jej zadałem, ma zawsze bardzo nieprzyjemne skutki. Uderzony człowiek nie tylko traci dech i nie tylko w panice usiłuje zaczerpnąć powietrza. Jemu wydaje się, że całe powietrze zostało wyssane z jego płuc i już nigdy, przenigdy nie będzie w stanie odetchnąć. Strach ogarniający wtedy ofiarę jest ponoć porażający. Wszystko to spotkało właśnie Hilarię Krammer. Pchnąłem kobietę na kanapę, chwyciłem lewą dłonią za jej rękę, wygiąłem ramię do tyłu, a plecy przycisnąłem kolanem. W ten sposób unieruchomiłem ją, a ona nie miała siły na nic poza charczeniem. Na twarzy Hilarii malowało się przerażenie, a oczy wybałuszyła niczym zgniatany mops. Nie przejmowałem się tym, jedynie puściłem jej ramię i przełożyłem dłoń na usta. W końcu gdyby zaczęła charczeć zbyt głośno, to jeszcze ktoś zainteresowałby się tymi odgłosami, czego przecież wcale sobie nie życzyłem. Odczekałem, aż minie oszołomienie spowodowane uderzeniem, i nachyliłem się do jej ucha.

– Posłuchaj mnie bardzo uważnie, Hilario – rozkazałem spokojnie. – Nie krzycz przypadkiem, nie płacz ani
nie jęcz. Bo wiesz, co się stanie, jeśli zachowasz się w podobnie nieroztropny sposób? Oto do pokoju przybiegnie
twój mąż, a pewnie również służba. Nie powstrzymają
mnie przed tym, co zamierzam zrobić, bo nikt na świecie bezkarnie nie tknie inkwizytora, za to będą świadka-
mi twojego wielkiego poniżenia. Wiesz, jak szybko wieść
o laniu, które dostałaś, rozejdzie się po całym domu? Całej ulicy? Całej dzielnicy? Od tej pory dla ludzi nie będziesz już szacowną panią kupcową Hilarią Krammer,
ale tą zabawną kobiecinką, którą na jej własnej kanapie
inkwizytor wychłostał kijem od miotełki do spędzania
kurzu.

Umilkłem, by pozwolić jej przetrawić wizję, którą
przed nią roztoczyłem. Jeśli była nawet nie mądrą, ale
zwyczajnie sprytną kobietą, musiała zrozumieć, co dla
niej dobre. Mogła wybierać pomiędzy bólem a bólem
i publiczną śmiesznością. Znałem ludzi, którzy woleli
śmierć od ośmieszenia, a w tym wypadku przecież chodziło zaledwie o małą, pouczającą chłostę.

– Teraz odejmę dłoń z twarzy, Hilario, a ty zrobisz,
co zechcesz, lecz radzę, byś usłuchała dobrej rady, której udzieliłem ci kierowany jedynie wielką życzliwością
dla twojej rodziny.

Cofnąłem dłoń zaciśniętą do tej pory na ustach
Krammerowej, a kobieta zgodnie z moimi przewidywa-
niami nie krzyknęła, nic nie powiedziała, nawet nie jęk-
nęła. Zaledwie sapnęła, ale to też chyba tylko dlatego, iż
brakowało jej już oddechu.

Popchnąłem poduszkę w jej stronę.

– Zagryź mocno materiał, będzie ci łatwiej wytrzymać ból – poradziłem życzliwie.

Potem zawinąłem jej suknię do góry i wziąłem się do uczciwej chłosty. Pozbawionej zapalczywości i gwałtowności, za to solidnej oraz spokojnej. Bowiem kara powinna być zadawana bez gniewu czy zapalczywości, ale stanowczo.

Biłem kijem w jej pulchne pośladki w równiutkich odstępach, a ona po piątym uderzeniu tylko charczała z cicha, jak widać, powstrzymując się za wszelką cenę przed jękiem lub krzykiem. Nie uderzałem z całej siły, bo wiem, że mam mocną rękę, a w tym wypadku chodziło o to, by rozciągnąć karę w czasie, nie powodując jednak nadmiernych uszkodzeń ciała. Hilaria Krammer uniosła głowę tylko dwa razy. Po raz pierwszy, a było to po dziewiątym uderzeniu, powiedziała urywanym głosem i ze złością:

– Zabić mnie chcecie?

– Wierzcie mi: nie tak łatwo zabić człowieka – odrzekłem spokojnie, nie przerywając chłosty i nie wypadając z rytmu.

Drugi raz, a było to akurat po piętnastym smagnięciu kijem, zaszeptała błagalnie:

– Zmiłujcie się, proszę was, już wystarczy...

– To ja powiem, kiedy wystarczy – odparłem zimno.

W końcu usłyszałem, że żałośnie popłakuje, wpychając sobie w usta skraj poduszki, by płacz ten było jak najmniej słychać. Kiedy zobaczyłem, jak kurczowo zaciska dłonie, tak mocno, aż zbielały jej knykcie, wtedy dopiero uznałem, że naprawdę ma dość. Odłożyłem kij i nakryłem kobiecie tyłek spódnicą.

– Sądzę, że na tym możemy zakończyć naszą dysku-
sję – oznajmiłem. – Oboje, jak mniemam, szczerze ufa-
jąc, iż nigdy nie nadejdzie konieczność jej powtórzenia.
Czy mogę już zawołać waszego męża?

– Nie! – wyjęczała ze strachem. – Dajcie mi chwilę,
proszę – dodała.

Uniosła się z trudem na łokciach, potem spuściła stopy na podłogę i stanęła, cały czas trzymając się krawędzi
otomany. Miała załzawione oczy, czerwone jak krew usta
i twarz ściągniętą bólem.

– Rozpogódźcie się, pani Hilario – poradziłem
uprzejmie. – Obetrzyjcie twarz z łez. Tylko uważajcie
z siadaniem przez najbliższe kilka dni.

Spojrzała na mnie i mimo bólu zobaczyłem gniew
w jej wzroku. Otworzyła usta, a potem nagle gniew
z oczu uleciał niczym przegnana huraganem burzowa
chmura i matka Ingi zamknęła usta, aż jej szczęknęły
zęby.

– Dziękuję wam za dobrą radę, mistrzu inkwizytorze – powiedziała łagodnie.

Uśmiechnąłem się do niej szczerze i życzliwie, gdyż
lubiłem mądre kobiety, a Hilaria Krammer właśnie po-
kazała, że potrafi zachowywać się jak mądra kobieta.

Porozmawiałem po kolei ze wszystkimi dziewczętami,
na sam koniec zostawiając sobie tę, która najlepiej znała
zaginioną oraz jej upodobania i obyczaje. Inga uśmiechnęła się do mnie promiennie, kiedy zostaliśmy sami w pokoju.

– Nawet nie wiecie, jak bardzo się cieszę, że was widzę i że działacie. To najważniejsze: że działacie!

Opowiedziałem jej wszystko, czego dowiedziałem się od Piotra Krammera. Dziewczyna słuchała mnie spokojnie i tylko coraz bardziej bladła.

– Mój Boże... – powiedziała wreszcie.

– Dobrze, że wiem, na czym stoję – rzekłem. – Teraz muszę iść dalej i liczę, że mi w tym pomożesz.

– Wszystko, co tylko zechcecie – zapewniła żarliwie.

– Może zacznijmy od najciekawszej postaci. Joachim Wentzel.

Inga roześmiała się i zaraz spłoszona zakryła usta.

– Mój Boże, nie powinnam się śmiać, kiedy moja siostrzyczka może cierpi albo... – nie dokończyła, a w jej oczach pojawiły się łzy.

– Czy twój płacz lub smutek pomogą zmienić jej los na lepsze? – zapytałem.

Spojrzała na mnie zaskoczona.

– Nie, oczywiście, że nie... Jak niby... – Wzruszyła ramionami.

– A czy twój śmiech jej zaszkodzi?

– Dziwny z was człowiek – powiedziała po chwili, ale widziałem, że moje słowa najwyraźniej dały jej do myślenia.

– Wróćmy do sprawy. A więc Joachim Wentzel.

– Dureń i samochwalca. Poza tym wielki bogacz. – Spojrzała na mnie. – Wierzcie mi: naprawdę wielki. Jeden z najbogatszych ludzi. I nie tutaj, w Hezie, tylko w całym Cesarstwie, może i całej Europie. Podobno – zniżyła głos – jego banki pożyczają pieniądze samemu papieżowi.

– Świetna inwestycja – mruknąłem z ironią.

– Nie wiem, nie znam się na tym. – Znowu wzruszyła ramionami i usłyszałem w jej głosie, że poczuła się urażona. – Mówię wam tylko, co o nim plotkują.

– Oczywiście, Ingo. Proszę, opowiadaj dalej...

– Kochał się w Hildzie aż strach.

– A ona?

Dziewczyna tylko machnęła lekceważąco ręką.

– Dajcie spokój. Równie dobrze można się zakochać w baranie na łące. Nie jesteśmy na tyle biedni, żeby musiała za niego wychodzić. Zresztą – uśmiechnęła się, pokazując ładne, równe i białe zęby – co małżeństwo ma do miłości, prawda?

– Inkwizytorzy nie są specjalistami w dziedzinie małżeństwa – odpowiedziałem jej uśmiechem. – Ale wierzę ci na słowo. Niemniej mimo że jest baranem, Hilda często go odwiedzała.

Inga zmarszczyła brwi.

– Ojciec jej kazał – przyznała niechętnie. – Jest handlowym pośrednikiem Wentzla w jakichś sprawach i wydaje mi się, że dzięki niemu sporo zarabia. A Wentzel żądał, aby mógł się widywać z Hildą. Ale zapewniam was, że wszystko odbywało się zgodnie z zasadami przyzwoitości i skromności – zastrzegła żarliwie. – Hilda zawsze odwiedzała go ze służącą.

– Służące mają dar znikania – zauważyłem. – Zwłaszcza kiedy zostaną obdarowane miłą sumką.

Zastanawiałem się, czy Inga wie, że służącą udawała jej własna matka. Może i wiedziała, lecz niczego nie dała znać po sobie, choć uważnie obserwowałem jej twarz.

– Hilda by mi powiedziała, gdyby działo się coś złego – pokręciła głową Inga. – Wierzcie mi, że moja siostrzyczka nie miała przede mną tajemnic. Wentzel nie był natarczywy, aczkolwiek... – zawiesiła głos, szukając odpowiedniego słowa: – Męczący.

– Co to znaczy?

– Poznacie go, bo zakładam, że poznacie, prawda? a wtedy sami się przekonacie, co to znaczy męczący.

Przytaknąłem, zgadzając się na tak niepełne tłumaczenie. Oczywiście miałem zamiar poznać Joachima Wentzla i ufałem, że ta wizyta nieco rozjaśni mrok, w jakim na razie tkwiłem.

– Z kim się przyjaźniła twoja siostra?

– Nie mamy przyjaciół. Wystarczamy same sobie.

– Młode, piękne kobiety zawsze mają przyjaciół – odparłem pobłażliwie. – A przynajmniej wielu takich młodzieńców lub dojrzałych mężczyzn, którzy bardzo pragną się z nimi gorąco zaprzyjaźnić.

Inga roześmiała się znowu.

– Nikogo ciekawego – powiedziała. – Mogę wam podać imiona, ale nie wiem, czy wam coś z tego przyjdzie...

– To, że ty i twoja siostra lekceważycie sobie uczucia młodych mężczyzn, wcale nie znaczy, iż podobnie działa to w odwrotną stronę. Może obojętność Hildy kogoś uraziła? Zraniła? Dotknęła? A może ktoś zapragnął posiąść twoją siostrę niezależnie od ceny, jaką przyjdzie zapłacić za realizację podobnej zachcianki?

– Może i tak – odpowiedziała po chwili cicho. – Kto wie co siedzi w głowie drugiemu człowiekowi? Może naprawdę kogoś zdeptałyśmy, nawet o tym nie wiedząc? Może coś, co wydało nam się zabawnym dowcipem, w oczach kogoś innego stało się krzywdą? Może płochy żart wzięto za lekceważenie?

Ha, pomyślałem, że młoda Krammerówna jest naprawdę niegłupią dziewczyną! Mądra, śmiała i piękna do bólu, cóż za rzadki i drogocenny okaz w naszym podłym świecie.

– A może zdawkowy uśmiech wzięto za zachętę lub przyzwolenie? – poddałem myśl.

Skinęła poważnie.

– Mogło być i tak – zgodziła się. – Może. Naprawdę nie wiem...

No i tak to właśnie jest ze ślicznymi dziewczętami. Otaczający je świat zaczynają wyraźnie postrzegać dopiero wtedy, kiedy ten świat zaczyna je ranić. Dlatego z punktu widzenia śledczego zdecydowanie przydatniejsze są brzydule, gdyż one przez całe życie pilnie obserwują otoczenie, patrząc, gdzież mogłyby uwić dla siebie małe, bezpieczne gniazdko. A ślicznotki? One nie muszą niczego wypatrywać, bo przecież cały świat należy do nich!

– Macie wiejski dom pod miastem, prawda? Może jakiś szlachcic z okolicy wypatrzył sobie Hildę?

Roześmiała się dźwięcznie.

– A bo to jeden szlachcic? Tam nawet najwięksi panowie machnęliby ręką, że jesteśmy mieszczankami, i chętnie zaprowadziliby nas do ołtarza. Albo przynajmniej do łożnicy. – Roześmiała się jeszcze głośniej.

Cóż, trzeba przyznać, że dziewczyna zachowywała się swobodnie, by nie powiedzieć: swawolnie. Jednak zupełnie mi to nie przeszkadzało, bo choć jestem człowiekiem żarliwej wiary i wiernym sługą Boga, to muszę przyznać, że znacznie bardziej wolę wesołe figlarki od złośliwych milczków.

– No tak, trudno się przecież spodziewać, by ciebie traktowano inaczej – rzekłem.

Zrozumiałem bowiem, że powiedziała „jesteśmy" najprawdopodobniej w tym celu, by dać mi poznać, że ona również cieszyła się i cieszy powodzeniem u płci przeciwnej. Nigdy zresztą bym w to nie wątpił. Sądziłem raczej, że taka piękność powinna wynajmować służących, których jedynym zadaniem byłoby odganianie natrętnych zalotników.

– Ktoś zakochał się w twojej siostrze, został odrzucony i porwał ją, by mieć Hildę na własność, tylko dla siebie – powiedziałem. – Albo nienawidził jej i porwał, żeby wywrzeć na niej pomstę...

Inga zbladła.

– Aby ją upodlić i upokorzyć tak bardzo, jak bardzo wcześniej była niedostępna.

Dziewczyna zagryzła usta.

– Jezu – szepnęła.

– Albo, i tym razem będzie to dobra nowina, Hildę porwał ktoś, kto chce spędzić z nią życie i w jakiś sposób ma wobec niej, można powiedzieć, uczciwe zamiary...

– To znaczy? – Inga nawet ze zmarszczonymi brwiami wyglądała znieważająco.

– Hilda wróci do was jako mężatka, najpewniej w dodatku z brzuchem. Przecież chyba nie zostawi mężczyzny, który będzie ojcem jej dziecka? Ani nie targnie się wtedy na własne życie?

– Miałabym siostrzeńca albo siostrzeniczkę. – Inga niespodziewanie się rozpromieniła. – To nawet słodkie, wiecie?

– Cóż, nie wiem, czy słodkie, ale chyba najlepsze dla twojej siostry i dla waszej rodziny. Mało to znamy przypadków, że dziewczyny zakochiwały się w porywaczach, nawet takich, których przedtem bezlitośnie i z lekceważeniem odrzucały?

– Hmmm, my, kobiety, lubimy zdecydowanych mężczyzn – przyznała takim tonem, jakby jej doświadczenie w poznawaniu płci przeciwnej i kontaktach z tąże przeciwną płcią było wielkie niczym alpejskie szczyty. – Takich, którzy są gotowi wiele zaryzykować i wiele poświęcić dla zdobycia naszej miłości i naszego szacunku.

Rzeczywiście, w niektórych miejscach oraz środowiskach porwania były częstym, wręcz wymaganym elementem zalotów i odbywały się za pozwoleniem dziewczyny albo nawet za zgodą, chociaż milczącą, jej rodziny. Tyle tylko, że taki porywacz nie wysyłał potem listów z okrutnymi groźbami oraz pieniędzy. Tutaj więc musiało dojść do prawdziwego, nieudawanego porwania, a jego motywy, nie mówiąc już o sprawcy czy sprawcach, na razie dla wszystkich, w tym dla mnie, były całkowicie nieodgadnione.

– Kazałem twojemu ojcu zabezpieczyć dom i nająć strażników...

– Boże mój, myślicie, że coś nam grozi?

– Nie – odparłem niezgodnie z prawdą. – Ale Bóg dba o tych, którzy potrafią zadbać o samych siebie. Ciekaw jestem, czy masz jakiś sposób, by wydostać się niepostrzeżenie z domu, jeśli byłoby to konieczne?

Otworzyła szeroko oczy.

– A w jakim celu?

– Być może będę musiał się z tobą spotkać na osobności i w tajemnicy. Pamiętaj, że będziesz moimi uszami i oczami w tym domu. No więc jak?

Uśmiechnęła się nieznacznie.

– Sądzę, że wszystkie dzieci mają sposoby, dzięki którym potrafią oszukać rodziców. A więc i ja mam, jeśli musicie wiedzieć...

– Bardzo dobrze. Jeśli zdarzy się, że wyślę posłańca z listem do twojego ojca, wtedy masz tej samej nocy wyjść z domu i udać się do kaplicy w kościele Miecza Jezusowego. Tam będę na ciebie czekał.

Zadrżała.

– Mam iść sama? – szepnęła. – W nocy?

– Mój człowiek będzie miał na ciebie oko. Nie bój się, nic ci się nie stanie.

Przytaknęła powoli.

– Zrobię, jak każecie – odparła. – Wszystko, aby tylko uratować Hildę.

Uśmiechnąłem się do niej serdecznie i ciepło. Gratuluję ci, Ingo, pomyślałem, właśnie awansowałaś z widza na przynętę.

Zwyczajny człowiek mógł podobno czekać nawet kilka miesięcy, zanim Joachim Wentzel wyświadczył mu łaskę przyjęcia na krótkiej audiencji. Cóż, bogacze są zwykle bardzo zajęci, a nawet jeśli nie są, to pomiatanie bliźnimi uznają za świetny sposób pokazania wszem wobec swej wysokiej pozycji. Oczywiście podobnie lekceważące traktowanie nie mogło dotyczyć kogoś takiego jak ja, kogoś, kto co prawda był inkwizytorem bez licencji, ale jednak inkwizytorem. Inkwizytorem, czyli kimś ulepionym ze znacznie lepszej gliny niż nawet największy heski bogacz. Nie uznałem za stosowne zapowiedzieć Wentzlowi swej wizyty, po prostu następnego ranka zjawiłem się przed drzwiami jego domu (może lepiej byłoby powiedzieć: pałacyku) i wszedłem do środka, wykręcając ucho słudze, który miał na tyle powolny pomyślunek, że nieopatrznie zaczął mnie wypytywać o cel wizyty, a nawet grubiańskim tonem oznajmił, że pan śpi i nikogo nie przyjmuje. Specjalnie przyszedłem tak wcześnie, by nie natknąć się ani przed drzwiami, ani w przedpokoju na gromadkę ludzi chcących przekazać Wentzlowi poranne wyrazy szacunku i zaoferować swoje usługi. Wiedziałem bowiem, jak wyglądają obyczaje możnych i że im bardziej bogaty czy wpływowy jest człowiek, tym więcej wszelakiej hołoty tłoczy się w jego domu albo pod domem, za nadzwyczajny zaszczyt uznając, że gospodarz zezwoli któremuś asystować przy porannej toalecie lub, a to już łaska wprost niebywała, przy śniadaniu.

– Obudź swego pana, byle szybko – rozkazałem, kiedy już wygodnie rozsiadłem się w fotelu i położyłem zabłocone buty na obitym aksamitem zydlu. – I poradź mu, żeby się pospieszył, bo jeśli nie załatwi sprawy ze mną tu i teraz, to wieczorem będzie zeznawał w siedzibie Świętego Officjum.

Zmierzyłem go srogim spojrzeniem i z zadowoleniem ujrzałem, że sługa zbladł tak, iż jego twarz kolorem przypominała dobrze wybielone prześcieradło. I tak było właściwie oraz należycie. Bowiem ludzie w obecności inkwizytora nie powinni być pewni siebie, gdyż pewność siebie prowadzi do zarozumialstwa oraz arogancji. A my, inkwizytorzy, żyjemy między innymi w tym celu, by na własnym bogobojnym przykładzie uczyć bliźnich pokory. W związku z tym, mając przed sobą człowieka bezczelnego, zarozumiałego lub aroganckiego, uznajemy, iż nie został jeszcze odpowiednio wyuczony, i do nauczania go bierzemy się z wielką miłością oraz wielkim zapałem, który rośnie tym bardziej, im silniejszy napotykamy opór. Miałem jednak nadzieję, że Wentzel okaże się nie tylko człowiekiem bogatym, ale również rozsądnym. Gdyż ludzie rozsądni dobrze wiedzą, że dzięki ogromnemu majątkowi można czasami przedłużyć sobie życie (lub je ocalić) nawet w konfrontacji z przedstawicielami Świętego Officjum, ale wiedzą też, że lepiej nie być nigdy zmuszonym do korzystania z tej szansy. Zresztą, szczerze mówiąc, mieliśmy wiele przykładów na to, że nawet wspaniałe koneksje rodowe oraz liczony w setkach tysięcy majątek stają się bezwartościowe, kiedy zostają skonfrontowane z oskarżeniem przygotowanym przez funkcjonariuszy Świętego Officjum. A jaki talent do znikania mają wtedy przyjaciele! Ha! Oto myślałeś sobie, człowieku, że jesteś ulubieńcem towarzystwa, oto druhowie spijali słowa z twoich ust, kadzili ci, odwiedzali cię i wzajemnie zapraszali do siebie, oto sąsiedzi zasięgali twoich rad i chwalili, jak bardzo jesteś roztropny i jak bardzo pomogły im twoje przemyślenia. Tak to się dobrze działo i wydawało się, że zawsze będzie się równie dobrze dziać albo i lepiej, a tu, patrzcie państwo, przybyli inkwizytorzy z oskarżeniem. I już mogłoby się wydawać, że nigdy nie istniałeś! Druhowie ledwo pamiętają kogoś o twoim nazwisku, sąsiedzi mówią: „A jakaż to tam znajomość? Tyle że ma ziemie płot w płot z moimi". Nawet kochanki tylko szeroko otwierają niewinne oczęta na dźwięk twojego imienia. Ba, słyszałem o człowieku oskarżonym przez Święte Officjum, na którego zaraz po aresztowaniu rzucił się z zębami jego własny pies. No, sądzę jednak, że w tym wypadku mieliśmy do czynienia raczej z wymyśloną anegdotką niż prawdziwą historią... Chociaż nawet jeśli wymyślona, to nieźle oddawała atmosferę, jaka zaczynała panować po oskarżeniu przez Inkwizytorium.

– Jaśnie pan kazał powiedzieć, że zaraz schodzi, jaśnie panie – z zamyślenia wyrwał mnie głos czerwonouchego sługi, który właśnie wbiegł przez drzwi i teraz stał w progu, starając się opanować przyspieszony oddech. – Czy jaśnie pan życzy sobie śniadać z jaśnie panem, jaśnie panie?

O mało się nie zgubiłem w jego jaśniepanowaniu, ale wreszcie skinąłem głową.

– Śniadanie to dobry pomysł.

Joachim Wentzel nie był arystokratą (nawet można powiedzieć, że zważywszy na pochodzenie, bliżej mu było do psiej budy niż do możnowładczego pałacu), lecz próbował pozować na arystokratę. Odziewał się w atłasy i jedwabie, i to naprawdę pierwszorzędnej jakości oraz pierwszorzędnej ceny, i w dodatku pierwszorzędnie uszyte (o ile wasz uniżony sługa mógł oczywiście wypowiadać się na tematy dotyczące krawiectwa). Ponieważ jako mieszczanin nie mógł nosić ostrej broni przy pasie, miał tam przytroczoną pochewkę z laską o srebrnej gałce. Ale gałka została tak sprytnie sporządzona, iż do złudzenia przypominała rękojeść krótkiego miecza, więc dla człowieka o niewprawnym oku Wentzel mógł uchodzić za szlachcica. Mój gospodarz próbował wysławiać się okrągłymi zdaniami, ruchy miał wystudiowane niczym początkujący aktor, u którego pomiędzy jednym a drugim gestem zawsze pojawia się zauważalna pauza. Poza tym ocierał nos perfumowaną chusteczką z monogramem i podnosił kubek do ust tak wolno, jakby jego trzymająca naczynie dłoń musiała przedzierać się przez smołę, nie przez powietrze. Za to robił to z dystyngowanie odchylonym małym palcem.

Wentzel najwyraźniej nie wiedział, że prawdziwy szlachcic może burczeć monosylabami, smarkać na podłogę, pierdzieć w poduchy i rozlewać sobie wino na koszulę, a nadal nie przeszkodzi mu to w byciu szanowanym przez wszystkich szlachcicem. A mieszczanin, taki jak on, może poznać wszelkie zasady dobrego wychowania i bezwzględnie je stosować, a nadal pozostanie zaledwie mieszczaninem, na którego szlachta będzie patrzeć z pogardą nawet wtedy, kiedy pożycza od niego pieniądze lub wyżera i wypija mu zapasy jadła oraz trunków.

– Czy uczynicie mi ten świetny zaszczyt i spożyjecie z moją osobą kieliszeczek owego szlachetnego trunku? – Jego długi biały palec o wypolerowanym paznokciu wycelował w karafkę z winem.

Wypowiadał to zdanie na tyle długo, że przez ten czas zdążyłbym chyba pokazywaną przez niego karafkę opróżnić do dna, nawet jeślibym pił wolno oraz delektując się smakiem. Wyobraziłem sobie, jak długo będzie wlewał wino do mojego kubka, i w związku z tym potrząsnąłem odmownie głową.

– Uprzejmie wam dziękuję. Przejdźmy do sprawy, jeśli pozwolicie, żeby nie zabierać waszego cennego czasu.

– Widzę niezbicie, że jesteście człowiekiem czynu, mistrzu inkwizytorze. – Był niższy ode mnie, ale odnosiłem nieodparte wrażenie, że spogląda na mnie z góry. – To przykładnie wyśmienita korelacja, bowiem właśnie ludzi takowych nasze znękane Cesarstwo potrzebuje niczym powietrza.

Postanowiłem pominąć jego uwagę bez komentarza.

– Znaliście Hildę Krammer, prawda?

– Trzpiotka – powiedział zdecydowanie bardziej naturalnym głosem i uśmiechnął się. – Słodziutka niczym lukier na pierniczkach.

Potem spojrzał na mnie z głębokim smutkiem.

– Wyznam wam w sekretnej tajemnicy, mistrzu inkwizytorze – wrócił do poprzedniego tonu oraz powolności mówienia – że choć moją osobę i dziewuszynę ową dzieli przepaść w pochodzeniu, to uczyniłem jej tę życzliwą łaskę i kilkakrotnie dopuściłem do nader bliskiej konfidencji z moją osobą.

– Bardzo to wielkoduszne z waszej strony – odparłem. – A czemuż te kontakty się urwały, jeśli wolno wiedzieć?

– No cóż, tak jak wam wspomniałem niedawną chwilę temu, dzieliła nas nader głęboka przepaść: pochodzenia, majątku, rozumu...

– Urody... – nie mogłem się powstrzymać i wpadłem mu w słowo.

Machinalnie przytaknął, lecz zaraz zrozumiał, co powiedziałem i jakie jest znaczenie moich słów, bo jego policzki pokryły się rumieńcem. Na pozór udał jednak, że bierze moje wtrącenie za dobrą monetę.

– Dlategoż to nie spostrzegałem konieczności i potrzeby, by zaszczycać ją dalej mym znakomitym towarzystwem – dokończył.

– A jak dziewczyna przyjęła waszą decyzję?

– Aczkolwiek kogóż to może obchodzić? – Rozłożył ramiona tak wolno, jakby wierzchami dłoni popychał wiszące w powietrzu ciężary.

– Czyli nie wiecie? Nic nie słyszeliście?

– Literalnie zakazałem wpuszczać ją na teren mej posiadłości i jako że dbam, by moje rozkazy były zawsze wykonywane ze skrupulatną dokładnością, to jednakowoż więcej nie miałem nieprzyjemności oglądać jej na me oczy.

– Ktoś ze służby rozmawiał jeszcze z Hildą? Widział ją?

– Trudno mi odpowiedzieć na wasze pytanie, bowiem moja osoba nie konwersuje ze służbą poza wydawaniem kategorycznych poleceń – odparł, wyraźnie się nadymając i wybitnie niezadowolonym tonem, tak jakby samo przypuszczenie, iż może rozmawiać ze służącym, było wręcz niesłychanie obraźliwe.

– Nie szkodzi, ja sobie pokonwersuję – powiedziałem serdecznie i wstałem. – Uprzejmie wam dziękuję za poświęcony mi czas. Jestem szczerze wdzięczny, że zechcieliście mnie przyjąć, i na koniec poproszę was jeszcze o możliwość porozmawiania ze służbą.

Skinął głową tak wolno, że gdyby na podgardlu miał ślimaka, to ten zdołałby uciec, zanim zrobiłoby mu się za ciasno.

– W takowym wypadku zajmie się wami Oskar Schabe, co przykażę mu z bezzwłoczną szybkością – obiecał. – A ja żegnam was i życzę pomyślnych sukcesów.

Oskar Schabe, majordomus Wentzla, jako przełożony wszystkich służących, powinien wiedzieć wszystko, co działo się w domu, znać nastroje, plotki i pogłoski, nie mówiąc już o czynach i działaniach. Nie czekałem długo od opuszczenia komnaty przez Wentzla, aż pojawił się w niej Schabe.

Majordomus miał bystre szare oczy i długie, sztywne wąsiska sprawiające wrażenie, jakby za chwilę zamierzał nimi poruszyć niczym czułkami. Zauważyłem również, że nie chodził jak większość ludzi, w miarę normalnej szybkości krokiem, lecz podbiegał, by w jednej chwili zatrzymać się w miejscu i zastygnąć w bezruchu. Było to nieco denerwujące, ale nas, inkwizytorów, nie mogą, rzecz jasna, wyprowadzić z równowagi dziwactwa czy przypadłości bliźnich.

– Usiądźcie, panie Schabe. – Wskazałem mu krzesło.

Przycupnął na skraju siedzenia i zakręcił się gwałtownie, kiedy zrobiłem krok, tak jakby zawsze chciał być obrócony przodem do mnie i mieć na mnie oko.

– Macie robaki, panie Schabe? – zapytałem zimno.

Zdrętwiał i wyprostował się.

– Nic mi o tym nie wiadomo, mistrzu – odparł.

– No to nie wycierajcie tyłka o krzesło, tylko siedźcie spokojnie – rozkazałem.

Uniósł podbródek i utopił wzrok w kolorowej tapiserii ozdabiającej przeciwległą ścianę. Najwyraźniej poważnie uraziłem jego uczucia oraz miłość własną.

– Hilda Krammer – rzekłem.

Długą chwilę obaj milczeliśmy.

– Hilda Krammer – powtórzyłem ostrzejszym tonem.

– Że, ż-że co Hilda Krammer? – zaniepokoił się.

– Nie wiem, że co. Wy mi macie powiedzieć – odparłem opryskliwie.

– Ale co ja mam powiedzieć?

– Prawdę – powiedziałem dobitnie. – Szczerą prawdę. Bo chyba wiecie, jak kończą ludzie, którzy kłamią przed obliczem inkwizytora? Wiecie, panie Schabe?

– Ja n-nie kłamię. Ja nigdy nie kłamię. – Zauważyłem, że trzęsą mu się dłonie.

Nigdy nie kłamię, powiedział. Ha! W cóż za zadziwiającym świecie żył w takim razie ten człowiek! W świecie, w którym majordomusi nigdy nikogo nie okłamują. I co jeszcze? Służba nie kradnie, a kurwy żyją w cnocie?

– Jedno słyszę na pewno – rzekłem surowo. – Grzeszysz niezmierzoną pychą, Schabe. A wiedz, że *obrzydłe Panu jest serce wyniosłe, z pewnością karania nie ujdzie.* Czy to właśnie ja mam cię ukarać, Schabe?

Tym razem zadrżały mu usta, a co za tym idzie – również wąsy. Wyglądał naprawdę zabawnie, lecz zachowałem poważny, można nawet rzec: ponury wyraz twarzy.

– Widzę, chłopcze, że przymuszasz mnie, byśmy pogawędzili w siedzibie Inkwizytorium – oznajmiłem.

Majordomus był co prawda ze dwa razy starszy ode mnie, ale nazywanie kogoś „chłopcem" zawsze świetnie ustala hierarchię ważności pomiędzy ludźmi. I Schabe musiał się nauczyć, iż nawet jeśli w domu Wentzla był pierwszy po panu, to kiedy pojawiałem się ja, stawał się zaledwie prochem i pyłem. Rzecz jasna, nie dlatego, że byłem ważną dla świata osobą. Ja jako ja – jako Mordimer Madderdin, inkwizytor bez licencji – byłem nikim. Jednak instytucja, którą reprezentowałem, była wszystkim. I siła waszego pokornego sługi brała się właśnie stąd, iż miał zaszczyt być lustrem, w którym odbijały się słoneczne promienie...

– Zlitujcie się! – zaskamlał Schabe.

...które to promienie niektórych potrafiły, jak widać, przerazić lub nawet oślepić.

– Mówcie, a jak skończycie, wtedy zastanowię się, co z wami zrobić.

I majordomus opowiedział mi historię znajomości Wentzla z panną Krammer. W której to opowieści jawił się nieco inny obraz niż ten przedstawiony mi przez jego pryncypała.

– Więc mówicie, że dziewczyna nie szalała na jego punkcie?

Schabe pozwolił sobie na prychnięcie.

– Odwiedzała go, bo tak było korzystnie dla interesów jej ojca, ale zawsze jak Pan Bóg przykazał: z zaufaną służącą jako przyzwoitką – odparł. – Z tego, co wiem, a ja wiem wszystko, co tu się dzieje – ciągnął bez zadufania w głosie, jedynie stwierdzając oczywisty fakt – nigdy nie doszło do niczego grzesznego. Wentzel toby i chciał. – Majordomus się skrzywił. – Ale panna była twarda niczym kamień. Chociaż zawsze grzeczna i uprzejma...

– Robiła to tylko dla ojca. Hmmm... Nie dostawała żadnych prezentów?

– Dostawała, jasna sprawa. – Uśmiechnął się. – Lecz musicie wiedzieć, że te złote kluczyki nie otworzyły bram jej cnoty.

Proszę, proszę, najwyraźniej rozmawiałem nie z oberkamerdynerem, lecz z poetą!

– Zdarzało się, że rozmawialiście z nią?

– Tyle co nic. – Wzruszył ramionami. – Witam panienkę, mam nadzieję, że panienka jest w dobrym zdrowiu, życzę panience miłego wieczoru... To wszystko.

– A ktoś inny ze służby?

– Służba nie jest po to, by się spoufalać z gośćmi – odparł zimno. – A przynajmniej nie tam, gdzie ja zarządzam.

No proszę, jak widać, rozmowa o obowiązkach spowodowała, iż strach został zastąpiony przez dawną pryncypialność.

– Czasem jednak goście spoufalają się ze służbą, czyż nie?

– Panna Krammer z nikim nie rozmawiała. Przynajmniej ja nic o tym nie wiem.

– A Wentzel? Wspominał coś o Hildzie w twoim towarzystwie? A może mówił coś wtedy, kiedy myślał, że nikt go nie słyszy? A może z kimś o niej rozmawiał? Namawiał kogoś do występku? – Spojrzałem Schabemu prosto w oczy. – Może was namawiał, co?

Majordomus aż się odsunął z całym krzesłem, jakby mój wzrok był niewidzialną dłonią, która popchnęła go w stronę ściany.

– Nie, Jezusie najsroższy, nie! Zapewniam was, że do niczego mnie nie namawiał!

– Ale chyba trochę pomstował na dziewczynę, że nie chce mu dać tego, co on chętnie chciałby wziąć? – Złagodziłem ton, a nawet mrugnąłem porozumiewawczo. – Zadufany w sobie bogacz odrzucony przez ubogą dziewuszkę i taka hańbiąca odmowa spływa po nim jak woda po kaczce? Nigdy w życiu nie uwierzę! – Teatralnie potrząsnąłem głową.

Hilda Krammer nie była co prawda taka biedna, jak to określiłem, lecz rzeczywiście w porównaniu z Wentzlem jej rodzina mogła uchodzić niemal za żebraków. No ale z tego, co słyszałem, u Wentzla co rano antyszambrowało w przedpokojach wielu ludzi uważających się i powszechnie uważanych za majętnych oraz znaczących.

– Nic takiego nie słyszałem, mistrzu inkwizytorze.

Schabe był lojalnym pracownikiem. Jego strach przede mną może był prawdziwy, a może udawany, ale wiedziałem, że nie posunie się nawet krok w kierunku zaszkodzenia swemu chlebodawcy. Oczywiście, że inkwizytorzy mieli swoje sposoby i jak to ktoś ujął: nawet z głazów uczyniliby śpiewaków, ale na razie nie istniała potrzeba, bym silniej naciskał majordomusa. Dlatego pożegnałem Schabego i zapewniając, że na pewno jeszcze się spotkamy, by porozmawiać o tym i owym (zapewnienie to nie poszło mu w smak), opuściłem dom Joachima Wentzla.

– Mistrzu inkwizytorze, błagam, porozmawiajcie ze mną!

Inkwizytorzy szkoleni są w trudnej sztuce zapamiętywania. Nie tylko świętych tekstów, ale również ludzkich twarzy i głosów. Niektórzy z nas nie mogą, niestety, powiedzieć o sobie, że w sztuce rozpoznawania dawno widzianych obrazów osiągnęli mistrzostwo, inni z kolei chlubią się tak genialną pamięcią, że pozwala im nawet na przypomnienie sobie rozmów zasłyszanych kilka lat wcześniej. Wasz uniżony i pokorny sługa nie rości sobie praw do posiadania niezrównanej pamięci, niemniej jeśli dzięki jej walorom można by otrzymać arystokratyczny tytuł, chociaż zapewne nie zostałbym cesarzem, to z całą pewnością jednym z potężniejszych książąt. Dlatego też natychmiast rozpoznałem pucułowate oblicze tej kobieciny, która to kobiecina na pewno obudziłaby moje nadzwyczaj żywe zainteresowanie, gdyby była ze trzydzieści lat młodsza, ze dwa pudy chudsza i gdyby jej twarz nie sprawiała wrażenia ulepionej z wyschniętych krowich placków.

– Czymże wam mogę usłużyć? – Zatrzymałem się natychmiast.

A natychmiast nie tylko dlatego, iż jestem człowiekiem uprzejmym, gotowym wspomagać bliźnich w każdym kłopocie, który wymaga odwołania się do inkwizytorskiej powagi, ale również z tego powodu, iż jak już wcześniej wspomniałem, rozpoznałem tę kobietę. Mignęła mi ona jedynie przez chwilę, za to mignęła w miejscu dla mnie, a raczej dla prowadzonego przeze mnie śledztwa, niezwykle istotnym, a mianowicie w domu Joachima Wentzla. Pamiętałem tę scenę tak dobrze, jakby została teraz wymalowana przed moimi oczami: oto idę korytarzem prowadzony przez majordomusa, a z jednego z pokoi wychodzi kobieta z naręczem poduszek w objęciach. Widząc nas, zatrzymuje się natychmiast w progu i z szacunkiem pochyla głowę. Mijamy ją, a ja słyszę, jak majordomus mówi stłumionym głosem (którego zapewne bym nie usłyszał, gdybym nie miał nadzwyczaj wyczulonego słuchu): „Do pralni z tym, Elżbieto".

– Mistrzu inkwizytorze, jestem... – zaczęła nieśmiało.

– Elżbieta, służąca w domu Joachima Wentzla – wpadłem jej w słowo.

– Jezus Maria! – zakrzyknęła, otwierając szeroko oczy i nie próbując nawet ukryć zdumienia w głosie. – Boże mój, wy wszystko wiecie...

Ha, czyż nie jest prawdą, że tak rozpoczętą rozmowę od razu kontynuuje się milej? A nie chodziło bynajmniej o fakt rozkosznego połechtania mojej próżności, gdyż Bóg mi świadkiem, że słowo to jest mi nieznane, lecz o to, że szacunek żywiony dla mnie przez tę kobietę mógł się przełożyć na konkretne informacje, których mogła mi udzielić. Uśmiechnąłem się.

– Wszystko wie jedynie Bóg wszechmocny – odpowiedziałem, zdając sobie sprawę, iż mój głos nie pozostawia wątpliwości co do tego, kto znajduje się w tej klasyfikacji na drugim miejscu.

– Mistrzu inkwizytorze, błagam o pomoc. – Założyła pulchne dłonie na bujnym biuście i spojrzała na mnie tak żałośnie, że człowiek słabszego charakteru już zacząłby ocierać łzy podchodzące mu do oczu.

Dzień był ciepły i słoneczny, więc właściciel gospody „Miodowa Słodycz", którą właśnie mijałem, kiedy zostałem zatrzymany wołaniem Elżbiety, wystawił kilka stołów i ław na dziedziniec, by w ten sposób zachęcić klientów.

– Opowiecie mi wszystko w karczmie – zdecydowałem i poszedłem, nie czekając na służącą, bo i po co, skoro i tak miałem pewność, że za mną idzie.

Usiadłem przy stole, skinąłem na właściciela, a Elżbiecie pozwoliłem stanąć obok mnie.

– No dobrze, mówcie, co się stało – nakazałem.

– Mistrzu inkwizytorze, wszystko wam opowiem, tylko serce mi się kraje, bo ten mój kuzyn zginął i nie ma go, a jego żona to, wiecie...

– Zaraz, zaraz, jaki kuzyn, jaka żona? O czym wy w ogóle mówicie?

– Mistrzu inkwizytorze, przecież ja...

Zbliżający się właściciel usłyszał słowa „mistrzu inkwizytorze", jakimi zwracała się do mnie Elżbieta, i natychmiast jego krok nabrał żwawości, a na twarzy pojawił się przypochlebczy uśmiech.

– Mistrzu inkwizytorze, wielki to zaszczyt, że odwiedziliście moją jakże nędzną budę, niegodną przecież, by...

Podniosłem dłoń, powstrzymując ten słowotok, a on natychmiast usłuchał.

– Czymże wam mogę służyć?

– Wino z zapieczętowanej butelki. Jakie tam masz, byle było słodkie – rozkazałem. – Jeśli jednak pieczęcie okażą się fałszywe, to powieszę cię za nogi i skopię po mordzie. Rozumiesz?

– Co mam nie rozumieć? – Uśmiech nie zszedł z jego twarzy. – Mam pyszne galijskie wino, ręczę słowem, że jak już spróbujecie, to nie pożałujecie, żebym tak padł i nie wstał, jeśli kłamię.

– Dobrze, dobrze, idź już. – Machnąłem ręką.

Zaraz potem odwróciłem się w stronę Elżbiety, która przestępowała z nogi na nogę. Albo tak się wyraźnie niecierpliwiła, albo po prostu miała zmęczone nogi i ciężko jej było ustać. W sumie dziwne, bo jako służąca powinna raczej być bardziej przyzwyczajona do stania, chodzenia i biegania niż do siedzenia czy leżenia.

– Jeszcze raz, tylko po kolei, Elżbieto – rozkazałem. – O co chodzi z tym kuzynem?

– Jaśnie pan dał mu łaskawie pracę, mistrzu inkwizytorze – zaczęła szybko. – Bo ten mój kuzyn to, wiecie, osiłek taki, za przeproszeniem, że was by pewnie uniósł jedną ręką, a jaśnie pan...

– Do czego był mu potrzebny taki siłacz?

– A jakże niby do czego, mistrzu inkwizytorze, jak nie do tego, by pilnować panienki Krammer?

Poderwałem głowę, bo poczułem się niczym głodny wilk, w którego nozdrza wpadł zapach zranionej sarny.

– Po co pilnować? Ona o tym wiedziała?

– Miała nie wiedzieć, ale czy wiedziała, czy nie, to ja już tam tego nie wiem, choć jaśnie pan przykazał kuzynowi, żeby z daleka za nią chodził i nie rzucał się w oczy.

– Po co miał pilnować? – powtórzyłem.

– Jaśnie pan chciał niby tam sprawdzić, czy panienka nie ma kogoś, jakiego niby ukochanego, bo widzicie, mistrzu inkwizytorze...

– I co dalej z tym waszym kuzynem? – przerwałem jej.

Po twarzy służącej pociekły dwie grube łzy.

– Zniknął, mistrzu inkwizytorze. Przepadł jak kamień w studnię. Bach i nie ma! – Machnęła rękami z góry na dół z takim impetem, że gdyby przed nią stał jakiś karzeł, to ani chybi zgruchotałaby mu głowę.

– Pytaliście Wentzla, co się stało?

– A jakżeby nie? Jaśnie pan raczył powiedzieć, że dał mojemu kuzynowi następną pracę, ale w innym mieście, i żebym nie liczyła, że szybko wróci.

– Może to i prawda – mruknąłem.

– A gdzież prawda, mistrzu inkwizytorze! – zaprotestowała gwałtownie i załamała ręce. – Toż ten mój kuzyn ma dzieciaczka i żonkę i świata poza nimi nie widzi. Nigdy by nie pojechał nigdzie bez chociaż powiedzenia i pożegnania. Wierzcie mi, bo znam go od chłopaczka. Zawsze był silny jak niedźwiedź, ale przy tym zacny i złotego serca.

Wiedziałem, co sądzić o tego typu pochwałach i zapewnieniach, bo przecież nie raz i nie dwa zdarzało się, że matka, ciotka czy inna kuzynka opowiadały z zachwytem o krewniaku, jaki to jest zacny, bystry, pracowity i pobożny, a kiedy spotykałeś ten rzekomy ideał, to okazywało się, że masz do czynienia z podłym, leniwym prostakiem o niewyparzonym, bluźnierczym języku. Ciekawe, że mężczyźni nie są zwykle tak ślepi na wady krewnych jak niektóre kobiety... Oczywiście w tym akurat wypadku pochwały mogły być prawdziwe, ale zawsze należało brać pod uwagę, iż przyrodzonym zachowaniem ludzkim jest to, że ludzie kłamią. A jeśli akurat nie kłamią, to się mylą. A jeśli nie kłamią i nie mylą się, to przynajmniej powtarzają bez zrozumienia.

– Jego żona ciągle płacze, przychodzi do mnie, pyta, co ma robić, bo bez męża to przecież jak bez ręki, a tutaj...

– Skoro ten wasz kuzyn pracuje, to również zarabia – znowu jej przerwałem. – Więc gdzie są pieniądze?

– A są, są, i owszem – przytaknęła gorliwie. – Sama dostaję co tydzień, jak zawsze i jak wszyscy w sobotę, i co do ostatniego grosika oddaję tej biednej dziewuszce, żeby chociaż ona i jej maleństwo...

– Poczekajcie, jeszcze raz. – Uciszyłem Elżbietę podniesieniem dłoni. – Dostajecie pensję jej męża i tę pensję przekazujecie, czy tak?

– Jak Boga kocham! – Gdyby jej piersi były żywe, to niechybnie by je właśnie zabiła, tak mocno huknęła w nie pięściami. – Nigdy bym nikogo nie okradła, mistrzu inkwizytorze, taki już...

– Ależ nie to mam na myśli! Wentzel wypłaca pensję waszego kuzyna jego żonie, tak? Tylko o to mi chodzi, o nic innego.

– No tak, i to sporo... Znaczy oczywiście nie jaśnie pan sam, tylko...

– Dobrze, dobrze, zamilknijcie na chwilę.

Kazałem jej być cicho, bo właśnie nadszedł karczmarz niosący na tacy butelkę wina i cynowy, dobrze wyczyszczony i błyszczący kubek.

– Już jestem, mistrzu. A oto i wasze winko, możecie sprawdzić pieczęcie, jak tylko pragniecie.

– Dobrze, dobrze, otwieraj i nalej – rozkazałem.

– Jakże to? A pieczęcie? Nie sprawdzicie? – zdumiał się.

Spojrzałem na niego ciężkim wzrokiem.

– Czy jesteś aż takim durniem, żeby przynieść mi sfałszowane wino, kiedy wiesz, że będę je sprawdzał? Musiałbyś być samobójcą, a zważywszy, że jesteś właścicielem ładnej i dużej karczmy w Hezie, to chyba chcesz jeszcze trochę pożyć, co?

Roześmiał się, co ciekawe, wcale nie z przymusem, raczej był naprawdę szczerze rozbawiony.

– Już otwieram, już nalewam, mistrzu. To prawdziwy zaszczyt mieć takiego gościa jak wy.

– Ja myślę – odparłem.

Poczekałem, aż napełni mi kubek, spróbowałem trunku i mlasnąłem z uznaniem, bo wino naprawdę było świetne.

– No, no, oby cena tego eliksiru nie była tak wysoka jak jego jakość – powiedziałem do karczmarza.

On zamachał rękoma, jakby odganiał muchę.

– Jak dla was, szanowny mistrzu, będzie półdarmo – zapewnił.

– Bardzo dobrze.

– Pozwolicie o coś zapytać? – Nachylił się konfidencjonalnie nad stołem.

– Śmiało.

– Może mielibyście potem ochotę pobzykać którąś z naszych pszczółek? – Zamrugał do mnie i wyszczerzył się w uśmiechu od ucha do ucha.

– Ach, więc to dlatego nazwaliście karczmę „Miodowa Słodycz". No proszę, a ja myślałem, że może macie jakieś wyjątkowe miodowe specjały... – Spojrzałem na niego badawczo. – Miód pitny? – poddałem.

Pokręcił głową.

– Pierniczki?

Tylko wzruszył ramionami.

– Miodulę?

Westchnął.

– Miodowe ciasto chociaż?

Wydął usta i spojrzał na mnie niemal z politowaniem.

– Czyli tylko pszczółki?

– Ale za to jakie! – Rozpromienił się. – Słodycz, miód i cukiereczki.

– Idźcie już – rozkazałem. – Potem może obejrzę te wasze pszczółki, jeśli będę w nastroju.

Obróciłem wzrok na przestępującą z nogi na nogę kobietę.

– Mówcie, mówcie – zezwoliłem.

– Ale że niby zaraz co? – zacukała się.

– Czego właściwie ode mnie chcecie?

– Ja wiem, mistrzu inkwizytorze, tak jak i wszyscy wiedzą przecież, że wy szukacie panienki Krammerów. To pomyślałam, że może chcecie wiedzieć, że Otton, mój kuzyn, też zaginął, skoro jej niby pilnował. Może jak ją znajdziecie, to i jego, prawda?

A może jak jego, to i ją, pomyślałem.

– Bardzo dobrze, że do mnie przyszliście – pochwaliłem ją. – To, co opowiedzieliście, z całą pewnością mi pomoże.

Rozpromieniła się.

– Dziękuję wam, mistrzu inkwizytorze, pokornie wam dziękuję.

– Mówiliście, że ten kuzyn jest silny...

– Kiedyś sama widziałam, jak przed jaśnie panem zawijał złotego dukata.

– Jak to zawijał?

– No tak, wziął i zgniótł. – Zacisnęła kciuk z palcem wskazującym, by mi pokazać.

Jeżeli kuzyn Elżbiety rzeczywiście potrafił zgniatać złote monety (a dukat był naprawdę gruby, choć jak powiadali starzy ludzie, sporo chudszy niż jeszcze wiek temu), to musiał mieć potężną siłę w dłoniach.

– Mówiliście też, że jest duży...

– Oj, duży, duży. Wy byście, mistrzu inkwizytorze, sięgali mu, za waszym przeproszeniem, nie dalej niż do ramienia.

– A w barach? Szeroki?

– Wąski w biodrach, w barach szeroki. – Nieoczekiwanie uśmiechnęła się całkiem wesoło i ten uśmiech odmłodził ją ładne kilka lat. – Jak powinno być z prawdziwym chłopem.

Cóż, bogaci ludzie mają zwykle wiele zadań dla podobnych osiłków i niektóre z tych zadań nie należą do gatunku takich, jakie chętnie się ujawnia przed strażnikami prawa.

– No dobrze, możecie już iść – zezwoliłem łaskawie służącej.

– Pokornie dziękuję, będę się za was modlić, mistrzu inkwizytorze. – Wycofywała się tyłem, zgarbiona w ukłonie i z pochyloną głową.

– Zaraz, czekajcie! – zatrzymałem jeszcze Elżbietę, a ona zaraz stanęła jak wryta.

– Słucham, mistrzu inkwizytorze.

– Powiedzieliście, że dostajecie pieniądze kuzyna. I że jest ich sporo. Co to znaczy? Że kiedyś było ich mniej?

– Pan Schabe powiedział, że to... – Cmyknęła ze zniecierpliwieniem, najwyraźniej szukając słowa. – A, już wiem: rozłąkowe. No, przynajmniej biedaczka ma pieniądze, skoro mąż zniknął.

– Czasem to lepsze – mruknąłem i machnąłem dłonią. – No dobrze, idźcie już...

– Pokornie dziękuję, zawsze do usług, mistrzu inkwizytorze...

Nie zwracałem więcej na Elżbietę uwagi, tylko uniosłem do ust kubek. Delikatnie rozkołysałem naczynie i wciągnąłem aromat nosem. Wino pachniało upajająco i choć trudno w to uwierzyć, jego smak był niemal tak samo doskonały jak zapach. No, no, ciekaw byłem, ile karczmarz policzy mi za ten delikates. Ufałem jednak, że jest na tyle mądry, by nie zacząć od sumy większej niż półtora raza tego, co chce naprawdę otrzymać. Siedziałem sobie spokojnie i rozkoszowałem się nie tylko trunkiem, ale również myślą, że oto znalazłem się dużo bliżej rozwiązania tajemnicy zniknięcia Hildy Krammer, niż byłem jeszcze pół godziny temu. I z dużą satysfakcją myślałem o tym, że jeszcze raz odwiedzę dziś Joachima Wentzla. Tyle że tym razem porozmawiamy już nieco mniej grzecznie...

Do gabinetu Wentzla przedarłem się przez czekający w przedpokoju tłumek. Stojący przy drzwiach barczysty sługa zrobił taki gest, jakby chciał mnie zatrzymać, ale uśmiechnąłem się i pokazałem mu palcem jego nadal zaczerwienione ucho.

– Już puszczam jaśnie pana – powiedział natychmiast, chociaż nie miał zbyt szczęśliwego głosu.

Wszedłem do gabinetu, zamknąłem za sobą drzwi. Wentzel, siedzący przy biurku szerokim niczym pokład okrętu, oderwał wzrok od dokumentów i spojrzał w moją stronę.

– Wiecie, od czego powinienem zacząć naszą rozmowę? – zapytałem.

– Jednakowoż nie zgadnę, co macie na swojej, że tak się wyrażę, myśli – odpowiedział ze zmarszczonymi brwiami.

– Powinienem strzelić was w mordę, a potem dołożyć solidnego kopniaka w zadek.

Jego policzki oblały się purpurowym rumieńcem.

– Jakkolwiek jesteście inkwizytorem, to nie macie prawa i przywileju, by, że się tak wyrażę...

– Zawsze mogę złamać zasady mówiące, bym nie dawał się ponieść gniewowi – rzuciłem zimno. – A na was jestem coraz bardziej zagniewany. Ostrzegam cię, Joachimie Wentzel. – Obszedłem biurko i teraz stałem na tyle blisko, iż spod zapachu perfum, którymi był oblany, czułem również zapach pudru, którym posypywał twarz.

– Doprawdy nie wiem, czegóż ode mnie tak, że się tak wyrażę, grubiańsko pragniecie – powiedział bardzo obrażonym tonem.

– Chcę wiedzieć, gdzie jest Otton – warknąłem. – A chcę to wiedzieć, bo założę się, że tam, gdzie jest on, tam jest również Hilda Krammer.

Chwyciłem Wentzla za kaftan pod szyją i ścisnąłem tak, że aż się zakrztusił. Złapał mnie obiema dłońmi za nadgarstki i próbował oderwać moje palce, ale równie dobrze mała muszka mogła liczyć na to, że zerwie sieć starego, doświadczonego pająka.

– Nie ma jej tam, gdzie jest Otton! – wrzasnął wreszcie głosem tak różnym od tego, który dotychczas poznałem. – Nie wiem, gdzie ona jest, przysięgam!

Poluzowałem uścisk.

– Gdzie więc jest wasz sługa? Dlaczego okłamaliście mnie, że dziewczyna was nie interesuje, a kazaliście ją każdego dnia śledzić?

Pchnąłem Joachima na ścianę.

– Daję wam teraz ostatnią szansę, byście mi wszystko wyznali – oznajmiłem zimno. – Ale ostrzegam was, że jeśli znowu mnie okłamiecie, to bez wahania zamienię wasze życie w piekło. I nie pomoże wam ani bogactwo, ani znajomości.

Przyglądał mi się przez chwilę i chyba zrozumiał, że mówię prawdę.

– Od początku powinienem wam wszystko powiedzieć – rzekł wreszcie, bynajmniej głosem nie przepraszającym, lecz jakby napominał samego siebie. – Siadajcie, proszę, i zaraz wszystkiego się dowiecie. A przynajmniej wszystkiego, co ja sam wiem.

Jakże inny miał zarówno ton głosu, jak i sposób wysławiania się od tego, który poznałem do tej pory. Teraz był to zdecydowany, głęboki bas pewnego siebie mężczyzny, a nie rozlazły i afektowany dyszkant błazna i prostaka usiłującego w oczach postronnych osób być kimś więcej niż błaznem i prostakiem.

– Wiedziałem, że nie jesteście zupełnym idiotą – powiedziałem z uśmiechem.

– Czasem dobrze być branym za idiotę – rzekł. – Czyż to nie was, inkwizytorów, uczą, że świat najlepiej widać, kiedy samemu stoi się w cieniu?

– Zgadza się.

– Dla durnia właśnie jego kretynizm jest tym cieniem, który ukrywa go przed wzrokiem bliźnich – wytłumaczył. – Kiedy przybyłem do Hezu, postanowiłem, że zostanę durniem, i bardzo was proszę, abyście nie wyprowadzali ludzi z błędu co do mojej osoby.

– Oczywiście zastosuję się do waszego życzenia, chociaż również oczywiście tylko pod warunkiem, że mi pomożecie.

– Rzecz jasna, że wam pomogę – stwierdził. – Bo niedługo wasze węszenie stanie się dla mnie bardziej niebezpieczne niż to, co możecie tak naprawdę wywęszyć.

Miał rację. Jeśli nie uczynił niczego złego albo przynajmniej to, co zrobił, było mniejszą zbrodnią od porwania lub zabicia dziewczyny (w dodatku kuzynki ważnego inkwizytora!), to powinien dogadać się ze mną, a nie zmuszać, bym sięgał coraz głębiej w jego życie, a co za tym idzie – w jego tajemnice. A tajemnice, jak widać, miał...

– Dlaczego graliście swoją rolę również przed Hildą? Czyżbyście tak naprawdę wcale nie chcieli się z nią wiązać?

Przytaknął z zadowoleniem.

– Dobrze myślicie – odparł. – Tak właśnie było. Oddałem swoje serce pewnej osobie, ale jej tożsamość musi pozostać w tajemnicy z uwagi na to, iż ujawnienie tego związku mogłoby mi zaszkodzić w interesach. Tak więc Hilda służyła mi za parawan. – Roześmiał się. – Poza tym powiem wam szczerze, mistrzu Madderdin, że ona wcale mi się nie podoba. Zbyt ostry języczek i zbyt mocny charakter. Ktoś taki nie jest potrzebny w moim życiu...

Doskonale zauważyłem, że powiedział „podoba", a nie „podobała". Oczywiście, gdyby użył czasu przeszłego, również nie byłoby w tym nic obciążającego, gdyż zdarza się, że właśnie w czasie przeszłym mówimy nie tylko o osobach dawno nieżyjących, ale również o takich, które uważamy za balast minionych dni w naszym życiu, lub po prostu takich, których dawno nie widzieliśmy.

– A jeszcze ta komedia z matką jako służącą... – Machnął tylko dłonią.

– A więc wiedzieliście...

– Mistrzu Madderdin, być może wielu ludzi uważa, że zarobiłem wielki majątek, pomimo że uchodzę za durnia, ale wierzcie mi, że jednak nie jestem takim całkowitym durniem.

– Panie Wentzel, proszę mi wierzyć, że zanim nazwę durniem człowieka, którego zastawa stołowa jest więcej warta niż moje roczne pobory, to zastanowię się dwa razy.

– Słusznie – odparł.

– Pozwolicie, że spytam, z jakiego powodu wynajęliście Ottona i kazaliście śledzić Hildę?

– Elżbieta wam doniosła, co? – Pokręcił głową z niezadowoleniem. – Zresztą co ja się dziwię – dodał bardziej do siebie.

– A więc?

– Nie kazałem mu śledzić Hildy – rzekł. – Otton miał inne zadania, związane ze sprawami, które zupełnie was nie zainteresują i które w żaden sposób nie wiążą się z rodziną Krammerów...

Ach, więc to tak... Jeśli Wentzel nie kłamał, to tak jak się spodziewałem i domyślałem, Otton prawdopodobnie pracował jako jego silnoręki. Jeśli rzeczywiście był tak mocny i tak groźnie wyglądał, jego obecność mogła się bardzo przydawać w interesach.

– ...jednak, i to was pewnie zainteresuje, kilka dni przed zaginięciem dziewczyny rzeczywiście kazałem mu czuwać nad jej bezpieczeństwem.

– A cóż takiego mogło się zdarzyć? – Spojrzałem na Joachima uważnie.

– Pomyślałem, że ktoś, sądząc, iż zależy mi na dziewczynie, może próbować ją skrzywdzić.

– I tak się tym przejęliście?

– Widzę, mistrzu inkwizytorze, że nie bardzo wierzycie w prawość ludzkich intencji?

– Darujmy sobie, za waszym pozwoleniem, dyskusje na temat, w co wierzę, a w co nie – powiedziałem. – I powtórzę pytanie: co was to obchodziło?

– Chociażby to, że teraz, ponieważ Hilda zaginęła, muszę rozmawiać z wami – odparł rozdrażniony. – A gdyby Otton ją ochronił, to ta niewątpliwa przyjemność by mnie ominęła.

Zaśmiałem się.

– Wierzcie mi, jeszcze zdążymy się zaprzyjaźnić – rzekłem. – Sądzicie, że zaginięcie Krammerówny to uderzenie w was?

Wzruszył ramionami.

– Diabli wiedzą. A jeśli tak?

Jeśli tak, to sprawy komplikowały się w sposób wręcz niebywały. Oczywiście mogłem porozmawiać z Wentzlem na temat tego, jakich ma wrogów i kto by mu chciał zaszkodzić, ale podejrzewałem, że lista z nazwiskami byłaby zdecydowanie za długa, by ją zapamiętać.

– Nikt od was niczego nie żądał? Ustępstw w interesach? Pieniędzy?

Pokręcił głową.

– Nie było żadnych sugestii, aluzji, niedomówień? Nikt nie złożył niespodziewanych propozycji?

– Nie, nie i nie oraz nie.

– W takim razie nie sądzę, by porwanie miało związek z wami. Chociaż sprawy mogą się zmienić. Jeśli nabralibyście jakichkolwiek podejrzeń w stosunku do kogokolwiek, macie mnie natychmiast powiadomić. Rozumiecie, panie Wentzel?

– Rozumiem – odparł zimno.

– A teraz wracajmy do mojego pytania: gdzie jest Otton?

– Skoro chcecie go zobaczyć, to go wam pokażę...

– Będę musiał z nim porozmawiać.

– Cóż, jeśli z łaską Bożą potraficie wskrzesić umarłych, to proszę bardzo...

Pokręciłem głową z niezadowoleniem. Życie byłoby zbyt piękne, jeśli każdemu występkowi towarzyszyliby chętni do zeznań, spostrzegawczy oraz pomocni świadkowie. Tak, tak, praca inkwizytorów byłaby wtedy niczym spacer po miękkim dywanie usłanym płatkami róż. Z drugiej strony czyż nasze serca i umysły nie hartowały się w przeciwnościach losu? Czyż kłopoty, problemy, przeszkody, zapory, tworzone złą wolą szatańskich pomiotów, fatalnymi okolicznościami losu lub ludzką głupotą i podłością, nie budowały naszej siły, tak potrzebnej, by skutecznie mierzyć się z wrogami Jezusa?

– Mistrzu Madderdin? Słyszeliście, co powiedziałem?

– Owszem. Jak chłopak zginął?

– A to obejrzycie wszystko sami...

Skrzywiłem się na myśl o cierpieniach, jakich dozna moje powonienie.

– To już drugi tydzień – powiedziałem z obrzydzeniem. – Gdzież wy trzymacie te zwłoki?

– Nie martwcie się. Leżą sobie w piwnicy, na lodzie. Otton nie jest bardziej odrażający niż lodowy posąg. Jeśli byłoby trzeba, przetrzyma całe lata.

Przechowywanie martwego, zamrożonego sługi we własnej piwnicy było zachowaniem dość osobliwym, ale w tym wypadku nie miałem nic przeciwko takiemu rozwiązaniu. Bowiem dzięki niemu mogłem obejrzeć ciało, które pozostało nienaruszone przez rozkład, i, być może, mieć okazję na dostrzeżenie czegoś interesującego związanego z rodzajem obrażeń, jakie doprowadziły do śmierci tego mężczyzny.

Wentzel przeprowadził mnie drzwiami umiejscowionymi na ścianie za biurkiem do drugiego przedpokoju, co pozwoliło nam uniknąć przedzierania się przez tłum hołdowników, interesantów, czy jak tam nazwać tych ludzi, którzy spędzali dzień w jego pałacu, licząc na zaszczycenie chwilą rozmowy. Długo szliśmy korytarzem, potem przemierzyliśmy ogromną salę balową, której sufit stanowiło malowidło przedstawiające nimfy tańczące wśród marmurowych posągów, ściany kapały od złoceń, a mozaikowa podłoga błyszczała niczym kryształowe lustro. Zastanowiłem się, czy Wentzel prowadzi mnie do piwnicy najprostszą drogą, czy też z jakichś powodów chce mnie olśnić swym bogactwem. Jeśli to drugie, to rzecz mu się udała: czułem się olśniony.

Wreszcie trafiliśmy do bocznego korytarza, doszliśmy na jego koniec, a mój przewodnik i gospodarz wyciągnął zza pasa kluczyk, którym otworzył zamek drzwi. Prowadzące stromo w dół schody oświetlone były przymocowanymi do ścian olejowymi lampami.

– Zawsze tak, na okrągło, oświetlacie piwnicę? – zapytałem.

Uśmiechnął się blado.

– Rozumiecie zapewne, że nie muszę liczyć się z kosztami – odparł po chwili.

Nie do końca była to odpowiedź na moje pytanie, ale na razie na niej poprzestałem, bo co mnie w końcu obchodziło, jakie Wentzel ma kaprysy?

Z pierwszego piwnicznego pomieszczenia skręciliśmy zaraz pod niewielkie drzwiczki. Wentzel znów otworzył je własnym kluczem i weszliśmy do komnatki, w której panował iście zimowy chłód. Komnatka była niemal pusta. Niemal, gdyż na szerokiej kamiennej płycie leżały obłożone lodem zwłoki. Obrzuciłem te zwłoki uważnym spojrzeniem i wściekłem się. Wściekłem się, lecz postanowiłem w żaden sposób wściekłości nie okazywać, by nie spłoszyć Wentzla. Kupiec pokazał mi jakiegoś człowieka, z całą pewnością nie był to jednak Otton. Bowiem, jak opowiadała jego kuzynka, Otton miał być człowiekiem wysokim, solidnej postury i obdarzonym wielką siłą. Tymczasem mężczyzna leżący na lodzie może był i wysoki, lecz z całą pewnością nie miał szerokich barów ani potężnych splotów mięśni. Rzekłbym, iż leżał przede mną wyjątkowy chudzielec, ktoś, o kim mówimy „skóra i kości", z tym że w tym wypadku ta chudość przybrała wręcz chorobliwy charakter. Twarz trupa przypominała czaszkę obciągniętą cienkim pergaminem. Kości policzkowe sterczały tak, jakby chciały przekłuć skórę twarzy, oczodoły były głęboko wpadnięte, a usta cofnięte.

– Cóż, obejrzę ciało w poszukiwaniu śladów przemocy – powiedziałem spokojnie.

– Nie dziwi was jego wygląd?

– Nie widziałem go za życia, więc trudno, aby mnie dziwił jego teraźniejszy wygląd, skoro nie mam porównania z wyglądem przeszłym. Co najwyżej dziwię się, że wysłaliście śladem dziewczyny człowieka o fizys tak charakterystycznej i tak łatwo wpadającego w oko.

– Mówiłem wam, że nie jestem idiotą. – Wentzel pozwolił sobie na pobłażliwy ton. – Doskonale wiem, że zostaliście poinformowani, jak wyglądał Otton, i równie

doskonale wiem, że myślicie, iż was teraz celowo wpro-
wadzam w błąd. Otóż nie oszukuję was, mistrzu inkwizytorze. Zwłoki, które widzicie przed sobą, naprawdę należą do Ottona Waltza.

– Do tego siłacza – powiedziałem spokojnie.

– Ano właśnie. Otton Waltz, na moje oko, ważył za
życia jakieś sześć pudów, kilka funtów w tę lub tamtą
stronę. Mogę was zapytać, ile waży według was w tej
chwili?

Przyjrzałem się uważnie zwłokom. Zmrużyłem oczy.

– Powiedziałbym, że góra trzy pudy – odparłem.

– Prawie trafiliście. Trzy pudy i trzy funty. Kazałem
go zważyć, kiedy tylko został przyniesiony do mojego
domu. Tyle co nic na takiego olbrzyma.

– Rozumiem, że zagłodzono go... Ale zaraz... przecież...

Joachim Wentzel przyglądał mi się z rozbawieniem.

– Właśnie tak – odparł na pytanie, którego nie zadałem. – Zastanawiacie się, kiedy mu to zrobiono, prawda?
Przecież aby doprowadzić człowieka do podobnie żałos-
nego stanu, trzeba wielu dni. Ilu, jak sądzicie?

– Utrata trzech pudów? To wiele tygodni głodówki.

– Otóż to. Też tak sądzę. Co się więc takiego wydarzyło, że mężczyzna, który zniknął w czwartek, odnaj-
duje się w sobotę rano, tyle że wtedy waży już trzy pudy
mniej? A na ciele nie ma najmniejszych śladów przemocy. Dokładnie sprawdzałem, a i wy, zapraszam was, zbadajcie, czy się nie mylę.

To, że na ciele Ottona nie było żadnych ran lub si-
niaków, akurat o niczym nie świadczyło, gdyż istnieje
wiele sposobów na to, by uśmiercić człowieka, nie zo-

stawiając śladów. Inna sprawa, że te sposoby trzeba znać,
a nie uczą ich na heskich ulicach. U nas zwykle nikt się
nie przejmuje, czy zostawia ślady, czy nie. Poderżnięcie
gardła, cios pałki w głowę, dźgnięcie sztyletem w brzuch
lub serce, utopienie lub uduszenie to najczęstsze przy-
czyny gwałtownej śmierci wśród heskich złoczyńców
i ich ofiar. No, delikatniejsi ludzie czasem swojego wroga otrują, ale doskonale wiedziałem, że skutki działania
trucizny zazwyczaj można rozpoznać, chyba że truciciel
jest naprawdę biegły w morderczym fachu, a takich ludzi nie było wielu.

— Skoro was to zaciekawiło, czy wezwaliście lekarza,
by obejrzał zwłoki? – zapytałem.

— Oczywiście, że nie – żachnął się. – Bo następnego
dnia gadałby o tym wydarzeniu cały Hez. Posłałem do

Engelstadt po mojego zaufanego przyjaciela i wybitnego medyka, doktora Kornwalisa, ale minie jeszcze ładnych kilka dni, zanim staruszek się tu dotelepie.

– Nie roszczę sobie praw do tak dogłębnej znajomości anatomii, jaką posiadają wybitni medycy, ale zrobię, co tylko się da.

– Zróbcie. I zapewniam was, że jeśli zauważycie, iż coś przeoczyłem, to będę więcej niż zadowolony.

Skinąłem poważnie głową.

– W jaki sposób trafiły do was zwłoki Ottona?

– Znacie człowieka o imieniu Tausk?

– Kuno Tausk zwany Żabą? Król Dołów, prawda? A kto o nim nie słyszał? Jednak nigdy nie miałem sposobności widzieć go na własne oczy.

Żaba był jednym z ciekawszych ludzi mieszkających w Hez-hezronie. Zawiadywał całym wielkim cmentarzyskiem znajdującym się za murami miasta, cmentarzyskiem, które powszechnie nazywano Dołami. To właśnie tam chowano nie tylko ofiary miejskich porachunków, ale również wszelkiego rodzaju biedotę. Czyli wszystkich tych, za których pochówek nikt nie chciał lub nie mógł zapłacić. Ludzie Żaby zbierali zwłoki takich nieszczęśników (wozy trupiarzy zazwyczaj zaczynały turkotać po ulicach tuż przed świtem) i przewozili je na cmentarzysko. Tam odzierano ich z ostatniej własności (jeśli coś w ogóle im jeszcze zostało po nocy spędzonej na ulicy) i wrzucano do głęboko kopanych w ziemi dziur. O Dołach mówiono wiele nieprzyjemnych rzeczy. Pół biedy, że powszechnie wiedziano, iż Żaba handluje ciałami, sprzedając je chirurgom, by mieli na czym praktykować anatomię. Pół biedy również, że trupom wyrywano zęby, pół biedy, że mówiono, iż w Dołach grasują ludzie, w których chorych umysłach martwe ciało budzi fizyczne pożądanie. Gorzej, że gadano również o handlu ludzkim mięsem. Wiem, że kiedyś w sprawdzenie tych parszywych plotek zaangażowano nawet inkwizytorów, ale moim towarzyszom nie udało się wykryć przestępstwa, chociaż z tego, co wiem, starali się na tyle pilnie, iż Żaba musiał potem zatrudnić nowych pracowników, gdyż kilku dawnych nie wróciło z przesłuchań. I tak miał szczęście, że ta plotka, czy może lepiej powiedzieć: posądzenie nie uderzyło rykoszetem w niego samego. Ale sądzę, że najwyraźniej stało się tak, iż udowodnił swoją przydatność i Święte Officjum uznało, że lepszy jest żywy Żaba niż martwy.

– Tak się składa, że Tausk rozpoznał, iż Otton był moim sługą, i przyszedł do mnie, jako że sam był mocno zdziwiony wyglądem trupa – kontynuował kupiec.

– Niezwykle uprzejmy i pomocny człowiek – powiedziałem, nawet nie siląc się na ironię.

– Żebyście wiedzieli – odparł Wentzel. – Ma wobec mnie zobowiązania, poza tym wie również, że mam hojną rękę, kiedy trzeba.

– Czy dowiedzieliście się, w jakim miejscu ludzie Żaby znaleźli zwłoki?

– Owszem, dowiedziałem się.

Odetchnąłem głęboko.

– Panie Wentzel, rozumiecie, jak się teraz czuję? Spojrzał na mnie z uśmiechem.

– Jak ogar doganiający zwierzynę, co?

– O, tak – odparłem i spojrzałem Joachimowi prosto w oczy. – I dlatego im bardziej w tej chwili jestem zadowolony, tym bardziej będę wściekły, jeśli okaże się, że ktoś puścił mnie mylnym tropem i w ten sposób bezczelnie zmarnował mój czas.

– Nie musicie mi grozić – powiedział, nadal się uśmiechając.

– Ja wam nie grożę, ja was zaledwie informuję. Ale proszę mi wierzyć, iż szczerze liczę, że naprawdę chce mi pan pomóc, panie Wentzel. Szczerze wierzę, że sporządził pan bilans potencjalnych zysków i potencjalnych strat oraz powziął pan decyzję w oparciu o ten właśnie bilans. – Patrzyłem mu cały czas prosto w oczy.

Milczał przez chwilę, nie uciekając ze wzrokiem.

– Zostawię was teraz samych, mistrzu – odezwał się wreszcie. – Proszę zabierać się do pracy. Będą panu potrzebne jakieś narzędzia?

– Dziękuję wam uprzejmie, na razie tylko obejrzę ciało.

– A to już jak sobie życzycie...

Inkwizytorzy nie są co prawda biegłymi medykami, lecz częścią edukacji w przesławnej Akademii Inkwizytorium jest nauka anatomii oraz fizjologii. Jednym z elementów tej nauki jest umiejętność rozpoznawania rodzaju obrażeń zadanych ofierze, ze szczególnym uwzględnieniem tych wypadków, kiedy śmierć lub zranienia sprawiają wrażenie nienaturalnych, tajemniczych lub zagadkowych. A przecież wedle słów Wentzla śmierć Ottona była właśnie niezwykle tajemnicza. Oczywiście kupiec mógł się mylić, lecz fałsz lub prawdę jego sądów musiałem już sprawdzić samodzielnie.

Na samym początku uważnie obejrzałem szyję, uszy oraz miejsca za uszami trupa, potem dokładnie przeczesałem włosy na głowie, badając każdy cal skóry. Następnie zabrałem się do oględzin paznokci u rąk oraz nóg, pachwin i genitaliów. Potem musiałem pomęczyć się nad zbadaniem wnętrza ust, a pomęczyć z uwagi na fakt, że zmrożenie bardzo utrudniało odchylenie żuchwy. W końcu jednak zbadałem język oraz dziąsła Ottona, dokładnie przyjrzałem się również gardłu. Obrócenie ciała na drugą stronę kosztowało mnie niewiele wysiłku, gdyż Waltz był lekki niczym piórko. Obejrzałem zgięcia pod kolanami, kark oraz odbyt, po czym uznałem, że na razie zrobiłem, co mogłem. A, niestety, po tych oględzinach nie nasuwały się optymistyczne wnioski. Bowiem na ciele Ottona znalazłem oczywiście znamiona, przebarwienia czy brodawki, ba, natknąłem się nawet na siniaki, ale w tych śladach nie było nic nadzwyczajnego. Miał otarte stopy i mocne zsinienie na jednym z kolan, jednak żadne z tych obrażeń nie mogło doprowadzić do zgonu, nie mówiąc już o zgonie z tak tajemniczymi objawami. Żadne z nich nie mogło również doprowadzić do tego, by silny, rosły mężczyzna nabrał przeraźliwych kształtów więźnia skazanego na śmierć głodową. Ten człowiek był wychudzony i sprawiał wrażenie zagłodzonego niemal na śmierć, ale przecież minęły zaledwie dwa dni od momentu, kiedy z rosłego mocarza zamienił się w obleczony skórą szkielet, w wypadku którego wydawać by się mogło, że byle podmuch wiatru złamie mu kręgosłup na pół.

Wyjrzałem z piwnicy i zobaczyłem oczekującego pod drzwiami służącego, więc rozkazałem mu, by przyprowadził Wentzla. Nie musiałem długo czekać, najwyraźniej mój gospodarz był nadzwyczajnie zainteresowany tym, co udało mi się odkryć. Dostrzegłem nawet, że oddycha zdecydowanie szybciej i z trudem łapie dech, tak jakby część drogi do piwnicy pokonał biegiem. No cóż, służba musiała być mocno zdziwiona.

– Doszliście do jakichś wniosków? Mówcie! – Wpatrywał się we mnie wyczekująco. – Powiedzcie, dlaczego po waszej minie widzę po pierwsze, że coś znaleźliście, a po drugie, że to, co znaleźliście, na pewno mi się nie spodoba? – zapytał po chwili zaniepokojony.

– Ciężko mówić o znalezieniu czegokolwiek – odparłem. – Raczej o wnioskach wypływających z faktu, że niczego nie znalazłem.

– Niebezpiecznych wnioskach – w zasadzie nie spytał, tylko stwierdził.

– Tak właśnie jest. – Skinąłem głową. – No nic, panie Wentzel, pozwólcie, że zostawię was teraz samych...

– Nie, nie pozwolę – przerwał mi stanowczo.

– Słucham?

– Chyba zgłupieliście, sądząc, że zostawicie mnie bez żadnego wytłumaczenia, kiedy wy już wszystko wiecie, a ja nic.

– Panie Wentzel, zważcie...

– Nie, nie, to wy zważcie! To mój dom i mój trup, i ja wam umożliwiłem jego oględziny, chociaż mogłem przecież nic nie powiedzieć, a wtedy dalej kręcilibyście się w kółko. A poza wszystkim, jeżeli jesteście zainteresowani informacją o tym, w którym miejscu trupiarze znaleźli Ottona, to radziłbym wam nie doprowadzać mnie do pasji!

Nieszczególnie podobał mi się ton głosu Joachima, niespecjalnie również byłem zachwycony stwierdzeniem o „kręceniu się w kółko", ale zdecydowałem, że wolę mieć

w nim pomocnika niż przeciwnika, a wyjawienie mu podejrzeń, których nabrałem, oglądając ciało, nikomu już
nie zaszkodzi.

– Dobrze – odparłem. – Muszę was jednak ostrzec,
że jeżeli wyjawicie komukolwiek to, co wam teraz zdradzę, będziecie mieli kłopoty poważniejsze niż kiedykolwiek w życiu.

Spojrzał na mnie bynajmniej nie z obawą, a jedynie
mocno poruszony. I nie wynikało to z mojego ostrzeże-
nia, lecz z niepokoju, cóż takiego zaraz usłyszy.

– Zgadzamy się obaj, że przemianę, jakiej doświad-
czył Otton, trzeba nazwać niebywałą...

Wentzel poważnie przytaknął.

– Zgadzamy się również obaj, że na jego ciele nie
można dostrzec żadnych śladów przemocy, a zaręczam
wam, że zbadałem zwłoki naprawdę niepobieżnie...

– Tak jak i ja – rzekł kupiec.

– Nie znam trucizny ani choroby, które działałyby
z taką piorunującą szybkością i które doprowadziłyby
ludzkie ciało do tak przerażającego stanu – ciągnąłem. –
Niestety, wiem jednak, kto może spowodować tego typu
obrażenia, choć z podobnymi przypadkami nigdy nie ze-
tknąłem się osobiście, a jedynie je studiowałem...

– No to pięknie... – odezwał się zgaszonym głosem
Wentzel, bo już się chyba domyślał, co za chwilę powiem.

– Literatura opisuje podobne przypadki – kontynuowałem. – Nazywamy je najczęściej demonicznym wy-
ssaniem lub kradzieżą życia. Istnieje pewien specyficzny
gatunek demonów żywiących się ludzkimi siłami wital-
nymi i powiększających dzięki tym siłom własną moc.
Nawet sukuby i inkuby, zapewne znane wam z opowieści,

korzystają z tego sposobu, lecz one drenują życie człowieka poprzez akt cielesnej miłości...

– Skąd wiecie, że tak nie było w przypadku Ottona? – przerwał mi.

– Zaręczam wam, że jego genitalia nie pozostałyby nienaruszone po obcowaniu z sukubem.

– A... a z inkubem? – spytał.

– Inkuby nie wybierają mężczyzn. – Uśmiechnąłem się. – Swoją drogą, ciekawe, jakoś nigdy nie przyszło mi do głowy sprawdzić, czy znane są takie przypadki... – Zamyśliłem się na moment. – Ale, ale, wracając do rzeczy. Obejrzałem również odbyt waszego sługi i nic nie świadczy o tym, by został naruszony, a wierzcie mi, że po zabawie z inkubem na pewno znalazłbym ślady.

– Czy to źle, że to nie inkub lub sukub?

– Owszem, bo to demony podlejszej rangi, a przez to stosunkowo łatwe do zwalczenia i przegnania.

– Ten taki nie jest?

– Na pewno nie. Umiejętnością wysysania życia dysponują zazwyczaj nieco potężniejsze demony, ale też nie jest to nic, czym przejmowałby się wykwalifikowany inkwizytor. Tak więc głównie zaprząta mnie pytanie, jak odnaleźć demona, a nie jak go pokonać. Zresztą – wzruszyłem ramionami – to już i tak nie będzie moja sprawa...

– Nie rozumiem. – Wentzel zmarszczył brwi.

– Nie mam prawa prowadzenia oficjalnych śledztw inkwizycyjnych w Hez-hezronie – wyjaśniłem. – Tak więc sprawą tego demona zajmą się moi koledzy i towarzysze, a ja co najwyżej dowiem się o jej wynikach. I zapewniam was, że poradzą sobie z zabójcą waszego służącego bez najmniejszego trudu.

– Taaak... – Potarł nos koniuszkiem palca. – A zakła-
dacie możliwość, iż popełniliście omyłkę w swych sądach
oraz przypuszczeniach?

– Nie mogę tego wykluczyć – odparłem tonem, który mówił: „Oczywiście, że wykluczam podobnie niedo-
rzeczną ewentualność". – Lecz nie znajduję innego wytłumaczenia. Zastanawiam się tylko, dlaczego ci, którzy
oddali Ottona demonowi, a potem pozbyli się ciała, nie
upozorowali innego rodzaju śmierci. Dlaczego zostawili
tak jawny ślad i sygnał? Dla inkwizytora to niemal jak
podpis.

Wentzel pokiwał głową z mądrym wyrazem twarzy,
jakby zgadzał się ze mną z uwagi na swe wielkie doświadczenie w podobnych kwestiach.

– Sądzę, że byli pewni, iż ludzie Żaby zgarną zwłoki
z ulicy na wóz, przewiozą i zakopią – rzekł. – Wśród tylu
trupów co im tam za różnica, jeden więcej, jeden mniej...

– Zapewne macie rację – przyznałem. – Niemniej to
ogromna nieostrożność z ich strony. I szczęście dla nas,
bo te zwłoki zaprowadzą nas prostą drogą do winnych.
Ale tak jak mówiłem, to już nie będzie moje śledztwo.
Niestety...

Naprawdę byłem rozczarowany, że sprawy potoczy-
ły się w taki właśnie sposób. Bo czy dla ogara na tropie
przyjemne jest, kiedy się go odwoła w momencie, gdy już,
już dochodzi zwierzynę? Jednak póki śledztwo dotyczyło
porwania lub zabójstwa, mogłem się nim zajmować, lecz
obecność czynnika nadnaturalnego zmieniała wszystko.
Niezwykle żałowałem, iż nie należę do heskich inkwizytorów, bo przecież wtedy mógłbym pozostać przy śledztwie, może nie prowadząc go, ale przynajmniej w nim

uczestnicząc. A dla inkwizytora nie ma większego sprawdzianu sił niż zmierzenie się z demonem, zwłaszcza tak szkodliwym jak złodziej życia. Walka z demonem to próba sił, woli i charakteru, to również możliwość uzyskania cennych informacji na temat nie-świata oraz na temat jego mieszkańców. Informacji, jakie mogą się przydać innym inkwizytorom. Poza tym w ciągu ostatnich lat zajmowałem się głównie zwalczaniem niegodziwych ludzi, szkodzących porządkowi, jaki ustaliła nasza święta wiara i przykazania naszego Kościoła. Nie miałem natomiast do czynienia z nadnaturalnymi istotami i przyznam, że chętnie zdekapitowałbym takiego potwora mieczem mej pobożności. Ale cóż, nie dla psa kiełbasa, mój biedny Mordimerze, pożałowałem w myśli sam siebie.

– Muszę zawiadomić władze Świętego Officjum o tym odkryciu, co oznacza, że... – zacząłem.

– Nie – przerwał mi stanowczo Wentzel.

Spojrzałem na niego zaskoczony.

– Czy dobrze usłyszałem, co powiedzieliście?

– Powiedziałem: nie – powtórzył twardo. – Tego mi jeszcze brakuje: inkwizytorów szwendających się po moich piwnicach i wściubiających nos w moje sprawy.

– Nie macie nic do gadania, panie Wentzel – tym razem ja byłem stanowczy.

– Posłuchajcie mnie uważnie, inkwizytorze Madderdin. Zanim zdołacie komukolwiek donieść o swoich podejrzeniach, ciało stąd zniknie. W dodatku zniknie bez śladu, zapewniam was. I tyle będzie po waszym zawiadomieniu. Jedynie się skompromitujecie, a ja użyję moich wpływów, by ta kompromitacja nie została zapomniana i by wyciągnięto z niej konsekwencje.

Był bogatym człowiekiem, który majątku dorobił się nie dzięki dziedziczeniu czy szczęśliwemu zbiegowi okoliczności, lecz własną ciężką pracą, sprytem i umiejętnością korzystania ze sprzyjających okazji. A ludzie takiego pokroju muszą być twardzi. Niemniej jego stanowczość, o której mogłem, nie wahając się, powiedzieć, iż bez wątpienia nie była udawana, jednak mnie zdziwiła. Nieczęsto ktoś przeciwstawia się inkwizytorowi w tak zasadniczy sposób, dodając do tego przeciwstawienia na dokładkę poważne groźby. Czy mógł zrujnować mi życie? Ośmieszyć mnie? Skłonić moich przełożonych do wysłania mnie na drugi koniec świata? Pewnie tak, zważywszy na fakt, że nie miałbym żadnego dowodu na poparcie swoich słów. Wentzel zapewne trzymał w zanadrzu jakąś niespodziankę. Jaką? Cóż, ja trzymałbym na przykład drugie zwłoki. Zwyczajnego osiłka, który umarł gwałtowną śmiercią. I te zwłoki podłożyłbym zamiast trupa Ottona. Jeżeli ja wpadłem na ten pomysł w jednej chwili, to czy nie mógł wpaść na niego również Joachim Wentzel, zwłaszcza że miał dużo więcej czasu, by sprawę dogłębnie przemyśleć? I jak by się rzecz skończyła? Oto kiedy przywołani przeze mnie inkwizytorzy chcieliby sprawdzić ciało oporządzone przez demona, znaleźliby trupa mężczyzny z rozbitą głową albo nie, nie, nawet lepiej: z niewielkim śladem po ostrzu wbitym prosto w serce albo zmiażdżoną grdyką. Nie dość, że dorobiłbym się opinii bajarza, to w dodatku stwierdzono by moją zupełną niekompetencję. Cóż, mądry człowiek wie, kiedy przegrał, i jedyne, co może zrobić, to ograniczyć koszta klęski...

– Więc czego chcecie? – zapytałem ponuro. – Mam to zostawić? Ślad po zbrodni demona?

– A czy ja tak mówię? Czy ja wam każę zapominać? Bierzcie się do roboty, panie Madderdin, tylko dla mnie, nie dla Świętego Officjum.

– Dla was? Coś takiego... Mam wam może złapać tego demona i dostarczyć do domu na smyczce?

Roześmiał się.

– Zbytek łaski. Znajdźcie ludzi, którzy stoją za zamordowaniem Ottona i porwaniem Hildy, i oddajcie ich w moje ręce. Demona możecie sobie zabrać. A jaką wymyślicie bajeczkę dla kolegów inkwizytorów, to już wasza sprawa, abyście tylko mnie w to wszystko nie wmieszali.

Pokręciłem głową w zadziwieniu.

– Wy mówicie poważnie... Naprawdę chcecie, żebym odsunął Inkwizytorium od tak znaczącej sprawy.

– Otrzymacie poważne fundusze. – Spojrzał mi prosto w oczy. – Powiem tak: dostaniecie tyle, ile wam będzie trzeba, mistrzu Madderdin. Oczywiście w rozsądnych granicach, ale moje granice ustawione są wysoko.

– No proszę, przekupstwo...

– Wolę to nazwać zapewnieniem pełnej finansowej swobody działania i gwarancją zadowolenia z wykonanej pracy. Jeśli będziecie potrzebować ludzi, bez problemu dam wam również ludzi. Silnych oraz doświadczonych.

– Otton był silny oraz doświadczony – przypomniałem mu.

Zmarszczył brwi i skinął ponuro.

– Kto wie ilu ludzi go napadło. A może pokonał go sam demon?

– Demon nie wychodzi na ulice. Podjąłby w ten sposób za duże ryzyko. Jestem pewien, że przyczaił się w jakimś bezpiecznym miejscu. Albo pilnują go ci, którzy go przyzwali, albo służą mu ci, których sterroryzował i opętał. Tak czy inaczej, muszą dostarczać mu pokarm.

– Mówicie, że demon może być więźniem?

– Oczywiście. To bardzo prawdopodobne. Z tym że w przypadku demonów nigdy nie wiadomo, kiedy bycie więźniem zamieni się w bycie komendantem więzienia, i to w taki sposób, iż strażnicy nawet tego nie spostrzegą.

Pokiwał głową w zamyśleniu.

– Czyli, jak rozumiem, są sprytne. Albo nawet bardzo sprytne.

– Panie Wentzel, pozwólcie, że daruję sobie przedstawienie wam wykładu na temat demonów. Poprzestańmy na tym, że demony są różne. Zarówno słabe, głupie i pozbawione zasad, jak też silne, mądre i kierujące się specyficznym kodeksem postępowania. Nigdy nie wiemy, z kim mamy do czynienia, póki nie staniemy z nim twarzą w twarz.

A czasami i wtedy niewiele wiemy, dodałem w myślach, lecz powstrzymałem się od wypowiedzenia tej uwagi na głos.

– Czego on chce?

Wzruszyłem ramionami.

– Mogę wam powiedzieć, czego nie chce. Najbardziej na świecie boi się powrotu do nie-świata, czyli uniwersum, z którego przywędrował. Zrobi wszystko, by nie znaleźć się tam znowu.

Mój gospodarz uśmiechnął się ze zrozumieniem.

– Jesteśmy jego ziemią obiecaną, czyż nie?

– W pewnym sensie trafiliście w sedno – zgodziłem się.

– Jeżeli ktoś go karmi – zaczął z namysłem – to powiedzcie, w jakim celu? Założył demoniczny ogród i chwali się przed znajomymi? Miałem wspólnika, który sprowadził sobie kilka lwów z Afryki i trzymał je w parku. To tak działa?

– Raczej nie – odparłem. – Sądzę, że czegoś od niego chcą. Ale czego? Nie zgadnę, póki nie dowiem się, jak dokładnie nazywa się ten demon i jakie są jego zdolności. Musicie wiedzieć, że ludzie wzywający demony mają zazwyczaj bardzo konkretne żądania oraz oczekiwania.

– Łatwo wezwać takiego demona?

– Panie Wentzel, tu nie chodzi o wezwanie, tylko o zmuszenie do posłuszeństwa! Rozpalcie ogień w kominku w salonie. Prosta sprawa, czyż nie? To potem zmuście ten ogień, żeby przeszedł korytarzem, niczego po drodze nie podpalił, podgrzał wam w kuchni kolację i wrócił grzecznie do kominka, w którym powstał. Załóżcie dodatkowo, że jesteście wysmarowani olejem i jedna iskra spowoduje, iż zaczniecie płonąć. A teraz przemnóżcie trudność zadania razy tysiąc i macie przedsmak spotkania z demonem.

Zaśmiał się.

– Nie ma co, obrazowo przedstawiliście trudność sytuacji. Czyli natkniecie się na kogoś bardzo biegłego w mrocznej sztuce. Czarnoksiężnika? Wiedźmę?

– Niekoniecznie. Jeśli demon objął władzę nad swym przyzywającym, to ten przyzywający nie jest już niebezpieczny. A może kogoś spotkała niespodzianka i ściągnął nie tego demona, którego ściągnąć zamierzał? Może sam przy tym zginął?

– Wy byście potrafili przyzwać demona? – zapytał z ciekawością, a ja zauważyłem, że oczy aż mu błysnęły. – Takiego, jak byście chcieli?

– Uczono mnie raczej pozbywać się demonów, a nie mnożyć je na naszym padole łez – odparłem lekkim tonem.

Widziałem, że ta odpowiedź na pewno nie zadowoliła Joachima, ale nie zamierzałem udzielać lepszej. Oczywiście znałem przede wszystkim wiele sposobów stwierdzania demonicznej obecności, złożone metody ochrony przed demonami oraz jeszcze bardziej żmudne i czasem niebezpieczne procedury przeganiania. Ale wzywanie? Rzecz jasna, teoretycznie studiowałem podobne rytuały, choćby po to, by wiedzieć, jak rozpoznać, czy są prawdziwe, czy fałszywe. Zapewne potrafiłbym zastosować je w praktyce. I zapewne nie przyniosłoby mi to niczego dobrego. Wiedziałem o dwóch gatunkach inkwizytorów, którzy stosują w praktyce demoniczne rytuały. Ci pierwsi to, rzecz prosta, funkcjonariusze, którzy pobłądzili i którzy moc daną im, by chronić naszą świętą wiarę oraz pilnować owieczek bożych, postanowili wykorzystać, aby tej wierze zaszkodzić i aby te owieczki skazić, zdeprawować lub uśmiercić. Nierzadko odgrywały tu wielką rolę ambicja, żądza władzy lub bogactwa, a nawet żądze cielesne. A wierzcie mi, mili moi, że wszystkie tego rodzaju apetyty demony potrafiły rozbudzać i potęgować w sposób wręcz mistrzowski. Z drugim rodzajem inkwizytorów sprawa była znacznie bardziej złożona. Ci święci ludzie, mocarni wiarą oraz niezwykłymi umiejętnościami, przywoływali demony, by je poznawać i opisywać, by praktykować na nich rytuały wypędzania, również by prowadzić z nimi rozmowy i dyskusje. Cała ta wiedza była potem magazynowana w klasztorze Amszilas, najświętszym z przybytków Świętego Officjum, i niewielu było zapewne ludzi mających dostęp do wszystkich zgromadzonych tam zasobów.

– Słyszałem, że potrafią wiele ofiarować...

– Ofiarować, panie Wentzel? No proszę, a ja o takim demonie dobroczyńcy nigdy nie słyszałem! Za to słyszałem o takich, które potrafią zaproponować atrakcyjny towar w zamian za cenę, która na pierwszy rzut oka wydaje się całkiem rozsądna i do zaakceptowania. – Zamilkłem na moment i uśmiechnąłem się złośliwie. – Tyle że potem trzeba już płacić w tej lub innej formie przez całe życie. I najczęstszym życzeniem takiego człowieka jest, by nigdy nie dostał owego podarunku, jak chcieliście widzieć transakcję przeprowadzoną z demonem.

Wentzel pokręcił głową nieprzekonany.

– Mówcie sobie, co chcecie, a ja wierzę, że są tacy mężowie, którzy demony mają za posługaczy, spełniających każdą ich zachciankę...

– Aha, czytało się jarmarczne powieści, co? – zadrwiłem, by sprowadzić kupca na ziemię, choć jednocześnie zastanawiałem się, jakaż to byłaby zachcianka Wentzla, gdyby mógł ją przedstawić demonowi.

Milczał, wpatrzony w ciało Ottona, ale byłem pewien, że nie myśli o martwym słudze, lecz o własnych marzeniach lub pragnieniach. Wreszcie spojrzał na mnie.

– Czyli dogadaliśmy się, mistrzu Madderdin?

– Mamy demona grasującego na wolności, a wy ograniczacie mi możliwość jego złapania, narażacie przy tym moje życie, nie mówiąc już o życiu kolejnych ofiar, bo kolejne ofiary na pewno będą. – Odetchnąłem. – Biorąc to wszystko pod uwagę: tak, dogadaliśmy się.

– Dobrze. – Widziałem, że nie spodziewał się innej odpowiedzi. – Nie wiem, czy powinienem to mówić, ale żeby było wszystko jasne, jednak powiem: to ciało stąd zniknie, kiedy wyjdziecie. – Ruchem podbródka pokazał zwłoki Ottona.

– Niczego innego się nie spodziewałem. Ufacie mi, lecz to zaufanie ma określone granice, czyż nie?

Uśmiechnął się szeroko.

– Mylicie się, mistrzu Madderdin – rzekł pogodnie. – Nie ufam wam wcale.

Odpowiedziałem mu uśmiechem. To jednak naprawdę był rozsądny człowiek.

– No dobrze, skoro pogadaliśmy o wzajemnym zaufaniu, to może raczycie mnie już oświecić, gdzież to trupiarze znaleźli zwłoki Ottona?

– Dokładnie zapamiętali gdzie, czego pewnie by nie było, gdyby nie zdziwił ich tak niecodzienny wygląd ciała.

– Wyobrażam sobie.

Istotnie, podwładni Kuno Tauska widzieli mnóstwo różnych rzeczy, które zwyczajny człowiek uznałby za przerażające bądź obrzydliwe, i sądzę, że niewiele można wyobrazić sobie takich, które zrobiłyby na nich wrażenie. Ale ten człowiek przypominający szkielet musiał wbić się w pamięć nawet trupiarzom. No, może nie na tyle silnie, by pamiętali o nim do końca życia, ale przynajmniej tak mocno, by nie zapomnieć o tym widoku przez kilka najbliższych dni.

– Znaleźli Ottona w zaułku tuż przed Błogosławioną Zemstą, wiecie, tam, gdzie zaraz później podcienia z kolumnami łączą się ze Świętym Mieczem. Wiecie, które miejsce mam na myśli?

Wentzel mówił o dwóch kościołach zbudowanych tak blisko siebie, że połączono je w końcu wspartym na kolumnach korytarzem.

– Oczywiście – odparłem. – A więc zacznę poszukiwania właśnie tam. Jeszcze tylko dwa pytania. Po pierwsze, czy jesteście pewni, że Otton nie żył, kiedy trupiarze go zabierali?

– Nie rozumiem.

– Ludzie Tauska nie mają oporów, żeby załadować na wóz nawet żywego albo dać po głowie jakiemuś biedakowi i zabrać go ze sobą – wyjaśniłem. – Przecież to, że nazywają ich ścierwojadami, nie świadczy o tym, że pogardzą kimś, kto żyje, lecz jest na tyle słaby, by nie protestować.

– Rzeczywiście. – Potarł czoło. – Teraz nawet pamiętam, że słyszałem, że jeśli ktoś zasnął pijany na ulicy, to mógł się obudzić w Dołach.

– Czyli nie wiecie?

– Przyznaliby się? – prychnął.

– Przyznaliby się Tauskowi, bo na pewno nie wam. Spytajcie go, niech wybada tych swoich łotrów. I jeszcze jedno. Rozumiem, że przywieziono go do was nagiego, ale...

– Zawiniętego w płótno – sprostował kupiec.

– Dobrze. Zawiniętego w płótno. Ale ja bym chciał, żebyście się dowiedzieli, w co był ubrany i czy w ogóle był ubrany, kiedy trupiarze go znaleźli.

– Jak sobie życzycie – powiedział. – Zadam Tauskowi te pytania w waszym imieniu.

– Zadajcie je w swoim – odparłem. – I nie rozgłaszajcie wszem wobec o moim udziale w sprawie. Niech wszyscy wiedzą, że szukam Hildy Krammer, bo nawiasem mówiąc, i tak już to wszyscy wiedzą, ale o innych kwestiach nie ma po co rozprawiać.

– Oczywiście – rzekł.

– To byłoby tyle. Do zobaczenia, panie Wentzel, spotkamy się jutro i proszę znać już wtedy odpowiedzi na moje pytania dotyczące Ottona.

– Spiszcie się dobrze, mistrzu Madderdin, a wierzcie mi, że na pewno będę o wiele hojniejszy od Teofila Dopplera – powiedział z wyraźnie poufałą, choć życzliwą wyższością w głosie.

– Widzę, że niezbyt trudne stawiacie sobie wyzwania – westchnąłem.

Kościół pod wezwaniem Błogosławionej Zemsty i kościół Świętego Miecza zostały zbudowane tak blisko jeden drugiego, że w czasie wyjątkowo hucznie obchodzonych świąt tłumy wiernych mieszały się ze sobą, a nie raz i nie dwa dochodziło do tego, że wychodzące z obu kościołów procesje, zamiast zajmować się modlitwami i wyśpiewywaniem hymnów, wdawały się w spory o pierwszeństwo, w związku z czym uroczystość zamieniała się w bijatykę, w której zresztą czynnie uczestniczyli proboszcze, wikariusze oraz kościelni słudzy. Pamiętałem, że kilka lat temu obie zwaśnione strony musiała rozdzielać biskupia straż, i to w sile kilkudziesięciu zbrojnych. I z tego, co wiem, nie obyło się bez trupów, choć akurat nie z winy brutalności strażników, lecz z powodu tego, że przewalający się tłum wpadł w podcienia łączące oba kościoły i tam co słabsi wierni zostali przewróceni, zgnieceni i wdeptani w ziemię przez tych silniejszych. Teraz właśnie szedłem owymi szerokimi podcieniami, które łukowate sklepienie opierały na potężnych kolumnach

wieńczonych kamienną winoroślą. Było cicho i spokojnie, jak codziennie od czasu, kiedy z podcieni przegnano
kupców, gdyż oba kościoły nie mogły ustalić, kto komu
i w jakiej wysokości ma płacić czynsz. W związku z tym
kupcom kazano zabrać kramy, a kościelni słudzy bardzo
pilnie sprawdzali, czy nikt nie narusza zakazu.

Otton nie został znaleziony w podcieniach pomiędzy
świątyniami, lecz w zaułku przed kościołem Błogosławionej Zemsty. Czy śmierć sługi Wentzla łączyła się w jaki-
kolwiek sposób z rywalizacją obu kościołów? Cóż, wszystko było możliwe na tym naszym nieszczęsnym padole łez,
a jeśli chodzi o księży, to możliwa była każda podłość,
każde oszustwo, każde złodziejstwo, każde przestępstwo
przeciw wierze lub obyczajności. My, inkwizytorzy, uważaliśmy duchownych niemal za robactwo, które samą swą
obecnością kala i paskudzi boży świat. Oczywiście wśród
księży, a nawet biskupów zdarzali się ludzie przyzwoici,
lecz stanowili zaledwie drobny ułamek tej parszywej cze-
redy fałszywych kapłanów, którzy służbę naszej świętej
religii traktowali nie jako błogosławioną powinność, lecz
jako środek do wzbogacenia się i zrobienia kariery. Cóż,
tak było dawniej, tak działo się teraz i tak pewnie będzie
w przyszłości. Tylko my, inkwizytorzy, zawsze pozosta-
niemy niczym ostra, strzelista skała górująca nad bez-
kresnym oceanem nieprawości. I to o nasze zębate brzegi
rozbijać się będą galeony piekieł.

– Czego tu szukacie? – z pobożnych rozmyślań wyrwał mnie ostry głos osiłka stojącego z miotłą przy
pierwszej bramie kościoła.

Kij owej miotły był z solidnej grubości dębiny. A założyłbym się, że kiedy by zerwać brzozowe witki słu-

żące za samą miotłę, okazałoby się, że zakończony jest ostrzem. Czyli tak naprawdę może zamienić się we włócznię. Sługa również nie przypominał zwyczajnego kościelnego, odpowiedzialnego za sprzątanie, zapalanie i gaszenie świec czy dzwonienie z wieży. Zwykle bowiem kościelni są ludźmi, którzy najlepsze lata mają już za sobą, a teraz sterani życiem lub chorobami, przygaszeni i przykurczeni snują się, by zarobić na kromkę chleba. Ten tutaj natomiast mężczyzna nie był ani zgaszony, ani przykurczony, a jedyną chyba chorobą, na jaką cierpiał, był przerost mięśni.

– No? Czego? – warknął jeszcze groźniej.

– Mordimer Madderdin, inkwizytor – powiedziałem beznamiętnym tonem.

Osiłek zapadł się w sobie. Przed chwilą jeszcze zajmował w przestrzeni naprawdę wiele miejsca, zarówno wszerz i wzdłuż, a teraz ta przestrzeń dramatycznie się skurczyła. Wywinął miotłą, którą niósł do tej pory niczym włócznię, i teraz trzymał ją tuż przy ramieniu, jak wartownik trzyma halabardę.

– Czymże mogę wam usłużyć, mistrzu inkwizytorze? – zapytał z wysiloną uniżoną grzecznością, co zważywszy na jego potężną posturę oraz tępy, kwadratowy pysk, brzmiało naprawdę zabawnie. Był wyraźnie nieprzyzwyczajony do uprzejmości, ale cóż, to był pies stróżujący, a nie salonowy.

– Jak ci na imię, chłopcze?

– Mateusz, proszę mistrza inkwizytora.

– Posłuchaj mnie uważnie, Mateuszu. – Zbliżyłem się do niego i obniżyłem konfidencjonalnie głos. – Prowadzę bardzo ważne śledztwo dotyczące zwłok znalezionych

tam. – Wyciągnąłem dłoń w kierunku miejsca, gdzie trupiarze natknęli się na Ottona. – W zaułku.

– Ten szkielet? – odszepnął, pochylając głowę.

– A więc wiesz?

– Wszyscy wiedzą, proszę mistrza. Trupiarze tu
zachodzą czasem na łyczek czegoś mocniejszego. –
Uśmiechnął się porozumiewawczo. – To i nam powiedzieli o wszystkim. Sami mówili, że takie dziwo oglądali
ostatni raz, jak burgrabia pozbył się więźniów, a i tak nie
było wtedy aż tak jak teraz...

Historia, o której wspomniał kościelny, miała miejsce kilka lat temu. Zmienił się wówczas dowódca wię-
ziennych strażników i nie wiedział czy zapomniał o jednym skrzydle więzienia. W związku z czym zamkniętych
tam przestępców nie karmiono. Kiedy zorientowano się
w pomyłce, było już za późno i wszyscy ci ludzie nie żyli.
Podobno zjedli nie tylko robaki, pająki, myszy i szczury,
ale również słomę z sienników, a niektórzy próbowali nawet zżerać samych siebie (zeżreć kompanów nie mogli,
gdyż cele były pojedyncze). Śmiechu było z tego na mieście co niemiara, a ofiar nikt nie żałował, bo to naprawdę byli paskudni ludzie, oskarżeni o najcięższe zbrodnie.
I tak by ich skazano na śmierć, a może nawet ta głodowa
była lepsza od łamania kołem czy darcia pasów? W każdym razie trupiarze słusznie porównali Ottona do zagło-
dzonych więźniów, a jak słyszałem, ludzie zagłodzeni na
śmierć wyglądali lepiej od Wentzlowego sługi.

– Zastanawiam się, Mateuszu, skąd ten biedak mógł
się wziąć w zaułku. Słyszałem, że jesteś bystrym chłopa-
kiem i wiesz o wszystkim, co się tu wokół dzieje, to tak
myślę, że może coś ci się obiło o uszy?

Sięgnąłem po sakiewkę i śledzony palącym spojrzeniem osiłka wyjąłem z niej trójgroszaka.

– Napij się później za moje zdrowie, Mateuszu. – Podałem mu.

– Pokornie dziękuję, mistrzu inkwizytorze. – Moneta utonęła w jego wielkiej łapie, a zaraz potem wskoczyła do kieszeni. – Nikt go tu nie znał. To nie nasz parafianin. Ani nie tych tam... – Z pogardliwym wyrazem twarzy wskazał w stronę kościoła Świętego Miecza.

– Czyli obcy.

– Ja tu chodzę dzień, wieczór, rano, jak nie ja, to mój brat, żaden z nas nigdy go nie widział, proszę mistrza. Nawet na pewno tak jest, jak mówię, bo akurat gadaliśmy o tym z bratem. – Pokręcił głową. – Obcy jak nic.

To nie ułatwiało sprawy, gdyż oznaczało, że Otton znalazł się przypadkowo w tej okolicy. Tylko jaki przypadek pokierował jego krokami właśnie tutaj?

Wyjąłem z zanadrza kartę papieru i rozłożyłem. Pokazałem kościelnemu portret Hildy narysowany ręką jej zdolnej siostry.

– Widziałeś kiedy tę pięknotkę, Mateuszu?

– Ja cię... – Wgapił się w obrazek i aż się oblizał. – No ja cię, mistrzu inkwizytorze...

– Z tego zachwytu domniemywam, że nie widziałeś – westchnąłem.

Obrócił na mnie baranie spojrzenie.

– Przepraszam was, że niby co?

– Nie widziałeś jej nigdy?

– Jezusie Okrwawiony, myślicie, że gdybym zobaczył, tobym do końca życia zapomniał taką buźkę?

Złożyłem kartę na czworo i schowałem pod kaftan.

– Masz rację – odparłem. – Dziewczyna jak malowanie.

– Ja taką tobym całe życie na rękach nosił – wyznał z nieoczekiwaną łagodnością w głosie.

Zdziwiłem się, bo jeśli spodziewałbym się po nim komentarza, to raczej brutalnego niż poetyckiego. Cóż, jak widać, struna miłosnej delikatności drga w sercach nawet najbardziej prymitywnych istot.

– Z taką życie jak nic byłoby stokroć lepsze – powiedział tym razem z goryczą i spojrzał ze smutkiem na miotłę, którą trzymał w dłoniach.

No tak, wszystko bardzo pięknie, ale wasz uniżony sługa nie przyszedł tu, by wysłuchiwać westchnień oraz żalów młodego kościelnego ani by uczestniczyć w jego złudnych marzeniach o lepszym życiu. Choć były one skądinąd naturalne, gdyż większość żywych istot dąży do polepszenia swojego statusu materialnego lub do duchowego ubogacenia. Przyznać jednak trzeba, że oba te dążenia bardzo ciężko połączyć, gdyż ludzie budujący wokół siebie bogaty świat materii mają zwyczaj odkładać na później kreację równie bogatego świata duchowego. A potem nadchodzi śmierć i trzeba już przed bezlitosnym Sądem Bożym tłumaczyć się nie tylko z tego, co się zrobiło, ale i z tego, czego się zrobić nie zdążyło.

– Dziękuję ci, Mateuszu, za pomoc.

– Jak myślicie – zaszeptał – czy to ci z Miecza zabili tego biedaka?

– Dlaczego tak sądzisz?

– Bo to łotry są! – warknął. – Wczoraj nasrali nam w kruchcie. I to jak nasrali! Musiało być ich kilku, bezbożników przeklętych, albo jeden, ale bardzo nażarty.

– Przykra sprawa. Powiedz mi jeszcze, Mateuszu, bo znasz pewnie, mój chłopcze, całą dzielnicę tak samo dobrze jak własną kieszeń, więc powiedz mi, z łaski swojej, czy coś ciekawego dzieje się niedaleko zaułka, gdzie znaleziono owego dziwnego trupa?

Kościelny aż się cały rozpromienił, podejrzewam, że zarówno pod wpływem pochwał, jak i z tego powodu, że został tak uprzejmie potraktowany.

– Myślę o dziwnych ludziach, tajemniczych domach, na przykład takich, do których nikogo się nie wpuszcza poza domownikami – poddałem, kiedy się domyśliłem, że nie bardzo wie, co odpowiedzieć. – Ale myślę również o obcych kręcących się nie wiadomo po co i dlaczego, może o pakunkach noszonych często do któregoś z domów. Chyba coś ci chodzi po głowie – powiedziałem, widząc, że Mateusz marszczy brwi w głębokim namyśle.

– Jakbyście sami widzieli, mistrzu inkwizytorze, jakbyście istotnie na własne oczy widzieli – powtórzył z podziwem.

Serce uderzyło mi mocniej. Czyżbym wyniuchał trop?

– A dokładniej, Mateuszu?

– Jest tu taka rodzina, nazywają się Fischbachowie, jeden w drugiego należą do Miecza. – Zgrzytnął zębami.

Aha, to już wiedziałem, dlaczego z takim entuzjazmem dzielił się ze mną informacjami. Inna sprawa, czy z uwagi na fakt, że uważał Fischbachów za wrogów, nie okażą się to informacje przesadzone bądź całkowicie lub w części nieprawdziwe.

Na chwilę przeszkodził nam w rozmowie orszak ubranych na czarno starowinek, które ze świętymi obrazkami w dłoniach zmierzały w stronę drzwi kościoła.

– Wilku Boży, który zagryzasz grzechy świata, zmiłuj się nad nami – zawodziły niezbyt równymi głosami i nie do końca trzymając się melodii. – Wilku Boży, który zagryzasz grzechy świata, pożryj naszych wrogów...

– Błogosławieni, którzy zostali wezwani na ucztę Wilka – dokończył pobożnym tonem mój towarzysz i zamaszyście się przeżegnał.

Poczekaliśmy, aż kobiety znikną za drzwiami świątyni, i kościelny potarł czoło wierzchem dłoni.

– A co tam ja, za waszym przeproszeniem, mistrzu inkwizytorze...

– Fischbachowie – podpowiedziałem.

Klepnął się w czoło z takim rozmachem, że aż się skrzywiłem. Gdyby to mnie trafił takim ciosem, chyba zrzuciłby mi głowę z ramion.

– A tak, Fischbachowie. Więc zawsze tam się kłębiło, a to kupcy, służba, domokrążcy, a nagle – spojrzał na mnie i wytrzeszczył oczy – zakaz wejścia. Tylko swoi mogli. Innych ledwie puszczali do sieni, ani tam myśleć, żeby przejść na pokoje czy do kuchni.

– Co na to służba? Przecież musieli plotkować, coś wam opowiadać...

– A to ja wam nie powiedziałem?

– Czego nie powiedziałeś?

– Wszystkich wyrzucili. Wszyściuteńkich. Powiedzieli, że kradli i że teraz będzie nowa służba. Zacna – parsknął z pogardą. – Zacna, taaak, zacna...

– No, no, coś takiego...

– A właśnie! Coś takiego! Zgadza się. Uczciwych ludzi wyrzucili na bruk. Taką tam jedną służącą Fischbachowej nawet znałem lepiej, bo kiedyś smaliłem do niej cholewki,

to tak ta dziewuszka płakała, tak płakała, mówię wam...
Bo nic złego nie zrobiła, a na pysk ją wyciepali i co ma
teraz biedna zrobić? Szukała pracy, ale gdzie tam! Szukała i nie znalazła. To kurwi się teraz biedulka na ulicy,
bo przecież do siebie, na wieś, za nic w świecie nie wróci.

Pokiwałem głową i zrobiłem współczującą minę, chociaż los jakiejś służki obchodził mnie mniej niż zeszło-
roczny śnieg.

– Wiecie, mistrzu inkwizytorze, że jak wiejska dziewucha trafi do nas, do miasta, to prędzej da tu dupy każdemu, kto się nawinie, prędzej skurwi się jak najgorsza
suka, niż wróci do siebie i przyzna, że nie udało jej się
znaleźć dobrej pracy...

Być może tragiczne perypetie wiejskich dziewcząt
szukających w mieście szczęścia, bogactwa oraz miłości
byłyby dla niektórych interesującym tematem, ale ja nie
należałem do tej grupy ludzi.

– Znacie tę nową służbę? – spytałem.

Machnął tylko ręką zrezygnowany.

– A co to za znanie? Się zobaczy ich to tu, to tam, ale
nawet słowa z człowiekiem nie zamienią, tylko jak spojrzą, to jak jacy zbóje. – Westchnął i obniżył głos: – Bo to
są chyba, wiecie, naprawdę jakieś wielkie łotry. Aż dziw,
że Fischbachowie najęli takich... – Pokręcił głową.

– Zrobili coś złego? Skrzywdzili kogoś?

– Gdzie tam, nawet z nikim nie chcą gadać. Jak siądą
w karczmie, to tylko przy własnym stole, a spróbuj się,
człowieku, do nich przysiąść, to jak spojrzą, to powiadam wam, aż się zimno robi...

No proszę, słysząc tę opowieść, mogłem się założyć, że Mateusz opowiadał o swoich osobistych przy-

krych doświadczeniach ze służbą Fischbachów. Ale, co dziwne, w głosie tego osiłka słyszałem nie tylko niechęć, lecz również strach. Cóż, wielkie gabaryty nie świadczą oczywiście o odwadze, lecz kościelny nie wyglądał mi na tchórza, a w tym wypadku, delikatnie mówiąc, dało się poznać, że czuje respekt dla nowej służby.

– Ilu jest tych osiłków?

– Że niby jakich osiłków?

– Nowej służby Fischbachów.

Kościelny zaśmiał się szczerze.

– Za waszym przeproszeniem, ale jak powiedzieliście „osiłki", to tak mnie wzięło na śmiech. Bo widzicie, mistrzu inkwizytorze, dwóch z tych nowych to chłopy na schwał, tacy nie przymierzając, że jakby, za waszym przeproszeniem, wzięli was w lewą garść, to wycisnęliby z was życie, chociaż w prawej garści by sobie trzymali pajdę chleba...

– A pozostali? Nie tacy groźni?

Mateusz spochmurniał.

– Tamci dwa to takie wstrętne karły, ot! – Uderzył się kantem dłoni w dolny rząd żeber. – Dotąd by mi może każdy z nich sięgnął.

– No i co z tymi maluchami?

Mateusz spochmurniał jeszcze bardziej.

– To właśnie ich wszyscy się tu boją, a ja nawet, za waszym przeproszeniem, żegnam się, jak któregoś widzę...

– Coś takiego – mruknąłem. – Jak nic, będę musiał sobie obejrzeć tych karzełków.

– To są bracia. Kubek w kubek jeden przypomina drugiego. – Kościelny splunął na bok z obrzydzeniem. –

Coś mają takiego w oczach, mówię wam. – Wzdryg- nął się. – Ja byle komu z drogi nie schodzę, ale im zejdę. I niech sobie kto mówi o mnie, żem tchórz, jak mu śliny w gębie nie brakuje... A co mi tam...

– Słusznie, Mateuszu – pochwaliłem chłopaka. – Do której karczmy chodzi służba Fischbachów?

– Do „Grochu i Kapusty" – odpowiedział. – Ale rzad- ko ich tam spotkacie.

– Jak rzadko?

Wzruszył ramionami i wydął usta.

– No, będzie ze cztery dni, jak ich widziałem ostat- nim razem – odparł po namyśle.

– A ty codziennie tam siedzisz?

– Tak jest, proszę mistrza. Człowiek sam na świe- cie jak ten palec, to co ma robić? Popije sobie chociaż ze znajomkami.

Sięgnąłem znowu po kieskę i wyciągnąłem kolejne- go trójgroszaka.

– Pobiegniesz po mnie, kiedy tylko ich zobaczysz. Znajdziesz mnie w zajeździe „Małmazja", a jeśli nawet mnie nie będzie, właściciel powie ci, gdzie jestem. I wte- dy dostaniesz następną monetę. Rozumiesz?

– Jak nie, skoro tak, proszę mistrza! – zawołał zado- wolony. – Co tu nie rozumieć?

– Dobrze.

Skinąłem mu i odwróciłem się.

– Proszę mistrza! – zawołał.

Obróciłem się na pięcie.

– Bo pytaliście, mistrzu inkwizytorze, o te pakun- ki, no to brat mi jakoś tak powiedział, że ciekaw jest, co to za kufry noszą do Fischbachów, a ja sam widziałem tych kurdupli, jak dźwigali taki wielki dywan. Pewnie Fischbachowie urządzają dom na nowo.

Przytaknąłem.

– Zapewne – odparłem i odszedłem.

– Moi drodzy Fischbachowie – powiedziałem już cicho, pod nosem, do siebie samego – muszę koniecznie sprawdzić, czy aby ładnie urządziliście sobie ten domek...

Inga była rozgarniętą dziewczyną, zastanawiałem się, czy na tyle rozgarniętą, by wiedzieć, że w czasie nocnego spaceru ma posłużyć mi jako przynęta. Jeżeli prześladowca chciał ukarać Krammera za niedochowanie tajemnicy, to oto zdarzała mu się doskonała okazja. Samotna dziewczyna w nocy na heskich ulicach... Oczywiście Indze groziły również niebezpieczeństwa niezwiązane z działaniem porywacza jej siostry. Ot, przygodne rzezimieszki, złoczyńcy, czy nawet porządni na pierwszy rzut oka przechodnie, którzy jednak zainteresują się, któż to tak szczelnie maskuje twarz kapturem, i zechcą to bliżej sprawdzić. A jak dojdzie do sprawdzania, to już dziewczynie tak pięknej jak Inga ciężko będzie się wywinąć. Może lepiej powiedzieć: ciężko byłoby się wywinąć, bo przecież po to szedłem, mając ją cały czas na oku, by w razie czego służyć jej pomocą. Na szczęście nie zaszła jednak konieczność, bym udowadniał swoją czujność w walce z heskimi bandytami, na nieszczęście nie pojawiła się również rybka, na którą zarzuciłem śliczną przynętę w postaci Ingi.

Z dziewczyną spotkałem się pod kościołem, tam też chwilę porozmawialiśmy i opowiedziała mi o tym, jak

zachowują się jej rodzice, jak siostry, i mówiła również,
że nie zauważyła żadnych niepokojących zdarzeń, jak
chociażby nieznajomych włóczących się koło domu czy
niespodziewanie ten dom odwiedzających.

– Dziękuję, Ingo, że zechciałaś się ze mną spotkać –
powiedziałem, kiedy skończyła. – I pozwól w takim razie, że odprowadzę cię z powrotem. A jak się wymknęłaś
z domu, jeśli wolno spytać?

Uśmiechnęła się spod kaptura.

– W oknie na strychu nie ma krat – odparła. – Wystarczy stanąć na gzymsie i mocno się przechylić, żeby chwycić gałąź naszej starej jabłoni. A w murze idącym dookoła ogrodu jest stara furtka, której nikt nie używa. Dawno
zarosła już bluszczem. Tylko że ja mam do niej klucz.

– Jesteś bardzo dzielna i bardzo zaradna – pochwaliłem Ingę z nieudawanym podziwem. – No, no, dziewczyna śmigająca po gałęziach starych drzew...

Roześmiała się.

– Jakieś specjalne śmiganie nie jest tu potrzebne. Wystarczy po gałęzi dojść do pnia, a potem już każdy by dał
radę. Ta nasza jabłoń ma takie szerokie konary, że wóz
by przejechał.

– Tak czy inaczej, niezwykła z ciebie dziewczyna.

Zerknęła na mnie.

– Naprawdę tak myślicie czy tylko staracie mi się
przypochlebić?

– A po cóż miałbym to robić? – zdziwiłem się. –
Oczywiście, że mówię szczerze.

– No tak, w sumie po co mielibyście mi się teraz
przypochlebiać, skoro moglibyście mnie mieć, jeślibyście
tylko zechcieli?

Cóż, śmiałości i otwartości nie można było tej dziewczynie odmówić. Ani logicznego myślenia.

– Czyli rozumiemy się, Ingo. To dobrze. Bo w takim razie kiedy powiem, że jesteś piękna i mądra, będzie to znaczyło właśnie to, a nie że pragnę cię zwabić na schadzkę.

– Na schadzkę to już żeście mnie zwabili. – Rozejrzała się wokół. – Chociaż ciemno tu i smutno – westchnęła. – Nie chcę wracać do domu, nie chcę zostawać sama, nie chcę, żeby mi wszystko o niej przypominało... – urwała i podniosła zdecydowanie głowę. – Zaproście mnie do siebie.

„O niej" oczywiście znaczyło ni mniej, nie więcej, tylko „o Hildzie". I kimże ja miałem zostać w takim wypadku? Pomocnikiem rozpraszania złych myśli? Zacieraczem niedobrej pamięci? Wygaszaczem smutków? Właśnie w takiej formie miałem służyć Indze? Miałem stać się jedynie narzędziem? Przedmiotem, a nie podmiotem? Spojrzałem na dziewczynę, na jej powabną buzię, na wielkie oczy, które zabłysły w świetle wychodzącego zza chmur księżyca, na loki niczym utkane ze złotej nici. Westchnąłem.

– Jestem na twe usługi, moja śliczna – powiedziałem.

– Och... – Przeciągnęła się słodko i bezwstydnie, a uśmiech, który pojawił się na jej twarzy, był jednocześnie niewinny, kuszący oraz pełen sytego zadowolenia. – Widzę, że naprawdę wiecie, jak postępować z kobietą, nawet tak niedoświadczoną jak ja.

Cóż, może i była rzeczywiście niedoświadczona, za to pełna zapału, żądającego objaśnienia wszystkich nowości, zapału właściwego jedynie prawdziwie pełnokrwistym naturom.

– Cieszę się, że to mówisz, Ingo – odparłem. – Bo pierwsze obcowanie z mężczyzną nie dla wszystkich kobiet jest przyjemne.

Zamyśliła się.

– Sądzę, że to nie kwestia rzeźbiarskiego materiału, lecz jakości kształtującego go dłuta – powiedziała wreszcie i przeciągnęła opuszkami palców po moim policzku, szyi i piersi.

Uśmiechnąłem się, gdyż trzeba było przyznać, że odpowiedź, niezależnie od tego, czy prawdziwa, czy fałszywa (a miałem nadzieję, że prawdziwa!), świadczyła o finezji niezwykłej dla tak nieobytej w świecie dziewczyny.

Jej ręka zbłądziła z mojej piersi na podbrzusze...

– Och – zaszeptała. – On jest jak żywe zwierzę. Chodź do Ingusi, maleńki, chodź...

Słowo „maleńki" nie zostało co prawda przez nią należycie dobrane i wybrane, ale rozumiałem, że czułość przeważyła w tym wypadku nad właściwym opisem rzeczywistości. Słodycz w głosie Ingi na pewno nie pozwoliła mi się na nią gniewać ani tym bardziej nie przywiodła mnie do tego, bym się zawstydził (co istotnie mogłoby doprowadzić do tego, iż jej słowa okazałyby się samospełniającą przepowiednią).

Kiedy po pewnym czasie szał wzajemnego pragnienia zamienił się u nas we wzajemne nasycenie, kiedy już oddech aż spazmatyczny zamienił się w jedynie przyspieszony, krzyki zamieniły się w zadowolone mruknięcia, a pot powoli wsiąkał w pościel, wtedy właśnie oparłem się na łokciu, spojrzałem w zaczerwienioną twarz Ingi i zapytałem:

– O jaką przysługę chcesz mnie poprosić?

Nie była na tyle doświadczona w postępowaniu z ludźmi, by wytrzymać mój wzrok. Uciekła ze spojrzeniem i zaczęła bawić się własnymi włosami. Kosmyk zaplotła sobie za ucho.

– Dlaczego sądzicie, że chcę was o coś poprosić? – odezwała się po chwili.

– Małe ptaszki zaświergotały mi o tym do ucha – odparłem i pogłaskałem dziewczynę po piersi. Miała aksamitnie miękką skórę.

Inga westchnęła. Jak sądziłem, bardziej było to westchnienie zakłopotania pod wpływem własnych myśli niż zadowolenia z powodu mojego dotyku.

– Odgadliście dobrze, że mam do was wielką – przysunęła się do mnie blisko i spojrzała mi prosto w oczy – naprawdę wielką, wielką prośbę. Zrobicie to dla mnie? – Otarła się o moją pierś. – Bardzo, bardzo was proszę...

Jej w naturalny sposób miękka i zręczna dłoń zawędrowała w to niezwykłe miejsce, którego każdy mężczyzna jednocześnie niezwykle pilnie strzeże, jak i niezwykle chętnie udostępnia. Oczywiście postępowała bardzo przebiegle, jak na tak niedoświadczoną oraz niewinną młódkę, lecz wiadomo, że trzeba byłoby dużo więcej, by omotać inkwizytora.

– Wszystko, czego tylko zapragniesz, moja droga – odparłem.

Po czasie, w którym musieliśmy zrezygnować z konwersacji, a który trwał na tyle długo i na tyle był intensywny, że serce Ingi potrzebowało kilku minut, by z opętańczego łomotu przejść na przyspieszone bicie, dopiero potem właśnie mogliśmy wrócić do rozmowy. A raczej cóż, do interesów, bo mała Inga najwyraźniej chciała ubić ze mną jakiś interes i leniwie zastanawiałem się, czy pozwolić jej na tę chwilę satysfakcji i ustąpić, w czym tylko będzie chciała...

– Więc w czym ci mogę pomóc, Ingo? – zdecydowałem zapytać.

– Chcę, żebyście mi podarowali tego człowieka – odparła spod mojego ramienia, a jej głos stał się nieoczekiwanie twardy i ponury. I zawzięty. – Tego, który skrzywdził moją siostrzyczkę.

– Podarował? Jak mogę ci podarować innego człowieka? – udałem, że nie rozumiem, co ma na myśli, chociaż, niestety, rozumiałem bardzo dobrze.

– Wszystko obmyśliłam. – Uniosła głowę i oparła się na łokciach o moją pierś. Patrzyła mi prosto w oczy. – Dam wam pieniądze, abyście wynajęli dom za miastem, taki, który koniecznie stoi w odosobnieniu. Porwiecie tego łotra i przewieziecie do wynajętego domu, a tam już ja – oczy Ingi rozbłysły – zajmę się nim najlepiej jak potrafię.

Milczałem przez chwilę.

– Czemu nie... – odparłem.

Zdawała się zdumiona, może nawet wstrząśnięta. Zapewne spodziewała się, iż długo zajmie jej przełamywanie mojego oporu, może wymagać to będzie z jednej strony łez i obietnic, a z drugiej wściekłości. Może spodziewała się, że dzisiaj usłyszy jedynie mgliste obietnice i będzie drążyć, nalegać i naciskać przy każdym następnym spotkaniu, aż wreszcie, kiedy zastosuje wiele kobiecych sztuczek, uda jej się przełamać mój opór? A może spodziewała się, że po prostu ją wyśmieję? Że zakażę jej rozmawiać na ten temat?

– C-co takiego? Co takiego powiedzieliście? – nie potrafiła ukryć, jak bardzo zaskoczyła ją moja odpowiedź.

– Powiedziałem: czemu nie. Dostanie, co mu się należy.

– Nie kpicie ze mnie?

– Czy wyglądam, jakbym kpił?

– Nie oszukujecie mnie?

– Czemu miałbym to robić? Gdybym nie chciał, po prostu bym ci odmówił, a ty byłabyś tym bardziej uczynna oraz powolna mym zachciankom, by próbować mnie przekonać i skłonić do zmiany decyzji.

Oblała się ciemnym rumieńcem.

– To nie było miłe, co powiedzieliście – rzekła po chwili.

– Prawda nie zawsze jest miła, moja droga.

Milczała długo.

– Oczywiście macie rację – odezwała się w końcu. – Niemniej moglibyście zachować chociaż pozory uprzejmości.

– I kto tu mówi o uprzejmości? Czy przypadkiem nie dziewczyna, która chce dostać w prezencie drugiego człowieka? I co z nim zamierzasz zrobić, moja miła? Torturować go na śmierć?

Pobladła i zacisnęła usta.

– Właśnie tak – odpowiedziała.

– Cóż... – Wzruszyłem ramionami. – To twoje sumienie, nie moje. Sama zobaczysz, czy łatwo na nie wziąć cierpienie oraz śmierć drugiego człowieka.

– Myślicie... myślicie, że nie dam rady?

– Nie wiem. Zabiłaś kiedyś chociaż... czy ja wiem, kurę?

Potrząsnęła głową. Oczy miała poszerzone i błyszczące. Chyba zarówno ze strachu przed przyszłością, jak i pod wpływem fascynacji ową przyszłością. Czy bardziej podniecała ją myśl o tym, że otrzyma ludzką istotę w swoje całkowite władanie, czy też bardziej przerażała Ingę wizja tego, co będzie musiała zrobić ze swoją ofiarą? A może przerażała ją myśl o własnym lęku. O wstydzie, z jakim będzie musiała się zmierzyć, kiedy okaże się, że nie jest w stanie wywrzeć pomsty na oprawcy własnej siostry. Cóż, kto wie, co kłębiło się w głowie tej pięknej dziewczyny. Być może były to wszystkie te myśli naraz. A kiedy będziemy już mieli przed sobą krzywdziciela Hildy, wtedy zobaczymy, kim naprawdę jest Inga i do czego jest zdolna się posunąć w imię zemsty oraz sprawiedliwości.

Byłem potężnie niewyspany i zmęczony tym rodzajem zmęczenia, które, przy wszystkich niedogodnościach, budzi w mężczyźnie uczucie zadowolenia z przebiegu minionej nocy oraz zadowolenia zarówno z samego siebie, jak i z osiągniętych rezultatów. Inga słodko spała, przytulona do poduszki i z policzkiem zakrytym przez włosy. Oddychała równomiernie, a przy każdym oddechu unosiła się jej do połowy odsłonięta pierś. Przypatrywałem się chwilę śpiącej dziewczynie. W pewnym momencie rozchyliła usta, westchnęła słodko, a jej ręka poruszyła się tak gwałtownie, że kołdra obnażyła ciało aż do pasa. Zmusiłem się, by odwrócić wzrok.

– Nie, nie i nie, Mordimerze – rzekłem do siebie. – Teraz nie ma na to czasu.

– Mówisz coś? – spytała zaspanym głosem, nie otwierając oczu.

Rozprostowała ramiona i przeciągnęła się, po czym zdecydowanym ruchem odwróciła na bok. Tym razem mogłem podziwiać jej pełne, zgrabne pośladki.

– Jesteś dziełem sztuki, Ingo – powiedziałem i naciągnąłem kołdrę na jej ciało.

– Budzisz mnie? – spytała słodko.

– Owszem – powiedziałem i zeskoczyłem z łóżka. – Czas do domu, dziewczyno, bo twój ojciec urwie mi głowę, jeśli się dowie, że spędziłaś noc ze mną.

– Jesteście inkwizytorem, nie bójcie się – mruknęła.

Odchyliłem okiennice i zobaczyłem, że różowe pasma chmur właśnie przeganiają szarość poranka. Za chwilę domy, w tym dom Krammerów, zaczną się budzić z nocnego odpoczynku. A kiedy służąca wejdzie do pokoju panienki Ingi, to panienka Inga ma słodko spać we własnym dziewiczym łóżeczku.

– Szybko, szybko, szybko! – rozkazałem.

Udało mi się nakłonić dziewczynę do wstania i odprowadziłem ją do domu budzącymi się dopiero do życia ulicami Hezu (co wcale nie znaczy: bezpiecznymi). Stanęliśmy pod zarosłym bluszczem murem, a Inga szybko pocałowała mnie na pożegnanie. Z przyjemnością zauważyłem, że słodko pachniała świeżo zgryzionym korzeniem lukrecji.

– Przyjdźcie po mnie dzisiaj wieczorem – rozkazała. – Jak się ściemni, czekajcie w tym miejscu. Aha, i, z łaski swojej, posprzątajcie trochę w domu, dobrze? Zwłaszcza zmieńcie pościel. – Uśmiechnęła się słodko i żartobliwie pogroziła mi palcem. – Pamiętajcie, dobrze?

Poczekałem, aż bezpiecznie zniknie za ogrodowym murem, po czym wróciłem do domu, zatrzymując się po drodze na śniadanie w jednym z szynków. Do czasu spotkania z Joachimem Wentzlem miałem jeszcze sporo czasu, więc pomyślałem, że jeśli moja gospodyni jeszcze śpi, to ją obudzę i każę solidnie wysprzątać mój pokój. Z lekką nostalgią pomyślałem o słodkiej wdówce, która wynajmowała mi kwaterę jeszcze nie tak dawno temu, ale z którą musiałem się rozstać ze względu na jej zdecydowanie zbyt duże zainteresowanie ceremoniami ślubnymi. Moja obecna gospodyni miała ponad pięćdziesiąt lat, posturę cesarskiego gwardzisty i twarz przypominającą zaschnięte błoto zdeptane obcasami. Z jej strony nie groził mi więc flirt, a przynajmniej taką miałem nadzieję...

Wczesnym popołudniem wybrałem się do pałacyku Wentzla, zostałem wpuszczony natychmiast i bez zbędnych ceregieli trafiłem wprost do gabinetu gospodarza.

– Macie dla mnie informacje? – zagadnąłem zaraz po przywitaniu.

– Otton był jeszcze żywy, kiedy ludzie Żaby natrafili na niego – powiedział Wentzel.

– No, no...

– Ale mówią, że zanim zdążyli rzucić go na wóz, to już nie żył.

– Całkiem prawdopodobne.

– Twierdzą również, że był nagi.

Pokiwałem głową.

– I co myślicie? – zapytał kupiec po chwili.

– Sądzę, że udało mu się uciec – powiedziałem. – Najpierw biegł, bo o tym świadczyłyby otarte stopy. Potem upadł i stąd potężny siniak na kolanie. Próbował się czołgać, a więc otarł również wnętrza dłoni. Być może go szukano, ale nim goniący wpadli na jego ślad, już trupiarze zdążyli załadować ciało na wóz.

– Kto go więził? Skąd uciekł?

– A to będę musiał jeszcze wyjaśnić. Jak rozumiecie, nie ma tak dobrze, bym już pierwszego dnia potrafił odpowiedzieć na wszystkie wasze pytania. Śledztwo to proces przypominający rozpalanie ogniska z zapasu mokrego drzewa. Najpierw przede wszystkim jest dużo dymu gryzącego w oczy i zasłaniającego świat.

– Bardzo wam dziękuję za te pouczające objaśnienia – rzekł z przekąsem. – Ale wolałbym, abyście przynieśli mi coś więcej niż dym.

– Wszystko w swoim czasie. A teraz pozwólcie, że o coś spytam. Rozumiecie bowiem sami, że w sytuacji, w jakiej się znalazłem, nawiasem mówiąc, tylko i wyłącznie z waszej winy, nie mogę korzystać z wiedzy dostępnej w siedzibie Inkwizytorium.

– W czym będę mógł, w tym pomogę...

Nie spodziewałem się po Wentzlu innej odpowiedzi.

– Co wiecie o rodzinie Fischbachów?

– Czemu właśnie o nich pytacie? – Zmrużył oczy.

– Nie zajedziemy daleko, kiedy będziecie odpowiadać pytaniem na pytanie – odparłem chłodno.

Bowiem my, inkwizytorzy, spodziewamy się, że ludzie będą odpowiadać na nasze pytania jasno, prosto, zwięźle oraz z szacunkiem. W praktyce bywało różnie, ale przecież naszym zadaniem było naginanie świata do naszych potrzeb, a nie dostosowywanie naszych potrzeb do złych obyczajów.

– Bogaci. I to z pokolenia na pokolenie, od wieków.

– Czyli pewnie pogardzają takimi szybko wzbogaconymi parweniuszami jak wy – stwierdziłem.

Na jego policzkach pojawił się rumieniec.

– Macie rację – odparł jednak tylko.

– Niełatwo was urazić, co?

– Mam grubą skórę – zgodził się ze mną. – Wiele nasłuchałem się szyderstw, żarcików i anegdot traktujących o podłości mojego pochodzenia i parszywych obyczajach. Chociaż teraz, zważywszy na bogactwo i wpływy, jakimi dysponuję, niewielu już ośmiela się powiedzieć mi coś takiego prosto w twarz.

– Fischbachowie by się ośmielili?

– Nie mam pojęcia. Nawet nie pamiętam, kiedy zamieniłem słowo z którymś z nich.

– Opowiedzcie mi jeszcze coś o nich. Wiem już, że są bogaci i dumni. Bezwzględni?

– Nie ma bogactwa bez bezwzględności. Powiem wam jednak coś, co o nich mówią, czy raczej co szepcą za ich plecami. Podobno Fischbachowie pochodzą w prostej linii od... – Mimo że byliśmy sami, obniżył głos: – Potępionych.

Wzruszyłem ramionami.

– Spytajcie mnie, o ilu ludziach słyszałem podobne plotki.

– A jak w ogóle myślicie? Uchowali się gdzieś na świecie jacyś Żydzi?

Oczywiście mówiąc „świat", Wentzel miał na myśli tę część świata, która została pobłogosławiona przyjęciem chrześcijaństwa i pozostawała wierna nauce Jezusowej. Bo przecież każdy wiedział, że uciekinierzy z Palestyny zatrzymali się w Persji i tam zyskali przychylność perskich królów, chętnych, by ich wykorzystać do walki z naszą świętą religią. Inni z kolei udali się do Indii, mówiono też, że niektórzy z Potępionych dotarli nawet do Chin. W każdym razie w naszym błogosławionym Cesarstwie, dziękować Bogu, ich nie było, a nawet jeśli się pojawili, to już inkwizytorzy byli od tego, by ich zniknięcie było równie szybkie jak pojawienie.

– Żyd Żydowi nierówny – odparłem. – Chodzi wam pewnie nie o tych, co są Żydami z linii krwi, ale o tych, którzy wyznają ten przeklęty judejski zabobon? Pewnie gdzieś są. Tak jak wiedźmy, czarownicy i heretycy. I tak jak wiedźmy, czarowników i heretyków zawsze ich dopadamy. Ale wróćmy do Fischbachów, jeśli łaska...

– Ludzie gadają, że Fischbachowie są potomkami potężnego rabina, który niegdyś służył zelotom.

– Na gwoździe i ciernie, panie Wentzel! – przerwałem mu. – Minęło piętnaście wieków od czasu, kiedy zeloci terroryzowali Palestynę. Po takim czasie praprzodkinią Fischbachów mogłaby być nawet trójgłowa krowa, a i tak by o tym nie pamiętali!

– No to już jak sobie uważacie. Ja wam tylko donoszę, jakie krążą o nich plotki. I za Fischbachami ciągnie się taka właśnie zła legenda. Zapewne zresztą, jak podejrzewacie, nieprawdziwa. Bo powiedzcie sami: chyba nie przyjęlibyście do Inkwizytorium kogoś pochodzącego z rodziny podejrzewanej o herezję?

– Niekoniecznie, gdyż... – zacząłem odpowiadać. – Zaraz, co wy mówicie, jak to do Inkwizytorium?

– Dla nikogo nie jest tajemnicą, że Teofil Doppler, kuzyn Piotra Krammera, jest inkwizytorem, i to, z tego, co wiem, ma dość znaczącą pozycję w Hez-hezronie. – Spojrzał na mnie, jakby oczekiwał potwierdzenia. – Tak samo wszyscy wiedzą, że młodszy syn Arnolda Fischbacha został inkwizytorem.

Milczałem chwilę, gdyż ta informacja rzucała na całą sprawę zupełnie nowe światło.

– Dawno temu?

– No, z całą pewnością jest starszy od was. Walentyn Fischbach.

A więc inkwizytor na tyle doświadczony, by teoretyczne umiejętności z powodzeniem stosować w praktyce. Nie ma co, sprawa zaczynała być coraz ciekawsza i coraz bardziej niepokojąca.

– Wiecie, co się z nim dzieje?

Wentzel wzruszył ramionami.

– Nie mam najmniejszego pojęcia. Wyjechał z Hezu ze dwadzieścia lat temu.

– Nigdy nie odwiedzał rodziny?

– Czyż to nie wy, inkwizytorzy, twierdzicie, że kiedy wstąpicie już w szeregi funkcjonariuszy Świętego Officjum, jedyną waszą rodzinę stanowią towarzysze wspólnego trudu i wspólnej walki? – zapytał z nutką ironii w głosie.

– Teoria teorią, a praktyka praktyką. Co wam mogę odpowiedzieć? Z tego, co wiem, praktyka jest taka, by inkwizytora nie umieszczać w oddziale Inkwizytorium znajdującym się w jego rodzinnym mieście czy tam, gdzie jego rodzina na przykład prowadzi interesy.

Skinął głową.

– Czyli Walentyna nie powinno być w Hezie.

– Możecie to dla mnie sprawdzić? Możecie sprawdzić, co działo się z Walentynem po opuszczeniu miasta?

– Niby jak mam sprawdzić, co działo się z inkwizytorem? Czy to nie są przypadkiem tajne informacje? – Patrzył na mnie rozbawiony.

– Panie Wentzel, człowiek taki jak wy może sprawdzić nawet, na jaką melodię pierdziały wczoraj szczury w dokach – odparłem. – Czy wy myślicie, że ja się urodziłem wczoraj? Doskonale wiem, jakimi informacjami dysponują kupieckie gildie, doskonale wiem, jak wiele wiedzą bankierzy, i doskonale wiem, jak łatwo im się dowiedzieć o czymś, czego do tej pory nie wiedzieli, a co z jakiegoś powodu właśnie chcą wiedzieć.

– To może potrwać – stwierdził.

– Domyślam się – rzekłem. – Cierpliwie zaczekamy.

– Teraz mi powiecie, czemu interesują was Fischbachowie?

Tak, teraz rzeczywiście nie tylko mogłem, ale wręcz musiałem mu wyjaśnić, skąd się wzięła moja ciekawość. Streściłem Wentzlowi rozmowę z kościelnym Mateuszem.

– A tak, Schabe wspominał mi o tym, co się tam wyprawia...

– Czemu uznał za stosowne opowiadać wam o tym?

– Mistrzu inkwizytorze, Oskar Schabe nie jest tylko majordomusem – wyjaśnił. – Zbiera informacje od moich szpiegów i referuje mi je raz na dwa dni. Wśród tych informacji są również anegdotki, ploteczki czy nawet kłamstewka, gdyż nigdy nie wiadomo, co i kiedy się przyda w interesach. Być może jako człowiek niezajmujący się fachem kupieckim nie wiecie, że tylko głupiec sądzi, iż pieniądze są najważniejsze...

– Wielkich interesów nie robi się w gotówce, lecz w obietnicy jej przekazania, które to zresztą przekazanie nie musi nabierać formy materialnej wymiany – wpadłem mu w słowo. – Wiem, że zdarzają się niezwykle intratne przedsięwzięcia, w których ani gotówka, ani kupowany za nią towar nie istnieją jako fizyczne byty.

– Tak jest. – Spojrzał na mnie zdziwiony. – Jesteście, jak widzę, człowiekiem wielu talentów, mistrzu Madderdin. To dobrze rokuje naszej współpracy.

– Cóż, interesuję się tym i owym w wolnych chwilach – odparłem.

– W zasadzie i upraszczając, mówiliście o reputacji – kontynuował. – Ja natomiast mówię o informacji. O szybkim dostępie do rzetelnie potwierdzonych wiadomości, które mogą przynieść bogactwo lub bankructwo. A w skrajnych wypadkach są nawet kwestią życia lub śmierci.

– Za pozwoleniem, ale czuję, że zboczyliśmy z właściwej drogi – postanowiłem zakończyć rozmowę o kupieckich zwyczajach, choć podejrzewam, że miałem wystarczający zasób wiedzy, by gawędzić o tym jeszcze godzinami. – Mówiliście, iż Schabe znosi wam różnego rodzaju wieści.

– Dokładnie. A jedna z tych historii opowiadała o tym, jak Fischbachowie wyrzucają służbę na bruk. – Wentzel wzruszył ramionami. – Zresztą podobna wymiana to nic niezwykłego. Znam ludzi, którzy czyszczą w ten sposób swoje domy nawet co roku czy co kilka lat.

– Również nie uważam, by działo się coś niezwykłego – zgodziłem się z nim. – Tyle że skumulowanie rzeczy zwykłych, jakie dzieją się w tym domu, zaczyna samo w sobie być niezwykłe.

Roześmiał się.

– Skoro tak rzecz ujmujecie... Mam jednak nadzieję, że to nie jedyna droga, którą badacie?

– Nie, nie jedyna, aczkolwiek powiem wam szczerze, że wiążę z nią pewne nieśmiałe nadzieje. Inaczej nie kłopotałbym was prośbą o zdobycie tych delikatnych informacji. A zważcie, jak blisko domu Fischbachów znaleziono Ottona. Czy nie jest prawdopodobne, iż uciekał właśnie stamtąd?

– To prawda – odparł. – I dlatego zdobędę dla was te informacje, bo wierzcie mi, że naprawdę są delikatne. Przecież sami najlepiej wiecie, iż Święte Officjum niechętnie patrzy, kiedy ktoś wściubia nos w jego sprawy.

Miał rację, gdyż my, inkwizytorzy, byliśmy cisi i skryci w cieniu. A ludzie naszego pokroju niechętnie spoglądają na tych, którzy hałaśliwie próbują wyciągnąć na światło dzienne ich tajemnice.

– Święta prawda, panie Wentzel, trudno to wyrazić lepiej. Ufam jednak, że macie swoje sposoby...

Oczywiście wśród nas, inkwizytorów, niewiele da się ukryć. Wiemy nawzajem o swoich słabostkach, wadach i zaletach, znamy grzechy i grzeszki popełniane przez towarzyszy. Trudno, żeby było inaczej, gdyż skoro naszym zadaniem jest obserwowanie otaczającego nas świata, to choćbyśmy nie chcieli, i tak musimy zauważać innych funkcjonariuszy Świętego Officjum w całej palecie ich przywar oraz walorów. Wiedziałem doskonale, że jako nowy inkwizytor w Hez-hezronie jestem pilnie obserwowany, wiedziałem również, że znana jest moja zaszczytna przeszłość, choć zapewne dziwiono się, czemu te wielkie zasługi, jakich dokonałem w imieniu oraz na rzecz Świętego Officjum, nie zostały przekute w co najmniej im równe wielkie zaszczyty. Szkoda, że mnie o to nigdy nie zapytano, gdyż mogłem po prostu szczerze odpowiedzieć, iż nie zważałem na doczesne korzyści, przez cały czas mając na uwadze jedynie sentencję mówiącą: *Non nobis Domine, non nobis, sec tuo Dei da gloriam*, która w moich uszach brzmiała niczym najsłodsza muzyka chórów anielskich. Wracając jednak do słabostek inkwizytorów, to wiedziano oczywiście o moim uwielbieniu dla płci pięknej i o tym, że kiedy nie modlę się lub nie umartwiam, najchętniej spędzam czas w towarzystwie pełnych wdzięku panien, rozkosznych mężatek albo hożych wdówek. Muszę przyznać, że nawet dojrzałe matrony, takie, które świętowały już jakiś czas temu trzydziestą wiosnę życia, potrafiły obudzić moje żywe zainteresowanie, pod warunkiem, że nie wyglądały na swoje lata. Koledzy inkwizytorzy mogli dziwić się liczbie i jakości mych sercowych podbojów, ale czyż świat fizycznej miłości nie należał właśnie do młodzieńców takich jak ja, którzy twardą męską urodę łączyli z łagodnością obyczajów, a żelazną siłę charakteru uzupełniali umiejętnością wdzięcznej rozmowy i nie byli od tego, by szeptać wybrance do uszka gorące komplementa, które tak łatwo topią nawet serca zimnych i, zdawałoby się, nieprzystępnych kobiet? Byłem dla moich kochanek niczym słodki smakołyk i miałem nadzieję, że są szczerze wdzięczne, iż pozwalam im się posmakować. Tak czy inaczej, cieszyłem się sporą popularnością wśród dam, czy też jak to nie nazbyt grzecznie, ale zgodnie z prawdą (choć również z niedającą się ukryć zazdrością) ujął jeden z moich kolegów inkwizytorów: „Szarpią cię te suki, jakbyś był kością obrośniętą mięchem".

Dlatego też wasz uniżony i pokorny sługa nie zdziwił się, że serce pięknej Ingi zabiło żywiej dla niego. Choć Bóg mi świadkiem, iż wcale się o to żywsze bicie jej serca nie starałem. Ale tak już toczyło się moje życie, iż rozkochiwałem w sobie kobiety, chcąc tego lub nie chcąc, i po prostu musiałem się do owego zainteresowania przyzwyczaić oraz godnie dźwigać na, ujmijmy to łagodnie, ramionach ciężar dziewczęcych afektów.

Czekałem na Ingę przy murze, najpierw usłyszałem cichutkie skrzypienie tajnej furtki, a zaraz potem zauważyłem postać, której twarz była zakryta głębokim kapturem. Inga podeszła do mnie. Przytuliła się i pocałowała mnie w usta.

– Gdybym była mordercą, tobym was dźgnęła sztyletem, a nawet byście się nie domyślili, co się złego dzieje...

– Skrytobójcy nie pachną na ogół migdałowym olejkiem i korzeniem lukrecji – odparłem.

– No ale to już poczuliście, jak was całowałam, nie wcześniej – zaprotestowała.

– Poczułem twój zapach od razu, jak wyszłaś zza muru.

– No, no, jak widzę, macie jeszcze jeden talent, mości inkwizytorze. – Ujęła mnie pod rękę. – Więc teraz prowadźcie mnie do tej swojej jaskini grzechu. Możecie mnie dzisiaj więzić aż do samego świtu – westchnęła z udawaną żałością i ścisnęła mocniej za palce.

Kiedy przyszliśmy już do kwatery, zrobiliśmy natychmiast to, co po przyjściu do domu robi dwoje młodych ludzi, których serca i lędźwie wypełnione są żywym ogniem. A zaraz potem zrobiliśmy to jeszcze raz, tym razem ciesząc się nie drapieżnym tańcem wewnątrz wulkanicznej erupcji, lecz raczej długą kąpielą w leniwie toczącym się potoku rozpalonej lawy. A jeszcze później leżeliśmy obok siebie, wydawałoby się, śmiertelnie wyczerpani i jedyne, co nas łączyło, to ciepło buchające z naszych ciał i bicie serc, które zdawało się tak dopasowywać, że pomiędzy każdym moim uderzeniem mieściły się dwa uderzenia serca Ingi.

Ująłem dłoń dziewczyny i pocałowałem w palce.

– Jesteś cudem, Ingo – powiedziałem ciepło.

Przekręciła głowę i spojrzała na mnie. Oczy miała jeszcze zamglone niedawną rozkoszą.

– Sama nie wiedziałam, że jestem taka – odparła.

Długo leżeliśmy przytuleni do siebie i odpoczywaliśmy, miałem nawet wrażenie, że Inga na chwilę zasnęła w moich ramionach, a i ja sam trafiłem chyba na moment do tej krainy, w której wyobrażenia mieszają się z rzeczywistością, a przeszłość zlewa w jeden nurt z przyszłością i marzeniami o niej. Potem Inga uniosła nagle głowę i powiedziała bardzo świeżym i bardzo dziarskim głosem:

– Ależ zgłodniałam!

Wstałem, obudziłem gospodynię i kazałem, żeby przyniosła nam porządny, gorący posiłek.

– Też porę macie na jedzenie, niech was gwoździe i ciernie... – naburczała na mnie.

– Wybaczcie, że was obudziłem.

– Nie obudziliście mnie, bo ta wasza dziewka tak za-
wodzi, że umarłego by obudziła. Pół ulicy pewnie przez
nią nie śpi...

– Coś takiego – zdziwiłem się, bo chociaż wiedziałem, rzecz jasna, że Inga zachowuje się głośno, to jednak
nie sądziłem, że aż tak głośno.

– Ano coś takiego, coś takiego – powtórzyła i pokle-
pała mnie po ramieniu. – Niech wam pójdzie na zdrowie,
młodzi jesteście, to korzystajcie... Idźcie już do tej swojej,
zaraz wam coś przyniosę.

I rzeczywiście, zgodnie z obietnicą przyszła do nas
szybko. Z kolacją, która była taka, jak lubię: smaczna
i jednocześnie obfita.

– Opowiedzcie mi, jak zostaliście inkwizytorem? –
zapytała Inga, kiedy już nasyciła pierwszy głód.

– Uczyłem się w Akademii Inkwizytorium, sławnej
uczelni, która mieści się w Koblencji.

– No proszę, to inkwizytorzy mają swój uniwersytet! – Klasnęła rozbawiona, chociaż Bogiem a prawdą
nie mam pojęcia, co ją tak rozbawiło. – Czyli byliście
żakiem?

– Można to tak nazwać... – odparłem po chwili.

Nie chciało mi się tłumaczyć, że życie ucznia Akademii Inkwizytorium niewiele czy zgoła nic nie miało
wspólnego ze swobodnymi zabawami żaków, którzy lata
na uniwersytecie spędzali, pijąc, łajdacząc się i uczestnicząc w bójkach, naukę zostawiając sobie na czas, kiedy nie byli zajęci tymi trzema jakże ważnymi sprawami.

– A jak można nazwać to inaczej? – Inga nie dała za
wygraną.

– Akademia bardziej przypomina klasztor niż uniwersytet – wyjaśniłem. – Ścisła dyscyplina, rzadkie przepustki, surowe kary, dużo pracy...

– I sami chłopcy? – Mrugnęła do mnie.

– I sami chłopcy – powtórzyłem.

– Nie tęskniliście za dziewczętami? – spytała zalotnie i przytuliła się do mnie.

– Droga Ingo, gdybym cię wtedy znał, to wierz mi, że tęskniłbym za tobą dniami i nocami – powiedziałem, całując ją w szyję.

Długo zajmowaliśmy się pieszczotami, z początku delikatnymi, potem coraz odważniejszymi, aż wreszcie już, już, kiedy lis miał witać się z gąską, Inga oderwała się ode mnie.

– Poczekajcie, poczekajcie! – zawołała zdyszana.

Nie chciałem czekać, więc usiłowałem ją przytulić, ale odepchnęła mnie ze śmiechem i odskoczyła w drugi koniec łóżka.

– Nic z tego nie będzie, dopóki nie zdradzicie mi pewnej tajemnicy – powiedziała.

Widziałem, że nie mam szans na kontynuowanie mojej gry, dopóki nie dam jej tej satysfakcji i nie zagram w jej grę, więc uśmiechnąłem się tylko.

– Dziewczynie takiej jak ty zdradzę każdy sekret – obiecałem.

– No to powiedzcie mi, dlaczego w waszej Akademii nie było żadnych dziewcząt?

– Jak to dlaczego? To proste. Kobieta nie może zostać inkwizytorem, więc niby po co dziewczęta miałyby studiować w naszej Akademii?

– A dlaczego kobieta nie może zostać inkwizytorem? – w głosie Ingi usłyszałem nie tylko ciekawość, ale również coś na kształt nagany, iż płeć, do której sama należy, jest w ten sposób dyskryminowana.

– Podobno kiedyś, dawno temu, w Mrocznych Wiekach, były kobiety inkwizytorzy – odparłem po chwili. – Ale czy to prawda, czy tylko zmyślenie, tego już teraz ani nie wiemy, ani się nie dowiemy. Oficjalna wersja historii Inkwizytorium mówi, iż to jedynie wybujała fantazja poprowadziła kilku kronikarzy do tego, by przekazać opisy kobiet inkwizytorów... Nie takie rzeczy wymyślają ci, którzy opisują historię... – Uśmiechnąłem się.

– A wy jak sądzicie? Były naprawdę?

Pytanie nie było nowe i pamiętam, że kiedy jeszcze miałem zaszczyt być uczniem przesławnej Akademii Inkwizytorium, sami zastanawialiśmy się nad tym problemem, oczywiście wyobrażając sobie, że niegdyś istniały kobiety piękne i groźne niczym świt w skutych lodem górach. Kobiety, które wiodły na śmierć pogan oraz heretyków. Może i naprawdę tak się działo? A w każdym razie na pewno pobudzało młodzieńcze fantazje.

– Sądzę, że jest to możliwe – odparłem. – O Mrocznych Wiekach wiemy o wiele mniej, niż chcielibyśmy wiedzieć. Kiedy nastał ten nieszczęsny czas, kiedy Chrystus opuścił swój lud, próbowano licznych rozwiązań, by umocnić naszą wiarę. Niektóre z tych rozwiązań były właściwe, inne z kolei błędne...

– Kobiety inkwizytorzy to błąd? – przerwała mi.

– Raczej tak.

– A czemuż to? – w jej głosie usłyszałem urazę.

– Te kobiety, których nie przerażałyby trudy naszego powołania, mogłyby zbyt łatwo odnaleźć grzeszną
radość w zadawaniu cierpienia drugiemu człowiekowi –
odrzekłem. – A inkwizytor musi zachować zarówno
chłodny umysł, jak i chłodne serce. Mamy nienawidzić
grzech, nie grzesznika. Nad grzesznikiem powinniśmy
się litować, choć jednocześnie litość nie może nam przeszkodzić w zadawaniu mu najsroższych cierpień, jeśli tylko uznamy to za konieczne dla jego zbawienia.

Milczała, najwyraźniej przetrawiając moje słowa. Potem westchnęła.

– Nie bardzo rozumiem, co macie na myśli – powiedziała.

– Nie musisz rozumieć. To my, inkwizytorzy, jesteśmy od rozumienia – rzekłem pobłażliwie.

Zobaczyłem jej gniewny wzrok.

– Ujmę to inaczej – dodałem szybko. – Wrażliwe kobiety nie wytrzymałyby trudów inkwizytorskiego życia,
a te niewrażliwe mogłyby stać się zbyt łatwym celem
diabelskich wpływów.

– Skoro kobiety mogą być władczyniami, a nawet generałami, to czemu nie inkwizytorami?

– Władczyniami i owszem, gdyż w niektórych kra-
jach zagwarantowano im ten przywilej prawem dziedzi-
czenia korony w żeńskiej linii... Ale generałami? Czyta-
łaś chyba za dużo romansów, Ingo, albo słuchałaś zbyt
wielu bajek.

Prychnęła i obróciła się do mnie plecami. Przy okazji z jej pleców zsunęła się kołdra i ukazała kształtne pośladki.

– Hm, mam lepszy pomysł niż dyskusja o kobietach generałach – powiedziałem, kładąc dłoń na biodrze dziewczyny.

– Nie, nie. – Odsunęła się gwałtownie. – Chcę posłuchać o kobietach inkwizytorach. Opowiadajcie.

– Ależ nie ma nic do opowiadania!

– Przecież mówiliście, że dawni kronikarze pisali o nich.

– To prawda. A te strzępy informacji, dodatkowo zniekształcone, dały natchnienie kilku pisarzom i poetom, których nazwisk nawet nie znamy i których książki dawno zapomniano, a krążą jedynie opowieści o tych książkach.

– Coś jednak wiecie – pochwaliła mnie.

– Tyle samo byś się dowiedziała na byle jarmarku. – Wzruszyłem ramionami, a to, co powiedziałem, może nie do końca było prawdziwe, ale jedynie trochę przesadzone. Bo rzeczywiście nie było lepszego miejsca na posłuchanie fantazyjnych opowieści z dawnych lat niż jarmarki.

– No więc mówcie.

Nie miałem ochoty rozmawiać o kobietach inkwizytorach. W ogóle nie miałem ochoty rozmawiać, zwłaszcza kiedy widziałem ponętną linię smukłych pleców leżącej przy mnie dziewczyny, która to linia tak wdzięcznie przechodziła w okrągłe pośladki.

– Droga Ingo, może najpierw... – zacząłem.

– Nic najpierw. Teraz chcę posłuchać.

– No dobrze. – Usiłowałem zebrać w pamięci te wszystkie rozproszone informacje, którymi raczyliśmy się w Akademii Inkwizytorium. – Niech ci będzie. Nie-

którzy mówią, że przez kilka pierwszych wieków ist-
nienia Cesarstwa obok mężczyzn w Świętym Officjum
służyły również kobiety. Nawet bardzo młode i bardzo
piękne kobiety.

– No, no...

– Co jest zresztą, moim skromnym zdaniem, całkowitym wymysłem, bo mogę jeszcze uwierzyć w starsze
i doświadczone...

– Dobrze, dobrze, co dalej?

Nie było to zbyt uprzejme zachowanie, zważywszy,
że to ja wyświadczałem przysługę dziewczynie, a nie ona
mnie. No ale skoro chciałem jeszcze dobrać się dzisiaj
do miodu słodkiej Ingi, musiałem być dla niej grzeczny.
A przecież miałem rację! Znałem lub słyszałem o różnych starych i zdecydowanych ksieniach, które kto wie
czy nie nadałyby się na inkwizytorów. Ale młode, piękne dziewczyny? Czy nie miałyby nic lepszego do roboty,
niż poświęcać się wyczerpującej inkwizytorskiej profesji? Nie mówiąc już o tym, iż na zajmowanie się podobnym fachem nie pozwoliłaby im właściwa dla młodych
kobiet płochość charakteru, niestałość poglądów i roz-
chwianie uczuć.

– Co tak umilkliście? – Inga uszczypnęła mnie w udo,
i to raczej nie czule, lecz boleśnie.

– Te opowieści mówią, że kobiety inkwizytorzy walczyły z heretykami i potworami w Germanii, tępiły dru-
idów w Galii i Brytanii, a nawet mierzyły się z potężnymi perskimi czarownikami latającymi na ognistych
smokach. – Ostatnie słowa wypowiedziałem z wyraźnym przekąsem, żeby Inga, Boże broń, nie potraktowała ich poważnie.

– Hm... – mruknęła tylko.

– Podania mówią zwłaszcza o jednej kobiecie. Jedni twierdzą, że nazywała się Valeria Flavia, inni że Walencja Flavia albo Valeria Fluvia, czy nawet Walencja Furia.

– I czegóż dokonała?

– Patrząc na to, co o niej pisali, to dzisiaj nazwalibyśmy ją pewnie czarownicą – powiedziałem. – Sama wiesz, jak to jest w opowieściach, które powtarza sobie lud. Lot ptasim zaprzęgiem, spacer w siedmiomilowych butach lub walka kijami samobijami to zwyczajne zdarzenia w takich historiach.

Przytaknęła.

– Och, niania opowiadała nam mnóstwo bajek. Więc to też są bajki? O tej inkwizytorce?

– Nie wiem – odparłem szczerze. – Być może tkwi w nich małe ziarenko prawdy. Jeśli nawet istniała, żyła i walczyła dawno temu, przed wiekami, to opowieści uczyniły z niej kogoś, kim na pewno nie była. A może była jedynie siostrą lub kochanką jakiegoś inkwizytora, który walczył za sprawę chrześcijaństwa, a lud chciał w niej zobaczyć równą mu towarzyszkę?

– No pewnie, kim mogłaby być, jak nie kochanką sławnego mężczyzny? – zapytała Inga, nie starając się nawet ukryć ironii. – Jakżeż kobieta może w inny sposób przejść do historii?

Powstrzymałem się od westchnięcia, bo miałem wrażenie, że dodatkowo by ją to rozzłościło.

– Świat nie jest sprawiedliwy dla kobiet – przyznałem zgodliwie, mając nadzieję, że Indze spodoba się ta teza.

– To mężczyźni nie są sprawiedliwi dla kobiet, nie świat – sprostowała. – Poza tym nie myślcie sobie, że jeśli będziecie mi pochlebiać, dostaniecie to, czego na pewno nie dostaniecie, jeśli ośmielicie się mnie rozgniewać.

To była niezła odpowiedź, a ja znowu zapomniałem, że Inga jest naprawdę rozgarniętą dziewczyną i że muszę traktować ją z należytą ostrożnością.

– Opowiadajcie dalej – zażądała rozkapryszonym tonem.

– Sam kiedyś widziałem na jarmarku taką książkę... Czekaj, jaki był jej tytuł? – Przymknąłem oczy. – Aha, już wiem: „Niezwykłe zdarzenia i przypadki walecznej, pięknej i świątobliwej inkwizytorii papieskiej Walencji Flawii oraz Siedmiu Wspaniałych Rzymian, które to zdarzenia i przypadki w puszczach Germanii miały miejsce przed dawnymi wiekami".

– Chciałabym przeczytać taką książkę!

Wzruszyłem ramionami.

– Wiele jest podobnych opowieści, zresztą wzajemnie sprzecznych. Jedna z nich mówi, że Walencja, Valeria, czy jak ją tam nazywają, odnalazła samego Jezusa Chrystusa...

Inga odwróciła się do mnie raptownie i usiadła z takim impetem, że skok jej jędrnych, pełnych piersi aż zakołatał moim sercem.

– Jak to?!

Wzruszyłem ramionami.

– Zdarzyło się to gdzieś w lasach Germanii czy w górach Piktów lub Iberów, Bóg raczy wiedzieć...

– I co? I co się stało? Zakochała się w nim? A on w niej?

– Nie, droga Ingo – tym razem ja pozwoliłem sobie na zawarcie w głosie bezmiaru ironii. – Jedne opowie-

ści mówią, że zabiła Chrystusa, inne mówią, że On zabił ją. Niezależnie od treści tych historii swego czasu inkwizytorzy palili na stosach autorów zarówno jednej, jak
i drugiej wersji.

– Bardzo zabawne.

– Prawdziwe, nie zabawne. Przecież to herezja.

– Bajka.

– Heretycka bajka.

– Zapomniałam, że inkwizytorzy nie mają poczucia
humoru.

– Nie jeśli chodzi o kwestie wiary – zgodziłem się
z Ingą bez trudu.

– Ha, przecież to wspaniałe! Dumna, potężna kobieta i syn Boga!

Przymknąłem na moment oczy.

– To nie jest wspaniałe, Ingo. To heretyckie, bluźnier-
cze i głupie.

Spojrzała na mnie nieprzychylnym wzrokiem.

– No to teraz żeście mnie rozgniewali – stwierdziła oschle.

– Pokornie upraszam o wybaczenie. – Uśmiechnąłem się do niej. – Bo mogę przysiąc, że nie było to moim
celem.

– Ja myślę. – Również odpowiedziała uśmiechem, ale
kiedy moja dłoń jakby od niechcenia i przypadkowo zawędrowała na jej pierś, to zrzuciła ją niecierpliwym i sta-
nowczym ruchem.

– Co się z nią stało? Z tą Walencją? Tak naprawdę.

– Moja droga, w tym wypadku nie ma „naprawdę”!
Tu są wzajemnie wykluczające się opowieści i smęt-
ne bajania. Jedni mówią tak, inni siak. Może umarła,

może odeszła Bóg wie gdzie, może zaginęła... Ba, gdzieś słyszałem o nich wszystkich, znaczy o inkwizytoriach, że śpią niczym zaklęci rycerze w górskich jaskiniach. – Uśmiechnąłem się ponownie. – I wyjdą wtedy, kiedy wiara Chrystusowa będzie prawdziwie zagrożona. Wówczas sprowadzą zagładę na wszystkich, którzy choć na mały krok odstąpili od nauk Jezusa.

– O! To pewnie niewiele by zostało z księży i biskupów.

– Nie mów tego głośno, ale trudno się z tobą nie zgodzić – odparłem. – Gdyby nasz Pan zobaczył te wszystkie tłuste, chciwe i sprzedajne kanalie w purpurach i fioletach, zapewne sam chętnie wyprułby z nich flaki.

– Coś takiego. – Spoważniała i przyjrzała mi się uważnie. – Jak możecie tak mówić, skoro jesteście inkwizytorem?

No cóż, to było oczywiste pytanie, bo przecież nawet tak bystra dziewczyna jak Inga nie zdawała sobie sprawy, jak wiele dzieliło inkwizytorów od papistów, którymi nazywaliśmy duchownych podległych Watykanowi. Nie ma co ukrywać, że uważaliśmy się za lepszych od tego przeklętego bydła. Nie ma co ukrywać, że uważaliśmy, iż to my, inkwizytorzy, jesteśmy jedynymi prawdziwymi strażnikami wiary oraz pamięci, a duchowieństwo tylko przeszkadza w sprawowaniu naszej świętej misji. Oczywiście teoretycznie podlegaliśmy papieżowi oraz przewodniczącemu Świętemu Officjum biskupowi Hez-hezronu, ale praktycznie Inkwizytorium miało ogromną swobodę działania, dysponowało gigantycznym majątkiem i tysiącami oddanych, świetnie wyszkolonych funkcjonariuszy.

– Księża i inkwizytorzy nie przepadają za sobą – odparłem. – Tylko pssst... – Przymrużyłem powiekę. – Nie mów o tym nikomu.

– Może papież kazał ją zabić? Co? Jak myślicie?

– Kogo, na Boga?

– No jak to kogo? Tę Walerię. Skoro była taka potężna, to papież mógł jej nienawidzić tak, jak Piotr nienawidził Marii Magdaleny. Może kazał zabić je wszystkie. – Przyłożyła sobie opuszkę wskazującego palca do nosa. – Co? Jak myślicie? Czy księża mogli je zabić? Wszystkie co do jednej?

– To były Mroczne Wieki, Ingo – odparłem spokojnie i wyrozumiale. – Co ja mogę powiedzieć, dziewczyno? Że wszystko, co mówisz, jest tak samo możliwe jak tak samo niemożliwe? Mogę ci tylko poradzić, żebyś podobnymi myślami nie obarczała sobie pięknej główki, zwłaszcza że kiedy podzielisz się nimi z niewłaściwymi ludźmi, możesz tę główkę stracić.

Westchnęła teatralnie.

– Przecież ja tylko z wami rozmawiam, nic więcej...

– Nie raz, nie dwa i nie tysiąc razy palono już ludzi, którzy tylko sobie niewinnie rozmawiali – rzuciłem. – Mówię poważnie, Ingo. – Ująłem ją za rękę. – Nie daj się unosić skrzydłom fantazji, bo może się tak nieszczęśliwie zdarzyć, że dolecisz na nich wprost na stos.

Ostrzegałem dziewczynę może trochę na wyrost, ale lepiej być solidnie ubezpieczonym niż lekkomyślnym. Czy to raz słyszałem o sprawach, które zaczynały się od kilku pochopnie rzuconych niewłaściwych spostrzeżeń na temat naszej wiary lub naszego Kościoła, a kończyły się wielodniowymi przesłuchaniami, zagładą całych rodzin

i płonącymi stosami? Czyż mało można by znaleźć złośliwych ludzi, którzy chętnie donieśliby na dziewczynę nie-
umiejącą pohamować języka i wyobraźni? Czyż nie zro-
biliby jej krzywdy, nawet nie z miłości do naszej świętej
religii lub Kościoła, lecz ze zwykłej, parszywej zawiści?
Ci, którzy zazdrościli jej majątku, dobrego pochodzenia
i wielkiej urody, chętnie zobaczyliby ją przerażoną, poni-
żoną, pozbawioną rodziny i bogactw. Gdyż tak było, tak
jest i tak zawsze będzie, iż tłuszcza najchętniej obserwuje
dramatyczny upadek tych, którzy do tej pory byli dla niej
nieosiągalni z uwagi na pochodzenie lub majątek. Przecież
nie ma rozkoszniejszej rzeczy dla sługi niż możliwość pa-
stwienia się nad swym panem, którego dotknął hiobowy
los. Nie ma rozkoszniejszej rzeczy dla żebraka, niż przyglądać się upadkowi tego, kto do tej pory dawał mu jałmużnę.
Tacy właśnie są ludzie i nigdy się nie zmienią. Być może
w przyszłości będą potrafili chytrzej i zręczniej ukrywać
uczucie satysfakcji z klęski bliźniego, ale sama złośliwa radość pozostanie. Tymczasem ja lubiłem Ingę i nie chciałem,
by przydarzyło jej się coś złego, zwłaszcza że w zadawa-
nych przez nią pytaniach oraz wygłaszanych uwagach widziałem nie grzech, lecz jedynie właściwą młodości ciekawość świata i skłonność do nieskrępowanego puszczania
wody wyobraźni. Nawet jeśli dawno, dawno temu piękne
i waleczne inkwizytorie (cóż za zabawne podobieństwo do
germańskich walkirii!) żyły i walczyły za sprawę chrześcijaństwa, to kogo to dzisiaj mogło obchodzić?
    – Babka mi opowiadała, że kiedy była małą dziew-
czynką, zdarzało się, że stosy płonęły dzień i noc.
    – Mogło tak być – przyznałem. – Płomień gorejący w in-
kwizytorskich sercach przenosił się czasem na całe miasta...

– Mówiła, że nad całym Hezem unosił się dym, a swąd palonego ludzkiego tłuszczu kłuł w nozdrza. – Inga zapatrzyła się w sufit. – Podobno obłoki dymu wisiały nad miastem i wyglądały niczym czarne smoki z rozwartymi paszczami.

– Albo akurat zbliżała się burza...

Spojrzała na mnie niezadowolona.

– Uważacie, że babcia kłamała?

Zdałem sobie sprawę, iż niebezpiecznie byłoby odpowiedzieć twierdząco na to pytanie.

– Nie oceniam ludzi, których nie znam – odparłem łagodnie. – Ale sama mówisz, że twoja babka była wtedy dzieckiem. Czyż dla dziecka wszystko, co nas otacza, nie jest obce, wielkie i groźne?

– Dobrze, dobrze, wybaczam wam na razie. Chciałam tylko powiedzieć, że teraz wy, inkwizytorzy, nie jesteście chyba tak straszni, jak byliście kiedyś. – Roześmiała się i szturchnęła mnie palcem w pierś.

Nie chciałem, by z mojego powodu nabrała mylnego wyobrażenia o fachu inkwizytora, gdyż kiedyś ten błąd mógłby ją wiele kosztować. Dlatego z bólem serca, ale przecież dla jej własnego dobra, postanowiłem dać dziewczynie małą nauczkę.

– Jesteśmy straszni, Ingo – powiedziałem lodowatym tonem.

Chwyciłem ją mocno za wyciągniętą w moim kierunku dłoń i ścisnąłem w przegubie.

– I nie powinnaś o tym zapominać tylko z tego powodu, że jeden z inkwizytorów wyświadcza ci tę łaskę i cię chędoży – ciągnąłem, patrząc dziewczynie prosto w oczy. – Torturujemy i zabijamy ludzi. Tysiące ludzi. Doświadczamy ich bólem, którego nie jesteś w stanie

nawet sobie wyobrazić. Palimy ich żywym ogniem, rwie-
my ciało kleszczami, polewamy płynną siarką i piłujemy
im kości. – Zbliżyłem twarz do jej twarzy. – Na całym
świecie nie ma straszniejszych ludzi od nas...

Jej usta drżały, źrenice zogromniały niczym czarne
słońca, a w oczach pojawiły się łzy.

– Chędoży? Jak możecie tak mówić o tym, co nas łączy? Myślałam... myślałam... – załkała – że chociaż troszkę wam na mnie zależy.

Zapłakała cichym, żałosnym płaczem skrzywdzonej
dziewczynki, a ja patrzyłem na nią przez chwilę, po czym
opadłem na poduszki.

– Ingo, daj spokój, proszę cię – powiedziałem po
chwili. – Przecież wiesz, że naprawdę bardzo cię lubię.

Nie wiem czemu, ale rozpłakała się jeszcze głośniej.

Zacząłem się już przyzwyczajać do odwiedzin w pałacu
Wentzla, ba, myślałem sobie nawet leniwie, że sam mógłbym zamieszkać w podobnym domu. Aby tylko mieć
wystarczająco dużo służby, by sprzątała wszystkie pokoje,
korytarze oraz sale. Ciekawe, ile lat musiałbym pracować
na podobny pałac? Wiek? Dwa wieki? No cóż, w każdym
razie taki już wybrałem fach, w którym jedyny majątek
stanowiło bogate życie duchowe, więc o dobrach mate-
rialnych raczej nie miałem co marzyć.

– Siadajcie, proszę, mistrzu Madderdin. Może wina?
Ciasteczek?

– Gdybyście mieli toruńskie pierniczki, na pewno nie
odmówię...

Uśmiechnął się nieznacznie.

– Znajdzie się, bo i ja lubię je jako zakąskę przed poważniejszym deserem albo chociaż kiedy człowiek ma ochotę pochrupać coś do słodkiego wina.

– Z przyjemnością zauważam, że mamy bardzo podobne upodobania – powiedziałem uprzejmie.

– O, zapewniam was, że nie we wszystkim...

– Rzecz jasna – zgodziłem się z Wentzlem bez trudu. – Ludzie dysponujący takim majątkiem jak pański za codzienność mają to, co dla innych pozostaje jedynie w odległej sferze marzeń.

– Jak to mówią: nie kupisz szczęścia za pieniądze...

– ...ale za to weselej pożyjesz w nieszczęściu – dokończyłem za niego.

– Właśnie, właśnie... – Zasępił się, potem jednak szybko zamrugał i spojrzał na mnie. – Jak się spodziewacie, mam dla was wieści. Dobre, niedobre, sam nie wiem.

– Hm...

– Walentyn Fischbach nie żyje – rzekł. – Zginął ponad pięć lat temu.

– Przykra sprawa... – Skrzywiłem się, bo byłem szczerze niezadowolony z podobnego obrotu sprawy. Zaczynałem pokładać nadzieje, że może nawet poznam kolegę inkwizytora, a tutaj nic z tego, bo zacny towarzysz Walentyn smażył się już w piekle albo wyśpiewywał hymny z anielskimi chórami. W każdym razie, cokolwiek robił, nie było szans, by go od tych pilnych zajęć oderwać.

– Ale to nie wszystko, mistrzu Mordimerze.

– Słucham...

– Nie chcecie wiedzieć, w jaki sposób zginął?

– Słucham... – powtórzyłem.

– Straszny pech. Jego koń stracił podkowę i okulał w lesie pod Trewirem i wyobraźcie sobie, że kiedy Walentyn go prowadził, napadły ich dzikie psy.

– Dzikie psy?

– Gorsze od wilków, mówię wam, bo nie boją się ludzi i atakują nawet wtedy, kiedy nie są głodne.

– Tak, tak, słyszałem. No to świeć Panie nad jego duszą. Paskudna śmierć.

– Ooo, niezwykle paskudna – poparł mnie. – Te psy go zmasakrowały, mistrzu Madderdin.

Coś mnie tknęło i poderwałem głowę.

– Bardzo go zmasakrowały?

– Bardziej niż bardzo – rzekł. – Tak poszarpały na strzępy, że ledwo można było poznać, że to człowiek, nie mówiąc już o tym, co za człowiek.

– Wielki pech – powiedziałem powoli.

– Prawda?

– Albo wielkie szczęście, jeśli inaczej spojrzeć na sprawę – dodałem.

– Toteż powiedziałem wam, że mam dla was wiadomość, sam nie wiem, dobrą czy złą.

– Poznano go, jak mniemam, po stroju lub na przykład pierścieniu?

– Macie rację. Po pierścieniu. Ale również po rudej czuprynie.

Cóż, rudych mężczyzn może nie ma na świecie tyle samo co ciemnowłosych lub jasnowłosych, ale zawsze można znaleźć jakiegoś rudego nieszczęśnika i poświęcić go na ołtarzu własnych jakże ważnych zamierzeń.

– Pytanie brzmi tylko: dlaczego pragnął upozorować własną śmierć? – spytałem.

Rzeczywiście, co takiego się stało, iż Walentyn Fischbach uznał, że najlepiej będzie, by świat o nim zapomniał? W Inkwizytorium nie żegnamy balem i ucztą opuszczających służbę inkwizytorów, ale na pewno ich nie prześladujemy. Wręcz przeciwnie, często są sowicie wyposażani na nową drogę życia, a w zamian za to odpłacają nam pomocą, kiedy Święte Officjum tej pomocy potrzebuje. Uznajemy, że nie ma sensu trzymać na siłę w naszym gronie ludzi, w których sercach wygasł już święty żar powołania. I lepiej przecież, by opuszczali Inkwizytorium pełni wdzięczności dla władz Świętego Officjum, bo wtedy możemy liczyć, iż będą nam służyć w przyszłości. Oczywiście podobne grzeczności nie dotyczyły inkwizytorów, którzy zostali karnie usunięci z szeregów, ale taka kara nie zdarzała się często. I bynajmniej nie z uwagi na fakt, iż inkwizytorów pilnie nie obserwowano, lecz dlatego, że na ogół nie popełniali występków przeciw wierze. Owszem, czasem moi koledzy byli leniwi, sprzedajni, nawet głupi, ale póki te wady równoważyła zaleta wierności, póty mogli być spokojni o swój los.

– Nawet gdyby miał ku temu powody, ja nie dowiem się jakie – odpowiedział.

– Tak, oczywiście wcale się tego nie spodziewam, i tak zrobiliście naprawdę wiele. – Potarłem czoło. – Jeśli upozorował własną śmierć, to znaczy, że czegoś bardzo się bał albo coś bardzo chciał ukryć...

– Jest więc przestępcą lub złodziejem?

– Albo dowiedział się o czymś, o czym wiedzieć nie powinien – dodałem.

– Zabijacie inkwizytorów, którzy wiedzą zbyt wiele?

– Nie słyszałem o podobnym rozwiązaniu. – Wzruszyłem ramionami. – Ale przecież nie po to cicho usuwa się ludzi, żeby było o tym usunięciu głośno, prawda? Więc mogłem nie słyszeć... Jednak szczerze mówiąc, nie przypuszczam, żeby właśnie o to chodziło.

– Czyli czegoś bardzo się bał? Zastanówcie się, kiedy inkwizytor może się najbardziej bać?

– Wiem, do udzielenia jakiej odpowiedzi nakłaniacie mnie swoimi pytaniami – odparłem. – Oczywiście odpowiedź ta brzmi: kiedy pobłądzi.

– Często się to zdarza?

– Bardzo rzadko.

– Ale się zdarza?

– Nawet inkwizytorzy nie są idealni.

– Nawet inkwizytorzy – powtórzył. – Proszę, proszę...

– Darujcie sobie ironię – burknąłem. – No dobrze, zabawa się skończyła. Zawiadomię Inkwizytorium o moich podejrzeniach, bo jeśli sprawa dotyczy zbłąkanego inkwizytora, to po pierwsze musimy go złapać, a po drugie musimy mieć go żywcem. I ja sam mogę nie dać rady.

– A jeśli się mylimy?

– Trudno. Zaryzykuję.

– Sądziłem, że sprawy mogą zajść na tyle daleko, iż zechcecie się wycofać z naszej umowy...

– Realizowałem ją uczciwie – przerwałem mu. – To warunki się zmieniły, nie moje nastawienie do naszego porozumienia.

Skinął głową po namyśle.

– W zasadzie nie mogę mieć do was pretensji i nie jestem w stanie was powstrzymać, ale zastanówcie się, czy nie lepiej byłoby znaleźć jakiś dowód, chociaż najmniejszy. – Złożył kciuk z palcem wskazującym, zostawiając pomiędzy nimi tyle wolnego miejsca, że ledwo co wsunęłoby się ostrze noża. – Taki malutki. Bo na razie nie macie nic poza przeczuciem i mętnymi podejrzeniami.

Milczałem.

– Fischbachowie są potężni i bogaci. Mogą wam utrudnić życie, jeśli uznają, że wy utrudniliście je im...

Dalej milczałem, zastanawiając się, czy Wentzel jest na tyle bystry, by zorientować się, iż istnieje tylko jeden powód, dla którego mogę rozważyć jego propozycję pozostawienia na razie sprawy w tajemnicy.

– Nie pomyśleliście przypadkiem, że śmierć Walentyna mogła zostać upozorowana za wiedzą lub nawet na zlecenie Świętego Officjum i robiąc huk wokół tej sprawy, napytacie sobie tylko biedy?

Cały czas milczałem, ale już wiedziałem, że Wentzel jest bystry. Trafił. A ja musiałem się zastanowić, co z tym trafieniem zrobić dalej. Zastanawiałem się również, jak w Inkwizytorium zostanie odebrana moja samodzielność, zakładając, że sprawa zakończy się szczęśliwie. Bo jeżeli stoczę pojedynek z demonem, to żeby się waliło i paliło, będę musiał złożyć raport o tym wydarzeniu. Gdybym zataił sprawę takiej wagi, mogłoby się to dla mnie skończyć bardzo nieprzyjemnymi konsekwencjami. Zresztą który inkwizytor chciałby zatajać tego typu triumf? Demon, czy słaby, czy silny, jest zawsze demonem, czyli potężną istotą pochodzącą z nadprzyrodzonego świata. Można uważać niektóre z nich za nieco mniej szkodliwe, ale ten, z którym być może się zmierzę, z całą pewnością nie należał do tego gatunku.

– I co, mistrzu Madderdin?

– Niechętnie to przyznaję, ale macie rację – powiedziałem wreszcie. – Spróbuję wybadać, co się dzieje w domu Fischbachów, zanim podejmę jakiekolwiek inne decyzje.

– Słuszna decyzja. – Wentzel nie zamierzał ukrywać zadowolenia. – Potrzebujecie ludzi?

– A co, uważacie, że powinienem przypuścić szturm na ich kamienicę?

Uśmiechnął się.

– Może to nie byłby głupi pomysł. Macie inny?

– Owszem.

– Można wiedzieć jaki?

– Nie – odparłem.

Mój pomysł nie był szczególnie wyrafinowany, bowiem zamierzałem porwać jednego z groźnie wyglądających nowych służących rodziny Fischbachów i torturować go tak długo, póki nie wyjawi mi wszystkich tajemnic domu. A jeśli zdarzy się, że ten człowiek nie będzie tych tajemnic znał? Cóż, tym gorzej dla niego, bo umrze bez potrzeby. A ja znajdę kolejnego służącego. W końcu do czterech razy sztuka...

Inga tym razem zażyczyła sobie, bym towarzyszył jej w czasie zakupów, i, o dziwo, udało jej się przekonać do tego pomysłu nawet własnego ojca.

– Tak, tak – powiedział Piotr Krammer. – Z kim ma być bezpieczna, jak nie z wami? Więc jeśli zechcecie wyświadczyć mi tę przysługę, będę wam najszczerzej wdzięczny.

– Cóż, jestem strażnikiem wiary, mogę więc zamienić się na jedno popołudnie w strażnika piękna – odparłem uprzejmie.

Inga zarumieniła się tak niewinnie i tak uroczo, że gdybym jej nie znał, pomyślałbym, że właśnie usłyszała pierwszy komplement w życiu.

– No, no, nie mówcie tak nawet, bo mi dziewucha zaraz pęknie z dumy – przykazał Krammer niby surowym tonem, lecz widziałem, że był zadowolony. Podejrzewam, że gdyby się dowiedział, jak często i jak intensywnie opiekuję się tym pięknem, mina by mu mocno zrzedła.

– Hm, nie wyglądacie zbyt korzystnie. – Inga obrzuciła mnie krytycznym wzrokiem. – Będziecie szli krok za mną, dobrze?

Roześmiałem się, bo była uroczo szczera w swej bezczelności. Piotr Krammer oblał się natomiast rumieńcem i już zamierzał coś powiedzieć, kiedy jego córka machnęła dłonią.

– Żartowałam przecież – wyjaśniła z wyraźnym politowaniem w głosie.

Poszliśmy na rynek, bo tam pomiędzy miejskim ratuszem a kościołem Najświętszej Zagłady, w prostokącie ograniczonym kamienicami, rozstawiały się najbogatsze i najbarwniejsze kramy w mieście. Oczywiście poważni ludzie poważne zakupy robili w poważnych sklepach, nie na straganach, ale jeśli chciało się kupić błyskotki, fatałaszki, łakocie lub nawet zamorskie przysmaki, to rynek był najlepszym miejscem na zakupy. Przy tym był również miejscem spotkań, wymiany ploteczek oraz mniej lub bardziej poważnych poglądów. Co mniej przyjemne, był również miejscem intensywnej działalności złodziejaszków, którzy świetnie potrafili wykorzystywać ścisk oraz hałas i grasowali wśród tłumu niczym końskie bąki w tabunie. Na rynku pojawiały się również damy, by pokazać nowe stroje lub pochwalić się nową służbą (obecnie najmodniejszy był zestaw złożony z białego pieska oraz małego Murzynka z czerwoną parasolką), oraz kawalerowie, by puszyć się przed damami.

Nieszczególnie interesowało mnie, co do zaoferowania mają kupcy, więc pozostawiłem Indze radość oglądania towarów i targowania się o ceny, sam natomiast obserwowałem nie stragany, ale ludzi wokół nich się tłoczących. I w pewnym momencie zauważyłem, że od pewnego czasu krok w krok za nami (choć w bezpiecznej odległości) porusza się pewien mężczyzna. Nachyliłem się do ucha Ingi i szepnąłem jej o tym, a ona spojrzała dyskretnie we wskazanym kierunku.

– Nie, nie bójcie się o mnie. – Uśmiechnęła się szeroko. – To nie żaden gwałtownik, ale syn jednego z kupców. Kocha się we mnie od lat.

Przyjrzałem się blademu, chudemu młodzieńcowi, który udawał, że ogląda coś na straganie, ale co chwila zerkał na nas zza kolumny.

– No proszę! A więc i wygląda na zupełnego przygłupa, i naprawdę jest durniem, sądząc, że dziewczyna taka jak ty mogłaby się nim zainteresować – powiedziałem tonem trochę lekceważącym, a trochę jednak współczującym.

– Ja już sobie wybrałam męża – powiedziała Inga beztrosko. – Za dwa lata pewnie się pobierzemy, bo on teraz studiuje w Engelstadt, ale wtedy akurat skończy studia i przejmie interes po ojcu. Byłby tutaj ten mój, to stłukłby

Hansa na kwaśne jabłko. – Roześmiała się. – Oj, porywczy z niego chłopak, mówię wam. – Zerknęła na mnie figlarnie. – Gdyby wiedział, co ze mną wyprawiacie, to i wam by nie odpuścił, pomimo że jesteście inkwizytorem.

Kiedy usłyszałem wyznanie Ingi, iż ma już upatrzonego młodzieńca, który zostanie jej mężem, poczułem jakieś nieprzyjemne ukłucie. Zazdrości? Nie, chyba nie. Raczej rozczarowania, iż dziewczyna może planować jakąś przyszłość na czas, kiedy przestaniemy się spotykać. Czy nie powinna raczej, przytulona do mego ramienia, wyznać w szlochu oraz łzach: „Nie będę miała po co żyć, kiedy stracę waszą miłość"? A ja bym jej wtedy po przyjacielsku doradził, by odnalazła zapomnienie w klasztornej celi, modląc się i medytując w ciszy oraz spokoju. Uśmiechnąłem się do własnych myśli.

– A cóż to was tak rozbawiło? – dziewczyna przerwała mi rozmyślania.

– Wyobraziłem sobie ciebie jako mężatkę – odparłem.

– Nie widzę w tym nic zabawnego. – Jej twarz stężała.

Oho, chyba trafiłem w czuły punkt.

– Ten twój Hans bardzo cię niepokoi? – zapytałem szybko, by zmienić temat.

– Po pierwsze żaden mój, a po drugie nie, teraz już nie bardzo – odparła spokojnie, choć nadal była wyraźnie zagniewana.

– Teraz nie bardzo? Czyli kiedyś bardziej?

– Ze dwa lata temu. – Zmrużyła oczy. – No tak, akurat na jesieni, czyli niedługo miną prawie dwa lata – powiedziała bardziej do siebie samej niż do mnie. – To wyobraźcie sobie, proponował, że mnie porwie do Italii! Że ma własny majątek i że mi będzie codziennie sypał kwiaty pod stopy, i będzie mnie kąpał w oślim mleku, i karmił słowiczymi języczkami, i będzie mnie nosił na rękach, i że nawet ptasiego mleka mi nie zabraknie.

– Biedny głupek – powiedziałem, tym razem z głębokim współczuciem.

– Prawda? No ale skąd ma wiedzieć, czego pragną kobiety.

– A czego pragną?

Wzruszyła ramionami.

– Wiedzą o tym dopiero wtedy, kiedy ktoś te pragnienia spełni.

– No tak, logiczne – odparłem z przekąsem.

– Czego chcecie od mojej logiki? – zaperzyła się. – Przynosicie mi prezent, a ja, kiedy go rozpakuję i wyjmę z pudełka, to dopiero w tej właśnie chwili wiem, że o tym właśnie przedmiocie marzyłam przez całe życie, pomimo że nigdy wcześniej nawet o nim nie myślałam.

– Czyli mamy realizować takie życzenia, z których wy nawet nie zdajecie sobie jeszcze sprawy – podsumowałem i uśmiechnąłem się. – Nie ma co, wygodny sposób na życie.

– Och, wcale nie! – zawołała z nieudawanym żalem. – Wręcz przeciwnie! Wcale nie wygodny, wierzcie mi. Trzeba żyć z ciągłymi rozczarowaniami i z ciągle zawiedzioną nadzieją!

Proszę bardzo, oto piekło życia pięknych oraz wymagających kobiet. Powinny w takim razie żałować, że nie są pozwalającymi na wszystko brzydulami. Aż dziwne, że nie żałują, prawda?

– Skoro mówisz, że cię nie niepokoi, to czemu łazi dzisiaj za nami?

– Może wy mu się spodobaliście? – prychnęła niecierpliwie.

– Ingo...

– A skąd ja mam wiedzieć? – Spojrzała na mnie i pokręciła głową. – Może znowu mu się odmieniło? Wiem, że bardzo chorował i leżał w domu, to miałam wtedy spokój, a teraz, jak widać, wyzdrowiał i znowu sobie o mnie przypomniał. A co tam! Niech sobie łazi. Nie ubędzie mi od tego jego łażenia.

Zerknąłem raz jeszcze na młodzieńca przypominającego wyblakłego robaka o długich odnóżach, który mieszkał do tej pory pod kamieniem, a teraz wypełzł na słońce.

– Jak on się nazywa?

– Hans, mówiłam wam już.

– Hans i co dalej?

– Hans Fischbach.

– Fischbach – powtórzyłem. – Coś takiego: Fischbach.

– Znacie ich? Bogaci kupcy. Ale nikt ich nie lubi.

– Już mi się obiło to nazwisko o uszy – powiedziałem.

„Groch i Kapusta" była obrzydliwą, podłą spelunką, nawet biorąc pod uwagę moje niewygórowane przecież przyzwyczajenia. W ciasnej, zagraconej izbie, pełnej swądu przypalonego żarcia, smrodu porozlewanego piwa i odoru zapoconych, niemytych ciał, tłoczyły się najgorszego rodzaju szumowiny. Jacyś partacze, młodsi czeladnicy, żebracy, woźnice, garść półprzytomnych z opilstwa żaków. A niemal wszyscy wyglądali tak, że pierwszą reakcją przechodnia, który spotkałby na ciemnej ulicy jakiegoś z tych ludzi, powinno być rzucenie na ziemię sakiewki i ucieczka gdzie pieprz rośnie. Oczywiście podobne obserwacje i przemyślenia nie dotyczyły i dotyczyć nie mogły waszego uniżonego i pokornego sługi, który reprezentując powagę Świętego Officjum, nie mógł cofać się przed byle pijanym rzezimieszkiem.

– Siedzą w tym ciemnym kącie! – wrzasnął mi w ucho Mateusz i wyciągniętym palcem wskazał stół najdalej ustawiony od wejścia.

Dałem mu po łapie i zaskomlał, uciekając z dłonią.

– Za co?

– Wynoś się! – rozkazałem, wtykając mu w palce obiecanego trójgroszaka.

Nie był mi już do niczego potrzebny, a poza tym w jego towarzystwie zdecydowanie bardziej rzucałbym się w oczy. Zwłaszcza że, jak sam opowiadał, usiłował się już bezskutecznie zaprzyjaźnić z nowymi służącymi Fischbachów, a więc kto wie czy go nie zapamiętali.

Niski, mały stół, przy którym siedzieli słudzy Fischbachów, przytulony był do samego rogu sali. Zauważyłem, że pomimo iż całe wnętrze było naprawdę zatłoczone, obok tego stołu wyglądało zdecydowanie luźniej. Pozostałe ławy i stoły przypominały rzucone obok mrowiska plastry miodu, tak się na nich i obok nich kłębiło. A tam, w rogu, patrzcie państwo: spokój. No, może nie zupełny spokój, bo w tak gęstym od pijanych ludzi wnętrzu nie dałoby się wydzielić zupełnie wolnego kąta, nawet gdyby przekraczającym granicę zagrozić śmiercią. Ale można powiedzieć, że rzucała się w oczy różnica, i to spora, pomiędzy rogiem a resztą sali. Przy tym stole sie-

działo czterech mężczyzn i przyglądałem im się dłuższą chwilę, a wcale nie tak łatwo było mi ich obserwo-
wać, gdyż ustawicznie ktoś właził, wchodził lub wtaczał
się pomiędzy mnie a ławę, przy której siedzieli służący
Fischbachów; ciągle też musiałem uważać, by nie obla-
no mnie piwem lub winem lub nie potrącono, czy nawet
przewrócono. Krótko mówiąc, taka inspekcja nie należała do miłych zajęć, ale cóż, my, inkwizytorzy, jesteśmy
ludźmi przygotowanymi nie tylko na wszelkiego rodzaju umartwienia, lecz również gotowymi na męczeńską
śmierć. Na szczęście po pobycie w „Grochu i Kapuście"
męczeńskiej śmierci się nie spodziewałem, chociaż im
dłużej przebywałem w tej karczmie, z tym większym niepokojem zastanawiałem się, czy nie grozi mi męczeńska
utrata węchu lub męczeńska utrata słuchu.

Mimo tych wszystkich przeciwności miałem okazję
wyrobić sobie opinię o ludziach zasiadających przy od-
dalonym stole. Dwaj z nich były to posępne osiłki o ogo-
lonych głowach. Jeden miał paskudnie szpecącą szramę
przechodzącą przez twarz, od czoła aż po podbródek,
drugi natomiast cerę tak ciemną, jakby jego matka zapatrzyła się na jakiegoś Cygana, i w dodatku brodę przyciętą
na kształt łyżki łopaty. Wyglądali niepokojąco, może nawet groźnie czy złowieszczo, gdyż obaj siedzieli z ponury-
mi minami i przez cały czas, kiedy ich obserwowałem, nie
zauważyłem, by któryś się uśmiechnął. Nawet kiedy mówili, trwało to niewiele dłużej, niż trzeba na wypowiedzenie dwóch, trzech słów. Zupełnie inaczej zachowywali się
ich dwaj kompani, ci, o których z taką niechęcią i obawą
wspominał kościelny Mateusz. Byli braćmi, najpewniej
bliźniakami, na co wskazywało łudzące podobieństwo.

Obaj byli bardzo niscy, lecz jednocześnie nabici i krępi. Wyobrażałem sobie, że gdyby trafili na jakiegoś olbrzyma, to mógłby on każdego z nich wziąć w garść i użyć zamiast kuli do kręgli. Bracia mieli wyskubane lub wygolone brwi, za to sporej wielkości czaszki porastały im kępy jasnych włosów. Obaj też mieli perkate, świńskie nosy z nienaturalnie szerokimi nozdrzami. Krótko mówiąc, wyglądali na tyle niepokojąco, na ile niepokojąco wygląda każda anomalia, lecz przyznam, że budzili we mnie raczej rozbawienie niż lęk. No ale lęk w ogóle nie jest uczuciem, którego wasz uniżony sługa zbyt często zaznawał, chyba że oczywiście mówimy o lęku przed Bogiem i Jego wyrokami. Bliźniacy w odróżnieniu od swych milczących i spokojnych towarzyszy gadali jak najęci, rechotali, klepali się po udach i ramionach i w ogóle wyczyniali wszystkie tego rodzaju brewerie, jakie wyczynia podpity, rozbawiony człowiek. Zauważyłem, że obaj mają niezwykle szerokie usta pełne drobnych zębów, poupychanych w ich szczękach niczym szare kamyczki.

Kiedy tak stałem, przypatrując się tej dziwnie dobranej czwórce, nagle jeden z braci, siedzący do tej pory bokiem, odwrócił się w moją stronę. I spojrzał mi prosto w oczy. Nie wiem dlaczego, ale byłem święcie przekonany, iż obrócił się, gdyż doskonale wiedział, że go obserwuję. Nie to jednak wydało mi się najgorsze. Oto zdałem sobie sprawę, iż ten człowiek mnie zna i świetnie wie, kim jestem. I patrząc w jego oczy, zrozumiałem również, czemu kościelny postanowił trzymać się z daleka od tej parki. Były to bowiem oczy całkowicie nieludzkie i martwe. Niczym oczy gada nieruchomo wpatrzonego w ofiarę, która stoi sparaliżowana tym wzrokiem. Kon-

takt z tym spojrzeniem nie tylko nie należał do przyjemności (o, o przyjemności nawet nie ma co mówić!),
ale był wręcz odrażający. Przez chwilę czułem się tak,
jakby coś mokrego, śliskiego i włochatego, na przykład
coś takiego jak martwy szczur, dotknęło mojego mózgu
i przywarło do niego. A potem dwóch szamocących się
pijaków wpadło na mnie i zepchnęło mnie pod ścianę.
Kiedy znowu spojrzałem w stronę sług Fischbachów, obaj
bracia siedzieli już odwróceni do mnie tyłem. Nie śmiali
się jednak, a jeden przechylał się do drugiego i gadał mu
coś na ucho. Mogłem się założyć o wszystko, że opowiada o mnie. Pomimo że ten drugi bliźniak był oczywiście
na tyle rozsądny, by nie obrócić się w moją stronę i nie
sprawdzić, o kimż to opowiada jego brat.

Zawinąłem się i wyszedłem, ponieważ na razie nie
miałem tu już nic do roboty. Może i jestem człowiekiem,
który umie poradzić sobie w różnych niebezpiecznych
sytuacjach (nawet takich, gdzie większość ludzi tylko by
lamentowała ze strachu i bezsilności), ale nawet ja nie
potrafię porwać człowieka z zatłoczonej karczmy, kiedy ten człowiek po pierwsze ma pod ręką trzech kompanów, a po drugie podejrzewa mnie o złe zamiary. Postanowiłem więc zaczekać pod drewnianym płotem za
karczmą. Tam, niedaleko bujnego kasztanowca, którego
korona zwieszała się nad ziemią niczym szeroki para-
sol na krótkiej rączce, wykopano rów, przy którym goście karczmy mieli załatwiać swoje naturalne potrzeby
(a wiadomo, że kiedy pije się piwo lub wino, to owe naturalne potrzeby rosną wprost proporcjonalnie do trud-
ności dojścia w miejsce ich załatwiania). A przecież nie
ma lepszego miejsca na poradzenie sobie z wrogiem, niż

zdybać go w wychodku. Dlatego zdecydowałem, iż poczekam, aż któryś ze służących dotelepie się do tego miejsca. Potem dam mu w głowę (pod płaszczem nosiłem pałkę z ciężkiego drewna, zakończoną ołowianą kulą) i zawlokę w bezpieczne miejsce, gdzie już sobie spokojnie z nim pogadam przy użyciu dobrego słowa, nienachalnej perswazji oraz rozgrzanych kleszczy.

Pomimo że stałem skryty wśród bujnie obrosłych liśćmi gałęzi kasztanowca, to jakoś tak się złożyło, iż cała fala smrodów i odorów bijąca z rowu waliła prosto w moją twarz. Biedny, biedny Mordimerze, pomyślałem sobie, czy służba Światłu i Dobru nie mogłaby odbywać się na kwietnych łąkach nawiedzanych przez roztańczone nagie dziewice zamiast przy rowie wypełnionym gównem i szczynami? Usłyszałem, jak jakiś mężczyzna głośno wymiotuje prosto na kolegę usiłującego odczołgać się od rowu. Dłonie czołgającego się człowieka tonęły w gęstej mazi. W pewnej chwili stracił siły i wpadł w to błocko twarzą. Odwróciłem wzrok, gdyż moje poczucie estetyki zostało po raz kolejny brutalnie pogwałcone. Potem jednak znowu spojrzałem w stronę rowu, bo po pierwsze musiałem przecież uważać, by nie przegapić wychodzącego z karczmy służącego Fischbachów, a po drugie byłem ciekaw, czy ów pijany pełzacz wydźwignie się jednak z opresji, czy też nieszczęśliwie utonie w owym gęstym błotno-szczynowo-gównianym mazidle. Gdyby wydarzyła się ta druga ewentualność, byłaby to naprawdę smutna sprawa. Skończyć życie z gębą, gardłem i płucami wypchanymi breją złożoną z odchodów? Obrzydliwość!

Wreszcie zobaczyłem, że jeden ze służących Fischbachów wychodzi z karczmy. Był to ten ciemny osiłek z gęstą brodą. Ucieszyłem się nawet, że nie jest to jeden z bliźniaków, gdyż miałem wrażenie, że byłoby mi dużo trudniej zajść od tyłu któregokolwiek z tych kurdupli. Brodacz zataczał się, a to wróżyło całkiem nieźle powodzeniu mojego przedsięwzięcia, bo przecież dużo łatwiej poradzić sobie z przeciwnikiem półprzytomnym z opilstwa niż z takim, który zachował trzeźwą czujność. Kiedy osiłek biedził się z rozpięciem pasa (a jakoś mu nie za szybko to szło), podkradłem się cicho niczym kot na łowach za jego plecy. Wyjąłem zza pazuchy pałkę i wtedy dostrzegłem, że ziemia obok moich stóp nie tylko podrywa się w górę, ale łapie mnie za łydki i ciągnie tak mocno, iż walę się w błoto zupełnie jak ów pełzacz, którego niedawno obserwowałem. I wtedy też widzę, że ziemia, która mnie porwała, wcale nie jest ziemią, lecz bliźniakami, którzy się w niej ukrywali i którzy się nią od stóp do głów wysmarowali. Jak zdołali zagrzebać się tam niezauważeni, tego nie wiedziałem. I nie miałem zbyt wiele czasu, by ten problem przemyśleć, gdyż kopnięto mnie w brzuch, wyrwano pałkę z dłoni, a kiedy zdołałem się jednak poderwać, dostałem ową pałką prosto w ciemię. Najpierw przed oczami rozbłysły mi wciąż potężniejące srebrne i czerwone koła, a potem już tylko widziałem galopującą ciemność...

– Patrzże, ocknął się, prawda...

Ten głos słyszałem, jakby dobiegał mnie zza ściany. Brzmiał odlegle i głucho, ale nie na tyle odlegle i nie na tyle głucho, bym nie domyślił się, że właściciel głosu nie jest mi wcale przychylny.

– A gdzież tam, niby, się ocknął – odezwał się inny głos, łudząco podobny do pierwszego. – Wcale nie. Zobacz no.

Usłyszałem szuranie butów po posadzce, a zaraz potem poczułem przenikliwy ból nad biodrem. Domyśliłem się, że ktoś właśnie mnie kopnął. Zaraz potem dostałem raz jeszcze, tym razem wysoko w żebra.

– No i co? Nie widziałeś, jak się, prawda, ruszył?

– We łbie ci się, niby, ruszyło, durniu. Gdzie on tam się, niby, ocknął? Leży jak zabity – warknął drugi głos; poznawałem go po pierwsze z sensu prowadzonej rozmowy, a po drugie z tego, iż pierwszy głos wtrącał ciągle słowo „prawda", a drugi słowo „niby".

Znowu usłyszałem szuranie butów, a potem poczułem dwa szybkie kopnięcia nad biodrem. Domyśliłem się, że tym razem bada moją wytrzymałość właściciel pierwszego głosu. W myślach nazwałem go Pierwszym.

– I co? I co? – triumfował Drugi. – Mówiłem: jak zabity.

– No, może i prawda. Ale na szczęście żyje. Daliby nam, jakby nie żył.

– Oj, dali, dali – zgodził się Drugi.

– A ona? Pasy by z nas darła...

– Żywcem darła albo i gorzej...

– To co z nim, prawda, robimy, brat?

– Niby sam nie wiem...

Tym razem usłyszałem kilka szybkich splunięć; jak widać, Drugi intensywnie zastanawiał się nad moim losem. Bałem się odmykać oczu, by zobaczyć, z kim mam do czynienia, bałem się również zerwać na nogi z prostego powodu: nie wiedziałem, czy jestem w sta-

nie podjąć się takiego wysiłku fizycznego. Gdyby ci dwaj
zostawili mnie chociaż na chwilę! Na tyle długo, bym
zdołał sprawdzić, czy moje ręce i nogi są sprawne i czy
mogę wstać i nie zemdleć zaraz potem. Pod powiekami cały czas wybuchały mi czerwone oraz czarne bły-
ski, a w uszach dudniło tak, jakbym trzymał ucho przy
kołach turkoczącego wozu. Przez to dudnienie nie usłyszałem kilku następnych zdań, a raczej dobiegły mnie jedynie niezrozumiałe strzępy słów. Nagle, w jednej chwili,
dudnienie przycichło. Nie ucichło całkowicie, ale przynajmniej znowu byłem w stanie zrozumieć, co mówią
ludzie, którzy mnie uwięzili.

– Może na ulicę z nim, co? Rzucimy go niby gdzieś
i niech se leży do rana...

– A jak ktoś go, prawda, zarżnie?

– Albo wydupczy. – Usłyszałem chichot.

Po chwili do Drugiego dołączył Pierwszy i obaj długo
zaśmiewali się z własnego konceptu. Ja natomiast potężnie się zdziwiłem, gdyż z ich rozmowy wywnioskowałem,
że nie chcieli waszego uniżonego sługi zabić ani uwięzić,
tylko zamierzali puścić wolno. Skłamałbym, mówiąc, że
ta informacja mnie nie ucieszyła, gdyż opłakany stan,
w jakim się znajdowałem, uniemożliwiał mi na razie
poradzenie sobie samemu z kłopotem. Niemniej byłem
zdziwiony, bo od kiedy to heskie rzezimieszki mieli takie litościwe serduszka i deklarowali bliźnim pomoc? Ale
zaraz, zaraz, czy nie wspominali przypadkiem o kimś,
kto „dałby im", gdyby mnie zabili, i o jakiejś „onej", która
by darła z nich pasy? Oczywiście z doświadczenia wiedziałem, że jeżeli ktoś ratuje ci życie, to nie powinieneś
się nadmiernie cieszyć, gdyż wcale jeszcze nie wiadomo,

co z tym twoim życiem zamierza zrobić w przyszłości (a niektórzy mają takie pomysły, że śmierć wydaje się jednak lepsza). Ale tu, jak słyszałem, bracia chcieli mnie po prostu wyrzucić. Uważałem, że to wyśmienity pomysł, i w myślach przyklaskiwałem im z całego serca, by przypadkiem nie znaleźli innego rozwiązania.

– Po kiego żeście go tu zawlekli? – usłyszałem nagle twardy, stanowczy głos, najwyraźniej należący do kogoś, kto miał w tym domu władzę.

Przez moment panowała cisza, a potem obaj moi porywacze zachichotali zgodnym chórem.

– Bo to niby ten inkwizytor – wyjaśnił mężczyzna, którego nazwałem Drugim.

– Inkwizytor – powtórzył głos mniej pewnie.

– Ano prawda, jak się masz, że inkwizytor – rzekł Pierwszy. – Mówią na niego Mordimer. Mordimer Madderdin, ale... – Dalszych słów już nie słyszałem, a jedynie szeptany pomruk.

– No dobra, ocućcie go i przyprowadźcie do mnie do gabinetu. Pogadam sobie z nim.

Człowiek, do którego pokoju wszedłem w asyście bliźniaków, nie był tak zwyczajnie rudy rudością spowiałego lisiego futra. O nie! Ten mężczyzna miał włosy ciemnopomarańczowego koloru, niczym korzeń dojrzałej marchwi. Bujną strzechą opadały mu one tuż nad gęste, zrośnięte nad nosem brwi. Natomiast brwi te miał czarnego koloru, a twarz spaloną słońcem i w związku z tym wyglądał niczym aktor, który się przebrał do roli Cudaka.

– Panie Fischbach, co za niespodzianka – powiedziałem uprzejmym tonem. – A może raczej powinienem mówić: inkwizytorze Fischbach?

– Widzę, że odrobił pan lekcje, mistrzu Madderdin – rzekł, obnażając w uśmiechu wściekle białe zęby, szerokie niczym łopaty. Z jego ogorzałą twarzą i pomarańczowymi włosami tworzyły naprawdę interesującą mieszankę.

– Tak się spodziewałem, że prędzej czy później trafię na zabłąkanego towarzysza.

Walentyn spojrzał w stronę moich strażników.

– Zostawcie nas – rozkazał.

Potem, kiedy bliźniacy już zamknęli za sobą drzwi, usiadł naprzeciwko mnie i wyciągnął nogi przed siebie.

– Zabłąkanego? Nie sądzę, Mordimerze, bo pozwolisz, że będę ci mówił po imieniu, prawda? abym był zabłąkany. W każdym razie nie bardziej niż ty.

– Upozorowanie własnej śmierci, by odejść z Inkwizytorium, nazwałbym jednak zabłąkaniem – odparłem. – Nie mam racji?

Pokręcił głową z półuśmieszkiem.

– Ja nazwałbym to raczej skutkiem i wynikiem oświecenia, jakiego dostąpiłem.

– Proszę, proszę, a więc zostałeś oświecony – powiedziałem z kpiącym podziwem w głosie. – Jakaż to świetna wymówka dla wszystkich, którzy łamią reguły i zakazy. Oni po prostu zostali oświeceni! A skoro Bóg do nich przemówił, więc wolno im już wszystko, czyż nie?

– Drwij sobie, drwij, lecz tak właśnie to wygląda – przyznał bez gniewu. – Chociaż nie będę twierdził, że przemówił do mnie Bóg.

– Przynajmniej tyle... – mruknąłem.

Zawsze sądziłem, że jeżeli człowiek przemawia do Boga, świadczy to o tegoż człowieka pobożności, jeżeli jednak Bóg przemawia do człowieka, świadczy to tylko o szaleństwie. Oczywiście od reguły istniały ponoć wyjątki, lecz ja ich nie znałem.

– Przemówiły do mnie dokumenty, Mordimerze – rzekł.

– Dokumenty? – Tym razem nawet udało się Fischbachowi mnie zainteresować, bo odwołanie się do dokumentów było już jakimś konkretem.

– Tak się złożyło, że w moje ręce wpadły oficjalne sprawozdania mówiące o wykorzystaniu najpodlejszych kreatur do zbożnych celów...

– Ach tak.

– Tych zapisków co prawda nie powinno być w trewirskim archiwum, ale jednak jakoś się w nim znalazły – kontynuował. – Przedstawiały dokładny protokół z przyzwania oraz okiełznania demona. Co ważne, protokół wskazywał, iż rytuał został przeprowadzony nie tylko za zgodą władz Inkwizytorium, ale wręcz na ich zlecenie.

– W jakimż to niby celu?

– Tego nie wiem, mogę się jedynie domyślać. Ta partia dokumentów, do których miałem dostęp, traktowała jedynie o przyzwaniu i okiełznaniu demona, łącznie z przeprowadzeniem koniecznych rytuałów ochronnych. Skopiowałem owe zapiski, nic nikomu nie ujawniając.

– Ale kusiło, co?

– Ba! – Wzruszył ramionami. – Kogo by nie kusiło?

– Kogoś, kto poważnie traktuje inkwizytorskie ślubowanie? – poddałem mu właściwą odpowiedź.

Znowu wzruszył ramionami, tym razem gwałtowniej, z większą niecierpliwością.

– Przecież rytuał przeprowadzali inkwizytorzy. Skoro oni mogli to uczynić, czemu nie mogłem ja?

– Bo mieli rozkazy? Bo mieli umiejętności? Bo znali dokładnie cel, w jakim to robią? – Pokręciłem głową. – Przecież ty o tym wszystkim wiesz, Walentynie! Czego ode mnie oczekujesz? Że rozgrzeszę cię i powiem: „Jakżeż podziwiam wasz geniusz, mistrzu Fischbach. Byłbym zaszczycony, mogąc wam pomóc!"?

Poczerwieniał, a ja z rozbawieniem zdałem sobie sprawę z faktu, że chyba żartując, trafiłem w sedno. A więc Walentyn Fischbach był aż tak głupi? Cóż, a może wcale nie był głupi? – poprawiłem się w myślach. Może był po prostu rozpaczliwie złakniony towarzystwa kogoś, z kim będzie mógł podzielić się największym sekretem swego życia? Z kim będzie mógł wspólnie snuć plany, dyskutować, osiągać triumfy? Potrzebował wspólnika, towarzysza, powiernika, może nawet przyjaciela. Moja zgoda, aby zostać kimś takim w jego życiu, pomogłaby mu również w rozgrzeszeniu samego siebie. Już nie byłby parszywym odstępcą i godnym pogardy krzywoprzysięzcą, lecz kimś w rodzaju pierwszego z grona szlachetnych buntowników.

– Nim wydasz osąd, powinieneś poznać fakty – rzekł.

– Jestem rozważnym człowiekiem i nie znajdziesz kogoś bardziej ostrożnego w sądzeniu bliźnich ode mnie – powiedziałem. – Ale kiedy mam do czynienia z inkwizytorem, który wykradł tajne dokumenty, upozorował własną śmierć i teraz zajmuje się wzywaniem demonów, wydaje mi się, że zbiór zebranych faktów jest zupełnie wystarczający, bym wydał wyrok.

– A moje pobudki? Nie interesuje cię, czym się kiero-
wałem? – Patrzył na mnie smutnym wzrokiem, chyba ro-
zumiejąc, że marzenie o posiadaniu przyjaciela i wspólnika wymyka mu się z rąk.

– Przy takim rozmiarze zbrodni jakież znaczenie
mogą mieć twoje pobudki?

– Jestem człowiekiem Boga, Mordimerze – powiedział z nagłym żarem w głosie. – Wierz mi, że jestem
wiernym psem Pana, ale po prostu wybrałem inną drogę niż ty, by pracować na Jego chwałę.

– Nie interesuje cię przypadkiem, któż, ach, któż
mógł ci podpowiedzieć pójście tą nową drogą? – spytałem szyderczo.

– Dlaczego każdy odmienny wybór musimy tłumaczyć szatańskim podszeptem?

– Może dlatego, że ten wybór polega na tym, iż wzy-
wasz demony? – Spojrzałem na niego i potrząsnąłem głową. – Na gwoździe i ciernie, Walentynie, czy naprawdę
nie pojmujesz, jak bardzo zbłądziłeś?

Teraz patrzył na mnie ponuro i spode łba.

– Nic nie rozumiesz – rzekł wreszcie. – Lecz będę
na tyle cierpliwy, iż spróbuję ci wszystko wytłumaczyć.

Rozpogodził się na myśl o tym, że będzie mógł mnie
pozamęczać usprawiedliwieniami, i najwyraźniej zaświ-
tał mu znowu cień nadziei, że a nuż znajdzie argumenty,
które mnie przekonają. A ja? Cóż, musiałem się zastanowić, jak chcę rozegrać tę sprawę, bo jeżeli rozegram ją źle,
to ani chybi skończę niedługo w Dołach.

– Ciekawe jak – odparłem. – Przecież znasz chyba
powiedzenie mówiące: „Kto walczy z demonami, musi

uważać, by nie stać się jednym z nich"? A ty nie tylko nie walczysz z nimi, a wręcz paktujesz...

– Paktujesz? – powtórzył moje oskarżenie i uniósł brwi z wyraźnym zdziwieniem oraz niezadowoleniem. – Używasz niewłaściwego pojęcia na określenie stosunków obowiązujących pomiędzy mną a tą obrzydliwą kreaturą. Czy paktujemy ze sługą, z niewolnikiem? Nie, my im rozkazujemy, inkwizytorze Madderdin. A za niewykonanie rozkazów grozi surowa kara. Tak jest również w tym wypadku, a moje postępowanie jest tym surowsze, że nie zapominam o tym, iż to zaledwie plugawy demon, w stosunku do którego nie obowiązują mnie zasady, jakimi mógłbym się kierować w przypadku człowieka.

– Rządzisz nim?

– Rządzę – zgodził się, nie przejmując się ironią w moim głosie. – Tak jak nakazują mi święte zasady naszego jedynego i prawdziwego Kościoła.

– Więc zadajesz się z demonem w imię wiary i na pożytek Kościoła! – zawołałem. – Prawdziwie poruszające poświęcenie!

– Jest właśnie tak, jak mówicie, inkwizytorze Madderdin – odparł spokojnie. – Choćbyście nie wiem jak mocno próbowali wykpić nasze postępowanie i choćbyście nie wiem jak usilnie próbowali nadać własnemu głosowi szyderczy ton.

– Kto nad tobą stoi? – Spojrzałem Fischbachowi prosto w oczy. – Kto ci na to pozwolił? Kogo informowałeś? Kogo pytałeś o zgodę? Hm? Odpowiesz mi na te pytania?

– Nie muszę odpowiadać na żadne twoje pytania – rzekł.

Po wyrazie jego twarzy nie potrafiłem rozpoznać, czy na pomysł z wykorzystaniem demona wpadł sam, czy też realizował go w porozumieniu z kimś ważniejszym.

– Szczerze mówiąc, zastanawiam się – kontynuował – co właściwie mam z tobą zrobić, Mordimerze? Wolałbym cię nie zabijać, ale chyba nie pozostawiasz mi innego wyjścia – dodał.

– Świetne tłumaczenie mordercy – odparłem. – A zabójstwo inkwizytora wrzucisz sobie pewnie na szalę dobrych uczynków, kiedy już staniesz przed najsroższym Sądem Pana...

– Bóg widzi, że mam czyste intencje i czyste serce. – Wzniósł spojrzenie ku sufitowi.

Walentyn Fischbach najwyraźniej był człowiekiem dążącym do realizacji wielkiej idei. A tacy osobnicy są bardzo niebezpieczni. Bo wieżę, którą wznoszą, by z jej dachu sięgnąć doskonałości, muszą zazwyczaj budować z ludzkich szkieletów.

– A poza intencjami i sercem również tyle grzesznej pewności siebie, że wskazuje, iż to raczej nie Bóg kieruje twoim postępowaniem, ale ktoś zupełnie inny – rzekłem poważnie. – Naprawdę nie myślałeś nigdy, że bardzo pobłądziłeś? Nigdy nie poznałeś, iż to diabeł kieruje twoim postępowaniem?

Uśmiechnął się samymi kącikami ust.

– Musiałbyś się bardziej postarać, żeby mnie przekonać, iż obrałem złą drogę – odparł pobłażliwym tonem. – Chciałbym jednak wiedzieć, czemu zawdzięczam twoje zainteresowanie moją skromną osobą? – kontynuował po chwili. – Po sposobie twego działania poznaję, iż nie prowadzisz oficjalnego śledztwa dla Inkwizytorium. A więc?

– Hilda Krammer – odparłem.

Przez twarz Walentyna przebiegł grymas złości.

– Wiedziałem, że ta sprawa prędzej czy później w nas trafi – burknął.

– W nas, Walentynie? – spytałem łagodnie.

– Mój głupi brat nie mógł wybić sobie z głowy tej dziewuchy.

– Twój głupi brat zakochany jest w Indze Krammer – sprostowałem.

– No właśnie! Jeszcze nie rozumiesz? Ten dureń porwał niewłaściwą siostrę. Hildę zamiast Ingi. – Wściekły Fischbach uderzył pięścią o pięść. – A kiedy się zorientował, co i jak, to nie dał sobie przetłumaczyć, że to wszystko jedno, bo obie dziewczyny wyglądają kubek w kubek tak samo...

Milczałem dłuższą chwilę, zastanawiając się nad tym, jak dziwnie plotą się ludzkie losy. Gdyby nie głupia pomyłka zakochanego kretyna, to teraz Inga cierpiałaby lub leżała pod warstwą ziemi, a Hilda opłakiwała jej zniknięcie. Czy gdybym domyślił się wcześniej prawdy, zmieniłoby to cokolwiek w prowadzonym przeze mnie śledztwie? Nie, odpowiedziałem sobie, nic by się nie zmieniło. Ci, którzy byli teraz martwi, byliby martwi również wtedy.

– Więc zabiliście ją...

– Nikogo nie zabiliśmy. – Wzruszył ramionami.

– Jak zwał, tak zwał. Demon wyssał Hildę tak samo jak jej strażnika Ottona, prawda?

Walentyn milczał.

– Biedna mała – powiedziałem. – Już lepiej było ją zarżnąć albo utopić.

– On przynajmniej zadaje bezbolesną śmierć – wy-jaśnił mój gospodarz. – Po prostu słabniesz, zasypiasz i umierasz we śnie. Nie znęcam się nad tymi ludźmi.

– Ludźmi... – powtórzyłem powoli. – A wielu już ich tak miło zasnęło, jeśli wolno wiedzieć?

– Nie rozumiesz...

Walentyn wstał i zaczął przechadzać się po gabinecie. Wyraźnie bił się z jakimiś myślami. Czyżby chciał mi coś wyznać i wahał się, czy powinien to uczynić? A przecież mógł bez obaw zdradzić mi wszelkie tajemnice, skoro zaraz potem i tak mógł mnie zabić. Przyznam jednak, że jego wahanie dobrze wróżyło. Bo jeśli zastanawiał się, czy wyznać mi jakiś sekret, to może jednak nie zamie-rzał się mnie szybko pozbywać?

– Chciałbym zrozumieć – odparłem.

Machnął dłonią ze zniecierpliwieniem.

– Nie sądzę – rzekł.

Potem przygryzł usta i patrzył na mnie z bolesnym na-pięciem we wzroku. Tak jakby mierzył, osądzał, siłował się.

– Nie, nie zrozumiesz – powiedział smutno i zdecy-dowanie bardziej do siebie samego niż do mnie.

Może bym i nie zrozumiał tego, co miał na myśli. Lecz zrozumiałem jedno: właśnie podjął decyzję i zro-zumiałem również, że nie będę nią zachwycony.

– Mógłbym oddać cię demonowi, Mordimerze, aby się tobą nasycił – wreszcie zwrócił się do mnie. – Jednak musisz wiedzieć, że żywię dla ciebie wielki szacunek jako dla towarzysza wspólnej sprawy...

Skrzywiłem się.

– ...i jako dla odważnego człowieka, który nie waha się położyć własnego życia na szali swych przekonań...

– Do rzeczy, Walentynie. Wiem, że nie masz się przed kim wygadać, ale oszczędź mi wykładów, jeśli łaska.

– Jak uważasz. – Twarz Fischbacha na moment stężała, widać został niemile zaskoczony moją niewdzięcznością. – Krótko mówiąc: będziesz miał szybką, dobrą śmierć. Moi ludzie poderżną ci gardło, a zwłoki wrzucą do rzeki. – Uśmiechnął się przepraszająco. – Nie sądzę, by Święte Officjum poświęciło wiele czasu na szukanie cię.

– Pewnie nie – mruknąłem. – Zresztą mnie już i tak będzie wszystko jedno.

Dostrzegłem, że Walentyn był naprawdę zasmucony tym, iż musiał podjąć taką, a nie inną decyzję. Cóż, nie ja go będę rozweselał... Tymczasem wychylił się za drzwi i zawołał. Do gabinetu wszedł ów osiłek, którego widziałem wcześniej w karczmie.

– Weź Dietricha i załatwcie go w piwnicy. – Fischbach wskazał mnie podbródkiem. – Tylko macie to zrobić szybko, rozumiemy się?

– Tak jest.

– W nocy wyniesiecie go na nabrzeże, wsadzicie do worka z kamieniami i wrzucicie na głębię.

– A gdzie tu głębia, jaśnie panie? – burknął osiłek, wzruszając ramionami. – Tak sucho jest, że można przejść z jednego brzegu na drugi i człowiek se nawet ramion nie zmoczy.

Fischbach myślał przez chwilę, wyraźnie niezadowolony, że upalna pogoda zrujnowała mu koncepcję uporania się z problemem sprzątnięcia moich zwłok.

– Może by potrzymać mnie w tej piwnicy, póki poziom wody się nie podniesie? – zaproponowałem.

– Cieszę się, że humor ci dopisuje – powiedział, po czym obrócił wzrok na sługę: – W takim razie zakopcie go w ogrodzie, tylko mi nie podepczcie grządek z różami!

– O! – Uniosłem palec. – Ważna sprawa...

– Bywaj, Mordimerze. – Walentyn znów usiadł przy biurku, ale tym razem nie spojrzał już na mnie, tylko zatopił się w lekturze dokumentów.

A więc tak właśnie miał zakończyć życie wasz pokorny i uniżony sługa. Z rozkazu dość życzliwego mi człowieka (o ile życzliwy może być ktoś, kto właśnie kazał cię zarżnąć) i z ręki dwóch tępych osiłków. A potem zjedzą mnie robaki. No ale to już będzie mi całkowicie obojętne, gdyż nędzne ciało będzie co prawda rozpadało się i gniło, ale przecież dusza będzie się weseliła przy Tronie Boga. Dlatego też nie lękałem się śmierci, gdyż nie była ona końcem drogi, a jedynie końcem pewnego etapu tejże drogi. Gdybym bał się umrzeć, oznaczałoby to, iż w pysze oraz zamiłowaniu do życia doczesnego odrzucam szansę wiecznego radowania się w światłości Pańskiej. I dlatego nie bałem się zginąć, a jedynie żałowałem, iż moja droga na tym świecie była na tyle krótka, iż nie zdążyłem zniszczyć tylu diabelskich pomiotów, ilu bym zniszczyć chciał. Tak więc nie rozpacz za uciekającym życiem doskwierała mi, kiedy szedłem prowadzony przez strażników, lecz niezadowolenie z siebie samego, iż byłem mniej użytecznym narzędziem Pańskim, niż mógłbym być. Modliłem się cicho, z zamkniętymi oczami. Przy słowach: *Daj nam siłę, byśmy nie przebaczali naszym winowajcom* usłyszałem świst, a zaraz po tym świście charkot pierwszego strażnika. Nie otworzyłem

GŁÓD I PRAGNIENIE 281

oczu i nie przerywałem modlitwy, gdyż z pobożnej zadumy nie powinno człowieka wytrącać byle błahe wydarzenie, zwłaszcza kiedy człowiek ten poleca swą duszę Panu. Przy słowach: *A zło niech pełza w prochu u stóp naszych* usłyszałem drugi świst i spodziewany już charkot drugiego strażnika. Otworzyłem oczy. Obaj słudzy Walentyna leżeli nieruchomo, rzeczywiście niedaleko moich stóp. Ale nie pełzali, bo, jak widać, śmierć była dla nich łaskawa i szybka. Przede mną stali owi dwaj pokraczni bliźniacy, a każdy trzymał w dłoniach kuszę. Małą kuszę. Taką, którą nie ustrzelisz na odległość trzystu stóp rycerza w pełnej zbroi. Ale na pewno grotem z niej przebijesz na wylot serce człowieka z kilkunastu kroków.

– *Bo Twoje jest Królestwo, potęga i chwała na wieki. Amen* – dokończyłem i przeżegnałem się.

Potem spojrzałem na moich oswobodzicieli.

– Na przyszłość bardziej się pospieszcie – powiedziałem z niezadowoleniem. – Zdążyłem odmówić trzy razy „Ojcze nasz", zanim się pojawiliście.

Spojrzeli po sobie i zaśmiali się. Nie załadowali powtórnie kusz i to był dobry znak. Ale żaden z nich nie raczył na razie zbliżyć się, by rozciąć mi sznur oplątujący nadgarstki. I to był zły znak.

– I co, moje orły? Może któryś z was ruszy dupę i rozetnie mi więzy, co?

– Niby czemu nie? – Po chwili milczenia jeden z bliźniaków podał kuszę bratu i wyciągnął z pochwy długi puginał.

Podszedł za moje plecy, a ja zastanawiałem się: dźgnie mnie tym nożem czy nie? Niby byłoby to zachowanie zupełnie bezsensowne (po co ratować komuś życie, by zaraz potem go zabijać?), ale miałem wrażenie, że po tych dwóch niekoniecznie muszę się spodziewać postępowania zgodnego z logiką. A przynajmniej z ogólnie przyjętymi zasadami logiki. Karzeł przeciął mi jednak sznur, a ja wyciągnąłem ręce przed siebie i zacząłem masować sobie przeguby.

– Biedny Walentyn mocno się zdziwi, kiedy do niego wrócę – stwierdziłem. – A wy co zamierzacie, chłopcy? – Obrzuciłem bliźniaków uważnym spojrzeniem. – Idziecie ze mną? Idziecie swoją drogą? Staniecie na mojej?

– Jesteśmy z tobą, Mordimerze. – Obaj uśmiechali się szeroko.

– Jak milutko – powiedziałem. – Każda dama chciałaby mieć takich rycerzy.

Rozchichotali się tak mocno, że myślałem, iż zaraz się uduszą. Ale miałem przy tym wrażenie, iż chichoczą nie z powodu jakości mego żartu, lecz dlatego, że zabawne wydaje im się samo chichotanie. Dziwni to byli ludkowie, nie ma co. Ale nie mogłem na razie wybrzydzać na ich użyteczność. W końcu jeśli ktoś ratuje ci życie, możesz go na początek chociaż troszkę polubić. Więc obiecałem sobie, że postaram się ich troszkę polubić.

– Powiedzcie mi, jak się nazywacie, chłopaki, bo jak słyszałem, moje imię znacie doskonale.

– Teodor – odparł jeden z nich z wysiloną powagą, a potem pociesznie prychnął. – A ten tam – wskazał podbródkiem brata – to, prawda, Teofil.

Drugi bliźniak splunął.

– Nie słuchajcie tego durnia – rzekł pogardliwie. – Ja jestem Ambroży, a ten tam, niby, brat mój, to w dupę chędożony Barnaba.

– Wesołkowie z was – powiedziałem. – A może Kastor i Polluks albo Romulus i Remus, co? Albo Głuptak i Głuptaszon?

Zarechotali, cały czas wpatrując się we mnie wzrokiem, w którym nie mogłem wyczytać ani życzliwości, ani wrogości.

– Skoro nie wiecie, jak się nazywacie, moje małe błazenki, ja wam nadam imiona – zdecydowałem. – Ty – wyciągnąłem palec w stronę tego, który nadużywał słowa „prawda" – będziesz Pierwszy. A ty – przeniosłem palec na drugiego z bliźniaków, tego, który wciąż powtarzał „niby" – będziesz Drugi.

Spojrzeli po sobie, a potem jak na komendę klepnęli się po udach i zarechotali. Zrozumiałem, że koncepcja imion im się spodobała.

– A teraz powiedzcie mi grzecznie, chłopcy, skąd pomysł, by uratować mój tyłek?

– Dobre mamy, niby, serduszka – rzekł Drugi z poczciwym uśmiechem.

– Bo w ogóle zacne z nas chłopaki – poparł go Pierwszy. – I chociaż czasem, prawda, nie wyglądamy, to jednak bardzo chcemy zostać zbawieni... – Przetarł oczy kułakiem.

– A tak sobie, niby, pomyśleliśmy, że Pan Bóg się ucieszy, jak mu uratujemy inkwizytora.

Nie lubię, kiedy ludzie kpią ze mnie w tak jawny i bezczelny sposób, ale nie jestem też na tyle głupi, by prowokować konflikt z kimś, kto w obronie mojego życia zarżnął właśnie dwóch bandytów i kto może posiadać interesujące mnie informacje. Dlatego uśmiechnąłem się bardzo życzliwie i bardzo szeroko.

– Lubię wasze poczucie humoru, chłopaki. Coś mi się widzi, że znajomość między nami zapowiada się na głęboką, długą i owocną przyjaźń.

Słysząc ich chichot, pomyślałem, że zapewne dobrze zrobiłem, nie naciskając. Kto ich tam wie, czemu chcieli uratować mi życie? Może znudził im się dotychczasowy chlebodawca? Może błogosławione tchnienie Ducha Świętego odmieniło ich serca? A może spodobał im się mój promienny uśmiech lub barwa głosu? Może mieli taki kaprys lub przelotną zachciankę? Sądziłem, że kiedyś się tego dowiem, na razie jednak miałem pilniejsze sprawy na głowie.

– Chodźmy odwiedzić naszego gospodarza – zdecydowałem. – Tylko zachowujcie się grzecznie, chłopcy, bo ja bardzo lubię Walentyna Fischbacha i chcę, aby pozostał żywy nawet dłużej, niż on sam będzie sobie tego życzył.

Nie zdziwiłem się, kiedy w odpowiedzi na moje słowa usłyszałem śmiech. Cóż, chichotliwe to były, jak widać, pokraki, ale na razie niespecjalnie mi to przeszkadzało, zwłaszcza że śmiali się przecież z moich żartów.

– Prowadźcie – rozkazałem.

Stanęliśmy pod drzwiami gabinetu Walentyna, a ja zawahałem się. Czy drzwi były zamknięte na klucz lub zasuwę, czy zaledwie na klamkę? Czy w związku z tym powinienem nacisnąć klamkę, czy też zapukać i potem kazać któremuś z bliźniaków poprosić o wpuszczenie do środka pod byle pretekstem?

– Sroczka kaszkę warzyła... – zaszeptałem do siebie, po czym zdecydowanym ruchem nacisnąłem klamkę.

Walentyn okazał się szybki. Diabelnie szybki. Gdyby nie był moim wrogiem, chciałbym, aby został moim strażnikiem. Ledwo zdążyłem przekroczyć próg, on już stał za biurkiem z długim sztyletem w lewej dłoni i brązowym woreczkiem w prawej.

– To shersken, Mordimerze – wyjaśnił, bacznie śledząc każdy nasz ruch. – Zatrzymaj swoje psy! – rzucił ostro, kiedy zobaczył, że bliźniacy wolno przesuwają się, jeden pod prawą ścianę, drugi pod lewą.

– Nie ruszajcie się, chłopaki, bo was załatwi – powiedziałem.

I sam również byłem w kropce. Walentyn na pewno okazałby się niezłym fechtmistrzem, ale ja, nie chwaląc się, również nie wypadłem sroce spod ogona, więc nie w tym leżał problem. Problem leżał w tym niepozornym woreczku ściskanym przez inkwizytora odstępcę. Jeśli rzeczywiście znajdował się w nim shersken, a spokojnie uwierzyłem, że naprawdę mógł się znajdować, to nie byłoby dobrze dla nikogo, aby podchodził do Walentyna bliżej niż na kilka kroków. Bowiem shersken to paskudna mieszanka trucizn. Dorzucona do picia lub pożywienia powoduje błyskawiczną śmierć w mękach. Męki te co prawda trwają krótko, ale ponieważ miałem okazję niegdyś przyglądać się twarzom ludzi otrutych sherskenem, odniosłem wtedy wrażenie, że szybkość śmierci została z nadwyżką zrekompensowana przez jej bolesność. Oczywiście nie to nam groziło, bo przecież nie zamierzałem skorzystać z sherskenowego poczęstunku lub napitku. Mieszanka ta miała jednak jeszcze jedno zastosowanie. Jeżeli sherskenowy pył dostał się do oczu, to powodował swędzenie o niewiarygodnej wręcz dokuczliwości. A człowiek, który wtarł sobie shersken w źrenice, mógł na zawsze pożegnać się ze wzrokiem. Ponieważ doceniałem swój zmysł wzroku i na razie nie chciałem się bez niego obywać, postanowiłem usłuchać dobrej rady Walentyna i nie zbliżać się do biurka.

– Tak czy inaczej, to już koniec, Walentynie – powiedziałem łagodnie. – Pozostaje tylko pytanie, w jaki sposób zakończymy tę sprawę, aby było najlepiej dla nas wszystkich i dla Officjum, któremu przecież obaj, choć w różny sposób, służymy.

Fischbach uśmiechnął się.

– Znam te sztuczki równie dobrze jak ty – rzekł rozbawionym tonem. – Zawsze mów do oskarżonego grzecznie i po imieniu, zasugeruj mu, iż wszystko może się dobrze skończyć, i nie podważaj uczciwości jego intencji.

Odpowiedziałem mu uśmiechem, po czym wzruszyłem ramionami.

– Więc jaki jest twój plan, Walentynie?

– Ja już tak czy inaczej jestem martwy – odparł obojętnie. – Jakież mogę mieć plany? Ciekaw jestem tylko, jak ci się udało skłonić do zdrady tych dwóch kurdupli. – Przeniósł wzrok z Pierwszego na Drugiego i z powrotem.

– To moi przyjaciele ze szkoły – wyjaśniłem. – Spotkaliśmy się po latach bolesnej rozłąki i od razu znowu między nami zaiskrzyło...

– Pomódl się czasem za mnie – poprosił i błyskawicznym ruchem zbliżył do ust pierścień. Zmiażdżył w zębach kamień, aż chrupnęło na cały pokój.

Osunął się na fotel, a kiedy przewracał się na podłogę, zdołałem do niego doskoczyć i chwycić za ramiona. Mimo wszystko byłem pewien, że nie dam rady go uratować. W końcu Fischbach był inkwizytorem, i to dobrym inkwizytorem, więc doskonale wiedział, jak dobrać truciznę i jej dawkę, by potraktowany nią człowiek nie mógł już zostać odratowany. I rzeczywiście, nie zdołałbym zmówić nawet „Ojcze nasz", od czasu kiedy Walentyn ścisnął palcami moją dłoń, do czasu kiedy jego chwyt rozluźnił się, a serce przestało bić.

Podniosłem się i byłem naprawdę zły, bo chociaż sprawy poszły po mojej myśli w tej mierze, że przeżyłem uwięzienie i wyrok, to jednak strata inkwizytora odstępcy zabolała mnie i zdeprymowała. Czy mogłem zrobić coś więcej? Walentyn był świetnie wyszkolony i szybki niczym atakujący ryś. Byłem pewien, że zdążyłby zażyć truciznę w niemal każdej sytuacji. Chyba... chyba żebym cierpliwie na niego czekał pod drzwiami gabinetu i obezwładnił go, kiedy by wychodził, nie spodziewając się niczego złego... Na gwoździe i ciernie, może tak właśnie należało uczynić?! No nic, dzban się stłukł i nie widziałem sensu zajmować się rozmyślaniem, co by było, gdyby ucho się nie urwało.

– Co się stało, to się stało – stwierdziłem lekko, na użytek bliźniaków demonstrując obojętność na tę niespodziewaną śmierć. – Rozejrzałem się po gabinecie. – Potem zabierzcie sobie stąd, co tylko zechcecie – pozwoliłem. – Pewnie przyda wam się gotówka, co? A temu też – trąciłem trupa szpicem buta – klejnoty i ubranie nie będą już potrzebne.

– Dzięki, Mordimerze. – Pierwszy rozjaśnił się w uśmiechu.

– No i, niby, mieliśmy rację – rzekł Drugi.

Domyśliłem się, że pochwala sam siebie i swojego brata za uratowanie mi życia. To bardzo dobrze, iż uważali to za dobrą decyzję, gdyż istniała szansa, że nie zmienią zdania zbyt prędko.

– Gdzie Walentyn trzymał demona? – zapytałem i tym razem starałem się, żeby to pytanie brzmiało tak, jak powinno brzmieć pytanie, na które trzeba odpowiedzieć, jeśli nie chce się solidnie oberwać.

O dziwo, bliźniacy dobrze zrozumieli ten ton.

– Co, brat, pokażemy, co nie?

– Ano, niby, pokażemy...

Kiedy szliśmy do piwnic, w których przygotowano kwaterę dla demona, miałem czas, by zadać jeszcze kilka ważnych pytań Pierwszemu i Drugiemu. A najważniejsze z nich brzmiało:

– Do czego Walentynowi był potrzebny demon?

– A diabli go, niby, wiedzą – burknął Drugi.

– My tylko żeśmy, prawda, załatwiali mu żarcie to tu, to tam. I tyle naszego.

Miałem wrażenie, że mówią prawdę. Zresztą czy Walentyn, wyglądający na rozsądnie myślącego człowieka (oczywiście rozsądnie myślącego w obrębie szaleństwa, jakie go opętało), wtajemniczałby tych dwóch w takie sekrety, w jakie wcale nie musiał wtajemniczać?

– Często go karmił?

Spojrzeli po sobie, skrzywili się pociesznie i jak na komendę wzruszyli ramionami.

– Często – odparł w końcu Pierwszy.

– Tak sobie – rzekł w tym samym momencie Drugi.

Demonie lokum zostało znakomicie przygotowane. Na kamiennych ścianach i podłodze wyrysowano ochronne symbole, a cała przednia część pomieszczenia została oddzielona pionowymi i poziomymi srebrnymi prętami, z których każdy ozdobiony został skomplikowanym magicznym grawerunkiem.

Demon wyglądał niczym drzemiący staruszek o zacnej twarzy. Siedział na podłodze w rogu ściany, miał głowę lekko przechyloną na lewe ramię i zamknięte powieki. Pod tymi powiekami poruszały się gałki oczu, tak jak u człowieka, który śni niespokojny sen. Ale dobrze wiedziałem, że demon bynajmniej nie śpi. Co gorsza, byłem święcie przekonany, że pomimo zamkniętych oczu widzi mnie dużo lepiej niż ja jego. Pytanie brzmiało tylko, jak wiele jest w stanie dojrzeć.

– Mordimer Madderdin – rzekł demon szeleszczącym głosem starego człowieka. – Witaj, Mordimerze Madderdinie, w moich skromnych progach.

– Cała przyjemność po mojej stronie – odparłem uprzejmie.

– Czemu zawdzięczam ten zaszczyt, inkwizytorze?

Wąskie, niezwykle białe palce jego dłoni zaczęły poruszać się na kolanach. Co zdumiewające, i odrażające poprzez swą nienaturalność, poruszały się one tak, jakby każdy z nich żył własnym życiem. Odwróciłem wzrok, gdyż najwyraźniej demon chciał, abym przyglądał się jego dłoniom. Albo też chciał, żebym tak właśnie pomyślał i abym w związku z tym spoglądał gdzie indziej. Z demonami nigdy nic nie wiadomo. Być może poza jednym: żaden demon, który zaznał nikczemnej radości przebywania w ludzkim świecie, nie będzie już życzył sobie wrócić do nie-świata – ponurego uniwersum, w którym tysiące istot mniej lub bardziej cierpliwie czekało, aż ktoś otworzy im wrota umożliwiające przejście do świata ludzi. Niektóre z tych istot były niemal nie-szkodliwe, złaknione prawdziwego życia niczym stary kot słonecznych promieni, inne zaś świat ludzi trakto-wały jako miejsce do knucia złośliwych intryg, najchęt-niej takich, które kończyły się sprowadzeniem naszych bliźnich na złą drogę, cierpieniem moralnym i fizycznym, a wreszcie śmiercią.

– Mam zdecydować o twoim losie – objaśniłem nie do końca zgodnie z prawdą, gdyż o jego losie już zade-cydowałem.

– Nie jesteś w stanie decydować nawet o własnym lo-sie, jak więc chcesz decydować o moim? – Jego głos nadal spokojnie szeleścił. – O losie kogoś, kto żyje dłużej, niż sięga pamięć rodzaju ludzkiego?

O tak, właśnie to jeszcze warto wiedzieć o demonach. Większość z nich uwielbia patos oraz przechwałki. Ten zaraz zacznie mówić, iż jest prawą ręką samego Szatana...

– Nie przechwalam się – rzekł. – A jedynie stwier-dzam fakt.

Czyżby potrafił czytać w myślach? – zaniepokoiłem się. Nie byłoby to niebezpieczne, lecz na pewno niezwy-kle irytujące.

– Nie umiem czytać w myślach – wyznał. – Ale tok twoich jest tak łatwy do przewidzenia jak tor kamienia turlającego się w rynnie. To jedynie kwestia doświadcze-nia w obcowaniu z osobnikami twojej profesji.

Może tak, może nie.

– Nie wierzysz, że znalazłem tu spokojną przystań, przystań, w której dostaję to, czego chcę, i jestem zado-wolony, że nie muszę wracać?

– O, w to akurat święcie wierzę – odparłem z uśmiechem.

– W co w takim razie nie wierzysz?

– Walentyn sądził, że można cię wykorzystać w zbożnym celu. Ja tak nie myślę. Zresztą ten jego cel... – Machnąłem dłonią. – Mglisty, niepewny...

Demon zachichotał.

– Nie znasz tego celu – powiedział rozbawiony. – To paradne, Mordimerze Madderdinie, że nikt ci nie zdradził, dlaczego zostałem sprowadzony.

– Może ty mi to powiesz?

– A może zgadniesz? – zapytał wesoło.

Chciał się pobawić. Proszę bardzo!

– Sądzę, że Walentyn uważał, że jesteś pszczołą, którą można sobie hodować i zabierać jej miód. Pszczołą, która jest co prawda groźna, ale rozważnie z nią postępując, można uniknąć jakiegokolwiek niebezpieczeństwa.

– Ty tak nie uważasz... I w zasadzie muszę powiedzieć, że nawet mi się to podoba. – Popatrzył na mnie z sympatią oraz uznaniem. – Traktujesz mnie z dużo większym respektem niż ten rudy renegat.

– Sądzę, że realizujesz lub pragniesz zrealizować jakiś nikczemny plan. I moim zadaniem jest odgadnąć, jakiż to plan.

– Udowodnić, nie odgadnąć – poprawił mnie łagodnym tonem.

Cóż, to była akurat szczera prawda. Zostanę usatysfakcjonowany dopiero wtedy, kiedy będę pewny, jakie są plany oraz zamierzenia demona.

– Często przynoszono ci pożywienie?

– Czyż nie powiedziano: *Kto karmi głodnego, krzepi własną duszę?* – zapytał z namaszczeniem i wydął usta.

– Nie sądzę, by autor tych słów miał na myśli tuczenie głodnych demonów duszami dobrych chrześcijan – odparłem.

– Pewnie nie – parsknął.

– No więc jak często?

– Nie tak często, jak bym chciał, ale na tyle często, by Walentyn miał ze mnie ten pożytek, jaki chciał mieć. – Demon przyglądał mi się i kiwał głową raz na prawo, raz na lewo, z pociesznym uśmiechem na zacnym obliczu.

– Cóż, z czasem dojdziemy do wszystkiego – obiecałem mu życzliwym tonem. – Zapewniam cię, że nasze rozmowy będą długie oraz owocne.

Ostentacyjnie ziewnął.

– Doprawdy? A więc czekam z niecierpliwością.

Nagle usłyszałem dobiegające zza drzwi podniesione głosy i odwróciłem się raptownie. W tym samym momencie drzwi otworzyły się z hukiem, a do środka wpadli obróceni plecami bliźniacy. Obaj cofali się na przygiętych nogach, obaj mieli w dłoniach długie sztylety i obaj nie wyglądali na szczególnie przejętych faktem, iż naprzeciwko siebie mają trzech osiłków uzbrojonych w krótkie włócznie.

– Panie Wentzel! – wrzasnąłem, gdyż w porę dostrzegłem, kto stoi za plecami drabów. – Na gwoździe i ciernie, co wy wyprawiacie!?

Kupiec spojrzał na mnie, uśmiechnął się szeroko, po czym rzekł:

– A więc żyjecie, mistrzu Madderdin?

Przeniósł wzrok na stojących ramię przy ramieniu bliźniaków.

– Przecież to ta nowa służba Fischbachów, tak? Dogadaliście się z nimi czy co?

– Można to tak ująć – odparłem. – A teraz, jeśli wolno mi zaproponować rozwiązanie, które pozwoli nam uniknąć zupełnie bezsensownego rozlewu krwi. Oto wyjdźmy stąd wszyscy...

– Nie, nie, mistrzu Madderdin – przerwał mi stanowczo i zdecydowanie Wentzel. – My tu zostaniemy, znaczy pan i ja, żeby pogadać. – Szybkim spojrzeniem obrzucił siedzącego spokojnie demona. – A nasi ludzie niech sobie w tym czasie na przykład pójdą do kuchni i coś zjedzą. Hm? Może tak być?

Zastanawiałem się przez chwilę.

– Czemu nie – odparłem, zastanawiając się, czy Pierwszy i Drugi posłuchają mojego polecenia.

Na szczęście dla nich posłuchali. Miałem nadzieję, że nie przyjdzie im do głowy zarżnąć ludzi Wentzla, bo miałem dziwne przekonanie, iż pomimo rzucającej się na pierwszy rzut oka różnicy w posturze i sile, mogliby to uczynić bez trudu.

– Pan Joachim Wentzel jest moim sojusznikiem – oznajmiłem twardym tonem, spoglądając najpierw na Pierwszego, potem na Drugiego. – Więc zachowujcie się porządnie. Zrozumiano?

Skinęli głowami jak na komendę, ale nie miałem powodu, by im wierzyć. Miałem jednak nadzieję, że nie będą mieli żadnego interesu we wszczynaniu zwady, a poza tym miałem również nadzieję, iż poważny ton mojego głosu ostrzeże osiłków, by uważali i nie poczynali sobie zbyt śmiało.

Wreszcie zostaliśmy sami, tylko z Joachimem Wentzlem i z nadal cicho siedzącym i nieporuszającym się demonem.

– Mówiłem wam, że nie jestem głupi, lecz wy nie
uwierzyliście tym słowom. – Kupiec przyglądał mi się
beznamiętnym spojrzeniem.

– Zapewniam was, że było wręcz odwrotnie – odparłem uprzejmie i zgodnie z prawdą. – A poza tym naprawdę cieszę się, że tu jesteście – dodałem równie uprzejmie
i tutaj już trochę z prawdą się mijałem.

– Spodziewałem się, że będę musiał ratować wasze
życie, więc jestem pod wrażeniem, że uratowaliście je
sobie sami.

– Twarda jest glina, z której ulepieni są inkwizytorzy,
i nie tak łatwo ją rozbić – odpowiedziałem.

Spodziewałem się, że demon prychnie, parsknie, za-
śmieje się lub zrobi cokolwiek, by okazać rozbawienie
moimi słowami, ale on nadal siedział cicho za swoją
srebrną kratą.

– Co z Walentynem? Znaleźliście go?

– Nie żyje – wyjaśniłem. – I od razu uprzedzę wasze
pytanie: ani go nie zabiłem, ani nie chciałem, by zginął.
Wręcz żałuję, że tak się stało.

– No tak, w to akurat chętnie uwierzę, że wolelibyście
go przesłuchać, niż mordować...

Spojrzał najpierw na mnie, potem na demona.

– I co robimy dalej, mistrzu Madderdin? Zdajecie sobie sprawę z faktu, iż doskonale wiem, z czym mamy tu
do czynienia?

– Naprawdę?

– Sądzicie, że tak trudno kupić informacje? Przecież nie tylko inkwizytorzy zajmują się demonologią, nie tylko inkwizytorzy studiują zachowanie bytów pochodzących nie z tego świata. Czyż nie to samo robią znani profesorowie, nawet profesorowie teologii?

Istotnie. Tak właśnie było, jak mówił Wentzel. Ludzie wykształceni, doktorowie i profesorowie, często kierowali swe zainteresowania w stronę, w którą nie powinni spoglądać. Bowiem od zajmowania się zarówno tymi, którzy praktykują czarną magię, jak i pomiotami owej magii byli inkwizytorzy, a więc ludzie, którzy poświęcili życie studiowaniu i zwalczaniu zła, a nie poprzestawali na traktowaniu go jako ciekawego problemu naukowego.

– Największym wrogiem Kościoła jest wykształcony niedowiarek. To on zazwyczaj doprowadza do katastrof, których zresztą najczęściej sam staje się ofiarą.

– Niemniej ludzie wykształceni dysponują wiedzą.

– Nie mogę się z wami nie zgodzić. Aczkolwiek ta wiedza bywa wątpliwej jakości, gdyż najczęściej jej podstawy są oparte na fałszywych filarach.

Przytaknął.

– To oczywiście również wiem. Niemniej ten demon jest szczególnego rodzaju, co poznano natychmiast, kiedy powiedziałem, jak wyglądały zwłoki Ottona. Potrafi nie tylko wysysać siły witalne, ale przekazywać zabrane życie i wzmacniać w ten sposób na przykład człowieka chorego, starego lub słabego. Czy mam rację, mistrzu Madderdin?

– Owszem, lecz zapewniam was, że...

– A więc potrafi również wskrzesić człowieka! Tak? – Obrócił się gwałtownie w stronę siedzącego spokojnie staruszka. – Potrafisz to sprawić, czyż nie?

Spojrzałem na demona i podniosłem gwałtownie rękę.

– Morda na kłódkę – nakazałem.

Potem obróciłem się w stronę Wentzla.

– Zacznijmy od początku. Co wam chodzi po głowie? Kogo wy, na gwoździe i ciernie, chcecie ożywić?

Demon zachichotał. Spojrzałem na niego spode łba, a on odpowiedział mi rozbawionym wzrokiem.

– Kogo chcę ożywić? Jak myślicie? Dla kogo poniosłem te wszystkie trudy i koszta, dla kogo się narażałem? Dla kogo można zrobić coś takiego, co? Jak sądzicie?

– A skąd mam wiedzieć? – Wzruszyłem ramionami. – Gdybyście byli kobietą, powiedziałbym, że dla dziecka. Gdybyście mieli ukochaną, powiedziałbym, że dla niej. Ale tak to nie wiem.

Demon cały czas chichotał i brzmiało to jak szelest suchych liści gonionych wiatrem. Wentzel patrzył na mnie wzrokiem człowieka, który popełnił grzech, jednak nie tylko nie czuje się z tego powodu winny, lecz wręcz przeciwnie: jest dumny. I wtedy mnie oświeciło. Przypomniałem sobie, jakim wzrokiem spoglądał na zamrożone zwłoki.

– Otton... – szepnąłem.

Demon zaśmiewał się radośnie, nawet kilka razy klepnął się dłońmi w uda z tego rozbawienia, wywołanego moją niedomyślnością.

– Mój Otton – powtórzył za mną Wentzel, a imię służącego zabrzmiało w jego ustach ciepło i miękko.

– A więc przed wyjawieniem tej właśnie ponurej tajemnicy miało was skrywać udawane zabieganie o względy Hildy.

Skinął głową.

– Właśnie tak było. Otton i ja byliśmy niczym dwie połówki jabłka, bo wiecie, mistrzu Madderdin, jest taka baśń, która mówi, że... – Patrzył na mnie maślanymi oczyma, lecz byłem pewien, że tak naprawdę nie mnie widział, lecz obraz wywołany swą miłością, żądzą, czy jak to tam nazwać.

– Dobrze, dobrze, darujcie sobie, z łaski swojej – przerwałem mu zdecydowanym tonem. – I wróćmy, za waszym pozwoleniem, do meritum sprawy.

Zamrugał gwałtownie, jakby wyrwany ze słodkiego snu, a jego wzrok odzyskał ostrość. Skierował spojrzenie na uśmiechniętego staruszka.

– Wyssałeś mojego Ottona, kanalio – tym razem głos Wentzla drżał z gniewu.

– Przyprowadzono mi go i nakarmiono mnie nim – odparł demon i już się nie śmiał. Głos miał łagodnie współczujący, choć wcale nie przepraszający. – Cóż miałem robić, powiedzcie sami? Pan każe, sługa musi. Taka już moja dola.

– Dobrze. Pozwolę ci więc odkupić winy – rzekł kupiec.

– Demony nie znają tego pojęcia – wtrąciłem.

– Niech odkupi swoje winy w moich oczach – poprawił się Wentzel.

– Zrobię wszystko, by wam pomóc w miarę moich skromnych sił – zapewnił staruszek, trzęsąc siwą bródką. – Jestem do waszej dyspozycji, panie Wentzel.

– Najpierw przysięga – wtrąciłem znowu.

– Co takiego? – Kupiec zerknął na mnie podejrzliwie.

– Wiecie, że demony są nazywane plugawym pomiotem kłamstwa, prawda? Ale znamy sposoby na ten stan rzeczy, czyż nie? – Spojrzałem na demona z uśmieszkiem. – Złóż przysięgę, a będziemy rozmawiać dalej, odmów jej złożenia, a trafisz do nie-świata z rozpalonym krzyżem w dupie.

Staruszek się wzdrygnął.

– To metafora, panie Wentzel – zwróciłem się do zdumionego kupca. – Ale on wie, o co chodzi.

– Myślisz, żeś... taki... mocny? – zapytał demon głosem urywanym ze złości.

Zbliżyłem się do krat i przysunąłem do nich twarz na tyle blisko, że poczułem charakterystyczny metaliczny zapach srebrnych prętów.

– A ty myślisz, że nie? – odpowiedziałem pytaniem na pytanie.

Wstał i podszedł do mnie. Staliśmy naprzeciwko siebie tak blisko, że nie musiałbym nawet wyciągnąć ramienia na pełną długość, by chwycić demona za nos. Oczywiście nie byłoby to zbyt rozsądne i mógłbym być zadowolony, gdybym w efekcie podobnej zabawy jedynie stracił dłoń. On natomiast nie mógł przesunąć się za linię wyznaczoną srebrnymi prętami. Święte symbole wyryte na nich były tak potężne, że pręty przed moimi oczami zdawały się drżeć, jakby były wykute nie z metalu, lecz z powietrza rozgrzanego letnim słońcem. Gdyby demon chociaż ich dotknął, wysłałyby go do nie-świata z szybkością błyskawicy, a ta podróż połączona by była z tak wielkim bólem, że w porównaniu z nim wepchnięcie rozpalonego krzyża do tyłka, o którym wspominałem, mogło być uważane za delikatną pieszczotę.

Nie bałem się ani jego gniewu, ani jego spojrzenia. My, inkwizytorzy, musimy uważać, by w kontakcie z demonami nie popaść w grzech pychy i nie podejmować zupełnie niepotrzebnego ryzyka, ale jeśli jesteśmy dobrze przygotowani, to górujemy nad tymi nędznymi istotami pod niemal każdym względem. Oczywiście istnieją takie demony, które przygotowaną przez Walentyna Fischbacha kratę roztopiłyby jednym oddechem, ale ten nędzny wysysacz życia na pewno nie należał do podobnie potężnych kreatur.

– Przysięgnę – obiecał niechętnie.

– Można wierzyć przysięgom demonów? – zapytał z niedowierzaniem Wentzel.

– Z reguły nie. Ale jeśli się wie, w jaki sposób mają przysięgać, to i owszem: można. Jak nas okłamie, to fiuuuu. – Machnąłem ręką, przecinając powietrze kantem dłoni. – Wycieczka do nie-świata.

Staruszek zamamrotał coś, co na pewno nie byłoby dla mnie przyjemne, gdybym tylko rozumiał, co mamrocze. Wiedział jednak, że jeśli chce cokolwiek osiągnąć, to musi ustąpić. Demony zazwyczaj zgadzają się na złożenie podobnej przysięgi, gdyż wszystko uznają za lepsze niż powrót do nie-świata. A poza tym zawsze istnieje szansa i możliwość, iż człowiek odbierający od nich przysięgę pomyli się lub nie zorientuje w oszustwie. Ponieważ nie miałem ochoty na długie kłótnie z demonem i spieranie się o każde słowo, więc od razu mu zapowiedziałem:

– Traktuj mnie poważnie. Uwierz, że znam formuły i jeśli spróbujesz mnie zwieść, to nie będzie już żadnych więcej pertraktacji. Czy dobrze rozumiesz, co mówię, kreaturo?

– Nie ma potrzeby, byśmy się nawzajem obrażali – stwierdził łagodnie.

– O „nawzajem" nie ma nawet mowy – odparłem. – Bo jeśli tylko poczuję się urażony twoimi słowami, a nawet nie to... Jeżeli tylko odniosę niejasne wrażenie, że kpisz sobie ze mnie, żartujesz lub nie wykazujesz odpowiedniej dozy szacunku, to wtedy wiesz, co będzie? Krzyż, dupa i nie-świat, zgodnie z obietnicą...

To był rozsądny demon, wiedzący, co można, a czego nie i kiedy przekraczanie granicy staje się nieopłacalne. Był rozsądny, więc nie pyskował i złożył przysięgę prawdomówności, zgodną z formułami, jakie poznałem w czasie nauki w prześwietnej Akademii Inkwizytorium. Joachim Wentzel czekał, aż załatwimy formalności, i wiedziałem, że jest zarówno podekscytowany, jak podenerwowany.

– Już? – nie wytrzymał, kiedy demon zamilkł.

– Już – odparłem.

– Naprawdę możesz to zrobić? Możesz wskrzesić Ottona? – Wentzel z napięciem wpatrywał się w demona.

Ten uśmiechnął się dobrodusznie oraz życzliwie.

– Świetnie, że trzymaliście ciało w lodzie, dzięki czemu nie uległo rozkładowi – powiedział tonem przyjacielskiej pochwały. – W związku z tym mogę spróbować. Słyszałem również, że przeżył kontakt ze mną. To niezwykłe i dobrze rokuje...

– Naprawdę? To może się udać? – Wentzel obrócił się w moją stronę. Miał wypieki i błyszczące oczy, wyglądał niczym dotknięty wysoką gorączką.

– Całkiem prawdopodobne – odparłem spokojnie.

– Tchnę w niego życie – oznajmił demon. – Będzie znowu czuł, mówił i chodził.

– Naprawdę? Mój Otton... Znowu razem...

Westchnąłem w myślach. Co za szczęście, że mącące rozum porywy serca były dla inkwizytorów czymś zupełnie obcym. W dodatku ten akurat poryw był dla mnie estetycznie obraźliwy, jako że dwóch spółkujących mężczyzn nie może budzić u normalnego człowieka uczucia innego niż obrzydzenie. Inna sprawa, że nie zamierzałem oceniać Wentzla po tym, czy utrzymywał stosunki cielesne z kobietami, czy z mężczyznami, gdyż jako inkwizytor miałem znacznie poważniejsze kryteria ocen.

– Wasz Otton będzie niczym innym, jak tylko zwłokami – odezwałem się twardo. – Zwłokami gadającymi i chodzącymi jedynie dzięki temu, że napędza je demoniczna siła. Będziecie mogli z nim mieszkać, rozmawiać, nawet pokładać się z nim, ale nigdy, przenigdy nie stanie się niczym więcej niż żywym trupem.

– Nawet jeśli, to lepsze to niż nic – szepnął demon z łagodnym smutkiem.

– Dusza Ottona już dawno temu stanęła przed Tronem Pańskim – powiedziałem, patrząc na Wentzla, który umykał z oczami przed moim wzrokiem. – Odpowiedzcie sobie na pytanie, na czym wam zależało i na czym wam zależy? Na duszy czy zaledwie na fizycznej powłoce?

– Jeśli i na tym, i na tym, jak to bywa w przypadku większości ludzi, to odzyskacie chociaż jedno – powiedział demon. – Czyż na pustyni połowa kubka z wodą nie jest lepsza niż brak kubka?

– Czyż Jezus nie przegnał demona kuszącego go mirażami na pustyni?

– Nie jestem Chrystusem – szepnął Wentzel, opuszczając głowę.

Miał przyspieszony oddech, zauważyłem również, że dłonie tak mu drżą, iż musiał spleść palce, by to ukryć. Niepotrzebnie, gdyż zarówno demon, jak i ja widzieliśmy doskonale jego zdenerwowanie.

– A cena? – Wentzel poderwał się. – Jaką cenę będę musiał zapłacić?

– Zaledwie nakarmić mnie – wytłumaczył demon lekkim tonem. – W innym wypadku nie będę miał skąd wziąć sił, by przelać je w ciało waszego przyjaciela. A zauważcie i pamiętajcie, że tu chodzi przecież nie o byle co. Nie o jakieś wyleczenie krost lub choćby podagry albo wrzodów, ale o – demon wysoko uniósł chudy palec – ni mniej, ni więcej, tylko wskrzeszenie.

– Dużo będziesz potrzebował tego... pokarmu? – zapytał Joachim.

Uśmiechnąłem się w myślach, bo demon nie był w stanie ukryć podniecenia, iż wszystko zmierza w wyznaczonym i wymarzonym przez niego kierunku. Oczywiście starał się nie okazywać ekscytacji, ale czyż jej objawy mogły umknąć czujnemu oku inkwizytora?

– Niestety, sporo – przyznał demon. – Ale przypominam i stale będę przypominać, że wszak mówimy o wskrzeszeniu.

– Sądzę, że co najmniej pięciu ludzi, prawda? – odgadłem.

Blady język demona wysunął się spomiędzy warg na ledwo zauważalny moment, po czym znowu zniknął.

– Tak, pięciu. Całkiem możliwe, że pięciu.

– Cóż, pięciu ludzi za waszego Ottona – zwróciłem się do Wentzla. – To dobra cena? Jak sądzicie?

Kupiec nabrał głęboko tchu. Potem przymknął oczy.

– Jest wielu złych ludzi, wielu niepotrzebnych ludzi. – Podszedł o krok do mnie, nie tylko widziałem jego rozgorączkowaną, spoconą twarz, ale czułem zapach jego potu. Zapach strachu i nadziei. – Sami o tym wiecie, prawda? Cóż znaczy ich pięciu za jednego Ottona? To był dobry człowiek. Zacny. Nie taki jak inni.

– Więc weźmiemy pięciu bandytów, hm? Złodziei, morderców, kogoś takiego?

– Jak to weźmiemy? – Jego wzrok oprzytomniał.

– Nie sądzicie chyba, że zostawię was samych na pastwę targów z demonem?

– Naprawdę? Pomożecie mi? – Chwycił mnie za ramiona i przysunął twarz tuż do mojej. Wytrzymałem to, chociaż nie przepadam za dotykiem innych ludzi, chyba że są figlarnymi ślicznotkami. – Nie zapomnę wam tego do końca życia. Obsypię was złotem...

Odsunąłem Wentzla delikatnie.

– Wybierzemy razem tych pięciu. Na pewno kogoś znajdziemy – zapewniłem. – Potem zastanowimy się nad kolejnymi pięcioma.

Oczy demona błysnęły złowrogo, ale gdybym się nie spodziewał takiej reakcji na moje słowa, to pewnie nawet bym tego nie spostrzegł, gdyż zaraz potem przymknął powieki i znów wyglądał niczym poczciwy, przysypiający staruszek.

– Jak to kolejnymi? – Wentzel otworzył szeroko oczy.

Obróciłem się w stronę demona.

– Jestem pewien, że to wyjaśnisz – powiedziałem uprzedzająco uprzejmym tonem.

– Wskrzeszenie nie jest zwykłym zabiegiem magicznym, Joachimie – rzekł demon głosem cierpliwego nauczyciela. – Wskrzeszenie to cud, to złamanie praw natury. – Pokręcił głową z podziwem. – A pamiętaj, że wszystko w celu przysporzenia ci szczęścia – dodał pompatycznie.

Potem westchnął bardzo głęboko i bardzo żałośnie.

– A za cuda trzeba, niestety, płacić wysoką cenę – zakończył, rozkładając dłonie.

– Jeśli natomiast chodzi o konkretny wymiar tej wysokości – zwróciłem się do Wentzla – to będzie potrzebował tak mniej więcej pięciu ludzi na dwa tygodnie, jeśli chcielibyście znać liczby.

– Pięciu morderców z krwią na rękach lub pięciu złodziei niemających skrupułów, by co dzień rujnować biedaków – rzekł demon. – Czyż ich życie jest coś warte? Może będziesz mógł doprowadzenie do ich zniknięcia z miasta poczytać sobie wręcz za zasługę, Joachimie? Czyż oczyszczenie ulic Hezu z tych szubrawców i niegodziwców byłoby czymś niewłaściwym? I w dodatku otrzymasz życie Ottona jako nagrodę za dobre uczynki. – Demon rozpromienił się.

– Oczywiście, jeżeli jakoś tak się złoży, że akurat nie wystarczy winnych, trzeba będzie dołożyć z niewinnych – dodałem.

– Ulice Hez-hezronu są pełne łajdaków – stwierdził demon. – Więc o to bym się nie obawiał na twoim miejscu, Joachimie.

Wentzel obrócił twarz w moją stronę.

– Cóż by to komu szkodziło? – zapytał cicho. – Czy zabijając mordercę, nie ratujemy życia, które na pewno odbierze komuś w przyszłości?

– Tylko Bóg zna przyszłość – odparłem.

– Ale my możemy przewidywać najbardziej prawdopodobne rozwiązania – wtrącił demon. – Wysnuwać na ich podstawie logiczne wnioski. Zabójca zabija. Złodziej kradnie. Gwałciciel gwałci. Jeśli zrobił to raz, piąty i dziesiąty, czemu nie ma zrobić jedenasty? Powstrzymajmy go przed tym!

– Racja – rzekł Wentzel.

– Nie wiecie zapewne, że apetyt demona może się zmienić? – spytałem. – Złodzieje i mordercy mogą okazać się niewystarczający i trzeba będzie użyć, hmmm... – Spojrzałem z teatralnym zastanowieniem na demona. – Kogo lubisz najbardziej, co? Czy nie dzieci, jeśli dobrze pamiętam? Malutkie, prawda? Takie jeszcze nieskalane grzechem... – Odwróciłem wzrok od demona, który z kamienną twarzą wpatrywał się w róg swej celi, i przeniosłem spojrzenie na Wentzla. – Będziecie mieli tyle siły i bezwzględności? – poddałem miękko. – Pięcioro dzieci co dwa tygodnie... Pomijając doczesny aspekt moralny, to jak oceniacie, w jaki sposób wpłynie to na szanse waszego zbawienia?

Kupiec poruszył się niecierpliwie. Zerknął na demona, jakby sądził i wierzył, że ten zaprzeczy moim słowom, ale związany przyrzeczeniem demon oczywiście nie mógł w żaden sposób zaprotestować.

– Jeśli zażąda... – Wentzel przełknął ślinę głośno i z wysiłkiem. – Jeśli zażąda ode mnie mordowania innych ludzi niż złoczyńcy, to wtedy... wtedy go wypędzicie. Wtedy rozprawicie się z nim! – Stuknął pięścią w otwartą dłoń. – Nie pozwolę, o nie, wierzcie mi, na pewno nie pozwolę...

– Cóż, zobaczymy... Kiedy przyzwyczaicie się do obecności tej martwej istoty o wyglądzie Ottona, zapewne niełatwo będzie wam podjąć decyzję o rozstaniu z nią. Hm, jak sądzicie?

Wentzel znowu zaplótł palce, tym razem tak mocno, aż chrupnęły mu stawy.

– Co mam... co mam... według was zrobić?

– Inkwizytor zawsze powie to samo – odparł demon w moim imieniu. – Zabić demona! – zawołał, imitując mój głos. – Na stos z nim! Uwolnijcie świat od potwora! – Uspokoił się i wzruszył ramionami. – Jedyne, o co proszę, to ociupinka zrozumienia – powiedział już swoim miłym, łagodnym głosem. – Jedyne, o co proszę, to uczciwe porozumienie, które zaspokoi potrzeby nas wszystkich... Czy to tak wiele, panie Joachimie? Czy musimy żyć według prymitywnego schematu, mówiącego, że demon i człowiek są wrogami? Przecież ja nie żądam, abyśmy się od razu zaprzyjaźnili. – Westchnął tak, jakby przyjaźń z nami była jego największym marzeniem. – Ale czy nie możemy współdziałać? Koegzystować? Jeśli nie przyjaźń i nie wzajemny szacunek mają nas łączyć, to może chociaż nadzieja obopólnie odniesionych korzyści?

Uśmiechnąłem się i zacząłem teatralnie klaskać, uderzając jednym palcem wskazującym o drugi.

– Szkoda, że nie mamy wina – powiedziałem. – Wypilibyśmy toast za międzygatunkowe porozumienie i zrozumienie.

Wentzel opuścił głowę i najwyraźniej bił się z myślami. Tęsknota za Ottonem i tak bardzo ludzka chęć, żeby teraz było tak samo, jak było kiedyś, walczyły w nim ze strachem oraz z poczuciem moralności. Ze strachem, bo to był rozsądny człowiek i wiedział, że pewnych porozumień nie zawiera się bez daleko idących konsekwencji.

A z poczuciem moralności, bo Joachim Wentzel na pewno nie był bezdusznym potworem, gotowym zgodzić się na każdą podłość w celu zaspokojenia własnych popędów. Gdyby tak było, nie czekałbym na rozstrzygnięcie dyskusji z demonem, tylko demona przegnał, a Wentzla zabił. Ze względów praktycznych takie rozwiązanie nie było mi jednak na rękę i wolałem, by kupiec szczerze oraz uczciwie podjął taką decyzję, jaką sobie życzyłem, by podjął.

– Ostrzegacie mnie, prawda? – spytał cicho. – Że wszystko źle się skończy...

– Kąpiel w gnojówce zawsze wywołuje smród – odparłem. – Bo rozumiem, że o to mnie właśnie pytacie.

– Zawsze jest coś za coś – powiedział demon. – Czyż nie tak samo wygląda handel, Joachimie? Ilu ludzi do tej pory doprowadziłeś do nędzy, do bankructwa, do ubóstwa? Ilu zdeptałeś po drodze, nawet ich nie zauważając?

Joachim Wentzel milczał dłuższą chwilę, wreszcie spojrzał na mnie.

– Róbcie, co uważacie za stosowne, mistrzu inkwizytorze – rzekł. – Mam wiele grzechów na sumieniu, ale nie dorzucę do tej puli kolejnych...

Odwrócił się i poszedł w stronę drzwi, kiedy nagle demon zawołał obcym, za to przepełnionym rozpaczą głosem.

– Nie krzywdź mnie, Achimie! Pozwól mi znowu żyć!

Wentzel zatrzymał się jak wryty i przez jego twarz przebiegł bolesny skurcz. Po tej reakcji domyśliłem się, iż demon podrobił głos Ottona, tak jak wcześniej potrafił imitować mój własny. Kupiec jednak nie dał się zwieść.

Do jego oczu napłynęły łzy, ale ruszył dalej. I tylko drzwi za sobą zatrzasnął mocniej, niżby to wynikało z konieczności. Obróciłem się w stronę staruszka.

— Wreszcie sami, perełko — powiedziałem wesołym tonem.

Jestem pewien, że wielu ostatnio podjętych decyzji oraz wielu ostatnio wypowiedzianych słów bardzo serdecznie bym pożałował, gdyby tylko demon mógł się wydostać poza srebrne pręty. Ale Walentyn Fischbach, pomimo że był odstępcą oraz złoczyńcą, jednak jednocześnie był biegłym w swym fachu inkwizytorem oraz człowiekiem pilnym, sumiennym i dokładnym, który nie zaniedbał żadnych środków bezpieczeństwa. Miło było widzieć, że przekonanie o wielkiej misji, jaką ma przeprowadzić, nie zabiło w nim instynktu samozachowawczego. Demon siedział z opuszczoną głową i byłem pewien, że jeśliby ją podniósł, to ujrzałbym, że jego oczy jarzą się czerwienią. To w wypadku niektórych rodzajów demonów było oznaką silnego pobudzenia tych czy innych emocji. Podobno nie było bardziej ekscytującego widoku dla mężczyzny niż dostrzeżony w kulminacyjnym momencie widok rozjaśniających się krwawym blaskiem oczu demonicy, która go właśnie ujeżdżała. Tak przynajmniej mówili ci, którzy potem spowiadali się ze swych grzechów przed inkwizytorami. Ale czy była to prawda, czy też ludzie ci w chwili bólu oraz poniżenia chcieli wierzyć, iż spotkało ich coś, czego ten ból i poniżenie były warte, to już, niestety, nie wiem.

— I co teraz, inkwizytorze? — Demon przemawiał łagodnie, lecz nadal trzymał nisko zwieszoną głowę. — Jesteś na tyle potężny, by mnie wypędzić?

– Może tak, może nie – odparłem lekko. – Lecz nie mam zamiaru się przekonywać.

Wolno się wyprostował i popatrzył na mnie łagodnymi szarymi oczyma.

– Zaciekawiacie mnie, mistrzu Madderdin – powiedział. – Czyżbyście chcieli wykorzystać moje nadzwyczajne zdolności?

– W pewnym sensie – odparłem. – Uważam, że nie ma powodu, bym nie skorzystał na twoim pojawieniu się oraz nie powetował sobie trudów i wyrzeczeń, na jakie naraziło mnie tropienie ciebie.

– Zrobię wszystko, co zechcecie – obiecał miękko. – Nawet jeśli miałoby to być przyzwanie z demonicznej otchłani kogoś, kto oszołomi was swą unikatową pięknością i nadzwyczajną biegłością w sztuce miłości.

A więc jednak drań czytał w myślach. Chociaż chyba nie do końca, bo gdyby tak było, wiedziałby już, do czego zamierzam go wykorzystać.

– Ach, piękna demonica – rozmarzyłem się i westchnąłem. – A będzie z rogami czy bez?

Zrozumiał, że z niego szydzę, i opuścił powieki.

– Co więc mogę dla was uczynić, skoro nie chcecie wykąpać się w morzu najczystszej rozkoszy?

– Dowiesz się w swoim czasie, a na razie siedź tutaj i ciesz się, że cię nie odsyłam.

Nie wiedziałem, na ile mogę ufać bliźniakom, bo chociaż uratowali mi życie, to przecież nie znałem pobudek, z jakich to uczynili. Na razie kazałem im jednak pilnować domu Fischbachów i pod żadnym pozorem nie wchodzić do pomieszczenia, w którym siedział demon. Demon był co prawda zamknięty w srebrnej klatce, ale kreatury z nie-świata mają zdolność do motania ludzkich umysłów, więc kto wie co by wymyślił, aby przekonać któregoś z braci do zniszczenia jego więzienia.

– Ktoś ze służby był jeszcze w tym domu oprócz was i tamtych dwóch? – zapytałem.

Pierwszy potrząsnął głową, a Drugi pokiwał.

– Nie było nikogo – rzekł Pierwszy.

– Wszystkich pognali precz – wyjaśnił Drugi.

– Kto tu mieszkał? Walentyn i kto jeszcze?

– Ichni ojciec i matka, i starszy brat przenieśli się, niby, na wieś...

– Bo gadał, że mają tam, prawda, jakąś posiadłość zupełnie jak prawdziwa szlachta...

– A ten młody? Ten Hans?

– Musi tu gdzieś jest! – ożywił się Pierwszy.

– To poszukajcie go, moje orły – rozkazałem. – Tylko chciałbym, żeby był żywy, jak go już znajdziecie. Żywy i nieuszkodzony.

Pomyślałem sobie, że będę mógł spełnić życzenie Ingi i dać jej w prezencie mordercę jej siostry. Czy będzie potrafiła skorzystać z tego prezentu, tak jak skorzystać z niego pragnęła? Szczerze w to wątpiłem, gdyż nawet nienawiść rzadko kiedy aż tak zmraża serce niewinnego człowieka, aby był w stanie torturować na śmierć swego wroga. Ale może się myliłem? Może moja kochanka okaże się tak samo zdecydowana i nieustępliwa, męcząc inną istotę ludzką, jak bardzo czuła i słodka potrafiła być w czasie trwania zmysłowych uniesień? Cóż, przekonam się o tym niedługo, gdyż nikt nie powie, że Mordimer Madderdin nie dotrzymuje obietnic, zwłaszcza takich, które dał pięknym kobietom...

Czekając, aż bliźniacy odnajdą Hansa Fischbacha (miałem nadzieję, iż rzeczony Hans znajdował się w domu), zastanawiałem się, jak mam postąpić dalej. Sprawa, w którą się wmieszałem, była nieprzyjemnie skomplikowana, w dodatku byli w nią zaangażowani ludzie, którzy mogli utrudnić życie biednemu inkwizytorowi bez licencji takiemu jak ja. Choćby rodzina Fischbachów i jej klienci, bo przecież potęga tego rodu nie kończyła się, a nawet nie zaczynała na Walentynie. Przyznam szczerze i otwarcie, że nawet moja wyjątkowa skromność nie zdołałaby ukryć, iż osiągnąłem olśniewający sukces. Ale sukces ma to do siebie, że czasami trzeba za jego upublicznienie zapłacić cenę mogącą przekroczyć wartość tegoż sukcesu. Poza tym nie do końca byłem zachwycony faktem, iż Walentyn Fischbach, inkwizytor odstępca, a więc zbrodniarz, którym Inkwizytorium byłoby wielce zainteresowane, wymknął się z moich rąk. Miałem wrażenie, że moi koledzy inkwizytorzy również nie byliby tym faktem zachwyceni. Mogłem sobie nawet wyobrazić pojawiające się opinie, które mówiłyby: „Jeśli Mordimer wcześniej powiadomiłby Święte Officjum o swoich podejrzeniach, to udałoby nam się ująć renegata". Mogłem sobie również wyobrazić pytania, które w nieuprzejmy sposób podważałyby moje prawo do zajmowania się tą sprawą i piętnowałyby fakt, iż zamiast przekazać sprawę heskim inkwizytorom, działałem w porozumieniu z Joachimem Wentzlem. Byłem bardziej niż szczerze przekonany, iż pojawiłyby się oszczercze oskarżenia, mówiące, iż nie rozumowy wybór spowodował, że podjąłem taką, a nie inną decyzję, lecz szalę przeważyła fortuna zaoferowana mi przez Wentzla. Bóg i ja wiedzieliśmy, że te oskarżenia byłyby podłym fałszem, ale jak bym zdołał udowodnić to przed towarzyszami? Jak zdołałbym uciąć łby hydrze łgarstw i pomówień?

Nie zdążyłem dojść do żadnych wniosków, kiedy usłyszałem łomot ciężkich butów i zaraz potem w progu pojawili się bliźniacy.

– Jest? – zapytałem.

– Niby jest – odparł Drugi i miał zafrasowaną minę.

– Żywy?

– Niby żywy.

– I nic mu nie zrobiliście?

– Niby nic.

– Czyli zostawiliście go tam, gdzie był?

– Niby tak.

Spojrzałem na niego ciężkim wzrokiem.

– To znaczy uznaliście, że samo znalezienie Hansa wyczerpuje istotę zadania, jakie na was nałożyłem, nie mylę się, prawda? A do samego Hansa już mogę sobie spokojnie podreptać.

Pierwszy zachichotał, zaraz potem zawtórował mu Drugi. Pozwoliłem im na ten atak wesołości, ale zanim zdążyłem dopytać, co i jak, odezwał się Pierwszy:

– Mówiłeś, żeby go nie zabijać, a my, prawda, sądzimy, że jakby go zwlec z tego wyra, to chyba by go to zabiło.

– Tak niby wygląda – poparł brata Drugi. – Po mojemu: zabiło jak nic.

– Co on, chory?

Teraz przypomniało mi się, że Inga opowiadała, iż Hans bardzo chorował, a w tym czasie dał jej spokój i przestał się do niej zalecać. Oczywiście natychmiast, z wrodzoną mi bystrością, skojarzyłem fakty. A więc sprawy ułożyły się tak, że Walentyn przyzwał demona, by ratować chorego brata. Na pewno obłożnie chorego, najprawdopodobniej śmiertelnie chorego. Przeklęty rytuał udawało mu się przeprowadzać tak dobrze, że Hans nie tylko wyzdrowiał, lecz nabrał na tyle sił, by porwać swoją ukochaną. Co prawda był jednocześnie na tyle głupi, iż jego łupem padła Hilda zamiast Ingi. Swoją drogą, jeśli dziewczyny były tak podobne do siebie, że kłopoty z ich odróżnieniem mieli nawet rodzice, to może Hans nie był głupi, ale po prostu miał pecha? Cóż, cmentarze są pełne ludzi, którzy mieli pecha, i odniosłem dziwne wrażenie, że młody Fischbach niedługo do nich dołączy.

– W takim razie pójdę do niego – zdecydowałem. – Prowadźcie, chłopcy.

Pierwsze, co mnie zdziwiło, to fakt, że drzwi do pokoju Hansa miały zasuwy od zewnątrz. A więc młodego Fischbacha w tym pokoju zamykano. Z jakiego powodu? Czy była to kara za porwanie Hildy, czy też może problem tkwił głębiej? Czyżby brat Walentyna cierpiał na chorobę umysłową i izolowano go, by nie stanowił zagrożenia dla siebie i innych?

– Mieliście coś wspólnego z Hansem? Rozmawialiście z nim?

– Rudy nie dawał.

– Właśnie, prawda, tak: nie dawał.

A więc jeżeli moje domysły były słuszne, to Walentyn sam prowadził brata do demona, by demon przelewał w Hansa siły witalne wyssane wcześniej z ofiar.

Wszedłem do pokoju, czystego i urządzonego skromnie, ale z wyraźną myślą o tym, by jego mieszkańcowi było wygodnie. Na stoliku przy łóżku stał nawet wazon z różami o płatkach ciemnokrwawej barwy. A na łóżku leżał blady niczym śmierć ten sam młodzieniec, którego widziałem, kiedy śledził mnie oraz Ingę, oraz o którego żałosnych zalotach rozmawiałem z moją kochanką. Musiał zobaczyć, że wchodzę do pokoju, gdyż był obrócony twarzą w stronę drzwi, ale na jego obliczu nie odbiło się żadne uczucie. Przyglądał mi się wzrokiem całkowicie pozbawionym emocji oraz wyrazu.

– Pamiętasz mnie, Hans? – zapytałem. – Widziałeś mnie na targu z Ingą. Śledziłeś nas.

W jego spojrzeniu nie pojawił się nawet cień zrozumienia. Patrzył na mnie, jakbym nie różnił się niczym od ściany.

– Na co jesteś chory? – spytałem po chwili, po czym mimowolnie cofnąłem się o pół kroku.

I znów żadnej reakcji.

– Mogę ci jakoś pomóc, Hans? – szepnąłem bardzo łagodnie. – Chciałbyś się czegoś napić, coś zjeść? A może mam wezwać doktora?

Oho! W twarzy chłopaka coś drgnęło, a wzrok na moment odzyskał ostrość.

– Jeść – wybełkotał żałośnie. – Jeść...

Potem wyciągnął spod koca dłoń i zobaczyłem, że jego nadgarstek jest spięty żelazną obręczą, od której odchodzi łańcuch. Cóż, jak widać, Walentyn nieźle pilnował brata. Nie lepiej było po prostu dać umrzeć temu biednemu Hansowi, niż trzymać go niczym więźnia albo dzikie zwierzę?

– Co byś chciał zjeść? – spytałem i nagle sam się domyśliłem. – Oczywiście chciałbyś zjeść to, co da ci demon – odpowiedziałem na własne pytanie, a oczy Hansa w tym momencie zabłysły.

Oblizał się. Język miał tak długi, iż jego koniuszek sięgnął mu nozdrzy. Kolor ludzkiego języka zazwyczaj mieści się w jednym z odcieni czerwieni, potrafi przechodzić od różu aż po karmin. Czasem może być siny, nawet granatowy, obłożony białym lub zielonym nalotem. Język młodego Fischbacha był blady niczym glista wyciągnięta spod zgniłej kłody drewna.

– Na co jesteś chory, Hans? – zapytałem raz jeszcze i tym razem zbliżyłem się do samego łóżka.

Byłem już niemal pewien, że choroba, na którą choruje brat Walentyna, nie jest zaraźliwa i nie muszę się niczego obawiać.

– Jeść. Bardzo jeść. – Tym razem z jego ust wydobył się bulgot, tak jakby słów nie chciała wypuścić ślina rodząca się i rosnąca w głębi gardła.

– Dostaniesz jeść, Hans, ale musisz ze mną porozmawiać. Skup się, chłopcze! – Uderzyłem go dłonią w policzek.

Nie wywarło to na chłopaku szczególnego wrażenia. Szczerze mówiąc, nie wywarło to na nim żadnego wrażenia. Nawet nie przymrużył oczu.

– Pytaj. Szybko pytaj – powiedział.

– Ty umarłeś, Hans, prawda? Jesteś martwy, chłopcze, czyż nie?

Jego nieruchome źrenice wpatrywały się we mnie.

– Martwy – powtórzył. – Byłem martwy i zmartwychwstałem.

Wypowiedzenie słowa „zmartwychwstałem" sprawiło Hansowi wielki kłopot, jednak w końcu udało mu się je wybełkotać.

A więc tak sprawy się miały. Można powiedzieć, że niezwykły to był zbieg okoliczności, iż zapiski demonicznych rytuałów wpadły w ręce rudego inkwizytora właśnie wtedy, kiedy jego brat tak ciężko chorował i potrzebował pomocy. Nie należałem do ludzi, którzy wszędzie dostrzegają przejawy działania szatańskich mocy, gdyż z doświadczenia wiedziałem, że niezwykłe przypadki po prostu się zdarzają. Jednocześnie uważałem, iż nie należy nigdy lekceważyć możliwości, że to, co wydaje się jedynie przypadkiem, tak naprawdę jest aż spiskiem. Na świecie wydarzało się wiele złych rzeczy i mogły być one oczywiście wynikiem głupoty, niedbalstwa, zbiegu nieszczęśliwych okoliczności. Ale mogły być też skutkiem podłej woli lub wręcz skutkiem konspiracji, zawiązanej w celu czynienia zła. I każdy, kto od razu, bez przeprowadzenia drobiazgowego śledztwa, odrzucał tę drugą możliwość,

wydawał mi się podejrzany. Gdyż albo był idiotą, albo
nikczemnikiem służącym diabłu.

W tym wypadku miałem, zdaje się, nigdy nie poznać prawdy. Nie wiem, czy ta prawda została pogrzeba-
na wraz ze śmiercią Walentyna, czy też może ktoś kiedyś
ją pozna, jednak pewien byłem, że to nie ja dostąpię tego
zaszczytu. A co miałem uczynić z Hansem? Oddanie
w ręce Ingi tego ożywionego demonicznym tchnieniem
trupa całkowicie mijało się z celem. Nie wiem nawet, czy
młodemu Fischbachowi można było zadać ból, ale nawet jeśli, to jakiż sens miało torturowanie czegoś, co tak
naprawdę nie było już człowiekiem, lecz kupą martwego mięsa poruszającego się dzięki sile mrocznej magii.

A co stanie się z Hansem, kiedy przestanie być kar-
miony? Czy umrze po raz drugi? Czy pozbawiony demonicznych posiłków zacznie gnić, utraci zdolność chodzenia, mówienia i myślenia? A może będzie trwał w stanie
jakiejś zdumiewającej wegetacji, niczym mucha zimują-
ca w okiennej szparze? Tak czy inaczej, musiałem go na
razie zostawić, i to zostawić w tym stanie, w jakim się
znajdował, bo przecież nie zamierzałem pozwolić mu
na kontakty z demonem. Kiedy cofnąłem się i zatrzasnąłem drzwi, usłyszałem zza nich najpierw słabe, a potem
narastające wycie. Było pełne rozpaczy przemieszanej
z wściekłością. I było całkowicie, najzupełniej nieludzkie... Wzdrygnąłem się i zatrzasnąłem zasuwy.

Nie zamierzałem odwiedzać Joachima Wentzla, gdyż
w zasadzie nie mieliśmy już o czym rozmawiać. Sprawa

została zamknięta, a on sam, zważywszy na własne dobro, powinien jak najszybciej zapomnieć zarówno o Ottonie, o wysysaczu życia, jak i o rodzinie Fischbachów. Jednak Joachim Wentzel sam po mnie posłał, i to nie byle służącego, lecz zaufanego majordomusa.

– Jaśnie pan rozkazał, żebym bez was nie wracał, mistrzu inkwizytorze – oznajmił Schabe.

Uśmiechnąłem się.

– No cóż, nie mogę odmówić tak gorącemu zaproszeniu. Czuję się dodatkowo zaszczycony, że właśnie was obarczono tą misją.

Majordomus skłonił głowę, dziękując mi za uprzejme słowa, po czym nie marnując już czasu i nie strzępiąc języka po próżnicy, ruszyliśmy do pałacu Wentzla.

Joachim przyjął mnie w swoim gabinecie, serdecznie powitał, usadził w fotelu i podetkał pod nos salaterkę z toruńskimi pierniczkami.

– Cieszę się, naprawdę się cieszę, że jesteście – wyznał i albo był znakomitym komediantem, albo rzeczywiście szczerze mnie polubił. – Chciałem koniecznie się z wami zobaczyć – kontynuował – ponieważ opuszczam na pewien czas Hez i wręcz nie wyobrażałem sobie wyjazdu bez pożegnania z wami.

– To bardzo miło z waszej strony.

– Jadę na pewne spotkanie do Rzymu. – Usiadł naprzeciwko mnie i uśmiechnął się. – Spotkanie prywatne i nieformalne, chociaż niezwykle ważne. Spotkanie, na którym gromadzą się ludzie o upodobaniach jak moje – mrugnął do mnie znacząco – a cieszący się wielką władzą oraz wielką fortuną...

– Mówicie mi o tym, bo...?

– Bo świat tak jest ułożony, drogi mistrzu inkwizytorze, że my, ludzie należący do tych wyjątkowych rybek, które płyną pod prąd, musimy trzymać się razem i wzajemnie się wspierać. – Rozciągnął wargi w szerokim uśmiechu. – Inaczej zbyt szybko zostalibyśmy złowieni i zjedzeni.

– Jak wszyscy łamiący prawo oraz boskie przykazania – odparłem ostro.

– Prawo – powtórzył. – Boskie przykazania – powtórzył znowu, i to tonem, który wyjątkowo mi się nie podobał, gdyż można go było nazwać jeśli nie wzgardliwym, to przynajmniej pobłażliwym. – Drogi mistrzu Madderdin, czyż ludzie przez całe życie nie wybierają sobie, których praw boskich i ludzkich chcą przestrzegać, a których nie? Czyż sam Jezus Chrystus nie dał nam przykładu na udowodnienie tezy, że co prawda zabijać w zasadzie nie wolno, ale czasami jednak wolno? Czyli że istnieją takie wyjątki, w których morderstwo jest nie tylko dozwolone, lecz nawet jak najbardziej pożądane?

– Wybaczcie, nie będę z wami rozprawiał na tematy teologiczne – stwierdziłem stanowczo. – Wiedzcie jednak, że dyskusje podobne do tej nie są niczym nowym dla inkwizytora. W przesławnej i znakomitej Akademii Inkwizytorium rolą wykładowców jest odpowiadać na pytania uczniów, wśród których to, jakie wyście zadali, i jego odmiany są jednymi z częstszych.

Wzruszył ramionami.

– Tak czy inaczej, jestem, kim jestem, mistrzu inkwizytorze, i nie zamierzam się zmieniać, ale oczywiście nie zamierzam również ujawniać moich skłonności, gdyż poważnie zaszkodziłoby to moim różnorakim interesom.

– Nie rozumiem, czemu w ogóle rozmawiamy o waszych skłonnościach, panie Wentzel...

– Jesteście młodym i bystrym mężczyzną, twardym, zdecydowanym i takim, na którym warto zawiesić oko...

– Panie Wentzel! – Zaśmiałem się. – Zbytek łaski, ale...

– Wysłuchajcie mnie – przerwał mi. – Wśród ludzi o moich skłonnościach znaleźć można postaci ważne i wpływowe. Również – uniósł palec – a może przede wszystkim w watykańskiej kurii oraz wśród papieskich inkwizytorów. Dla kogoś takiego jak wy rozpostarłaby się szeroka droga kariery, gdybyście zechcieli poznać nas nieco bliżej. Dlatego składam wam propozycję, byście udali się ze mną w tę podróż. I ręczę, że nie pożałujecie powziętej decyzji.

Przyglądał mi się uważnie, ale wiedziałem, że nie przemawia przez niego zainteresowanie mną jako przedstawicielem pociągającej go płci. Chciał mnie wykorzystać politycznie, nie zmysłowo.

– Po co miałbym stać się jednym z was pod względem obyczajów? Czyż nie można dogadać się tak, jak dogadują się ludzie interesu? Po co mieszać do tego wszystkiego sprawy łoża?

– Przecież sami znacie odpowiedź, mistrzu Madderdin. – Uśmiechnął się pobłażliwie.

– Zostałbym wspólnikiem grzechu i przestępstwa...

– To również. Ale weszlibyście w ten sposób w skład pewnego elitarnego stowarzyszenia, które to stowarzyszenie zaufaniem darzy jedynie tych, którzy potrafią całkowicie się otworzyć.

Ponieważ słowa zabrzmiały dwuznacznie, uśmiechnąłem się, a on odpowiedział uśmiechem.

– Więc jak, mistrzu Madderdin? Chcielibyście pojechać do Watykanu? Chcielibyście zacząć nowe życie w roli papieskiego inkwizytora? Wielkie pieniądze, wielkie wpływy, światowe życie – westchnął. – Wszystko tam jest dużo, dużo lepsze niż w tym zapyziałym, prowincjonalnym Hez-hezronie, mówię wam... Nawet nie ma porównania.

Życie papieskiego inkwizytora... Taaak, byłoby zapewne bardziej urozmaicone niż życie inkwizytora bez przydzielonej licencji, snującego się po Hez-hezronie i poszukującego zarobku. Wentzel jednak popełnił wobec mnie co najmniej dwa błędy. Po pierwsze uważam się za człowieka raczej swobodnych obyczajów (a poza tym wiem, że, brutalnie mówiąc: dupa nie jest z mydła i się nie wymydli), lecz jednak nie na tyle swobodnych, by w sposób tak radykalny zmieniać zainteresowania. Po drugie może i papiescy inkwizytorzy mieli większe wpływy i, przede wszystkim, większe zarobki. Ale wśród nas – podwładnych Świętego Officjum – uważani byli za dużo podlejszy gatunek i nigdy, przenigdy nie określilibyśmy żadnego z papistów jako towarzysza walki.

– Uprzejmie wam dziękuję za ciekawą propozycję, jednak zostanę w Hez-hezronie. Jakoś się już przyzwyczaiłem do tej zapyziałej prowincji, jak nazywacie nasze miasto.

– Mistrzu Madderdin – nadal spoglądał na mnie z uśmiechem – czyż fakt, że gustujecie w słodkim winie, oznacza, że rezygnujecie z piwa?

– Złe porównanie – odparłem. – Ale wolałbym nie używać właściwego, by nie obrażać waszych uczuć.

Skinął głową.

– No cóż, zrobicie, jak zechcecie, mistrzu Madderdin. Nie zamierzam was do niczego przymuszać, zwłaszcza że, jak to mówią, z niewolnika nie ma robotnika. Uważam jednak, że oddaliście mi wielką przysługę...

Chciałem coś powiedzieć, ale nakazał mi milczenie zdecydowanym gestem.

– ...gdyż sprawiliście, bym sam zdecydował, iż należy zniszczyć demona, a nie szukać z nim porozumienia. A właśnie, skoro już o tym mowa: przecież w każdej chwili mogliście odesłać demona, nie patrząc na to, czy się zgadzam z waszym osądem, czy nie. Czemuście tego nie zrobili? Czemu staraliście się mnie przekonać?

– Jesteście na tyle bogaci i znacie tak wielu ludzi, że prędzej czy później wynajęlibyście kogoś, kto zdołałby powtórzyć rytuał przeprowadzony przez Fischbacha. Musiałem was aż przekonać, a nie zaledwie pokonać.

– Tak właśnie sądziłem. – Cały czas przyglądał mi się uważnie. – Tylko nie rozumiem, dlaczego mnie po prostu nie zabiliście? Dlaczego zadaliście sobie tyle trudu, zamiast wykonać jedno szybkie pchnięcie sztyletem? Przecież chyba nie mielibyście... – uśmiechnął się, jakby słowo, które miał zaraz wypowiedzieć, należało do rodzaju tych wstydliwych – wyrzutów sumienia?

– Rzecz jasna, że nie – odparłem uprzejmie. – My, inkwizytorzy, raczej nie jesteśmy kształceni w tym duchu. Wyjaśnię to tak: powiedzmy, że mam pewien kodeks, którego staram się przestrzegać, a którego jeden z przepisów mówi, by niewinnych zabijać jedynie w ostateczności.

Roześmiał się.

– Przyznam, że taki kodeks wydaje się dość wygodny. Ale nawet nie wiecie, jak bardzo się cieszę, że oceniliście, iż ja sam znajduję się jeszcze poza granicą tego, co nazywacie ostatecznością. – Skłonił głowę w nieco teatralnym podziękowaniu. – Ale, ale – zaczął znowu – mówiłem, iż oddaliście mi przysługę, a musicie wiedzieć, że Joachim Wentzel zawsze spłaca długi, mistrzu Madderdin.

– No proszę bardzo, i znowu coś nas łączy...

– Nie zaproponuję wam pieniędzy, bo wiem, że mieliście już w czasie trwania swej kariery wielkie możliwości zarobku, z których nie skorzystaliście, więc nie doczesne dobra są dla was najważniejsze...

– Coś takiego! Szkoda, że ja sam nic nie wiem o tym, jaki jestem cudownie bezinteresowny.

– Zaproponuję wam więc przyspieszenie waszej martwo zastygłej kariery w Inkwizytorium. Za góra pół roku otrzymacie przydział do siedziby Świętego Officjum w jakimś mieście, nieważne jakim, pewnie będzie to dziura zabita dechami...

– Jakże się cieszę, że was nie uraziłem, bo trudno mi sobie wyobrazić, jak by wyglądała wasza zemsta, skoro tak wyglądają wasze podziękowania.

Po raz pierwszy zareagował na moje wtręty i pokiwał jedynie głową z mieszaniną rozbawienia i politowania.

– Lepiej słuchalibyście dalej – nakazał. – Posiedzicie trochę na tej prowincji, a potem dostaniecie przydział do Hez-hezronu. Czy takie rozwiązanie już wam bardziej odpowiada? Zostaniecie licencjonowanym inkwizytorem biskupa Hez-hezronu. Co wy na to?

Spoglądałem na Wentzla, jakby wyłonił się właśnie z błyskawicy, która przestrzeliła sufit pałacu. Awans na licencjonowanego inkwizytora Jego Ekscelencji biskupa Hez-hezronu oznaczał awans do ścisłej elity inkwizyto-

rów. Kto wie czy nie było to lepsze nawet od dowódz-
twa w którymś z lokalnych oddziałów Inkwizytorium.
Może w tym drugim wypadku miało się więcej samo-
dzielności, ale mogłem sobie jedynie wyobrazić, jak wielkie sprawy otrzymują hescy inkwizytorzy, do znajomości jakich ścisłych sekretów dostępują oraz jak ogromną
poznają wiedzę i z jak przerażającym diabelskim pluga-
stwem muszą się mierzyć. Pytanie inkwizytora, czy chce
otrzymać licencję Hez-hezronu, było niemal jak pytanie
człowieka, czy chce być mądry, bogaty i piękny.

– Macie taką władzę? – wydukałem wreszcie.

– Ja? Oczywiście, że nie. Ale znam ludzi, którzy ją
mają, a którzy są mi winni przysługę lub dwie i chętnie
się zrewanżują.

– Cóż mogę powiedzieć?

– Nie musicie nic mówić. Czy wasz awans wyrówna
nasze rachunki?

– Z nawiązką – odparłem.

– Lepiej tak nie mówcie, bo jeszcze chwycę was za
słowo. – Tym razem wcale się nie uśmiechał. – A propozycja naszego wspólnego wyjazdu do Watykanu jeszcze przez kilka dni będzie aktualna... – dorzucił już lekkim tonem.

– Niezwykle jesteście łaskawi – odparłem. – Czuję,
że kilka następnych dni spędzę na gorączkowych rozmyślaniach.

Zaśmiał się.

– Macie jakieś poważne plany wobec tej dzierlatki?

– Wszystko wiecie, prawda?

– Wszystko wie jedynie Bóg w niebiesiech – odpowiedział moimi własnymi słowami. – To co? Macie?

– Jestem inkwizytorem. – Wzruszyłem ramionami.

– Jest piękna, młoda, bogata, najwyraźniej prawdziwie w was zakochana. Chcecie to tak zostawić? Po prostu odejść? Porzucić ją?

– Z całym szacunkiem, panie Wentzel, ale dlaczego obchodzi was moje życie prywatne?

– Polubiłem was – wyjaśnił. – I dobrze wam życzę. Przyjmijcie radę, by nie zlekceważyć uczuć tej dziewczyny. Miłość zdarza się tak rzadko. Może teraz zdarzyła się wam? – Westchnął ciężko. – No nic... – Zamrugał i otrząsnął się ze smutnych myśli. – Potraktujcie moją radę jako dodatek do wynagrodzenia.

– Bardzo proszę – odparłem. – Choć wasza obietnica dotycząca heskiej licencji, jeśli zostanie spełniona, będzie więcej niż odpowiednią zapłatą.

– Wierzcie mi: zostanie spełniona – rzekł dobitnie.

Potem wyciągnął do mnie rękę.

– Czyli wtedy będziemy kwita?

– Tak jest. Wtedy będziemy kwita – powtórzyłem i uścisnąłem jego dłoń.

Wysłuchałem rad Wentzla dotyczących związków i miłości z oczywistą uprzejmością oraz cierpliwością, ale nie bardzo wiedziałem, cóż Wentzel tak naprawdę sobie wyobrażał i co chciał, żebym uczynił. Miałem ożenić się z Ingą? Pomijając kwestie związane z moją karierą w Inkwizytorium (jakoś tak się zdarzało, że żonaci inkwizytorzy rzadko kiedy dochodzili do wysokich stanowisk i kto wie czy małżeństwo nie popsułoby mi szyków, nawet zważywszy na obiecaną protekcję Wentzla), to przecież byłem jeszcze młody i niegotowy na założenie poważnego stadła, za które miałbym wziąć odpowiedzialność. Przyznam chętnie, że Inga była śliczna, słodka, rozumna i namiętna. Była też, a to nigdy nie wadzi, bogata. Ale czy właśnie ona była mi przeznaczona? Czy chciałem od niej czegoś więcej niż kilku radośnie spędzonych chwil? Czy w ogóle od kogokolwiek chciałem czegoś więcej? Chyba nie... Należałem do tych wolnych istot, które pozwalały sobie nałożyć pęta tylko jednemu właścicielowi. A właścicielem mojego serca i mojej duszy był Bóg. I dla nikogo innego nie było już w nich miejsca. Cóż więc, będę musiał opowiedzieć Indze o sprawie tyle, ile mogę opowiedzieć, nie narażając dziewczyny na zbyt wielki ciężar, a potem grzecznie się z nią pożegnam. Kiedy podjąłem już decyzję o rozstaniu, właśnie wtedy przypomniałem sobie idealnie ukształtowane ciało Ingi i przypomniałem sobie również, jak wspaniale to ciało potrafiło dopasować się do mojego. W związku z tym zacząłem się zastanawiać, czy nie powinienem jednak ofiarować Indze możliwości spotkania się ze mną raz na jakiś czas. W końcu ta biedna dziewczyna też miała prawo do rozkoszy. Nie, nie mogłem być tak nielitościwy, by do bólu spowodowanego utratą siostry bliźniaczki dokładać jej cierpienie spowodowane tym, iż nie będzie mnie już mogła widywać.

Z Ingą spotkałem się następnego dnia. Jak zwykle przyprowadziłem ją do mojego pokoju, jak zwykle też ubrana była w szeroki płaszcz z kapturem opadającym na twarz, bo przecież nie życzyliśmy sobie plotek na temat jej nieobyczajnego zachowania. Kiedy tylko zamknąłem drzwi, zrzuciła płaszcz z ramion i pocałowała mnie prosto w usta. Jak zwykle miała świeży oddech, a jej skóra i włosy tym razem pachniały migdałowym olejkiem. Jak zwykle wyglądała olśniewająco, choć zauważyłem, że ma podkrążone oczy.

– Płakałaś – raczej stwierdziłem, niż zapytałem.

– Nie mogłam spać – odparła i usiadła na łóżku. Wyciągnęła nogi przed siebie.

– Zdejmijcie mi buty – poprosiła. – Tyle tu tych klamerek, że zwariować można.

Ukucnąłem przy dziewczynie. Rzeczywiście, nosiła wysokie buty zapinane na mnóstwo maleńkich haftek. Sięgały jej tuż pod kolana. Kształtne kolana, które przechodziły w zachwycająco zgrabne uda.

– Wierzcie mi, że jeszcze zdążycie pogapić się na moje nogi – powiedziała, przeciągając się. – A teraz ściągajcie!

Zaczęło się od ściągania butów, skończyło natomiast niemal godzinę później, a zarówno buty, jak i reszta jej i mojej garderoby leżały rozrzucone na podłodze po całym pokoju.

– No wiecie co... – powiedziała, z trudem łapiąc dech. – Nawet mnie nie poczęstowaliście szklanką wody, tylko od razu grzech wam był w głowie, nic innego.

Przylgnęła do mnie i poczułem, jak szybko bije jej serce. Oddychała mi teraz w zakątek pomiędzy szyją a ramieniem.

– Lubię z tobą grzeszyć – przyznałem.

– Ja myślę – odparła niewyraźnie. – Spróbowalibyście nie lubić.

– Rozwiązałem sprawę śmierci twojej siostry – powiedziałem po chwili.

Długo milczała, później uniosła się i usiadła sztywno wyprostowana. Spojrzała mi w oczy poważnym wzrokiem.

– Wiecie już wszystko?

– Wiem kto i wiem dlaczego, więc może nie wszystko, ale to, co najważniejsze.

– Powiecie mi, prawda?

– Oczywiście, Ingo – na pół skłamałem, na pół powiedziałem prawdę.

Bowiem naprawdę zamierzałem jej opowiedzieć historię zabójstwa Hildy, lecz nie zamierzałem do tego mieszać ani Fischbachów, ani, Boże broń, demona. A już z całą pewnością nie mogłem zdradzić Indze, że jej siostra zginęła przez pomyłkę, bo sądzę, że moja kochanka nie wybaczyłaby sobie tego do końca życia. A przynajmniej przez kilka miesięcy.

Opowiedziałem jej więc wzruszającą historię o porwaniu i śmierci Hildy. Wręcz na tyle wzruszającą, że sam pewnie bym się popłakał, gdyby nie to, że po pierwsze inkwizytorzy nie wybuchają szlochem zbyt często, a po drugie sam ową historię wymyśliłem. Ważne, że moja opowieść była spójna, logiczna i obarczała winą jedynie martwych, którzy, co oczywiste, nie mogli już ani moich słów sprostować, ani zadać im kłamu. No i nie można ich było nikomu podarować w prezencie, by ich sobie torturował.

– Nie znajdziemy jej ciała? Na pewno? – Inga miała policzki mokre od łez.

– Niestety nie. Sprawdziłem, że Hildę pochowano w Dołach, tak jak niemal każdą osobę znalezioną na ulicy, ale gdzie konkretnie, tego już nikt ani nie pamięta, ani nie powie. Najważniejsze jednak jest to, że twoja siostra nie cierpiała. Śmierć była dla niej łaskawa.

Inga nieprzekonana skinęła głową.

– Dobrze, że nie cierpiała – westchnęła. – Lecz nie ma łaskawej śmierci dla siedemnastoletniej dziewczyny. My chcemy żyć, nie umierać... – Otarła oczy wierzchem dłoni.

– Hilda żyje teraz w wiekuistej światłości – odparłem. – To przecież lepsze niż nieszczęsna wegetacja na tym podłym doczesnym świecie.

Żachnęła się i spojrzała na mnie nieprzychylnie.

– Skoro tak wam się podoba wiekuista światłość, to się do niej przenieście. Wolna droga... – powiedziała opryskliwie, a potem się rozpłakała.

Objąłem wstrząsane spazmami ramiona.

– Nie płacz, dziewczyno – poprosiłem ciepłym tonem. – Albo i płacz, jeśli ci to pomaga – dodałem i pogłaskałem Ingę po włosach.

Odsunęła się ode mnie i opuściła głowę.

– Łudziłam się, że może figle z wami pomogą mi się trochę rozweselić – westchnęła żałośnie. – Bo przecież nie zapomnieć. Zapomnieć się zwyczajnie nie da...

– Pomogły?

– Jesteście mili i zabawni, mości inkwizytorze. – Spojrzała na mnie i uśmiechnęła się blado, przez łzy. – Więc nie żałuję czasu spędzonego z wami. To jak kładzenie kompresu na oparzelinę. Przez chwilę pomaga, a potem boli tak samo, z tym że ból wydaje się nawet większy, bo zostaje zwielokrotniony poprzedzającą go chwilową ulgą.

– Każda rana się goi.

– Wiecie, że zdarza się, iż ludzi bolą kończyny, których już nie mają?

Oczywiście, że wiedziałem, zatem przytaknąłem. W naszym prześwietnym Cesarstwie jest wielu weteranów wojen, wielu też ludzi, którzy zwyczajnie doznali okrutnego wypadku. I oni rzeczywiście skarżą się chociażby na dręczący ich ból stopy, choć przecież wiele lat temu nogę oberżnięto im ponad kolanem.

– Właśnie – powiedziała. – To będzie zawsze bolało, Mordimerze, i ja wiem, że tego nie wytrzymam.

Pierwszy raz zwróciła się do mnie po imieniu; „Mordimer" zabrzmiało w jej ustach ciepło, pomimo że głos dziewczyny był pełen żalu, może nawet rozpaczy.

– Nawet nie wiesz, ile ludzie potrafią wytrzymać. Nawet nie wiesz, ile potrafią znieść. – Spojrzałem na nią.

– Ale ja nie chcę wytrzymywać. Ja nie chcę znosić – odparła.

I taki to jest problem z rozpieszczonymi, bogatymi dziewczynami, dla których największą tragedią było do tej pory, że tatuńcio nie chciał jej kupić kudłatego pieska z czerwoną kokardką (albo chociaż małego Murzynka), a mamuńcia nie pozwoliła przymierzyć balowej sukni. Takie właśnie dziewczęta są potem całkowicie nieodporne na panoszące się na świecie zło, które przecież może je dopaść w każdej chwili. No dobrze, umarła jej siostra bliźniaczka. To pewnie straszne uczucie, chociaż nie rozumiałem go, bo nigdy nie miałem siostry, tym bardziej bliźniaczki, jednak teoretycznie wiedziałem, jak silne więzy łączą czasem bliźnięta. Cierpiała. Dobrze, rozumiem, że cierpiała. Ale, na gniew Boski! w naszym prześwietnym Cesarstwie ludzie ciągle umierają. Śmierć nie omija najbogatszych i najsilniejszych, nie omija nawet młodych i pięknych. Umierają na wojnach, umierają z powodu wypadków, umierają z ręki morderców, z głodu, chorób i zaniedbania. Śmierć po prostu się zdarza i gdybyśmy nie chcieli żyć jedynie z tego powodu, że umiera ktoś nam bliski, to musielibyśmy się powiesić już w dzieciństwie.

– Chcesz się poddać?

Wzruszyła ramionami.

– Ja tylko chcę, żeby przestało boleć – powiedziała cicho.

Potem podniosła na mnie wzrok.

– Ale nie przestanie, prawda?

– Wszystko się kiedyś kończy. Nawet ból po stracie siostry – odparłem. – Kiedy ja straciłem moją malutką siostrzyczkę, bolało mnie przez dwa lata. Ale potem pomyślałem, że być może ona nie może weselić się przy Tronie Pańskim, gdyż tak ją martwi mój smutek. I postarałem się już nie smucić, choć zawsze będę o niej pamiętał i się za nią modlił.

Inga uśmiechnęła się do mnie przez łzy.

– Nigdy nie mieliście siostry, niemniej dziękuję wam, że próbujecie mnie pocieszyć.

Westchnąłem.

– Ale mogłem mieć, prawda? Poza tym dobrze znałem ludzi, którym umierali bliscy. – Przypomniał mi się sierżant Gruber. – Poznałem kiedyś człowieka, któremu umarła mała córeczka. I co? Wspominał ją, modlił się za nią, ale żył dalej... Trzeba żyć dalej...

– Właśnie o to chodzi, że nie trzeba, Mordimerze. Po prostu nie trzeba...

Najlepszym sposobem, jaki znam, aby powstrzymać ludzi od samobójstwa, jest przykucie ich łańcuchem do ściany, i to na tyle umiejętne, by nie mogli się rzeczonym łańcuchem udusić. Jak łatwo się domyślić, nie mogłem owego znakomitego rozwiązania zastosować w przypadku Ingi, bo przecież nie miałem czasu, by się nią zajmować przez najbliższe miesiące czy lata. Ale nie mogłem też dopuścić, by targnęła się na własne życie z tak błahego powodu jak śmierć siostry. Zwłaszcza że miała jeszcze pięć kolejnych sióstr, więc nie zostawała sama na świecie.

– A twój narzeczony?

Prychnęła tylko.

– Szybko się pocieszy, wierzcie mi. Wy wszyscy tacy jesteście. Dać wam nową zabawkę, zaraz zapomnicie o starej.

– Jesteś bardzo niesprawiedliwa – odparłem.

– A nie mówiłam, że potraficie mnie rozbawić? Potraficie. Naprawdę. Tyle tylko, że to nic nie da.

Powiedziała to takim tonem, jakby chciała, żebym zaprzeczył.

– Zamierzasz się powiesić? Utopić? Otruć? Pchnąć nożem?

Przygryzła usta.

– Nie wiem. Nie chcę tego planować i nie planuję. Po prostu wiem, że jeżeli będzie boleć za długo i za bardzo, to w końcu nie wytrzymam. Właśnie wtedy to zrobię, Mordimerze.

Nie miałem zamiaru opowiadać jej o wiecznym potępieniu, bo przecież wiedziała równie dobrze jak ja, że kto targnął się na własne życie, ten będzie mógł przyglądać się anielskim rozkoszom jedynie z wnętrza diabelskiego kotła (jeśli diabły akurat pokuszą się, by zastosować takiego rodzaju torturę).

Zaczęła zbierać swoje rzeczy z podłogi, potem położyła je na łóżku.

– Pójdę już, prawda? – spytała.

– Tak. Lepiej tak. Odprowadzę cię do domu.

Zaczęła się wolno ubierać i co jakiś czas spoglądała na mnie z czymś w rodzaju oczekiwania. Oczekiwania, że uczynię coś, co odmieni jej życie. Czy powinienem poprosić ją, by została moją żoną? Czy właśnie o to jej chodziło? Nie, mili moi, nie byłem na to gotowy. Za bardzo lubiłem i szanowałem Ingę, by obarczać ją ciężarem kłopotów życia z inkwizytorem, które musiałaby przecież znosić, zostając moją żoną. A poza tym co będzie, jeśli pamięć o Hildzie, jeśli ten straszny ból utraty siostry nie przejdzie? Co zrobię z kobietą pogrążającą się w żalu, obojętną dla światowych doznań, coraz bardziej daleką? Nie, nie, lepiej, żeby w takim razie mieszkała wraz z rodziną, tam łatwiej jej będzie o pomoc. Bycie ze mną mogłoby się Indze wydawać teraz najlepszym rozwiązaniem, ale nie tylko nie byłoby panaceum na jej problemy, lecz mogłoby pogrążyć mnie samego. A ja przecież miałem na głowie walkę z Szatanem i nie mogłem wymieniać jej na walkę z przykrościami małżeńskiego pożycia.

Wracaliśmy w milczeniu i jak zwykle rozstaliśmy się pod murem.

– Kiedy się teraz spotkamy? – Spojrzała na mnie, unosząc kaptur, i widziałem, że stara się uśmiechnąć.

– Dam ci znać – obiecałem.

– Jutro? Pojutrze? – Wyciągnęła dłoń i uścisnęła moje palce. – Będziesz za mną tęsknił, prawda?

– Oczywiście, Ingo. – Pocałowałem ją. – Biegnij już do domu, bo jeszcze ktoś nas zobaczy.

Uśmiechnęła się, tym razem z jakimś smutnym zrozumieniem.

– Żegnaj – powiedziała.

Epilog

Bliźniacy pilnowali domu Fischbachów, cierpiący z głodu demon wariował za srebrnymi kratami, wyklinając na przemian Boga oraz mnie (można przyznać, że dostąpiłem sporego zaszczytu, trafiając na drugie miejsce w demoniej skali nienawiści, zaraz po samym Panu), a Hans leżał w swym łóżku otoczony coraz większym smrodem. Gnił, ale mimo tego gnicia zachował zdolność wydawania z siebie nieartykułowanych pomruków i poruszania kończynami. Sądzę też, że w jakiś sposób działał jego umysł, gdyż teraz, kiedy zaglądałem do jego pokoju, wpatrywał się we mnie wzrokiem nie obojętnym, lecz przepełnionym nienawiścią. Dwa dni po rozprawieniu się z rudym inkwizytorem przyprowadziłem do tego pokoju Joachima Wentzla, by zobaczył, co mogło czekać Ottona, gdyby sam Wentzel skorzystał z propozycji demona i zdecydował się ożywić zamordowanego kochanka. Kupiec długo przyglądał się skowyczącemu, śliniącemu się mężczyźnie, musiał czuć smród bijący od jego ciała, widzieć gnijące, zsiniałe mięso. Patrzył tak w milczeniu, a potem, dalej bez słowa, ścisnął mnie jedynie za ramię, odwrócił się i wyszedł. Miałem nadzieję, że widok, który mu pokazałem, zapamięta sobie do końca życia.

Wiadomo jednak, że taki stan rzeczy nie mógł trwać wiecznie. Musiałem postanowić, co uczynić z demonem oraz z młodym Fischbachem, i wreszcie wpadłem na rozwiązanie, które wydało mi się może nie idealne, ale na pewno lepsze od angażowania heskiego oddziału Świętego Officjum. Otóż kilka lat wcześniej, kiedy dopiero zaczynałem spełniać trudne, choć wdzięczne powołanie inkwizytora, miałem okazję pracować w mieście Christiania. Wtedy to właśnie w sposób zadowalający dla wszystkich, a jednocześnie niepozbawiony rozumnej błyskotliwości rozwiązałem spór pomiędzy zakonnikami a arcybiskupem. W tym zbożnym działaniu pomagał mi, na miarę swych sił oraz możliwości, inkwizytor każący się nazywać Maksymilianem Tofflerem. Jak się później okazało, rzeczony Toffler był ni mniej, ni więcej, tylko członkiem Wewnętrznego Kręgu Inkwizytorium, głęboko utajnionej i elitarnej struktury, mającej władzę oraz możliwości niewyobrażalne dla przeciętnego inkwizytora. Maksymilian podawał się za inkwizytora z Hez-hezronu i mogłem przypuszczać, że kiedy zacznę o niego głośno wypytywać, to prędzej czy później wiadomość o tym wypytywaniu do niego dotrze. Miałem tylko nadzieję, że raczej prędzej niż później, gdyż obawiałem się, że demon, doprowadzony do rozpaczy z przejmującego głodu, uzna powrót do nie-świata za lepszy niż cierpienie w naszym świecie. Nie miałem pojęcia, ile tego rodzaju demony wytrzymują bez pożywienia, ale też nie zamierzałem go oczywiście karmić. Miałem po prostu nadzieję, że kreatura ma silną wolę i że nadzieja na pomyślne rozwiązanie spraw zwycięży w nim z głodem oraz bólem.

Reinhold Osterholz był inkwizytorem z bogatą przeszłością i wielkimi zasługami, który od kilkunastu lat zarządzał całą administracją heskiego oddziału Świętego Officjum, co oznaczało, że był jednym z najbardziej wpływowych inkwizytorów w Cesarstwie. Oznaczało to również, że borykał się z permanentnym brakiem czasu i niechętnie rozmawiał z kimkolwiek, kto nie był mu potrzebny z uwagi na sprawy zawodowe. Udało mi się jednak podejść do Osterholza zaraz po kolacji, na której czas wyjątkowo odwiedziłem siedzibę Inkwizytorium.

– Mistrzu Reinholdzie, czy pozwolicie na krótkie pytanie? – zagadnąłem, kiedy otoczony przez swoich podwładnych kierował się już do wyjścia.

Zatrzymał się i obrzucił mnie spojrzeniem.

– Mordimer Madderdin. – Rozpoznał mnie, nie dając poznać ani wyrazem twarzy, ani tonem głosu, co o mnie myśli. – Proszę, mów – zezwolił.

– Szukam inkwizytora Maksymiliana Tofflera, z którym miałem szczęście współpracować sześć lat temu w Christianii. Czy mógłbym się dowiedzieć, co się z nim dzieje?

Osterholz zmarszczył brwi.

– Nigdy nie słyszałem o kimś takim. Rudi?

Rudolf Schumann, najbliższy współpracownik mistrza Reinholda, natychmiast pokręcił głową.

– Nikt taki nie pracował w naszym oddziale, mistrzu Osterholz. Znam nazwiska wszystkich inkwizytorów od bodaj dwudziestu lat.

– Tak też myślałem – powiedział Osterholz. – Może pomyliłeś nazwiska, Mordimerze?

– Oczywiście. Zapewne tak. To już przecież minęło ponad sześć lat...

Nie podobał mi się badawczy wzrok mistrza Reinholda. Jeżeli tak bardzo spieszyło mu się do kancelarii, to powinien już odejść i zająć się własnymi sprawami, a nie stać przy drzwiach refektarza, lustrując mnie uważnym spojrzeniem.

– Maksymilian Toffler – powtórzył. – Dziwne, gdybyś pomylił takie imię jak Maksymilian, prawda? Zwłaszcza że z tego, co o tobie słyszałem, nie jesteś przecież zupełnym durniem.

No tak, sam się o to prosiłem. Naszej rozmowy słuchało już co najmniej sześciu inkwizytorów. Z drugiej strony patrząc, przecież właśnie o to mi chodziło, prawda? O to, aby wśród funkcjonariuszy Świętego Officjum rozniosła się wieść, iż poszukuję Maksymiliana Tofflera, z którym miałem do czynienia w Christianii.

– Proszę o wybaczenie, mistrzu Osterholz – powiedziałem.

– Toffler – powtórzył raz jeszcze. – Zawracanie głowy...

Odwrócił się i tylko rzucił do mnie przez ramię:

– Zgłoś się do Schumanna, Mordimerze. Opowiesz mu o spotkaniu z tym niby inkwizytorem.

Zagryzłem zęby. Tego mi jeszcze było trzeba. Rozmów z Schumannem o człowieku, który z punktu widzenia formalnego nigdy nie istniał. No nic, jakoś wykaraskam się z tego kłopotu. Najwyżej zyskam opinię sklerotyka niepotrafiącego zapamiętać imienia i nazwiska kolegi lub też, co gorzej, kretyna, który dał się nabrać oszustowi udającemu inkwizytora. Zarówno jedna, jak i druga wizja nie były szczególnie budujące, ale w tym wypadku cel uświęcał środki. Ciekaw byłem jedynie, czy moje poświęcenie w ogóle się na cokolwiek przyda.

Siedziałem przy kubku cienkiego wina i zastanawiałem się, czy pójść do karczmarza i napoić go po dziurki w nosie szczynami, które sprzedaje klientom, ale szczerze mówiąc, nie chciało mi się wstawać z ławy. Co by się zmieniło w moim życiu, gdybym ukarał tego łotra rozcieńczającego zacny napitek? Hm? A może humor by mi się poprawił? – pomyślałem nagle. Zerknąłem w stronę lady, gdzie radośnie wyszczerzony właściciel nalewał komuś dzbanek wina i opowiadał, jakimż to ono jest specjałem, i właśnie wtedy podjąłem decyzję. Już podnosiłem się z krzesła, kiedy ze zdumieniem dostrzegłem, że naprzeciwko mnie ktoś siedzi. Ze zdumieniem, dlatego że ani nie widziałem, żeby się zbliżał, ani go nie słyszałem, ani nie zauważyłem, kiedy siadał. Czyżbym aż tak bardzo był pogrążony w świątobliwych rozmyślaniach? Dziwne, gdyż zazwyczaj jestem uważny i ostrożny niczym świstak.

Mężczyzna siedzący przy moim stole miał twarz ocienioną kapturem i połataną kapotę na grzbiecie. Widziałem dłonie, które położył na blacie. Ciemne, spękane, z czarnymi od brudu, wypukłymi pazurami. Ot, włóczęga, jakich wielu pęta się po ulicach każdego wielkiego miasta... Wtedy człowiek naprzeciw mnie lekko odchylił kaptur i dostrzegłem jego oczy. Czujne, zimne i sprawiające wrażenie zdumiewająco starych. Wtedy już zorientowałem się, że nie mam do czynienia z byle obszarpańcem, żebrakiem albo sezonowym robotnikiem. Skinąłem mu głową nie tylko na przywitanie, ale też dając poznać, że akceptuję jego towarzystwo przy stole i że poznaję, iż nie jest byle kim. Miałem nadzieję, że odpowie mi na pytanie, kim jest, miałem również nadzieję, że jedynie nie wyobraziłem sobie tego wszystkiego, biorąc zwykłego obdartusa za kogoś lepszego, niż był w rzeczywistości. Przybysz znowu opuścił głowę.

– Robicie wokół siebie sporo szumu, inkwizytorze Madderdin – powiedział.

W jego głosie nie było ani pochwały, ani nagany. Był to głos doskonale obojętny, przekazujący jedynie informację, a nie opinię na temat tejże informacji. Był to też głos jak tysiące innych. Ani twardy, mocny i zdecydowany, ani rozwlekły i miękki. Był to głos pozbawiony jakiegokolwiek akcentu, jakichkolwiek charakterystycznych cech. Krótko mówiąc, był to głos, o którym zapomina się w chwilę po jego usłyszeniu i którego człowiek nie potrafiłby później rozpoznać.

Milczałem i przyglądałem się temu człowiekowi.

– Niektórzy mówią, że ten szum im się nie podoba – ciągnął dalej równie bezbarwnie co poprzednio. – Mówią, żebyście przestali szumieć.

Nadal się nie odzywałem.

– Ja natomiast zdecydowałem, że was wysłucham.

– Do was nic nie mam – odezwałem się wreszcie. – Z całym szacunkiem, ale chcę widzieć Maksymiliana, nie was.

Uniosłem kubek.

– Wasze zdrowie i idźcie z Bogiem – rzekłem ironicznie.

– Maksymilian mówił, że tak pewnie będzie – powiedział człowiek w kapturze i nie sprawiał wrażenia ani urażonego, ani zdenerwowanego. – Kazał was spytać, czy wspominacie czasem piękną Katrinę? I czy zatrzymaliście na pamiątkę swoje złote jabłuszko?

Aha, a więc w ten sposób Toffler postanowił uwiarygodnić przyjaciela czy współpracownika. Rzeczywiście w czasach, kiedy spotkałem go w Christianii, odwiedzaliśmy razem pewien przybytek, do którego wstęp zapewniał znak złotego jabłuszka. I w tym przybytku obaj poznaliśmy zniewalającą, słodką Katrinę, która zapewne ukradłaby mi serce, gdyby nie fakt, że dawno temu swoje serce ofiarowałem Bogu oraz naszej świętej wierze. Poza tym Katrina była ladacznicą, a człowiek rozsądnie myślący nie powinien pod żadnym pozorem zakochiwać się w ladacznicach. Bo jeżeli nie miały oporów, by sprzedawać swe ciało, a więc jeden z najwspanialszych darów, które otrzymały od Boga, to jakież będą miały opory, by sprzedać innego człowieka, kiedy tylko zostaną odpowiednio opłacone?

Skinąłem głową.

– Dobrze więc. Rozumiem, że Maksymilian was przysłał i życzy sobie, abym z wami pogadał. Niech i tak będzie, skoro zaprzątały go inne obowiązki i nie mógł sam spotkać się ze mną.

– Pewnie chętnie by się z wami spotkał, inkwizytorze Madderdin, ale nie ma go w Cesarstwie, jeśli musicie wiedzieć. A po zamieszaniu, jakie zrobiliście, wywnioskowaliśmy, iż macie pilną sprawę i nie będziemy czekać, aż Maksymilian wróci.

– Uprzejmie wam dziękuję za wyjaśnienia – powiedziałem ze szczerą wdzięcznością, gdyż obdartus należał do tego gatunku ludzi, którzy nic nikomu nie muszą tłumaczyć. No, może nic nikomu to przesada, ale z pewnością nie musiał niczego tłumaczyć waszemu uniżonemu słudze.

– Mówcie więc, czego chcecie – nakazał.

Opowiedziałem mu o zaginięciu i śmierci Hildy oraz o mrocznych praktykach rodziny Fischbachów, o Walentynie i jego pozorowanej śmierci. A przede wszystkim o tym, że w domu Fischbachów w klatce ze srebrnymi prętami czeka wściekły i głodny demon. Opowiedziałem to wszystko zwięźle i logicznie, tak jak to miałem w zwyczaju, jednocześnie starając się nie pomijać istotnych szczegółów. Przyglądałem się mojemu towarzyszowi, ale nawet przy najbardziej wstrząsających fragmentach opowieści nie zauważyłem, by drgnęła mu choć brew. Wydawał się zupełnie niezainteresowany moją historią, tak jakby bardziej od wypowiadanych przeze mnie słów ciekawiły go postaci przechodniów przesuwające się za otwartym oknem. Wreszcie skończyłem, gorączkowo zastanawiając się, czy nie pominąłem jakiegoś ważnego fragmentu.

– Dlaczego my? Dlaczego opowiadacie to wszystko nam, a nie dowódcy heskiego oddziału?

– Za dużo tłumaczeń – odparłem po chwili.

– To zdumiewające i wyjątkowe, że właśnie nas uznaliście za mniejsze zło – rzekł obdartus.

Potem wstał z krzesła.

– Na przyszłość radzę wam, byście nie robili więcej szumu – przykazał.

Nie zaprzątając sobie więcej uwagi moją osobą, odwrócił się i skierował w stronę wyjścia.

– To wszystko? – spytałem bezmyślnie.

Bezmyślnie, bo doskonale przecież wiedziałem, że powinienem zmilczeć.

Obrócił się do mnie i niespodziewanie obnażył w uśmiechu spróchniałe trzonki brązowych zębów.

– A co byście chcieli? Żebym was poklepał po głowie?

Potem już odszedł przez nikogo nie niepokojony, a ja zadałem sobie pytanie, czy słusznie uczyniłem, wywołując ten, jak powiedział mój niedawny rozmówca, „szum" wokół siebie. Cóż, ciężko było mi powiedzieć, czy postąpiłem właściwie, biorąc pod uwagę moją przyszłą pozycję i przyszłą karierę. Ale na pewno nie omyliłem się w swych wyborach, spoglądając na sprawę z punktu widzenia interesów Świętego Officjum oraz z punktu widzenia zasad naszej świętej wiary. A to przecież powinno być najważniejsze dla każdego inkwizytora, bo czym innym byliśmy więcej, jak nie sługami Boga?

Koniec

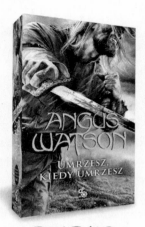

ANGUS WATSON

UMRZESZ,
KIEDY UMRZESZ

Fragment

E ryk Złośnik znowu śnił o dziwnym świecie pełnym wykręco-
nych, wielokolorowych wzgórz i rozgrzanego do czerwoności
piasku. I o dziecięcym głosie, który błagał go, by ruszył na zachód
na Łąki. Chodził po wygiętej fallicznie wieży z różowego kamienia,
o czerwonym dachu, gdy nagle zobaczył kamienny łuk, szaleńczo
wysoki i smukły, a dziecko zapłakało. Nie, to było inne dziecko,
o wyższym i bardziej zbolałym głosie...

Krzyk dzwonił mu w uszach, aż się obudził. Okazało się, że to
nie dziecko tak krzyczało, tylko rudy lis numer cztery skamlał gdzieś
u stóp wzgórza, nieopodal ścieżki wiodącej do wioski Lakchanów.
Czemu rudy lis numer cztery kwęka o tej porze, skoro Eryk i jego gar-
niec miodu zasiedzieli się wczoraj do późna? Wygnaniec opadł na pry-
czę i wlepił wzrok w niski sufit swojego przysadzistego domu, a po-

tem zamknął powieki i przetarł je palcami, usiłując przepędzić kaca. Próbował zrozumieć, co chce mu powiedzieć rudy lis numer cztery.

Gdy pierwsze zwierzę powiedziało coś do niego – albo odwrotnie, nie pamiętał już, kto zaczął – nadał im harowiańskie imiona, takie jak Thorvald i Snorri. I Astrid. Przestał je nazywać, gdy zrozumiał, że to przez to tak je opłakuje, gdy umierają. Słysząc głos rudego lisa numer cztery, przypomniał sobie poprzedniego lisa o tym numerze, milusińskiego, ale i zadziornego zwierzaka, którego zabili Lakchanowie za to, że zagryzł ich świętego indyka. Mógł numerować je dalej, zamiast kazać im dziedziczyć numery, ale wtedy rudy lis numer cztery byłby rudym lisem numer trzydzieści dwa, a z każdym dniem, który Eryk spędzał samotnie, coraz gorzej pamiętał większe liczby. Bardzo niewiele rzeczy w jego życiu występowało w liczbach większych niż sześć, więc właściwie po co zaprzątać sobie głowę siódemką i dalej?

Rudy lis numer cztery zaskomlał znowu. Gdzieś o wiele bliżej odpowiedział mu rudy lis numer jeden. O cholera, zaklął w myślach Eryk. To oznacza kłopoty. Ale co się mogło stać? Tu było bezpiecznie jak u matuli na zapiecku. Zwierzęta nigdy mu się nie naprzykrzały, Lakchanowie praktycznie uważali go za jednego ze swoich. Kumplował się z wodzem Koboshem. Zdjął z haka swoją bitewną maczugę – Najlepszego Przyjaciela Indyka – zwlókł się z pryczy, a potem wpełzł pod nią, podniósł ukryty skobel i wymknął się z domu ukrytym wyjściem na podwórze, później zaś dźwignął się z trudem do pozycji siedzącej. Kiedyś, kiedy jako dziecko bawił się w hird i skrælingów z innymi bachorami w wiosce, turlał się gładko jak wałek po blacie. Te czasy już minęły.

Na ubitej ziemi podwórza siedziała niedźwiedzica Astrid. Spojrzała na niego drobnymi, bystrymi oczkami, jakby się go spodziewała. Eryk powiedział, że zawoła ją, gdy będzie jej potrzebować, a potem zakradł się po cichu na front budynku.

Tutaj również nie zauważył niczego niepokojącego. Już miał wrócić do łóżka, gdy znowu rozległo się skomlenie rudego lisa numer cztery. Tym razem bardziej naglące.

Poszedł wydeptaną przez zwierzęta ścieżką, która biegła mniej więcej równolegle do traktu łączącego jego dom z wioską Lakchanów. Był postawnym mężczyzną, wysokim, o szerokich barach, dobrze zbudowanym i nieco brzuchatym, ale biegł lekko i prawie bezgłośnie, jak wilk czy lis. Nie było to trudne, gdy się wiedziało, jak to robić.

Nie minęło wiele czasu, nim dostrzegł, co tak przestraszyło obydwa lisy.

W kierunku jego domu szła piątka młodych lakchańskich wojowników, trzy kobiety i dwaj mężczyźni, uzbrojonych w łuki i kamienne topory. Rozpoznał ich. Mieszkali w pobliskiej wiosce. Znał ich z widzenia, choć nie pamiętał imion. Niedobrze, zważywszy na to, że z jedną z kobiet przespał się zeszłego lata.

Wydawali się jacyś spięci. Dziwne by było, gdyby nie byli, skoro czaili się na niego z bronią.

Eryk prędzej pomyślałby, że grozi mu niebezpieczeństwo ze strony innego plemienia skrælingów albo że to Harowianie przyszli dokończyć to, co zaczęli dwadzieścia lat temu, ale Lakchanów trudno było pomylić z kimkolwiek innym. Mieli dwóch głównych bogów, Króliczkę i jej arcywroga, Pajęczą Matkę. Zwykle Króliczka była dobra, a Pajęcza Matka zła, ale nie zawsze. Króliczka poza tym, że była dobra, była także irytującą świętoszką, która nie pozwalała ci wypić tego trzeciego kufla ale, więc nietrudno było zrozumieć, dlaczego pajęczyca tak jej nienawidzi. Pajęcza Matka była zła, ale często w śmieszny sposób, więc człowiek mógł się z nią utożsamić. Ona z kolei zachęcała cię do wypicia trzeciego kufla ale, a potem czwartego i piątego. Wielu Lakchanów z wiekiem przechodziło na stronę pajęczycy, ale by okazać przywiązanie do obydwu bogiń oraz wyrazić wiarę w nierozerwalność dobra i zła, nosiło na głowie królicze uszy, a za pasem sześć zrobionych ze skóry pajęczych nóg.

No proszę, czyżby Lakchanowie zwrócili się przeciwko niemu tak jak Harowianie? Westchnął. Rozczarowujące. I niezrozumiałe. Jeszcze trzy dni temu podzielił się ostatnią partią miodu ze swoim kumplem – albo tylko mu się wydawało, że kumplem – wodzem

Koboshem. Śmiechom i żartom nie było końca, a teraz jego ludzie czają się na niego z toporami?

– Kobosha chyba pojebało, że wysłał nas tylko pięcioro – podzielił się przemyśleniami jeden z napastników.

– Ta jego, kurwa, niedźwiedzica...

– W piździe mam niedźwiedzicę, bardziej się boję tych pierdolonych lwów.

– Ale lwy się z nim tak, kurwa, nie kumplują jak ta jebana niedźwiedzica – powiedziała najstarsza osoba w oddziale, owa kobieta, która użyczyła mu swych wdzięków minionego lata. Jak ona miała na imię, do licha? – Może akurat jej tam nie będzie, ale na wszelki wypadek miejcie łuki w pogotowiu. Jak naszpikujesz niedźwiedzia strzałami, to spierdala gdzieś w pizdu i chuj, po sprawie.

– A niedźwiedzica nie spierdoli gdzieś w pizdu i chuj? A co ona, lepsza jakaś od samca, kurwa jej jebana w dupę mać? – odpowiedział wysoki głos należący do mężczyzny, którego Eryk znał od szczeniaka i który na każdym etapie życia był irytującym dupkiem.

– A właśnie że nie spierdoli – spierał się przedmówca – jeśli ma ze sobą młode. Samce nie mają nic wspólnego z małymi, z dużymi zresztą też nie, bo to samotnicy, więc po prostu spierdalają i tyle. Czy twoja, kurwa, mamusia i tatuś niczego cię nie nauczyli?

– Szkoda, że nie nauczyli mnie, jak się wykręcać z takich samobójczych misji. Kurwa.

– Skurwiel chlał do rana, więc będzie pewnie spał. Zajebiemy kutasa raz-dwa. Strzała w oko i do rowu skurwysyna. A teraz zamknąć mordy, już prawie jesteśmy.

Pewien wielki lakchański bohater legend słynął z tego, że klął co drugie słowo, a lakchańska tradycja nakazywała honorować jego pamięć – przeklinać, byle ostrzej i częściej. Eryk przez jakiś czas czuł się urażony ich słownictwem, ale w końcu przyzwyczaił się do tego, że każdy z nich, od dziecka w kołysce, które dopiero składa sylaby, po zasuszonych starców, którzy opowiadają przy ogniskach stare legendy, klnie jak najęty.

Wysunął się z krzaków na dróżkę i cichym krokiem ruszył za niedoszłymi napastnikami aż do samej chaty.

Podkradł się do idącego z tyłu, ściobnął go w łeb Najlepszym Przyjacielem Indyka i złapał, gdy ten padał, by nie narobić hałasu.

Tak jak miał nadzieję, reszta podbiegła do frontowych drzwi, nie zorientowawszy się, że coś jest nie tak. Gdy jeden z nich pociągnął za rygiel, Eryk Złośnik rzucił się na nich z rozłożonymi szeroko ramionami i obalił wszystkich czterech na ziemię. Po krótkiej szarpaninie, kilku ciosach pięścią i kilku maczugą młodzi Lakchanowie leżeli nieprzytomni.

Eryk poszedł na tył domu i znalazł Astrid dokładnie tam, gdzie ją zostawił, a ona ziewnęła, pokazując imponującą klawiaturę zębów, którymi mogłaby przepołowić bizona.

– Wracaj do zimowej jaskini. Wpadnę po ciebie, jak już będę wiedział, co jest grane.

Niedźwiedzica opadła na cztery łapy i sobie poszła.

Tymczasem Eryk wlazł do domu wyjściem zapasowym, wziął linę, przewiesił przez ramię pochwę z obustronnym obsydianowym nożem i zdjął zasuwę. Chwilę szarpał się z drzwiami, bo zostawił dwóch Lakchanów opartych o nie plecami. Czuł się zadowolony z pokonania całej piątki, ale popełnił błąd, zostawiając tę dwójkę tam, gdzie mu zawadzali, co przypomniało mu, że choćby nie wiadomo jak dobrze ludzie o sobie myśleli, prędzej czy później robią jakąś głupotę. Ta myśl natchnęła go filozoficznie.

***

Pół godziny później siedział po szyję w zimnym jeziorze, podglądając jedzących śniadanie Lakchanów.

Wioska składała się głównie z trzcinowych chat przykrytych bizonimi skórami i ozdobionych małymi rzeźbionymi figurkami królików i pająków. W środku wioski stał jeden większy budynek z drewna i gliny, długi dom wodza Kobosha. Eryk zaprojektował i niemal sam zbudował ten dom, korzystając ze staroświatowych metod, które wprawiły Lakchanów zarówno w zdumienie, jak i zrzędliwy nastrój, gdy policzyli, ile zużył drewna.

Dlaczego, na oko Odyna, chcieli go zabić?

Odczekał, aż większość mieszkańców ruszy na pola albo do lasu, by uprawiać ziemię i zbierać żywność, a potem, jeszcze drżąc po porannej kąpieli, przemknął między pustymi chatami na tyły długiego domu. Kiedy go budował, miał poczucie winy z powodu tej jednej luźnej deski w ścianie, takiej jak w jego własnej chacie, ale teraz czuł zadowolenie.

Dał oczom czas na przyzwyczajenie się do ciemności i przez krótką chwilę czuł się niewidzialny pośród cieni. A potem uświadomił sobie, że jest otoczony przez kilkunastu wojowników, którzy celują do niego z łuków. Wódz Kobosh zasiadał na swoim pajęczym tronie. Wielkie królicze uszy na jego głowie sterczały dobre kilka cali nad uszami pozostałych plemieńców. Trzymał w ręku fajkę o długim cybuchu.

– O... – powiedział Eryk.

Wódz zaciągnął się głęboko i dmuchnął dymem.

– Witaj, Eryku, chuju jeden – powiedział swoim niskim, bulgotliwym głosem. – Czemu jesteś tak kurewsko mokry?

– Pływałem w jeziorze.

– Zawsze byłeś jakiś pierdolnięty, mój przyjacielu. Szkoda, że musimy ujebać ci ten twój rudy łeb.

Spis rzeczy

fabryka słów
W Y D A W N I C T W O

WYDAWCA

Fabryka Słów sp. z o.o.
20-834 Lublin, ul. Irysowa 25a
tel.: 81 524 08 88, faks: 81 524 08 91
www.fabrykaslow.com.pl
e-mail: biuro@fabrykaslow.com.pl
www.facebook.com/fabryka

SPRZEDAŻ INTERNETOWA

 swiatksiazki.pl

ZAMÓWIENIA HURTOWE

Firma Księgarska Olesiejuk sp. z o.o. sp.j.
05-850 Ożarów Mazowiecki,
ul. Poznańska 91
tel./faks: 22 721 30 00
www.olesiejuk.pl,
e-mail: hurt@olesiejuk.pl

DRUK I OPRAWA
OPOLGRAF S.A.
www.opolgraf.com.pl

PROJEKT I ADIUSTACJA AUTORSKA WYDANIA
Eryk Górski, Robert Łakuta

GRAFIKA ORAZ PROJEKT OKŁADKI
Piotr Cieśliński

ILUSTRACJE
Dominik Broniek

REDAKCJA
Karolina Kacprzak

KOREKTA
Magdalena Byrska

Wydanie I

ISBN 978-83-7574-973-1

 / fabrykaslow    fabryka.slow   / fabryka